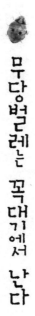

무당벌레는 꼭대기에서 난다

박찬순은 1946년 경북 영주에서 태어나 연세대학교 영문학과와 서울대학교 신문대학원을 졸업했다. 2006년 『조선일보』 신춘문예에 「가리봉 양꼬치」가 당선되어 등단했다. 소설집 『발해풍의 정원』이 있다. 2011년 아이오와 국제창작프로그램(IWP)에 레지던스 작가로 참여했다.

박찬순 소설집
무당벌레는 꼭대기에서 난다

초판 1쇄 발행 2013년 11월 22일
초판 2쇄 발행 2014년 1월 13일

지은이 박찬순
펴낸이 주일우
펴낸곳 **㈜문학과지성사**
등록번호 제1993-000098호
주소 121-840 서울 마포구 서교동 395-2
전화 02) 338-7224
팩스 02) 323-4180(편집), 02) 338-7221(영업)
전자우편 moonji@moonji.com
홈페이지 www.moonji.com

ⓒ 박찬순, 2013. Printed in Seoul, Korea
ISBN 978-89-320-2466-0

* 지은이는 서울문화재단 2012 문학창작활성화지원사업기금을 수혜했습니다.

박찬순 소설집

무당벌레는
꼭대기에서
난다

㈜문학과지성사
2013

차례

무당벌레는 꼭대기에서 난다

옥상 난간을 넘어 허공에 발을 내민다. 자지러질 듯 아찔한 느낌. 로프를 잡고 '젠다이'에 두 발을 내린다. 로프에 매달린 도마 크기만 한 내 일자리. 나무로 된 직사각형의 안전판이다. 안전판을 매달고 있는 줄들 사이로 조심조심 한 다리씩 빼고 앉는다. 겨우 허벅지와 엉덩이를 걸칠 정도의 넓이다. 휘청, 하며 안전판이 그네처럼 흔들린다. 두 손으로 온 힘을 다해 로프를 꽉 움켜쥔다. 내 생명을 매단 한 가닥의 밧줄. 머리는 백지상태가 된다. 엉덩이로 안전판을 살짝 굴려본다. 주르륵, 줄이 몇십 센티미터쯤 내려간다. 까무러칠 뻔하다 겨우 정신을 차린다. 이상하다. 분명히 줄을 2점에 걸어 8자 매듭을 했는데. 줄을 두 군데 이상의 지지물에 걸친 다음 고리에 걸어 8자형으로 묶는 것은 로프공의 첫번째 안전 수칙이다. 줄이 내려가는 소리보다

덜컹 가슴 내려앉는 소리가 더 크게 들린다. 팔에 좁쌀이 구르는 것처럼 오톨도톨 소름이 좍 끼치는데도 줄을 쥔 손에는 진땀이 난다. 엄마! 하고 외치려다 나는 입을 굳게 다문다. 아무리 크게 불러도 어머니는 내 목소리를 들을 수가 없다. 의식도 없이 병상에 누운 지 8개월째다. 행여 무슨 소리라도 튀어나올세라 나는 혀를 꼭 깨문다. 입에 재갈을 물려야 한다. 이 풋내기 로프공의 입에 재갈을.

줄이 미끄러지듯 내려가 잠시 기겁을 하긴 했지만 일단 안전판에 앉고 나면 조금은 마음이 놓인다. 무사히 안전판에 올라탄 것만으로도 일을 반쯤은 한 느낌이니까. 처음 안전판에 올라탈 때 가장 사고가 많다. 아무런 보호 장비가 없는 상태에서 몸의 중심을 잃기가 쉬워서다. 간밤의 악몽이 되살아난다. 함께 작업하던 동료가 안전판에서 미끄러져 추락하는 꿈이다. 나는 비명을 지르면서 잠에서 깼다. 어느 아파트 공사장에서 고공 페인트공이 안전판에 올라타다 추락사했다는 뉴스를 보고 잠자리에 들어서였을까. 안전판에 올라타는 짧은 몇 분이 로프공에게는 삶과 죽음을 가르는 순간이다. 대개는 일생에 한두 번 있을까 말까 한 그것을 로프공은 하루에도 몇 번씩 맞이한다.

아냐. 나는 고개를 젓는다. 일하러 와서 악몽을 되살리는 것이야말로 어리석은 짓이다. 꿀꿀한 기분은 곧 사고로 이어지기 쉽다. 눈을 감고 가장 편안하고 기분 좋았을 때를 기억에서 불러낸다. 어릴 때 할머니와 살던 시골의 숲 속이 나온다. 등딱지가 고운 무당벌레를 잡으러 풀숲을 쫓아다니는 내 모습이 보이고 그 뒤를 불편한 다리로 뒤뚱거리며 쫓는 할머니가 보인다. 내게 이보다 더 평화스러운 정경은 없다. 무당벌레를 잡아 내 손바닥에 올려놓으면 늘 할머니 입에서 터져 나오던 탄성.

"어쩜 이리도 탱글탱글할까. 내 새끼 용이처럼 앙증맞네."

지금도 그 목소리가 앞에 놓인 유리창에 메아리칠 것만 같다. 할머니는 무당벌레가 몸이나 옷깃에 날아오면 행운이 와서 꿈이 이루어진다고 말했다. 잡았던 것을 놓아주면 자기가 사랑하는 사람의 귓가에 날아가 놓아준 이의 이름을 속삭여 사랑이 이루어지게도 해준다고. 진딧물 같은 해충을 잡아먹기에 그토록 좋은 이미지를 갖게 된 것일까. 어쩌면 무당벌레를 생각하는 것만으로도 오늘 같은 날엔 기분이 좋아질지 모르겠다. 마음을 다잡은 뒤에는 다시 한 번 자세를 가다듬는다. 앉은 자리가 불편하지 않은지 몸을 움찔거리며 안전판을 살핀다. 세제와 땟국에 절어 시커멓게 찌든, 초라하기 이를 데 없는 작은 나무판. 코를 대면 악취가 풍길 것만 같다. 현장에서는 아직도 '젠다이'라는 일본어를 많이 쓴다. 선대(膳臺)의 일본어 발음. 우리말로는 선반이라는 뜻인데 요즘은 달비계나 작업대 또는 안전판이라고도 부른다. 글쎄, 안전판으로 부르면 좀더 안전함을 느낄까. 그건 알 수 없지만 말 한마디가 큰 부조가 될 때도 있으니까.

지금 내가 앉아 있는 이 안전판이 생기던 날의 감격을 나는 잊지 못한다. 어느 날 주인아저씨는 새것을 하나 만든다며 와서 거들라고 했다. 내가 엉거주춤하고 있자 그는 코를 찡긋거리면서 채근을 했다.

"와서 암팡지게 대들지 몬하고 뭐하노."

무당벌레의 더듬이 같은 내 머리에 달린 눈치 안테나가 대뜸 신호를 보냈다. 그것은 곧 나의 안전판이라고. 형들의 보조와 허드렛일을 선뜻 맡아 한 지 몇 달 만이었다. 떨리는 손으로 나무를 자르고 네 귀퉁이에 밧줄을 꿰던 내 모습이 보인다. 두께 50밀리미터짜리 소나무 판으로 만든 나의 '젠다이', 나만의 안전판이 생긴 것이다. 가슴이 벌렁거렸다. 안전판을 들어보았다. 허공에서 내 몸을 담고 있을 나무 의자. 누구에게나 앉아서 일할 자리 하나씩은 있는 모양이라고 나는 처음으로 안도하면서도 어딘가 아슬아슬함을 느꼈다.

안전판의 네 귀퉁이에서 나온 줄이 위에서 모아져 철제 고리에 묶여 있다. 이 고리를 주물이나 스테인리스로 만든 Ω자형의 샤클에 걸어 로프와 연결한다. 그전에 먼저 로프를 샤클에 매듭 모양으로 묶어두어야 한다. 샤클에 걸린 로프를 조금씩 밀어 올리면 몸이 저절로 내려간다. 샤클과 로프의 매듭이 스토퍼 기능을 하는 것이다. 네 개의 줄이 모아진 고리를 잡고 손으로 들어보면 안전판은 마치 대저울의 접시처럼 보인다. 뭔가를 올려놓고 달기에 딱 좋은 모양이다. 이제 곧 1군 기업과 일하려면 안전판을 알루미늄으로 바꿔야 한다지만 나는 나무로 된 것이 훨씬 더 정이 간다. 나뭇결을 쓰다듬어보면 마치 첫사랑 같은 애

틋함이 느껴진다.

난간 위에 세제가 든 통과 압착기, 그리고 물이 흐르는 호스가 올려져 있다. 옥상에 설치된 펌프가 물탱크의 물을 퍼서 호스로 흘려보내는 것이다. 세제통에는 때나 얼룩을 긁어내는 세척기와 세제를 묻혀 유리창을 닦는 T자형 봉대가 들어 있다. 세제통은 안전판 오른쪽에, 호스는 왼쪽에다 건다. 세제통을 걸고 나서 보면 꼭 옆구리에 차고 있는 것처럼 보여서 우리는 옆구리통이라고 부른다. 왼손으로는 압착기를 잡는다. 내 왼쪽에서는 창이 형, 오른쪽에서는 건이 형이 작업 준비를 하고 있다. 형들과의 사이는 약 2미터. 내가 초보라고 형들이 가운데에 배치한 것이다.

허공에 자리를 잡자마자 초겨울바람이 쌩하고 따갑게 뺨을 후려친다. 그 따가움이 주는 야릇한 느낌. 고통도 쾌감도 아닌, 난생처음 느끼는 기분이다. 뼛속까지 외롭지만 세상 누구에게도 꿀리지 않는 떳떳한 느낌. 눈앞에서 외줄이 파르르 떨린다. 오늘의 작업 줄이자 내 목숨이 걸린 18밀리미터짜리 로프. 안전판에 앉고 나면 나는 결코 아래를 내려다보지 않는다. 그건 주인아저씨한테 배운 것이다.

"초보 때는 절대 아래를 내려다보지 말거래이. 이 일은 공포를 이겨내는 게 제일 중요하제. 눈은 항상 빌딩 꼭대기나 하늘을 바라보라꼬. 지나가는 구름이나 새를 보래. 새 날개를 띄워주는 바람도 보고. 언젠가는 니 날개를 띄워줄 바람을 찾게 될 테이."

　다른 직원들은 어떤지 몰라도 창이 형과 나는 그의 말에 콧방귀도 뀌지 않는다. 그저 이 판에서 자리깨나 잡았다는 중년 남자의 허풍이겠거니 하고 귓가로 흘린다. 내 날개를 띄워줄 바람이라니. 중력의 법칙을 무시하는 무슨 개뿔 같은 소리인가.

　아무리 아래를 내려다보지 않는다 해도 공포심은 가시지 않는다. 다시 어머니 생각이 나지만 불러봤자 소용없다는 걸 나는 안다. 어머니의 대답 대신 하나의 영상이 머릿속에서 파동을 친다. 아파트 계단에 엎드려 신주를 닦는 여인, 두 팔이 계단 양 끝으로 쏠릴 때마다 펄럭 몸뻬 바지에 이는 바람. 파도처럼 일렁이는 엉덩이에 피어나는 꽃무늬. 나는 그 모습이 민망해 눈을 감는다. 다시 엄습해오는 저릿한 공포감. 군대 유격 훈련 때처럼 수회 이름이 목구멍에서 기어 나오려는 것을 꾹 삼킨다.

　"옘병, 누군 안 떨리는 줄 알아? 어차피 내팽개쳐진 몸, 해야 된다면 그냥 하는 거야. 우라질 새끼."

　내가 처음 고층 일을 시작하던 날 창이 형은 옥상에서 벌벌 떠는 내 모습을 보고 담배꽁초를 짓뭉개면서 쏘아붙였다. 그 말은 아직도 통통 내 귓가를 때린다. 신기하게도 그 말은 내게 다시는 무섭다의 '무' 자도 입에 담지 못하게 하는 위력을 갖고 있다. '어차피 내팽개쳐진'이라니. 내 마음속 음습한 곳에 두루뭉술한 상태로 숨어 있던 그 감정을 형은 어쩌면 그렇게 족집게처럼 끄집어냈을까. 정말 그랬다. 중3 때인가 어머니가 '아버지에 대해서는 알려고 하지 말라'고 말한 이후로 내 머릿속에는 뭐라 말할 수 없는 분노의 덩어리가 자리 잡았다. 그리고 나는 그것의 정체를 정확히 뭐라고 표현해야 할지 모르고 있었다.

곱상한 생김새를 여지없이 배반하던 창이 형의 말투와 표정. 그 배반이 어디에서 비롯된 것인지 궁금하다. 외로움, 혹은 그 외로움의 끝을 본 자만이 이르게 된 어떤 경지일까. '어차피'라는 말을 내뱉을 때의 칼 같은 말투에는 그 연원을 캐보려는 시도조차 금지시키는 듯한 비장한 매서움이 서려 있다. 그때 나는 본능적으로 알아차렸다. 어떤 일이 있어도 공포심을 내비치지 않는 것, 그것이 업계의 밀약이자 미덕임을.

수희 이름도 불러봤자 마찬가지다. 외국 항공사 시험 준비를 하는 수희의 맹렬한 하루 일과가 유리창에 펼쳐진다. 오전에는 영어, 스페인어 수강. 오후에는 학원에서 스튜어디스 기본 교양과 이미지 체킹. 밤에는 헬스클럽에서 살 빼기 운동. 일주일에 몇 번은 심폐소생술 실습. 마네킹을 상대로 땀을 뻘뻘 흘리며 인공호흡과 흉부 압박 실습을 하는 수희의 결사적인 모습. 그녀는 내 하소연을 들어줄 시간이 없다.

줄이 몇십 센티미터쯤 미끄러졌지만 나는 아무 일도 없다는 듯 에헴, 하고 헛기침을 한다. 내 오른쪽을 맡은 건이 형은 경력 6년의 베스트 로프공이다. 나는 형이 두려워하는 모습을 한 번도 본 적이 없다. 애당초 두려움이라는 게 없는 사람 같다. 언제 봐도 흔들림 없는 침착한 얼굴에 서산마애불 같은 은은한 미소를 입에 머금고 있다. 창이 형이 그를 '속을 알 수 없는 엉큼한 자식'으로 보는 이유다. 둘 사이의 팽팽한 긴장을 나는 처음부터 눈치챘다. 무엇이 서로를 그렇게 떨떠름한 눈으로 보게 하는 것일까.

오늘 지상의 날씨는 11월의 평균 기온인 영상 8도라고 했다. 지상 50층, 150미터 상공인 이곳은 아마 그보다 3, 4도쯤 낮을 것이다. 그런데도 추위라고는 전혀 느껴지지 않는다. 애써 태연한 척은 하지만 줄이 미끄러질 때 놀란 심장이 한참 쿵쾅쿵쾅 뛰고 있어 얼굴이 후끈 달아오른다. 주위에는 40, 50층의 빌딩들이 빼곡히 들어서 있다. 밑에서 보면 아마도 꼭대기에 무슨 벌레들이 줄에 매달려 꼼지락거리는 것으로 보일 것이다. 이 벌레의 꼼지락거림 같은 것이 내게는 큰 도약의 몸짓이다. 아니 보통 벌레가 아니라 그 색깔과, 무늬만으로도 자기보다 몸집이 몇 배나 큰 사마귀를 멈칫하게 만드는 무당벌레의 몸짓이다. 아침에 사무실을 나올 때 내 어깨를 툭 치면서 하던 주인아저씨의 말이 생각난다.

"용아, 오늘 초고층 신고식이제. 담력이 좀 커졌나 함 보자, 잉?"

오늘은 여느 때와 달리 장비를 좀더 갖췄다. 우비로 된 작업복은 물론이고 머리에는 강화섬유로 된 헬멧을 쓰고 발가락부분이 쇠로 되어 있는 작업화도 신었다. 떨어져도 발가락을 다치지 않기 위해서다. 추락의 위험에 대비하자면 보조로프를 써야 한다. X자로 된 안전띠를 착용하고 등허리 부분에 추락방지장치인 코브라를 걸어 보조로프와 연결해놓아야 한다. 주로프가 추락할 때면 보조로프의 코브라가 즉시 추락을 정지시키는 역할을 하는 것이다. 하지만 대부분의 경우 보조로프 없이 외줄로 작업을 한다. 다들 자기 자신은 사고와는 무관하다고 생각하는 것일까. 아니면 오로지 속도를 내기 위해서일까.

"야, 보조로프니 코브라니 배부른 소리 하지 마. 그건 1군 기업 상대하는 큰 회사에서나 부르는 타령이라고. 그런 거 맬 시간이 어디 있냐."

내가 처음 와서 안전장치를 따져 물었을 때 창이 형이 한 말이다. 그래서 주인아저씨 아니—직원이 열 명 안쪽이라 해도 사장은 사장이다—그린파워클리닝사 사장은 하루에도 몇 번씩 우리에게 다짐을 하는 것이다.

"무엇보다도 안전이 첫째인 거 알제? 절대 실수가 있어서는 안 된데이. 지상에서야 실수하고도 바로잡을 기회가 있지만 고공에서 한 번 실수는 그냥 죽음이라꼬!"

떡 벌어진 어깨와 둥실둥실한 얼굴에 가느다란 눈을 더 가늘게 치켜뜨고 손가락으로 공중을 가리키며 말하는 사장의 모습. 힘찬 말소리와 자신감 넘치는 제스처는 그가 30년 경력의 로프공임을 말해준다. 그는 여태껏 자기 회사에서 한 번도 사고가 없었다는 걸 항상 자랑스레 내세운다. 그래서인지 반드시 보조로프를 쓰라고 당부하지도 않는다. 안전장치가 없으니까 결코

실수를 해서는 안 된다, 그런 얘기다. 인간은 원래 실수투성이
인데 절대로 실수를 해서는 안 되는 그런 조건에서 일해야 한다
는 것, 그것이 로프공의 현실이고 운명이다.

안전판 왼쪽에 걸린 호스에서는 계속 물이 흐르고 있다. 유
리창에 압착기를 대고 누른다. 압착기의 톡 튀어나온 꼭지를 올
리면 공기가 빠져 유리창에서 다시 뗄 수 있다. 압착기를 떼었
다 붙였다, 양옆으로 2, 3미터씩 이동하면서 내 구역을 닦아나
갈 것이다. 유리창에 붙인 압착기를 왼손으로 잡고 발로는 아래
쪽 창을 짚는다. 오른손으로 스펀지가 달린 봉대에 세제를 묻혀
유리창 구석구석 고루 바른다. 이번에는 봉대를 통에 내리고 세
척기를 들어 매연이며 찌든 때를 긁어낸다. 호스를 잡고 물을
쏘아 세제와 때를 씻어 내린다.

이 빌딩으로서는 올해 마지막 목욕이다. 목욕시킨다기보다는
세례를 준다고나 할까. 우리 손으로 빌딩에 세례를 주고 나면
고층 빌딩에 쏟아지는 햇빛의 알갱이들이 좋아라 유리창 위에
서 춤을 춘다. 말갛게 닦인 유리창의 맨살이 매끄러워 견딜 수
없다는 듯 입 맞추고 애무하고 야단법석이다. 마치 내가 수희
몸을 처음 끌어안았을 때처럼.

몸은 공중에 높이 떠서 도시의 빌딩에 세례를 주고 있는데 마
음은 지상에서 벗어나지 못한다. 머릿속에 박힌 영상이 또다시
작동을 한다. 어떤 여인이 계단에 엎드리고 서서 두 팔로 힘껏
신주를 닦는 모습. 반죽한 규조토를 아파트 계단 끄트머리에 박

힌 신주에 떼어놓고 온 힘을 다해 박박 밀어댄다. 오른쪽으로 한 번, 왼쪽으로 한 번. 피스톤처럼 왕복운동을 한다. 팔이 양 끝으로 쏠릴 때마다 몸뻬 바지에 펄럭 바람이 인다.

물로 방금 세수를 한 유리창에 간밤에 본 병실 풍경이 비친다. 흰 가운을 걸치고 중환자실로 들어가는 내 모습. 송파의료원 3층 제3중환자실. 다섯 개씩 두 줄로 놓인 병상에 환자들이 아무 움직임 없이 얌전하게 누워 있다. 이따금 삐이삐이 하는 기계음만 들릴 뿐이다.

"엄마, 저 왔어요. 용이요. 엄마 아들 용이라구요. 눈 좀 떠보세요."

나는 대답 없는 어머니를 안아서 살며시 모로 눕히고 환의를 들쳐본다. 엉덩이에 욕창이 난 자리가 아직 낫지 않았는데 등허리 쪽에 진물 나는 부위가 새로 생겼다. 나는 땀이 흥건한 어머니 등을 거즈로 닦고 부채질을 하며 속으로 투정을 부린다.

"몇 달만 참으면 되는데 왜 쓰러져? 올가을에는 어디든 들어가려고 했는데. 엄마한테 누가 그런 일하라고 했어, 누가?"

어머니가 쓰러졌다는 전화를 받던 날이 떠오른다. 나는 온갖 자격증으로도 모자라 학교 앞 학원에서 특정 기업 맞춤 강의까지 들었다. 크고 작은 대학 서너 개가 모여 있는 그곳은 컴퓨터와 영어 학원에서부터 취업 단기 완성 반까지 일대 재학생과 취업 준비생들의 호주머니를 노리는 장삿속만이 그악스럽게 판을 치고 있다. 학원들 사이사이에 호프집만큼이나 자주 눈에 띄는 사주타로 카페, 족집게 할매 예언집, 사주명가, 원조 김봉수 철학관과 같은 점집들이 미래는 자신들에게 맡기라며 기다리고 있다. 또 한편에서는 얼짱, 에뛰드, 이미지의 여왕 같은 화장품 가게들이 우리들의 얼굴을 책임지겠다며 벼르고 있고, 골목 모퉁이에서는 스마트폰 장사꾼들이 진을 치고 서서 '세계를 그대 손안에'라는 캐치프레이즈를 내걸고 우리의 소매를 잡아끈다.

어머니의 피땀을 빨아먹은 종이 쪽지들이 눈앞에 한 장씩 클로즈업되었다가 사라진다. 컴퓨터 활용능력자격증인 MOS, 인터넷 정보검색사, 물류관리사, 사무자동화, 회계자격증, 다문화가정 상담사, 일본어, 영어토익 점수표, 한자 자격증……, 숱한 자격증으로도 모자라 특정 회사 고시반 특강을 듣고 있을 때 휴대폰이 울린다. 그날의 충격을 잊을 수가 없다. 쓰러지던 그날까지도 나는 어머니가 동네 마트에서 캐셔로 일하는 줄로만 알고 있었다. 응급실로 달려간 나는 입원 수속을 한 다음 어머니의 직장 동료가 남겼다는 연락처로 전화를 건다. 그를 만나러 간 곳은 빌딩의 외벽 청소 현장.

세제가 범벅이 된 유리창을 물로 씻어 내리자 지금의 사장을 처음 만나던 때가 나타난다.

"계단 신주를 닦다가 그만……"

쉰 살가량의 청소 회사 사장은 말을 하다가 멈춘다. 무슨 소린지 알 수가 없다. 아파트에는 계단에 신주를 놓아두나.

"그게 무슨 소리죠? 계단 신주라뇨."

그는 도리어 내 말이 이해가 되지 않는다는 듯한 표정이다.

"어머니가 무슨 일 하는지도 몰랐단 말잉교? 거 왜 계단 끝에 미끄러질까 봐 붙여놓은 놋쇠 막대 있잖소. 일하신 지 몇 년이나 됐는데."

그제야 나는 집을 나가 학교 앞 원룸에서 산 지가 벌써 3년이 넘었다는 것을 깨닫는다. 어머니가 뭘 하며 어떻게 지내는지 조금도 궁금해하지 않았다. 그때 어머니의 인생유전이 머릿속에서 파노라마처럼 스쳐간다. 한껏 멋을 내고 대기업의 여사원으로 근무하던 젊은 날의 청순한 모습. 나를 낳고 난 다음부터는 화장품 외판원에서 야쿠르트 아줌마로, 슈퍼마켓 캐셔로, 끝내는 아파트 계단 청소부로 옮겨 오게 된 어느 여인의 삶.

사장의 말에 어이가 없어 고개를 돌리는데 줄을 타고 빌딩의 외벽을 닦는 사람들의 모습이 보인다. 나도 모르게 튀어나온 말.

"저도 일할 수 있을까요?"

의아해하는 눈길을 보내던 사장의 표정.

"거참 용케 아네. 이 직종이 일용직 중에서는 보수가 제일 센 걸. 하지만 아무나 쉽게 들어올 수 있는 판은 아니제."

외벽 청소부를 본 순간 어떻게 그 말이 내 입에서 튀어나왔는지는 나도 모른다. 다만 그때 어렴풋이 내 속에서 치밀어 오르던 어떤 느낌은 알 것 같다. 이제 지긋지긋하게도 오래 계속되어 평생의 습관처럼 와서 붙은 그놈의 '스펙 쌓기'는 그만 끝내도 좋다는. 아파트 계단에서 일어난 사건이 내게 명령했다. 지금부터 몸을 움직여 뭔가를 하라고. 꼭지가 똑 떨어지도록 무르익을 만큼 무르익은 내 안의 뭔가가 그 일이 터지기를 기다리고 있었던 것만 같다. 이십대가 가기 전에 스스로의 의지로 결단을 내리라고. 누가 뽑아주지 않는다고 언제까지 징징대고만 있을 것인가. 가슴속에서 울컥하고 치받쳐 오르는 그 무엇이 내게 카랑카랑한 목소리로 질문을 던졌다.

사장의 허락을 받아내기란 쉽지 않았다. 내가 얼마 못 가 손들고 떠날 것이라며 손사래를 치던 그의 모습이 보인다. 사무실로 계속 찾아가 보조 노릇을 하면서 허락이 떨어지기를 기다리던 내 모습도. 대리석 사이를 메우는 실리콘 작업이나 청소 일도 마다하지 않는다. 어머니가 하던 아파트 계단의 신주 닦기를 두어 달 하고 난 뒤에야 듣게 된 소리.

"내일부터 3, 4층짜리 외벽 닦기 함 해볼 끼가?"

전체 높이에서 3분의 1쯤 내려왔을까. 34, 35층쯤 되어 보인다. 아직도 두려워 아래쪽을 내려다보지 못한다. 왼쪽의 창이형은 워낙 꼼꼼해서인지 아직 나보다 위에서 머뭇거리고 있고, 오른쪽 건이 형은 나와 비슷한 높이까지 왔다. 건이 형은 언제 보아도 느긋하다. 내가 가끔 무섭지 않느냐고 물으면 거무튀튀한 얼굴에 하얀 이를 드러내며 씩 웃는 게 고작이다. 언젠가 담배 연기를 내뿜고 나서 딱 한 번 뱉은 말이 있긴 하다.

"마, 니나 내나 인생은 어차피 외줄 타는 기라."

보통 키에 어깨가 벌어지고 둥글 넙적한 얼굴의 건이 형은 언제나 담담한 표정이어서 가끔 의뭉스러워 보인다. 하지만 미워할 수는 없다. 상대를 푸근하게 해주는 힘이 있으니까. 반면에 창이 형은 뾰족한 턱과 째진 눈매 때문에 예리하지만 괴팍해 보인다. 창이 형도 말할 때 '어차피'라는 말을 즐겨 쓰지만 건이 형의 '어차피'와는 느낌이 다르다. 창이 형의 '어차피'는 자신이 돌봐주는 이 없이 세상에 내던져졌다고 말하는 소리로 들린다. 책을 많이 읽은 창이 형은 종종 우리를 빅토리아시대 어린 굴뚝 청소부 소년들에 견준다.

아빠가 업자에게 팔아넘긴 탓에 어린 나이에 굴뚝의 검댕을 털어야 했던 소년 톰. 좁고 캄캄한 굴뚝 속이 무서워 높이 올라가기를 주저할 때면 벽난로에 불을 피우던 어른들. 뜨거운 불길을 피해 무서워 울면서도 더 높이 더 높이 올라가지 않을 수 없었던 아이. 그런 이야기를 빠삭하게 아는 창이 형에게는 건이 형이 눈엣가시로 보일 것이다. 사장이 일요일이나 추석에 일하자고 불러내도, 일을 싸게 맡았다며 일당을 깎아도 형은 언제나 '예스'니까.

한번은 두 형이 치고받는 육탄전까지 벌인 적이 있다. 사장이 나더러 일요일에도 나오라고 하는데 어떻게 하느냐고 내가 물었을 때다. 한껏 빈정대며 실룩거리던 창이 형의 입매가 내 머릿속에 그대로 각인돼 있다.

"휴일에도 나올 거니, 말 거니, 건이한테 물어봐라. 사람처럼 살 거니, 말 거니도 건이한테, 일당이 깎여도 가만있을 거니, 말 거니도 건이한테."

그 말에 건이 형은 평소와는 달리 제법 뻣뻣하게 창이 형을 몰아붙인다.

"휴일 챙겨먹겠다고 고집이나 피우고, 니 그러다 우리 모조리 백수 맹글면 속이 시원하겠나? 소나 개나 아무나 청소업에 뛰어들어서 안 그렇나. 몸뚱어리 하나만 있으믄 되이 말이다. 그걸 우리가 우짠단 말이고."

그 말에 창이 형의 주먹이 건이 형 턱에 날아간다. 주먹을 날리고 나서도 창이 형의 꽈배기 말투는 여전하다.

"내 말 알아들은 거니, 못 알아들은 거니, 건이. 후배한테 창피한 거 아는 거니, 모르는 거니, 건이."

창이 형의 빈정거림에 약이 오른 건이 형이 잽싸게 상대의 멱살을 잡는다. 아래턱을 내민 건이 형의 얼굴이 심하게 일그러진다.

"씨벌 자식. 배부르믄 니나 손 털고 가믄 될 거 아이가, 잉? 왜 남까지 꼬드겨서 굶겨 죽일라 카노."

한참 동안이나 둘이 주먹을 주고받고 하더니 창이 형은 코피가 터지고 건이 형은 셔츠가 찢어진다. 나는 자꾸만 엉겨 붙는 두 사람을 떼어놓느라 녹초가 된다. 분위기가 하도 험악해서 나는 보조로프나 추락 방지 장치 얘기는 꺼낼 엄두도 내지 못한다.

아무튼 건이 형의 '인생은 어차피 외줄 타는 기라' 하는 말에는 억울함이나 원망 같은 느낌은 전혀 없다. 그냥 묵묵히 내 일

24

을 할 뿐이라는 식이다. 게다가 기타 하나는 에릭 클랩튼 뺨치게 잘 친다. 형이 내 십팔번인 「렛 잇 그로우」를 불러줄 때면 나도 같이 후렴 부분을 목청을 다해 외친다. 렛 잇 블러섬, 렛 잇 플로, 렛 잇 그로우, 러브 이즈 러블리. 이건 어머니가 가르쳐준 노래다. 에릭의 어머니처럼 미혼모의 몸으로 나를 키우면서 어머니는 아들이 그 가수처럼 훌륭한 무엇이 되기를 바랐을지도 모르겠다. 하지만 나는 음치에 가깝고 공부도 그다지 잘하는 편이 아니다. 그런데도 혼자 힘으로 떳떳하게 아들을 키운 어머니는 당신이 한때 사랑했던 남자에게 크게 좋은 일을 한 거다. 그러지 않았으면 아마도 내가 평생을 두고 그를 골탕 먹였을 것이다. 어머니는 내게 그럴 기회를 주었어야 했다. 사춘기 때 어머니의 염장을 질러대던 내 모습이 유리창에 비친다.

"차였으면 딴 남자한테라도 갔어야 할 거 아냐. 날 왜 애비 없는……"

마지막 말은 차마 입에서 나오지 않았다. 아무튼 그런 어머니와 외할머니를 두고 내가 '세상에 내팽개쳐졌다'고 한다면 벌받을 일이다. 나는 어느 Y염색체—그런 자에게는 아비라는 호칭도 아깝다—의 자식이 아니라 어머니의 아들이자 자연의 아이인 것이다.

어머니가 서울에서 돈을 버는 동안 외할머니와 단둘이 강원도 양구에서 지내던 때가 생각난다. 내가 학교에서 돌아오면 먹이고 씻기고 숙제를 봐주고 손잡고 숲 속으로 소풍도 데리고 나갔던 할머니. 거친 야생의 숲 속을 폴짝폴짝 날아다니다 나뭇잎에 앉은 영롱한 무당벌레처럼 나는 안전한 풀잎에 앉아 맑은 이슬을 마시며 자랐다. 따스한 햇볕을 쬐며 나뭇잎에 풍성하게 마련된 진딧물을 잡아먹고 튼실하게. 나는 할머니의 어여쁜 무당벌레. 그 색깔도 무늬도 화려하고 영특한 생명의 존재 양식.

할머니의 '탱글탱글하고 앙증맞은' 무당벌레는 지금 공중에 높이 떠서 도시에 세례를 주고 있다. 나는 지금까지 나를 받쳐주었던 그 지극한 잎새의 존재를 잊고 지냈다. 그리하여 내 삶은 오로지 서러움으로만 가득 찼었다. 하지만 이제 나는 빌딩 꼭대기에 당당하게 올라 줄을 타고 날아다니며 나의 일을 한다. 나는 꼭대기에서 날아다니는 무당벌레 과다.

할머니와 숲 속을 돌아다닐 때 나는 무당벌레가 하는 몸짓을 자세히 본 적이 있다. 나무 밑동에서부터 올라가면서 진딧물을 깨끗이 먹어치운 다음 꼭대기에 오른 뒤에야 녀석은 다른 나무로 날아갔다. 일하는 순서가 우리 로프공과는 역순이긴 하지만 꼭대기에서 나는 것은 똑같다. 벌써 20년이 지났지만 아직도 눈에 생생하다. 빨간 바탕에 검은 점박이 무늬가 새겨진 둥근 날개 딱지를 활짝 펴고 자랑스럽게 포르르 날아가던 모습.

오른쪽의 건이 형이 호스를 안전판에 걸더니 왼팔을 뒤로 돌려 등을 몇 번 치다가 머리께까지 올렸다 내렸다 되풀이한다. 형도 허리와 어깨가 아픈 모양이다. 오늘 아침 방바닥에 파스를 펴놓고 허리와 어깨에 어설프게 조준을 하던 내 모습이 유리창에 어린다. 욱신거리는 어깨를 벽에다 대고 치면서 벽 마사지를 하고 뚱뚱 부은 손가락으로 젓가락질을 할 수 없어 숟가락으로 어설프게 김치를 들어 올리던 모습. 손이 아파 칫솔도 잡을 수 없어 가글만 몇 번 하고 일그러진 표정을 짓던 얼굴. 그래도 아침에 형들을 만났을 때 힘든 걸 내색하지 않고 웃던 표정. 나는 스물아홉에 세상에 응석 부리기를 그쳤다. 그것은 하나의 혁명이었다. 하지만 아직도 고층에 대한 공포심은 혁명적으로 벗어던지지 못했다.

언젠가 건이 형에게 물어본 적이 있다. 허공에서 흔들리는 나무판에 앉아 무슨 내공으로 평정심을 유지하는지. 그는 창이 형이나 나만큼 가방끈이 길지도 않다.

"내공이라니, 난 그런 어려븐 말 모른데이. 내가 믿는 건 기타밖에 없다 아이가."

"줄 탈 때 무섭지 않아? 기타를 갖고 올라갈 순 없잖우."

"대신 줄 켤 때 즐겁잖나."

"말장난하지 말고, 솔직히 말해봐, 이 크레믈린."

나는 형의 등을 픽, 하고 한 대 쳤다. 형은 그래도 빙글빙글 입가에 웃음만 흘렸다.

"기타는 손가락으로 줄 켜는 기지만 우리 로프는 온몸으로 켜는 거 아이가. 그러이 장단 맞춰서 콧노래를 흥얼거려줘야제."

나는 내 자신이 점점 더 성말라가는 것을 느꼈다. 이거 누구

약 올리는 건가 싶었다.

"무서워죽겠는데 콧노래가 나와? 난 와들와들 떨리기만 하던데."

형은 윗니로 아랫입술을 깨물고 나를 한참 바라다보았다. 그러더니 툭 내뱉었다. 평소의 그답지 않은 퉁명스런 말투였다.

"내가 덜덜 떨믄, 그래, 니나 창이나 마음이 편켔나. 일마야."

마지막 말을 듣고 나서야 나는 안심이 되었다. 형이 무서움도 모르는 무슨 괴물 같은 독종은 아니라는 거다. 동지를 얻은 듯했다. 홀로 된 가난뱅이 어머니가 재혼을 하는 바람에 의붓아버지, 이복동생들과 함께 부대끼며 살았을 형의 삶은 어쩌면 나의 그것보다 더 녹록지 않았으리라. 형은 그 힘든 시기를 견디면서 로프공은 온몸으로 줄 켜는 사람이라고 자신을 납득시켰는지도 모른다. 그래, 어디서 무엇을 하든 그 줄을 켜는 거야. 기타처럼 품에 지그시 끌어안고 세련된 솜씨로 다라라 딴 디라라 다다라라 디라라라 다라라, 누군가의 가슴을 때리는 소리가 나도록.

그 생각을 하다 보니 건이 형이 꼭 '기타 켜는 무당벌레'로 보인다. 기타 켜는 무당벌레? 왠지 '무당벌레'라는 그 이름이 마음에 걸린다. 서양 사람들은 한낱 딱정벌레 일종인 이 곤충에다 굳이 '레이디'와 '새'라는 칭호를 붙이는데. 심지어는 레이디 메리라는 애칭까지 붙여주었다. 여왕 메리의 초상화가 붉은 바탕에 검은 점이 박힌 망토를 걸친 모습으로 자주 그려진 덕분이라고 했다. 1세인 피의 메리인지 2세인 비운의 메리인지는 모르겠다. 계모의 구박으로 프린세스에서 시녀 호칭인 레이디로 강등되었던 이력을 말하자면 피의 메리인 1세인 듯도 하다. 그 이름에는 비록 곤충이지만 신분을 격상시키고 싶은 사람들의 마음이 담겨 있는 것 같다. 그런데 우리나라에서는 화려한 등딱지가 무당의 옷을 연상시킨다고 해서 무당벌레가 되었다. 갑자기 딩동, 하고 뭔가가 머리를 스친다. 예언에 있어서야 무당이 전문가니까 여왕보다 한 수 위일 수도 있지, 라는 생각.

아침에는 꾸물거리던 하늘이 이제는 해가 반짝 난다. 왼손으로는 압착기를 잡고 붕대를 세제통에 넣고 오른손을 옆으로 편다. 장갑 속의 퉁퉁 부은 손가락을 꼼지락거려본다. 추워서 얼얼한 작업화 속의 발가락도. 내가 만약 자연의 아이라면 손가락 발가락으로 이 대기 속에서 온갖 자양분을 받아들이리라. 내 얼굴은 나뭇잎처럼 탄소동화작용으로 엽록소를 만들어 몸속으로 내려보낼 것이다. 그러고 나서 나는 무당벌레처럼 꼭대기에서 또 다른 나무로 날아갈 것이다.

이럴 땐 창이 형이 말한 굴뚝 청소부보다는 우리가 훨씬 좋은 조건이 아닌가 하는 생각이 들기도 한다. 그런데도 창이 형은 지금의 우리가 딱 그 소년들 신세라고 말한다. 아무리 자라고 싶어도 자라지 못하고 꽃도 피우지 못하는 병든 어린잎. 글쎄, 그 말이 맞는 걸까. 하긴 현대의 도시 문명 자체가 굴뚝이라면 도시를 씻어내는 우리는 신 굴뚝청소부라고 해도 좋을 것이다.

이제 30층까지는 내려왔을까. 담배 한 대 생각이 간절하다. 잠시 장갑을 벗고 담배를 피워 문다. 긴장이 조금은 풀리는 느낌이다. 사장은 한창때 안전판 위에 앉아 자장면도 시켜 먹고, 전화도 하고 소변도 보고 별거 다 했다고 하던데 형들은 도무지 쉴 줄을 모른다. 건이 형에게 말을 붙이려다가 그만두고 다시 봉대를 잡는다. 유리창에 세제를 바르다가 보니 창틀이 벌어져서 물로 씻어내다가는 물이 안으로 들어갈 것 같다. 건이 형을 불러올 좋은 건이 생겼다.

"형, 여기 좀 봐줘. 창틀이 벌어졌는데 물을 막 쏴도 되겠어?"

"그라믄 살살 씻어내면 안 되나."

"그래도 함 와봐. 조심스러워서."

형은 압착기를 유리에 몇 번 옮겨 붙이며 롤링으로 마실을 온다. 형의 얼굴은 새카만 땟국이 잔뜩 튀어 완연한 검은 곰보다. 나는 웃음이 나오려는 것을 겨우 참는다.

"와? 뭐가 우습노?"

"형, 지금 뭐 같은 줄 알아? 깜둥이 곰보."

"야, 니는 뭐 아닌 줄 아나? 이런 바보 곰보."

뺨에 점점이 새까만 땟국이 튄 형의 얼굴이 갑자기 무당벌레의 등딱지처럼 보인다. 건이 형은 로프공으로 짬밥이 쌓인 데다 일도 억척스럽게 추어내니까 선홍색 바탕에 검은 점 일곱 개가 또렷하게 찍힌 먹보, 칠성 무당벌레인 게 틀림없다. 칠성무당벌레는 하루에 수백만 마리의 진딧물을 먹어치운다고 할머니는 말했다. 곱상하게 생긴 창이 형은 주황색 바탕에 검은 점이 스물여덟 개나 되는 잡식성 28점박이 무당벌레다. 이 녀석이 진딧물에다 감자 잎이나 가지 잎까지도 먹어치우듯이 창이도 늘 다른 걸로 먹고살 길 없나 탐색을 하니까. 나는 뭘까. 아직 풋내기여서 바탕색도 점도 흐릿하니까 달무리무당벌레쯤 되려나. 우리는 서로를 쳐다보면서 웃음을 짓는다. 형은 창틀이 벌어진 유리창을 자세히 살피더니 자기 엉덩이에 꽂아두었던 수건 하나를 내민다.

"창틀이 망가졌구마. 물 스며들겠데이. 안에 뭐가 있는지 모르이 여기에 물 묻혀서 기양 닦아줘라."

"형은 역시 준비성이 있군."

"요새는 니, 무서울 때 속으로 여친 이름 안 부르나?"

"아유, 형 또 그 얘기야, 그만 좀 하셔."

언젠가 한 번 내가 수희 이름을 중얼거린 것을 형은 아직도 잊지 않고 있다. 요만큼만이라도 형과 얘기를 하고 나니까 떨리던 마음이 진정된다. 아침을 먹는 둥 마는 둥 해서 출출하기도 하고 무섭기도 한 지금 유리창에 수희가 내 원룸에 찾아왔을 때의 영상이 어른거린다. 이보다 더 달콤한 그림은 없다.

"오빠, 서프라이즈! 나 목표 달성했다. 47, 24, 212."

"몸무게, 허리둘레는 알겠는데, 212는 뭐냐."

"그것도 몰라? 암 리치. 서서 팔을 쭉 뻗었을 때 몸 전체 길이잖아. 기내에서 선반을 열었다 닫았다, 짐도 내려주고 해야 하니까."

"하는 일에 비해 용어가 더 거창하구나. 난 또 뭐 대단한 거라고."

쓱 훑어보자 정말 눈에 띄게 호리호리해졌다. 키 173센티미터에 60킬로그램 나가던 몸무게를 45킬로그램으로 줄인 수희. 로프공만 목숨 거는 게 아니다. 살인적으로 살을 빼고 온갖 스펙을 다 쌓은 뒤에 기내에서 일하는 수희의 모습을 상상해본다. 입구에 서서 승객에게 90도로 배꼽인사 하기, 기내식을 나르고 음료수 따라주고 면세품 팔기, 양변기 이용법을 모르는 승객이 뚜껑 위에 턱하니 진흙 작품 만들어둔 것을 지독한 냄새를 감상해가며 치우기. 아냐, 어쩌면 수희는 그동안 갈고닦은 심폐소생술로 심근경색에 걸린 승객을 살려내거나 흉기를 든 공중납치범을 순간의 재치와 어려서부터 단련한 태권도 실력으로 제압해 수백 명의 생명을 구할지도 모른다. 어쨌든 나는 수희가 바람에 툭 꺾일까 염려스럽지만 흔쾌히 축하해준다.

"장하다. 해냈구나, 우리 수희. 굶기를 밥 먹듯 하더니만. 결국 몸뚱어리 치수 게임이로구나."

"무슨 그런 섭한 말을. 최소한 3개 국어 구사에다 심폐소생술 자격증, 교양, 매너, 싱그러운 미소에 스타일까지 고루 갖춰야 한다고. 근데 내 허벅지 어때. 아직도 무지 굵지, 응?"

"무슨 미인대회에 나가냐? 스튜어디스는 무엇보다도 건강해 야지. 허벅지 굵기가 건강의 척도라던데."

"내가 오빠 땜에 미쳐, 정말. 다음 주에 카타르 항공 오픈 데 이 있단 말이야. 먼저 스타일로 심사위원들 눈을 확 사로잡아야 한다고."

자격 제한 없이 뽑는다는 외국 항공사의 오픈 데이를 그려본 다. 굶어 죽을 각오로 몸매를 가꾼 지원자들이 저마다 스타일을 뽐내며 심사위원들 앞을 한 바퀴 돌아 차례로 선다. 한순간도 미소를 입에서 놓아서는 안 된다. 조금 더 밝게, 환하게. 일곱 살 소녀처럼 천진스럽게, 아니 아랍의 부호를 뻑 가게 만드는 그런 뇌쇄적인 미소를. 수희가 몇 차례 미역국을 먹은 뒤.

"오빠, 좋은 네이티브 선생 알아? 아마도 내 발음 때문인가 봐."

"지금 와서 발음 굴린다고 토종이 네이티브 되냐? 차라리 다 른 직장 알아봐. 그 정성이면 신의 직장이라는 데도 들어갔겠 다, 야."

"날 뭐로 아는 거야. 내가 한다면 한댔지. 도와주진 못할망정 쪽박 깨자는 거야 뭐야."

더 이상 험한 말이 나오지 않도록 나는 키스로 수희의 입을 틀어막는다. 재빨리 수희의 티셔츠 밑으로 손을 밀어 넣는다. 손안에 쏙 들어오는 치즈 비스킷만 한 젖가슴.

"내 꺼 너무 작지, 응?"

수희는 어느새 작은 가슴 타령이다. 그럴 땐 수희가 정말 바보처럼 보인다. 또 내 수작에 넘어가는구나. 나의 손길을 기다려온 듯 꼿꼿하게 선 건포도만 한 젖꼭지.

"아니, 나한테는 이거면 충분해. 이렇게 작은 게 나중에 엄청 커진대."

지금 우리에게 있는 건 미숙한 두 몸뚱어리뿐이다. 수희도 나도 무당벌레의 등딱지가 아직 다 단단해지지도, 점의 색깔이 쨍할 만큼 무르익지도 못했다. 우리는 둘 다 달무리무당벌레다. 나는 입술을 포갠 채 수희를 안고 침대로 간다. 나는 오래도록 참아왔던 터라 곧 터질 것 같은데 수희는 아직 초저녁이다. 밤새 나는 코피깨나 터진다. 우리들의 절망은 매일 밤 그렇게 미결인 채로 무마되고 처리된다. 하지만 언제까지 그것이 풋내 나는 우리 몸뚱어리만으로 얼버무려질 수 있을지는 모르겠다.

후배인 수희는 아직 나만큼 패배의 이력이 화려하진 않다. 포기하기에는 이른지도 모른다. 지금까지 내가 썼던 80통의 이력서와 자기소개서가 휴지 조각이 되어 공중을 날아다닌다. 나보다 다섯 통을 더 썼다며 계면쩍어하던 창이 형의 얼굴이 보인다. 대학 진학률 80몇 퍼센트로 OECD 국가 중에서 1위를 차지한 우리나라는 자랑스러운 교육 대국. 하지만 아무도 진실을 알려고 들지 않는다. 대학 시절 내내 미팅 한 번 못 해보고 죽어라고 공부해 졸업장 따도 일자리와 직접 연결되지는 않는다는 걸. 대학 졸업장은 결국 취미 생활 자격증에 지나지 않는다는 것을. 하지만 아무짝에 쓸모는 없어도 어깨에 걸치고 폼 잡기에는 그만한 종잇장도 없다. 별 도움이 되진 못하지만 세계 유수의 대학 학위를 가진 쟁쟁한 교수님들이 들러리를 서주니까. 거리의 미화원을 하더라도 일단 그 물에 가서 신고를 해야 하는 곳. 대졸 미화원이 빗자루로 쓴 자리는 '학사 청소구역'이라는 팻말에 별 다섯 개가 찍혀 있을 테니까.

창이 형은 아직도 나보다 한 다섯 층쯤 처져 있다. 괴팍하기는 해도 형은 완벽주의자다. 대충 좀 하지, 혼자 중얼거리다 형을 불러본다.

"어이 형, 그만 좀 하고 내려와. 어디 왕비마마 침실 닦으셔?"

"일할 때 말 시키지 마. 남 참견할 시간이 어디 있냐, 인마."

"옆도 좀 돌아볼 줄 알아야지, 형. 난간에서 뛰어내리려는 사람 있어도 구하지도 못하겠수."

"아서라. 꿈 깨. 세상에 그런 일은 없어."

"누가 알우. 막 뛰어내리려는 아가씨를 형이 받아서 돌려주면 그 집에서 형을 구세주로 알고 사위 삼을지."

"너 지금 여기가 어딘데 그따위 황당한 소리야. 쓸데없는 망상 하지 말고 빨랑 일이나 해."

그런 일은 정말 없을까. 30층짜리 아파트에서 15층의 유리창을 닦고 있을 때일 수도 있다. 두려움을 떨치려고 내가 건이 형의 비법대로 노래를 흥얼거린다고 치자. '하루도 안 돼 보고 싶어져, 어쩌죠, 내 맘을.' 아이돌 그룹만큼 섬세하게 목소리를 떨지 못한다고 수희한테 핀잔깨나 듣던 노래다. 한 동짜리 아파트여서 혼자 작업하면서 '어쩌죠, 내 맘을' 부분을 목젖이 차르르 떨리도록 되풀이 연습하고 있는데 같은 세대의 베란다 창문이 열린다. 오른쪽으로 3, 4미터 떨어진 거리. 냉수 한 잔 들고 나오는 어떤 아주머니겠지, 싶어서 눈길도 주지 않는다. 그러다 느낌이 이상해 돌아보자 뜻밖에도 파릇파릇한 여자가 난간을 기어오른다. 여자는 곧 뛰어내릴 자세를 취한다. 나는 얼른 압착기를 짚고 그녀에게 다가간다. 허공을 향해 몸을 날리려던 여자의 탱탱한 종아리가 내 품에 들어온다. 무당벌레의 비행 타이밍은 절묘했다. 여자를 조심조심 베란다에 내려놓는다. 그때 앙칼진 목소리와 함께 철썩하고 내 뺨에 올라오는 따귀.

"당신, 남의 일에 웬 참견이야? 또 노래를 하려면 제대로 해야지. 음치 아냐? 아유 짜증나."

나는 놀라서 여자를 쳐다본다. 흰색 티셔츠에 청바지를 입고 큰 눈은 어디 먼 곳에 닿아 있는 듯한 얼굴이다. 찌푸린 얼굴로 나를 노려보던 여자가 와락 두 손으로 굴뚝 소년처럼 땟국이 흐르는 내 얼굴을 낚아채더니 내 입술에 자기 입술을 포개고 비벼댄다. 저항할 겨를도 없다. 까만 땟국이 튄 내 얼굴이 실은 수려한 무당벌레라는 걸 알아보는 이도 있구나, 음치도 가끔 누군가에게 구원이 되는구나, 생각하며 한창 키스에 몰두해 있을 때 웬 남자의 호통소리가 들린다. 밑으로 빼꼼히 열린 유리문 틈에서 나오는 소리.

"이봐, 당신 돌았어? 왜 이 유리창에만 물을 쏘아대는 거야? 벌써 몇십 분째야."

화들짝 정신이 든다. 여자는 간 곳 없고 옆을 보니 건이 형도 없다. 형은 저 아래 내려가 있다. 나는 진도를 맞추려고 설레발을 치며 유리창을 닦아 내려간다.

요즘 날씨는 정말 변덕스럽다. 조금 전 햇빛이 나서 좋아했더니 갑자기 바람이 세차게 불어젖힌다. 영화 속에서 지하철 환기구의 바람이 미녀의 치맛자락을 들쳐 올린 뒤로 도심의 돌풍은 그 이름을 따서 먼로풍으로 불리게 되었다. 이름은 매혹적이지만 바람은 드세고 사납다. 빌딩 벽에 부딪힌 바람은 가속도가 붙은 데다 빠져나갈 골이 좁다 보니 벌판에서보다 훨씬 더 강한 속력을 얻게 된다. 나는 압착기를 잡은 채 유리창에 껌처럼 붙어 있으려고 안간힘을 쓴다. 건이 형도 역시 압착기를 팔로 꾹 누른 채 꼼짝 않고 있다.

우리보다 조금 진도가 뒤져 있어 마음이 바빴던 것일까. 창이 형은 바람이 부는데도 계속 작업을 한다. 저러다 일 나지. 창이 형은 무당벌레가 천적을 만났을 때 죽은 시늉을 하면서 꼼짝 않고 있는 걸 모르나 보다. 형이 손을 다른 곳으로 옮기려하고 있을 때 바람이 세척기를 탈취해 간다. 허둥대는 창이 형. 오른손으로 로프를 잡는 손에 몸무게가 쏠렸는지 안전판이 한 바퀴 돌아버린다. 놀란 창이 형이 오른발로 유리창을 짚으려는 찰나 다시 돌풍이 불어와 안전판을 한 바퀴 더 돌린다. 안전판에 달린 줄과 작업용 로프가 배배 꼬여 형은 옴짝달싹도 할 수 없다. 일을 수습하려 허둥대다 압축기까지 떨어뜨린다. 닻을 내릴 곳이 없는 안전판은 다시 한 번 돌풍에 돌아버린다. 줄이 왕창 꼬였으니 샤클도 조종이 안 돼 지상으로 내려올 수도 없다.

창이 형도 창이 형이지만 이제는 내가 못 견딜 것만 같다. 무엇을 떠올리면 이 공포를 이겨낼 수 있을까. 생명의 신호를 탐지하는 온갖 단자를 달고 누워 있는 병상의 어머니. 아파트 계단에 엎드려 신주를 닦는 어머니. 몇십 번이나 문질러야 광택을 보여줄까. 위대하고도 인색한 신주. 파도처럼 크게 일렁이는 엉덩이. 일렁이는 엉덩이에 활짝 피어나는 꽃무늬. 프랑스어에서 어머니와 바다는 같은 발음이다. 어머니도 라 메르, 바다도 라 메르. 나를 품었다가 쏟아낸 엉덩이. 홀연 어떤 생각이 머리를 스친다. 내가 어머니의 몸뻬 바지에 찍힌 꽃무늬가 아닐까 하는. 그 꽃을 피우려 신주를 닦던 어머니. 안전판에서 갑자기 다른 냄새가 나는 것만 같다. 이건 내가 쓰는 세제 냄새가 아니다. 킁킁, 그래, 맞다. 규조토와 땟국이 뒤섞여 나는, 어머니의 몸뻬 바지 냄새다. 그 퀴퀴하던 냄새가 지금은 향긋한 박하 향처럼 코를 간질인다. 만약 내가 지금 떨어질 운명이라면 나는 어머니의 몸뻬 바지에 얼굴을 처박고 그 퀴퀴한 냄새를 맡으며 지옥이든 천당이든 갈 것이다.

바람은 아직도 잦아들지 않는다. 제발 창이 형이 돌풍에서 살아남기만 하기를. 형은 아직 나와 얘기가 덜 끝났다. 우리는 이 세상에 '무작정 내팽개쳐졌는지 아니면 세상의 온갖 달콤한 맛들을 즐기려고 태어났는지'에 대해서. 먼로풍이여, 왜 하필이면 이 빌딩 골목에서 떠나지 못하는가. 미녀 바람이 혹시 우리 중의 누구한테 꽂혀서 그런 건가. 그렇다면 꽂힌 상대가 누구인지만 말해보라. 세상의 뭇 잘난 정치가와 작가 들도 채워줄 수 없었던 그대의 갈망을 이 김우용이 확실하게 해결해주겠다. 먼로가 내 간절한 읍소를 들었는지 바람은 서서히 잦아든다. 건이 형이 큰 소리로 외친다.

"창아, 쪼매만 기다리그래이. 우리가 풀어줄 테이께. 용아, 니도 빨리 밑으로 내리온나. 다시 위로 올라갈 끼다. 가서 창이 양쪽으로 내리올끼데이."

나는 잰 발길로 줄을 타고 내려가기 시작한다. 내려가며 생각해본다. 오늘도 여기저기서 로프공이 추락했다는 뉴스가 들릴 것이다. 그래도 사장은 다른 업체들과 머리싸움을 하며 입찰가를 저울질하겠지. 줄도 잘 풀리고 쓱쓱 하강도 무리가 없어 이 판에 들어온 지 처음으로 외줄도 탈 만하다는 생각이 드는 순간, 밑에서 뭐라고 왕왕대는 소리가 들린다.

"오늘은 진도가 영 형편없구만. 모두에게 알린다. 오후에는 그동안 맹훈련시킨 신입 로프공도 함께 투입한다. 누가 가장 빨리 깨끗하게 끝내는지 볼끼다. 앞으로는 짬밥보다 능력이다. 점심 든든하게 먹고 오도록. 정각 2시 옥상 집합."

언제 왔는지 사장이 사투리도 별로 섞이지 않은 근엄한 목소리로 외친다. 맙소사. 요즘 들어 회사 분위기가 수상쩍다 했더니만. 공포를 느끼는 것도 이젠 사치라는 생각이 뇌리를 스친다. 창이 형과 개똥철학을 얘기하던 때가 이제 보니 로프공의 전성시대였나 보다. 내 눈앞에는 벌써 장관이 펼쳐진다. 50층 꼭대기에서부터 수십 명의 로프공들이 각자 외줄에 매달려 사장의 준비, 땅! 신호를 기다리는 장면이다. 더 빨리, 더 깨끗하게 유리창 닦기 레이스가 곧 펼쳐진다. 목숨이 무슨 상관인가. 순위에 들어야 살아남는다. 어쩐지 생긴 게 저울대의 접시를 닮았다 했더니 안전판이 기어코 내 몸값을 달고야 만다. 대저울 접시에 놓인 내 목숨 값이 파리 무게와 균형이 맞아떨어지는 그림이 그려진다. 자지러질 듯 아찔한 느낌. 나는 입을 옥다문 채 허공에다 경쟁력 있는 발길을 내질렀다.

루
소
와
의

산
책

이 맑고 따뜻한 5월에 내 몸은 웬 한기에 떨고 있는 것일까. 지하철 인덕원역에서 마을버스를 기다릴 때만 해도 오랜만에 루소와 면회소 밖에서 만난다는 생각에 마음이 설레었는데. 전면에 내걸린 '정성껏 모시겠습니다'라는 문구와 입구를 장식하는 무성한 나무들에도 그곳에서 뿜어져 나오는 냉기는 어쩔 수 없는 모양이다. 그것이 막 돋아나는 차나무의 새순 같은 어린 루소를 가두고 있는 직육면체의 차가운 시멘트 상자임에야. 봄의 햇살이 내려쬐는 운동장을 타박타박 걸어 그 상자 속으로 들어가려는데 갑자기 가슴이 콱 막혀오는 듯하다. 무슨 말로 루소의 마음을 풀어줄까. 법전을 뒤져가며 어렵게 따낸 특별 면회일인데. 걱정이 앞서 발걸음이 잘 나가지 않는다. '아직 미성년에다 국내에 보호자도 한 명 없는 루소야말로 특별교화대상'이라는 탄원서를 낸 지 한 달 만이다.

'차 밭에서 태어나 거기서만 살다가 온 아이다. 단 몇 분이라도 좋으니 운동장을 같이 거닐게 해달라. 창살이 쳐진 유리 벽을 사이에 두고 10분간 주어지는 면회로는 그의 마음을 열 수가 없다.' 솔직히 허락이 떨어질까 의심했었다. 3급 공무원 이상, 아니면 국회의원을 동반해야만 허락된다는 장소 변경 접견이다. 허락 통지서를 받은 날은 세상이 내 편이라도 된 듯 가슴이 뛰었었다. 여자와의 첫 데이트 때보다 더 신바람이 났었는데 막상 그날이 닥쳐오자 가슴이 점점 납덩이가 되어갔다. 무거운 건 쇠붙이만이 아니었다. 루소가 이토록 내 마음에 큰 짐이 될 줄은 몰랐다. 그저 스리랑카의 차 밭에서 아버지 공장에 일하러 온 외국인 근로자 중의 한 명일 뿐이라고 생각할 수는 없었을까.

민원실 창구에 접견 신청서를 써서 주민증과 함께 접수한다. 신청서를 다시 돌려받은 다음 대기실에 앉는다. 오래 보지 못한 살붙이를 만나겠다는 가족들의 더운 입김으로 대기실의 공기는 아침부터 후덥지근하다. 안절부절못하고 서서 줄담배를 피우는 사람들, 멍하니 앉아 티브이를 보며 초조함을 달래는 사람들도 있다. 면회를 끝내고 사식이나 영치금을 넣으려고 창구에 길게 줄 선 사람들 중에는 눈가가 짓물렀거나, 더는 한숨을 내쉴 기력도 없어 보이는 사람들도 있다. 몇 평 되지 않는 작은 공간은 온 세상의 근심을 떠안고서 곧 질식할 것만 같다. 일그러진 표정들을 피해 전광 안내판으로 눈을 돌린다. 각 회차마다 시간과 수용자 번호가 뜬다. 차례가 오면 수용자 번호가 방송으로도 나온다. 40여 분을 기다렸을까. 마침내 전광안내판에 15회차 루소의 번호가 뜬다. 23호 접견실. 오직 숫자로만 존재하는 사람들. 대기실을 나와 접견실이 있는 건물로 들어간다. 교도관이 접견 신청서와 내 신분증을 확인한다. 그는 다시 신분증을 돌려주고 신청서를 옆의 교도관에게 건넨다. 내 신청서를 받은 중년의 교도관은 신청서를 컴퓨터와 한참 동안 대조하더니 눈동자를 굴리면서 나를 아래위로 훑는다. 무슨 문제라도 생긴 것일까, 가슴이 졸아든다. 첫 직장의 면접을 볼 때보다도 더 긴장되고 떨리는 순간. 무심한 표정의 교도관은 손을 펴서 옆으로 선을 긋는 신호를 한다. 통과했으니 빨리 옆으로 비키라는 뜻인 듯하다. 과도한 업무에 지쳤는지 말 한마디 하기 싫은 눈치다. 23호 접견실로 가서 문 앞에 선다. 양옆으로 뻗은 긴 복도에 문들이 총총 박혀 있다. 접견실의 크기가 짐작이 된다. 각 방마다 접견인이 서서 벨이 울리기를 기다린다. 이 번거로운 절차, 절차들. 사람을 만나기도 전에 지쳐서 돌아가고만 싶다. 하지만 나는 내 자신에게 타이른다. 여수 엑스포에서는 일고여덟 시간도 줄 서서 기다렸다던데 한두 시간쯤이야, 하고.

새벽부터 공장에 나가 부산을 떨었다. 면회할 시간을 내려면 일을 서둘러야만 했다. 용광로에서 나오는 무서운 열기에 얼굴은 화끈거리고 티셔츠는 금세 땀에 젖었다. 지붕에는 환풍 장치가 있고 옆에는 대형 선풍기가 왕왕거리는 소음을 내면서 돌아가고 있지만 고온의 열처리로를 품고 있는 공장 안은 언제나 펄펄 끓는 열대였다. 나는 왼팔로 이마의 땀을 훔치면서 오른손으로는 천장의 크레인에서 내려온 대형 리모컨을 조종해 금속 덩어리들이 들어 있는 케이지를 들어 올렸다. 케이지가 내 머리 위 용광로 높이까지 올라갔을 때 나는 리모컨의 단추를 다시 한 번 확인했다. 몇 달 전 금속 덩어리가 내 머리 위로 떨어질 뻔했던 때가 기억나서였다. 리모컨이 아직 손에 익지 않은 상태에서 우물쭈물하다 그만 단추를 잘못 눌렀다. 루소가 달려와 잽싸게 단추를 다시 고쳐 누르지 않았더라면 무거운 쇠뭉치들은 내 머리 위로 떨어졌을 것이다. 그랬다면 지금 나는 이 세상에 없을 것이고 루소 걱정은 하지 않아도 되었을 텐데. 들어 올린 금속 덩어리들을 열처리로에 넣고 용광로의 문을 잠갔다. 몇 시간 뒤 꺼내서 물이나 기름에 담가 급랭시키면 강도가 몇백 배나 세어진 새로운 금속이 탄생한다. 아마도 사람을 그렇게 열처리해서 강한 인간으로 다시 태어나게 할 수만 있다면 아버지는 주저 없이 나를 그 안에 집어넣으려 할 것이다.

"네놈도 이런 데 한번 집어넣었다가 꺼냈으면 쓰겠는데……"

열처리로 앞에 설 때면 나를 바라보는 아버지의 못마땅해하는 시선이 뒤통수에 와서 꽂히는 듯했다. 식구들 먹을 거 입을 거 다 희생해가며 6년간 파리 유학비를 대준 대가가 논문 없는 귀국이었으니 나도 할 말은 없다. 하지만 학위라는 걸 기한을 정해두고 그 기간 안에 따내든지 아니면 때려치우고 공장일이

나 배우라고 압박을 가하는 것이 합당한 일인지는 나도 잘 모르겠다. 논문 없는 귀국으로 나는 아버지에게 '대책 없는 약골'이라는 낙인이 찍혔다. 벌써 3년째 외국인 노동자들을 데리고 아버지의 공장을 돌보고 있는 것은 유학비를 갚고야 말리라는 각오에서였다. 하지만 그보다도 더 절실한 것은 그 '약골'이라는 낙인을 지우는 일이었다. 그 순간 나는 아차 했다. 온도 제어용 컨트롤러를 설정하지 않은 거였다. 소재마다 처리 온도가 다 달랐다. 오늘 넣은 금속은 특수 합금이어서 섭씨 1천 도 이상으로 설정해야 했다. 어깨너머로 아버지의 불호령이 떨어질 것만 같았다.

"정신을 어디다 두고 있는 거야. 보잉사 에어버스가 착륙하는 중에 랜딩 기어 지지대가 부러지는 꼴을 보고 싶나."

자동차 부속품이나 포클레인의 유압실린더도 똑같이 처리된 금속을 쓰지만 나를 야단칠 때면 아버지는 언제나 보잉사 비행기의 랜딩기어를 예로 든다. 하기는 외국 유명 항공사에 납품하는 열처리 회사라는 이름 덕분에 아버지는 특수금속의 경우 거의 일거리를 독점하고 있으니 그보다 더한 긍지는 없을 것이다. 육중한 열처리로와 냉각 장치 외에 공장 안에 뒹구는 것은 곧 용광로에 들어갈 예정이거나 들어갔다 나온 금속과 강철 덩어리들뿐이다. 풀 향기 그윽한 차 밭에서 살다가 온 소년, 루소가 일하던 곳이다.

딩동 벨소리에 정신이 번쩍 든다. 23번 면회실 문이 열리고

젊은 교도관이 루소를 데리고 나온다. '어이 루소' 하고 반갑게
불러보지만 녀석은 대답 없이 멀뚱하게 쳐다보기만 할 뿐이다.
황토색 죄수복에 3748 수용자 번호를 가슴에 단 루소의 모습은
까칠해 보인다. 그는 아직도 굳어 있다. 일주일 전보다 더 수척
해진 모습. 교도관이 내게 따라오라는 눈짓을 한다. 그는 마당
으로 통하는 문을 열어준다. 나는 루소의 손을 잡는다. 손이 차
디차다. 한창 피가 끓어야 할 십대에. 더구나 죽은 생명들이 피
어나는 5월, 청계산 자락에서. 누와라엘리야의 자연이 낳은 아
이를 엉뚱한 곳에서 가둬두고 있는 형국이다. 상큼한 바람을 쏘
이며 따스한 햇볕 아래 모락모락 자라나야 할 아이를. 루소와
나는 교도관을 따라 마당을 걷기 시작한다. 교도관이 뒤로 돌아
서서 나를 다시 한 번 꼼꼼히 훑어본다. 무슨 수로 너 따위가
장소 변경 접견을 따냈느냐는 듯이. 장소도 무슨 운동장이라니.
나를 괴짜로 보는 듯한 눈길이다. 그는 멈춰 서서 나와 루소가
앞으로 나아가도록 기다리는 눈치다. 뒤에서 따라오려나 보다.
　"밥 좀 먹냐?"
　"……"
　나는 그의 손을 잡고 발걸음에 속도를 낸다. 내가 하나 마나
한 얘길 물어본 거다. 푹 팬 볼을 보면 모르나. 요즘 통 밥이 목
구멍을 잘 넘어가지 않을 거라는 걸. 어영부영하다가는 잘 먹고
잘 자느냐, 기본적인 안부만 묻다가 30분이 금세 다 지나가버
릴 것 같다. 그렇다고 하고 싶은 얘기로 곧바로 들어갈 수는 없

다. 분위기가 무르익어야만 운을 뗄 수 있는 것이다.

"우리 운동장 한 바퀴 돌고 나서 저 나무 밑에 있는 벤치에 가서 앉을까?"

루소는 내게 손이 잡힌 채 말없이 따라온다. 손에 와서 닿는 감촉이 많이 부드러워졌다. 손을 꼭 쥐어본다. 처음 왔을 때 그의 손이 생각난다. 마른 논처럼 갈라져 상처투성이이던 손바닥이며 찻잎의 물이 배어 시커멓게 변한 손톱. 그것은 16세 소년의 것이라고는 믿기지 않을 정도로 험하고 거칠었다. 2년 넘게 한국 물을 먹은 덕분일까. 손마디에 굳은살이 조금 남기는 했지만 많이 깨끗해졌다. 여기 온 뒤로는 주로 리모컨을 눌려 일을 하거나 흰 장갑을 끼고 쇠붙이를 들어 나르기 때문일 것이다.

30분의 면회 시간을 얻었을 때의 희열은 온데간데없다. 새벽에 숙직실에서 빵을 적셔 먹으려고 커피포트에 찻물을 끓일 때만 해도 일말의 기대는 있었는데. 적막한 새벽이어서인지 오늘따라 물 끓는 소리가 유난히 크게 들렸다. 마치 오늘 면회에 대한 기대감이 가슴속에서 증폭되는 소리처럼 들리기도 했다. 끓는 물을 부어 유리 다기를 데웠다. 어머니가 한두 번 쓰고는 거들떠보지도 않는 다기를 내가 숙직실로 가져온 것이다. 어머니가 차를 준비할 때의 소박하고 차분한 아취를 즐길 줄 아는 사람이었다면 그렇게 광란의 오디션 열풍에 놀아나지 않았을 것이다.

다기의 물을 비우고 차를 한 줌 넣은 뒤 포트를 높이 들어서 새로 끓인 물을 부었다. 끓인 물을 한 김 뺀 뒤에 80, 90도 쯤 되었을 때 붓는 우리 녹차 우리기와는 다른 모양이었다. 펄펄 끓는 물을 부으라고 설명서에 나와 있었다. 발효된 차라서 그럴지도 모른다. 루소가 처음 한국에 올 때 가져온 실론 블랙티. 우리가 '홍차'라고 부르는 것이다. 실론티만의 고유한 마크인 사자 무늬가 찍혀 있고 옆에는 영국 근위병이 그려져 있었다. 사자 무늬는 오직 스리랑카에서 생산, 포장된 것에만 쓸 수 있다고 통에 쓰여 있었다. 영국 근위병 모습이 그려져 있지만 원산지는 스리랑카이고 차 이름은 누와라엘리야다. 루소가 태어나 자란 곳의 지명을 딴 것이다. '사이프러스 향내에다 유칼리의 박하 향이 공기에 감돌아 차향이 좋은 거래요.' 무슨 냄새를 그리워하는 듯 코를 찡긋거리며 말하던 그때 모습은 명랑한 소년이었는데.

그의 어머니는 오늘도 벌써 차 밭에 나갔을 터였다. 차나무마다 맨 위에 난 새순 두 개만을 반드시 손으로 따야 하는 작업이다. 찻잎을 따던 중에 진통이 오는 바람에 차 밭에서 태어난 아들이 루소였다. 아들이 열여섯 살에 한국어 시험에 통과했을 때 마침내 식구 중에 누군가가 차 밭을 떠날 수 있게 되었다고 덩실덩실 춤을 췄다는 어머니. 미성년자인 루소와 그의 친구 꾸마라가 어떻게 해서 한국에 들어올 수 있었는지는 아버지도 나도 모른다. 한국어 성적이 워낙 좋아서였을까. 누가 초청을 한 것일까. 아니면 더 싼 노동력을 얻으려고 누군가가 술수를 부린 것일까.

차가 우러나기를 기다리는 동안 찻잔에 찍힌 튤립 꽃무늬가 특이해서 뒤집어보았다. 네덜란드 델프트 도자기였다. 이국적인 것에 대한 어머니의 집착은 도저히 말릴 수가 없다. 물건만이 아니라 어머니는 다양한 피부색에 대해서도 관심이 많다. 자신은 다문화적인 안목이라고 말하지만 내가 보기에는 최근의 유행을 좇는 겉멋에 지나지 않는다. 루소가 일을 저지르게 된 이면에는 그와 함께 한국에 들어온 동갑내기 꾸마라에 대한 어머니의 편애가 작용하지 않았다고는 할 수 없을 것이다.

"열처리 기사라고 다 똑같은 기사인가. 회사에 즐거움과 희망을 주면 대우도 달라져야 하는 게지."

식탁에 마주 앉기만 하면 은근슬쩍 꾸마라의 봉급을 올려줄 것을 아버지에게 채근하던 어머니. 남편이 작은 열처리 공장을 하고 있음에도 아내는 항상 분수에 넘는 사치를 하고, 얼토당토 않은 환상을 꿈꾸었다. 이벤트 회사의 뮤지컬 제작에 기금 모금자로 한 다리 걸쳐본 경력뿐이면서 회사 내에 연예기획팀을 만들겠다고 큰소리쳤다. 열처리 회사와 연예기획팀. 정말 잘도 어울리는 조합이다.

"내가 그 방면에 감각이 있다고. 먼저 티브이 오디션 프로에 내보내 인지도를 높이는 거야. 그런 다음 백화점 VIP 고객 초청 만찬이나 환갑, 칠순 잔치 같은 이벤트에 내보내면 투자한 만큼은 뽑을 수 있어."

모두가 비웃을 허황된 꿈을 꾸면서도 어머니는 항상 희망적이었다. 그런 막무가내가 꾸마라를 가수로 데뷔시켰는지도 모르지만 루소 같은 희생양을 낳기도 했다. 루소는 어제도 내 꿈속에 나타났었다. 피 묻은 칼을 든 채 벌벌 떠는 그의 모습이 꿈에 보이는 날이면 나는 으악, 하고 비명을 지르면서 벌떡 일어난다. 식은땀이 주르르 등줄기를 타고 흘러내렸다. 그는 한마디 말도 하지 않지만 내 귀에는 그의 외침이 들려왔다.

"이건 너무해요. 말이 안 돼요."

이어서 그날 공장 앞 골목에서 꾸마라가 루소의 칼에 맞아 쓰러진 뒤 직원들이 웅얼거리던 소리가 되살아났다.

"사람 일이란 참 알 수가 없어. 똑같이 스리랑카 차 밭에서 왔는데 누구는 어쩌다 사모님 눈에 띄어 일도 안 하면서 돈만 펑펑 쓰고 다니니."

"그러게, 어쭙잖은 노래 연습, 춤 연습만 하고 말이야."

"눈꼴시도록 고깝게 군다 했어. 자식이. 아직 정식 엔지니어도 못 되고 시다바리인 주제에 벌써 스타가 다 된 것처럼 뻐기고 다니고."

6년 만에 파리에서 돌아와서 놀란 것은 오디션 열풍이 부는 사회 분위기였다. 그 바람을 타고 해외의 교민들도 출연 러시를 이루었다. 우승은 못했어도 미국 교포 청년이 인기를 얻어 스타덤에 오르고 조선족 가수가 대상을 탄 적도 있었다. 그런 프로그램이 방영되는 날이면 어머니와 여동생들은 아예 외출도 하

지 않고 텔레비전을 끼고 살았다. 신참 가수가 나오면 훈수까지
둘 정도로 반 전문가가 되어 있었다. '그렇지. 거기선 연약하고
부드럽게, 그다음엔 절정을 만드는 거야. 몸을 있는 대로 뒤로
젖히고 온 목숨과 목청을 다해 가슴이 터질 듯 소리 지르면서.
마지막으로 한숨을 폭 쉬고는 애절하게 속삭이듯, 짧고 감칠맛
나게 마무리.' 어머니의 말투는 어느새 심사위원인지 멘토인지
하는 사람들의 그것을 그대로 닮아갔다.

　말없이 손잡고 운동장을 걷는 것도 나쁘지는 않다. 하지만
30분을 요긴하게 써야만 한다. 꼭 해야 할 말부터 먼저 해야
겠다.

　"뭐 필요한 거 없니? 먹고 싶은 거라든지. 가기 전에 간식 넣
어줄게. 몇 명이 같이 있지?"

　그는 잠시 생각하더니 시선을 아래로 내린 채 대답한다.

　"나랑 합해 다섯 명."

　"구운계란이나 빵이 나을까. 귤이나 떡갈비도 있던데. 아니
면 지난번처럼 영치금을 넣고 갈까."

　루소는 아무 대답이 없다. 첫마디부터 잘못 시작했나 싶어
나는 가슴이 덜컹한다. 어머니 얘기부터 꺼내볼까.

　"5월이니 어머니가 찻잎을 따기 시작하시겠구나. 언제부터
따지? 여기서는 4월 중순쯤부터 따기 시작하던데."

　아침에 마신 실론티는 혀에 감기는 맛이 확실히 달랐다. 산
등성이의 푸름이 그대로 배어 있는 것처럼 풋풋한 맛이 살아 있

었다. 사이프러스와 유칼리의 향내를 머금고 있는 맑은 대기와 서늘한 산바람, 굽이굽이 구릉진 고원. 나는 운동장 담장 너머 멀리 청계산을 바라보며 루소의 마음속에 누와라엘리야의 차밭이 펼쳐지기를 기대해본다. 루소는 내 시선을 따라 산을 바라보며 손가락으로 세어보더니 입을 뗀다.

"거긴 1, 2월 따요. 1년 다섯 번쯤."

대답이 조금 길어졌다. 긍정적인 신호라도 되는 듯 나는 반색한다. 꾸마라는 어머니가 붙여준 국어 선생 덕분에 토씨까지 완벽하게 구사할 수 있게 되었지만 루소는 아직 토씨를 잘 쓸 줄 모른다. 그래도 의사소통에는 전혀 지장이 없다. 꾸마라와의 실력 차이라면 사교육을 받고 안 받고의 차이일 것이다.

"한 번 따고 나면 얼마 만에 또 따지?"

"일주일쯤."

"거기도 첫물 차가 맛이 좋아 비싸게 팔리니?"

"네."

한마디 툭 뱉고는 입을 다문다. 도저히 대화를 이어나가기가 힘들다. 청계산에서 한줄기 바람이 휙 불어온다. 스리랑카 차밭에서 릴레이식으로 불어온 바람이 여기까지 닿았는지도 모를 일이다. 차 밭의 향기가 여기까지 실려 왔으면…… 참 이럴 때 둘이서 차를 앞에 두고 얘기할 수 있으면 좋으련만. 오늘의 접견은 차를 끓이는 마음으로 준비하리라 다짐했었는데. 성급하게 본론으로 들어가고 싶은 충동을 눌러야 한다. 차를 마시는

54

것은 꼭 몸에 좋아서라고만은 할 수 없을 것이다. 본격적인 대화에 접어들기에 앞서서 침묵과 미소와 표정을 나누면서 서로 가슴을 열 준비를 하는 것이리라. 느긋해지자. 농장에서 딴 찻잎이 끓여 마실 수 있는 차가 되어 우리 앞에 올 때까지의 과정을 생각하면서. 잎을 따서 그늘에 시들게 두었다가 기계에 눌러 즙이 나오게 한 뒤에, 습도를 유지하며 발효시키고, 비비고 볶고 체로 쳐서 크기대로 분류를 하고, 알맞은 온도에서 건조시키고, 등급을 매기고 공장으로 가서 포장을 하고…… 그 복잡하고 오랜 과정을.

새벽에 유리다기에 우려낸 누와라엘리야는 황금색이 짙어 발그스레했다. 해발고도 1,800미터 이상 되는 고지대에서 키운다는 하이그로운 실론티였다. 지금도 그의 어머니가 찻잎을 따고 있는 곳. 내가 마시던 차도 언젠가 루소와 그의 어머니가 딴 찻잎으로 만든 것인지도 알 수 없었다.

"거기 시간 멈춘 곳 같아요. 전기 수도 없어요. 흙벽돌 대충 지은 집 살아요. 요즘 누이동생들 아랫동네 물 길러 다니느라 허리 휘겠죠."

루소의 설명이 아니더라도 나는 이미 알고 있었다. 그의 조상이 인도 남부에서 살다가 그 섬의 차 밭 노동자로 왔다는 것을. 그 섬이 오랫동안 실론이라고 불렸다는 것도. 그런데 나는 왜 루소에게 이렇게 마음이 쓰이는 것일까. 그 생각을 하면 쓰다 만 논문이 눈앞에 어른거린다. 그것은 또 다른 '루소'와의 만남을 이루기 위한 것이었다. 아무도 깨닫지 못하고 있을 때 '인간 불평등의 발견'이라는 가장 큰 생각의 선물을 우리에게 안겨준 철학자 '루소'. 시계 수리공의 아들로 태어나 어린 나이에 부모를 잃고 전전해야 했던 이 불우한 청년은 언제부터인지 나를 자석처럼 끌어당겼다. 나의 논문은 그 저작의 현대판 작은 곁가지나 될까. '현대사회와 불평등의 심화'라는 주제의 논문을 결국 마치지 못했으므로 나는 끝내 '루소'와의 만남을 이루지 못하고 돌아온 셈이 되었다. 다만 아버지의 장학금이 끊어진 뒤에도 나는 어딘가에 남아 있을 그의 흔적을 찾아 소르본 대학 앞이나 뤽상부르 공원을 돌아다니곤 했다. 파리에 처음 왔을 때 주머니에 15루이밖에 없어 여인숙에서 지내며 오페라를 작곡하던 시절의 그였다. 걸음을 멈추면 생각도 멈춘다며 산책을 즐기던 백수건달 '루소.' 나는 '루소'를 찾아 헤매다 돌아와 또 다른 루소를 만나게 되었으니 이래저래 루소와는 운명적으로 맺어진 사이인지도 모른다. 그의 본명은 스리랑카 영웅의 이름을 딴 다마라였지만 언제부터인가 내게로 와서 루소가 되었다.

하지만 녀석의 마음을 열기란 쉽지 않았다. 솔직히 논문 쓰기보다 더 어려운 일이었다. 내가 묻는 말에 그는 예, 아니오, 로만 답할 뿐이었다. 꽉 다문 입술과 팽팽한 이마는 마음속에 들어찬 분노를 아직도 삭이지 못하고 있음을 역력하게 말해주고 있었다. 요즘 와서는 루소와의 문제가 해결되어야만 논문이 잘 풀려나갈 것 같은 강박감이 꼭뒤를 누른다. 그러지 않아도 파리에 있을 때 지도 교수는 논문의 소재를 먼 곳에서 힘들여 낚아 올리려 하지 말고 가까이에서 찾으라고 했었다. 교수의 권고도 있었지만 나는 생활 속에서 소재를 찾으러 무던히 애를 쓰곤 했다. 콩코르드 광장에서 루브르 박물관 사이, 명품 거리로 변한 생토노레 가를 지나다니며 코를 킁킁대기도 했다. 2백여 년 전 그곳을 거닐며 노동자, 서민의 세상을 부르짖던 혁명파들에게서 꿈의 냄새라도 맡을까 하고.

차 밭에서 태어나 줄곧 그 안에서만 살았던 루소는 인간은 모두 평등하다고 생각했을지도 모른다. 하루 종일 일해봤자 일당 2달러밖에 되지 않았지만 누구나 똑같은 대우를 받았으니까. 그 믿음이 여지없이 깨졌다. 그것도 함께 한국에 들어온 친구를 통해서였다. 어릴 때부터 차 밭에서 함께 뒹굴며 자란 배꼽 친구였다.

"찻잎 따다가 잠시 쉴 때는 뭘 하지? 친구들이랑 장난도 치고 그래?"

루소는 말없이 그저 고개만 끄덕인다. 대화가 통 이어지지 않는다. 다시 내가 너스레를 떠는 수밖에.

"친구들 중에 꾸마라 말고 노래 잘하는 애 또 있었어?"

"아뇨. 노래 걔 최고죠."

대답을 하는 루소의 눈이 초롱초롱해진다. 비록 그런 일이 있긴 했어도 노래 실력 하나만은 인정하지 않을 수 없다는 표정 같다.

"너도 개 노래 무지 좋아했었구나."

뭐라고 대답이 나올까 기대했는데 이번에도 루소는 가볍게 고개만 끄덕인다.

"피로가 싹 가시는 것 같지 않아? 하루 종일 찻잎 따느라 꾸부정해진 어깨랑 시큰거리는 허리도 펴지고 말이야."

내 말에 그는 허탈한 표정을 짓는다. 노래와 관련된 무슨 사연이 있는 걸까.

"한국에 온 뒤에도 개 노래 자주 들었니? 노래방에도 같이 가고 그랬어?"

갑자기 루소의 얼굴에 어두운 그늘이 드리운다. 단연코 아니라는 뜻인 것 같다.

"그럼 작년 봄 야유회 때 말고는 한 번도 못 들었다고?"

루소는 아무 말도 없다. 그날 '환생'이란 노래를 부르던 꾸마라의 모습이 생각난다. 언제 노래방에 가서 그 노래를 그렇게 열심히 연습했던지 그는 그 노래 하나로 어머니의 마음을 사로잡아버렸다. 아버지가 해외 출장 중이어서 어머니가 대신 참석한 공장 야유회에서였다.

"마지막 그 소절 다시 한 번 불러볼래? 원래 부른 가수보다 더 실감나게 부르는데."

어머니의 성화에 꾸마라가 그 소절을 다시 불렀다. '매일 이렇다면, 모진 이 세상도, 참 살아갈 만할'에서 잠시 숨을 멈추었다가 여리고 부드러운 목소리로 '꺼예요'를 톡 내뱉고서 그는 수

좁은 듯 고개를 숙였다. 자신도 어머니의 반응에 깜짝 놀란 표정이었다. 그때 나는 어떤 숨소리에 흠칫했다. 모두들 와, 하고 환성을 지르는데 어느 쪽에선가 '아아' 하고 마치 신음 비슷한 숨소리가 들려왔다. 그것은 단순한 기쁨 그 이상을 맛본 사람만이 낼 수 있는 최상의 감탄사였다. 소리가 나는 쪽으로 고개를 돌리자 루소의 입술이 달싹거리고 있었다. 다른 누구보다도 그는 꾸마라의 노래를 제대로 감상한 듯 보였다. 노래 가사로 이제 막 한국어의 맛을 알게 된 것 같았다. 아니면 루소야말로 새로운 땅에서 '환생'을 꿈꾸었던 것은 아닐까.

"같이 노래방에 안 갔어? 처음 와서는 둘 다 원곡 시장 통에 있는 노래방에 자주 갔다고 들었는데."

얼마 동안 뜸을 들였다가 다시 묻는데도 그는 아무 대답이 없다. 그를 감싸고 도는 분위기는 아직도 냉랭하다. 5월에도 감방 안은 추운가. 고개도 끄덕이지 않고 시선을 한곳에 박고는 꼼짝 않는 것을 보자 심상치 않은 예감이 든다. 나는 차를 준비하듯 시간을 끌면서 질문할 타이밍을 노린다. 루소의 시선이 다시 내게로 돌아오는 시점을. 차가 우러나기를 기다리는 만큼의 시간이 지나고 이윽고 내 눈은 그의 시선과 마주친다.

"언제부터 같이 노래방에 가지 않았지?"

한참 동안 말이 없던 루소가 입을 연다.

"백화점 초청 행사 뒤요."

텔레비전 오디션을 빼고는 그것이 꾸마라의 첫 무대 출연이었다. 얼마인지는 몰라도 아마 출연료를 짭짤하게 받았을 것이다. 나는 차를 한 모금 마시고 나서 입을 다시고 잠시 뜸을 들였다가 다시 묻는다.

"그건, 왜 그런 것 같아?"

대답 없는 루소의 눈을 쳐다보기가 민망해 내 눈길은 그의 이마로 향한다. 널찍한 그의 이마에 누와라엘리야의 차 밭 풍경이 겹쳐진다. 함께 찻잎을 따다가 지친 꾸마라가 소리를 지른다. '아우 허리야, 나 설사 나올까 봐 배 움켜잡은 오랑우탄 같지, 응? 완전 굽히지도 펴지도 못하고 엉거주춤한 이 자세.' 아픈 허리를 두드리며 혼자 떠들어대던 익살꾼이 노래를 부르기 시작한다. 그 노래에 모두들 일손을 놓고 둔덕에 앉아 잠시 휴식을 취한다. 노래가 끝나면 루소와 친구들이 환호하며 박수를 친다. 천진난만한 아이들. 노래가 돈을 가져다준다는 것은 루소도 꾸마라도, 그 어느 친구도 상상조차 하지 못하던 시절이었다. 다른 사람들로부터 받는 호의적인 평가와 존경이 값나가는 상품이 된다는 것, 그것은 곧 돈벌이로 이어지고, 더 많이 갖고 싶다는 욕심을 불러일으키면서 불평등과 함께 모든 악덕을 부르게 된다는 것을. 그는 갑자기 노출된 거였다. 노래를 잘 부르거나 춤을 잘 추거나, 외모가 아름답거나, 힘이 세거나 솜씨가 좋거나, 말을 잘하거나, 어느 면에서든 가장 뛰어난 사람들이 부러움의 대상이 되는 세상에. 온 사방에서 무슨무슨 오디션이라는 이름의 대결 판이 불길처럼 맹렬한 기세로 번져갔다. 하지만 우승의 영예는 오로지 한 명에게만 돌아가게 되어 있었다. 거기서 춤과 노래와 익살로 1위를 거머쥔 꾸마라는 내 어머니의 소중한 자산이 되었다.

꾸마라의 독선생으로 우리 집을 드나들던 유명 가수며 그의 전담 코디와 스피치 강사가 생각난다. 어머니와 함께 그가 출입하던 연예인 전문 미용실과 피부과도. 어머니의 자산 관리가 시작되었다. 잘 먹은 놈은 시체도 때깔이 다르단다. 꾸마라를 위해 풍성한 식탁을 차리면서 어머니가 즐겨 하던 말도 잊히지 않는다. '아무리 먹어도 살이 찌지 않으니 얼마나 좋은 체질을 타고났니' 하며 루소 앞에서 꾸마라의 뺨을 슬쩍 꼬집던 어머니의 참을 수 없이 가볍고 무책임한 손. 선택받은 쪽은 허영심과 타인에 대한 경멸이, 그렇지 못한 쪽은 수치심과 질투가 생겨나기 마련이라는 것을 미처 생각지 못한 손이었다. 정작 그의 재능과 매력이 어디에서 비롯되었는지에 대해서는 조금도 관심이 없었던.

나는 차를 마시면서 꾸마라와 루소의 얼굴에서 인도 남부에서 올 때부터 유난히 노래와 춤을 좋아했다는 그들 조상의 모습을 떠올려본다. 죽을 때까지 식민지의 차 밭에 갇혀 살며 혹독한 노동을 노래와 춤으로 견뎌내던 사람들. 원주민과 새로 들어온 사람들 사이에는 끊임없는 내전이 계속된다. 단지 서로 믿는 신이 다르다는 이유에서였다. 결국 나중에 들어온 쪽은 대대로 불가촉천민 취급을 받는다. 그래도 아이들은 태어나고, 차 밭

아랫동네에 한국어를 가르치는 교실이 생겨났다는 소식이 들려온다. 어느 날 차 밭을 가로질러 교실로 달려가는 두 소년의 모습. 낄낄대는 웃음과 장난기 어린 몸짓에서는 어디로 튈지 모르는 생명력이 느껴진다. 바람에 나부끼는 차나무의 새순처럼 약동하는 두 아이. 그 발걸음이 자신들의 행복과 순수에 치명적인 그 무엇을 빚어내리라는 것을 두 소년은 아직 알지 못한다.

꾸마라의 지갑은 날로 두둑해지고 차림새도 점점 말쑥한 도시 소년으로 변해간다. 이제 꾸마라는 차 밭에서 찻잎을 따던 일꾼이나, 박봉에 시달리는 열처리 기사가 아니라 어엿한 가수가 되었다. '그래, 언덕에 앉아 동네 친구들에게 공짜로 불러주던 그 노래가 많은 사람들을 즐겁게 해주면 그게 팔릴 수 있는 상품이 되는 세상도 있거든. 한류 스타 '소녀시대'에 열광하는 파리지앵들 봤지? 아슬아슬한 노래 대결에서 이기면 몸값은 점점 더 비싸진단다. 그래서 죽기 살기로 경쟁을 벌이는 거야. 당사자들은 피가 마르겠지만 구경꾼들은 짜릿한 쾌감을 느끼지. 넌 지금 그런 데로 온 거야.' 루소에게 해주고 싶은 그 말을 나는 억지로 집어삼킨다.

그러나 가장 해주고 싶은 말은 다른 것이다. '아무도 알아주지 않아도 넌 스스로 빛나는 아이야. 다른 사람들에게서는 발견할 수 없는 것을 갖고 있어. 가령 내가 강철 더미에 깔려버릴 위기에서 잽싸게 달려와 리모컨을 고쳐 눌러 나를 구했던 그 순발력이라든지. 한밤중에 멀리 있는 공장의 화재경보기 소리를 듣고 잠자리를 박차고 나와 큰불을 막아낸 그 예민한 청각이라든지.' 그뿐이 아니다. 그보다도 나는 루소의 모습 그대로를 말해주고 싶다. '꾸미지 않아도 그 반짝이는 눈과 훤칠한 이마, 윤기 나는 가무잡잡한 피부, 터질 듯 통통한 입술, 재빠른 발걸음, 조금은 고집스럽고 미련해 보이는 불거진 광대뼈 그 모두가 사랑스러운걸.' 하지만 결코 루소에게 그 말을 해주지 못한다. 그 말을 듣는 순간부터 루소의 가슴속에는 자신을 다른 이들과 비교하는 마음이 생겨날 것이고 그것은 또 다른 허영과 경멸을 불러올지 알 수 없다.

사실은 이 말만은 꼭 해야 된다. '설사 코가 비뚤어지고 한쪽 입이 일그러졌어도 괜찮아. 목숨이 붙어 있는 것, 살아서 버둥거리는 것만으로도 성공이야.' 하지만 그 말도 나는 결국 하지 못한다. 그 말은 파리 생제르맹 거리 무료 급식소에서 자원봉사 할머니가 내게 해준 말이나 다름없다. 송금을 끊고서 당장 귀국하라는 아버지의 득달같은 성화에도 논문을 어떻게든 마무리하려고 몇 달간 노숙자로 버티던 때였다. 그녀는 잔뜩 주눅이 든 채 초췌해 보이는 동양 학생에게 커다란 스테이크 덩어리를 골라주면서 윙크를 했다. 그녀의 윙크는 그 당시 내게는 큰 함성과 같은 응원가였다. '학생 멋져. 기운 내.' 나중에 친구들은 그것이 추파였을지도 모른다며 나를 놀려댔지만 그렇다 해도 나는 기분이 좋았다. 그때 나는 어렴풋이 알게 되었다. 존재는 저울에 달지 않고 있는 그대로 바라볼 때 그 자체로 존귀하다는 걸. 나는 머릿속에서 거르고 걸러 가장 알맞은 수위의 말을 골라 조심스럽게 건넨다.

"하기는, 요즘엔 노래 하나만 잘해도 인기 스타가 되니까. 한국 사람들 워낙 노래 좋아하잖아."

루소는 아무런 반응이 없다. 녀석이 속 시원히 제 마음을 털어놓을 날은 언제일까. 한 번이라도 내게 속마음을 열어 보인 적이 있었던가.

꾸마라가 맨 처음 백화점 우수고객 초청 디너쇼 무대에 섰을 때는 적어도 그랬던 기억이 난다. '인도양의 빛나는 보석, 스리랑카. 그 푸른 차 밭에서 찻잎을 따면서 짬짬이 허공을 향해 노래 부르던 소년이 드디어 한국에 상륙했습니다. 꾸마라 왈리!' 사회자의 요란한 소개가 끝나자 청바지에 흰 티셔츠와 알맞게 보석이 박힌 청 조끼를 입고 나타난 꾸마라. 무대에 선 꾸마라는 맑고 시원스런 목소리로 먼저 「유리창엔 비」를 부르기 시작했다. '이 밤 빗줄기는 언제나 숨겨놓은 내 맘에 비를 내리네' 부분에서 열창을 해 객석을 촉촉이 적시더니 마지막 구절인 '밤이 되면 유리창에 내 슬픈 기억들을 이슬로 흩어놓았네'에서 '흩어' 부분을 부를 때는 정말 가슴이 무너지는 듯 음을 흔들어 객석에 슬픔을 뿌렸다. 곳곳에서 소리 없이 흐르는 눈물 방울에 불빛이 반사되어 반짝이는 듯했다. 성악을 전공한 가수의 노래를 과연 소화할 수 있을까 염려했었는데 꾸마라는 감성은 물론이고 노랫말을 또박또박 불러 한국어의 품격까지 잘 살려냈다.

그때 문득 파리에서 즐겨 들었던 샹송 가수 실비 바르탕 생각이 났다. 불가리아에서 파리로 이민 와서 2년 동안 프랑스어를 배우고는 17세에 샹송 가수로 데뷔한 실비가 나는 늘 불가사의한 존재처럼 여겨졌었는데 꾸마라를 보자 이제 이해가 될 것 같았다. 실비는「마리차 강변의 추억」이라는 노래를 나이 들어서도 자주 불렀지만 나는 이민 온 지 얼마 되지 않아 어릴 때 처음 부른 그 노래가 제일 마음에 들었다. 목소리가 깔끔하고 산뜻하기도 했지만 무엇보다도 혀를 심하게 굴리지 않아 듣기가 쉽고 따라 하기도 좋았다.

기타와 드럼, 베이스로 이루어진 밴드는 알맞은 비트와 리듬으로 꾸마라의 이국적인 목소리를 더욱 돋보이게 해주었다. 이어서「환생」을 부를 때는 배경에 누와라엘리야의 계단식 차 밭 풍경이 영상으로 흘렀다. 뙤약볕 아래 찻잎을 따는 여인들과 그 가운데 끼어 꾸부정하게 서서 어설픈 손놀림을 하고 있는 소년들. 그다음 영상은 더욱 애잔해 보였다. 쇳덩어리가 굴러다니는 열처리 공장에서 꼬질꼬질하게 때 묻은 티셔츠 차림으로 강철 덩어리를 이리저리 옮기며 땀을 뻘뻘 흘리고 있는 꾸마라와 루소의 모습. '아, 아, 다시 태어난 것 같아요! 내 모든 게 다 달라졌어요. 그대 만난 후로 난 새사람이 됐어요.' 한국의 로맨틱 발라드 가수로 다시 태어난 꾸마라. 그야말로 '환생'이었다. 그는 '환생'으로 '한 생'을 다시 얻었다.

"제 모습이 잘 보이지 않는 분 계세요. 어디, 손 한번 들어보세요."

곳곳에서 카메라와 스마트폰 플래시가 터졌다. 꾸마라가 객석 사이를 돌아다니면 여인들은 서로 그의 곁에 서서 사진을 찍으려고 야단법석을 떨었다. 황공하게 악수까지는 아니어도 그의 옷깃이라도 한번 잡아보려는 여인들로 장내는 북새통이 되었다.

"제가 어느 나라에서 왔다고 했죠? 대답이 없는 걸 보니 벌써 잊으셨군요. 어렵지 않아요. '아리랑 쓰리랑' 할 때 그 '쓰리랑' 하고요. 더운 여름 시원한 막걸리 한잔 걸치면 입에서 어떤 소리가 저절로 나오죠?"

객석 여기저기서 '캬아' 하는 소리가 터져 나왔다.

"네, 바로 그거죠. '캬아'. 그것이 쓰리랑과 합쳐져서 '쓰리랑 카'입니다."

꾸마라의 조크에 여인들은 손뼉을 치며 탄성을 질렀다. 멘트를 누가 써준 것도 아닌데 녀석은 능청스럽게 말 재롱도 부릴 줄 알았다. 너무 좋은 일은 현실이 아니라는 느낌이 들기 마련이다. 나는 그때 이것이 꿈이 아닌지, 의아했다. 잠을 깨면 모든 것이 단숨에 훅 날아가버릴 것 같은 아슬아슬함에 가슴이 떨려왔다. 나는 그 위태로움을 혼자 감당하기 힘겨워 루소의 표정을 훔쳐보았다. 루소는 관객들 못지않게 열광하고 있었다. 객석을 돌아보던 그는 자신의 친구에게 넋이 나간 관객들의 모습에 감격했던지 눈물을 주르륵 흘렸다. 친구의 성공을 자신의 것으로 여기는 마음이 역력해 보였다. 나는 오른편에 앉은 루소의 손을 꼭 쥐어주었다. 그 어느 때보다도 나는 흐뭇했다. '그래, 맞아. 이건 너의 성공이기도 해. 너희들은 친구니까.'

그렇다면 그사이에 무슨 일이 있었던 것일까. 무엇인지 알 수 없지만 그것이 친구의 성취를 자신의 것으로 동일시했던 그날의 기쁨을 사라지게 한 원인일지도 모른다는 생각이 머리를 스친다. 조금 전에 했던 질문을 다시 한 번 해본다.

"둘 다 그렇게 좋아하던 노래방을 왜 다시는 같이 가지 않았지? 꾸마라가 거절했니?"

"……"

'혹시 걔가 이러지 않았어?' 대답 없는 루소에게 나는 마음속에서 다시 질문을 던진다. '이젠 너 같은 아이랑은 같이 놀 수 없지. 내 노래 공짜로 들을 생각 마라. 듣고 싶으면 먼저 돈을 내놔. 자 어서.' 목구멍에서 나도 모르게 튀어나오려는 말을 나는 꿀꺽 삼킨다. 내가 지나치게 넘겨짚은 것인지도 모른다. 보이지 않는 차를 마시며 루소를 바라본다. 내 질문에 그는 아직도 대답이 없다. 머쓱해진 나는 말없이 청계산 쪽을 바라본다. 누와라엘리야도 지금 한창 녹색의 양탄자로 넘실대고 있을 것이다.

불어오는 바람에 내 눈앞에 보이는 찻잔의 물이 미세하게 떨린다. 혹시 내 말로 해서 그의 마음에도 자그마한 파문이 일고 있진 않을까. 하지만 입을 꾹 다물고 있는 루소. 내가 미루어

짐작하는 것이 맞을까. 누와라엘리야 차 밭에서는 제가 먼저 개구쟁이 짓을 하고 노래를 불러 친구들의 일손을 멈추게 하던 꾸마라였다. 그랬던 그가 같이 노래방에 가자는 제안을 거절했다면 그때 루소 기분이 어땠을까. 충격을 넘어 견딜 수 없는 모욕감에 몸을 떨었을지도 모른다. 가슴 한구석에서 복수심이 똬리를 틀지는 않았을까. 하지만 루소는 내가 속으로 짐작하는 그런 얘기는 상상조차 하지 못하고 있는지도 모른다. 어쩌다 욱해서 자기도 모르게 그런 일이 벌어졌다고 생각할지도 모른다. 꾸마라에게는 아무런 유감도 없다고. 그저 아무 격의 없이 토닥거리며 함께 일하고 뛰놀던 스리랑카 차 밭 시절이 그리울 뿐이라고. 하지만 그는 다시는 그 차 밭으로 돌아갈 수 없다. 반응이 없는 루소 앞에서 나는 기운이 쏙 빠져나가는 느낌이다.

"저 벤치에 가서 앉을까."

둘이서 운동장 한구석에 있는 벤치를 향해 걸음을 옮긴다. 교도관도 따라온다. 그러나 그는 벤치로 다가오지 않고 우리와의 거리를 점점 늘여간다. 우리가 금지된 일을 꾀하는 것처럼 보이지는 않는가 보다. 멀리 보이는 청계산 기슭이 초록의 빛으로 어룽거리며 눈앞에 밀려온다. 그것은 루소가 찻잎을 따던 누와라엘리야의 차 밭으로 변한다. 사이프러스의 숲 내음과 유칼리의 박하 향이 감도는 곳. 내가 무엇을 물어도 루소는 답이 없고, 그와의 산책은 이러다 끝이 나려나 보다. 루소는 청계산 자락에서 눈을 떼지 않고 있다.

오늘 처음 만났을 때보다는 얼어붙었던 얼굴이 조금 풀린 것일까. 방금 입술을 파르르 떨었던가. 혹시 콧노래라도. 나는 행여나 하고 그의 입을 뚫어지게 바라본다. 내 기대를 저버리고 그의 입은 다시 일자로 꾹 다물어진다. 나는 다 식어가는, 보이지 않는 찻잔을 든 채로 공중에 걸린 차 밭과 루소의 얼굴을 번갈아 바라본다. 우는 것인지 웃는 것인지 알 수가 없다. 설마 속으로 울고 있는 건 아니겠지. 아니, 웃지도 울지도 못하고 겁에 질려 얼어붙은 저 굳은 표정이 나는 더 당혹스럽다. 내가 뭔가 크게 잘못한 것만 같다. 녀석을 저렇게 참담한 표정으로 몰아가려고 특별 면회를 신청한 게 결코 아니었는데. 응어리를 풀어주겠다는 생각부터가 오지랖 넓은 짓이었는지도 모른다. '너와 내가 마주 앉아 서로를 바라볼 수 있는 것만도 큰 행운이야. 우린 지금 이렇게 살아 있잖니.' 말이 목구멍까지 올라오지만 나는 입을 열지 못한다. 아까운 30분이 그렇게 흐르고 있다. 루소를 앞에 두고도 나는 진정 '루소'와의 만남을 이룰 수가 없어 낭패감에 사로잡힌다. 그도 나도 더 이상 함께 나눌 것을 찾지 못한 듯하다. 허공에 너울대는 녹색의 물결을 같이 바라보는 일밖에는.

살사를 추는 밤

아직도 그는 오지 않는다. 언제까지 기다려야 할까. 요란한 밴드와 뜨거운 살사 춤의 열기에 카사 델라 뮤지카의 밤은 지칠 줄을 모른다. 방금 나온 모히토 맛을 보면서 팔목을 힐끗 내려다보니 벌써 자정이 다 되어간다. 초조함을 달래려고 세번째는 럼을 좀더 넣어달라고 했더니 맛이 제법 강하다. 기다란 잔에 노란색의 두툼한 라임 조각이 두 개나 떠 있고, 가지째 들어 있는 민트 잎사귀가 밖으로 뾰족이 드러나 있어 얼핏 보기에도 싱그러운 느낌을 준다. 사탕수수 농장 노예들이 마시던 술이라지만 나는 아무 생각 없이 박하 향과 상큼한 청량감을 즐긴다. 오늘 밤 나의 관심은 오로지 살사와 한스다. 그와 살사를 추고 싶은 마음뿐이다. 12월이 다 되어가는데도 아열대의 밤은 초여름 날씨다. 경사가 완만하고 폭이 널찍한 수십 개의 노천 계단에

2, 3백 명의 관객이 빼곡히 앉아 계단 중턱의 무대에서 펼쳐지는 살사 춤을 감상하고 있다. 일부는 이미 무대에 올라 춤꾼들의 리드에 따라 춤을 추고 있고, 다른 사람들은 언젠가 내 차례도 오겠지 하고 기다리는 분위기다. 대부분이 관광객들인 이들은 손뼉으로 밴드와 리듬을 맞추기도 하고 의자에 앉은 채로 어깨를 들썩이거나 고개를 까딱거리기도 한다. 밤하늘의 별들도 무슨 일인가 하고 내려다보고 있는 듯하다. 모히토 덕분인지 내 눈에는 별빛도 살사의 리듬에 따라 흐느적거리는 것만 같다. 나랑 같이 춤출래, 파트너가 없는 나는 별들에게 눈짓해본다. 별들은 굽이굽이 이어진 카리브의 길을 돌아 이곳까지 찾아올 수 있을까.

여전히 나타나지 않는 한스. 내가 알딸딸해져서 그를 알아보지 못하고 있는 것일까. 옆에 앉은 젊은 쿠바 남자를 연인인 줄 알고 그가 나를 지나쳐버린 것일까. 내일 아침 일찍 사탕수수 계곡을 같이 가려고 했는데 일정이 어그러지는 것은 아닌지 염려스럽다. 수만 명 아프리카 노예들의 한이 서린 사탕수수 농장의 흔적을 보지 않고는 설탕 장사를 할 생각도 하지 말라고 할 때는 언제고.

트리니다드로 온다고 했을 때 한스는 잉헤니오스 계곡의 사탕수수 유적지를 꼭 봐야 할 명소 1순위로 꼽았다. 하지만 설탕 장사꾼이라 해도 나는 솔직히 카사 델라 뮤지카에 더 끌렸다. 정통 살사를 보고 실제로 배울 수 있다는 것이 이 재즈클럽의 매력이라고 소문나 있기 때문이었다. 조금 전 무대에 있던 춤꾼이 다가와 춤을 청했을 때 못 이기는 척하고 따라나설 걸 그랬나. 옆 테이블의 한국 여자는 무대에 나갔다가 돌아온 게 벌써 몇 번째인지 모른다. 춤꾼이 시키는 대로 뱅뱅 돌기도 하고 리듬에 맞춰 스텝을 밟는 품새가 그럴싸하다. 다 추고 들어오면서도 흥이 가시지 않았는지 입으로 박자를 흥얼거린다. 원, 투, 쓰리. 파이브, 식스, 세븐. 원, 투, 쓰리. 파이브, 식스, 세븐. 그 소리를 듣고서야 나는 살사가 여덟 박자 안에 스텝을 여섯 번 밟는 춤이라는 것을 알게 되었다. 여자는 어느 때는 들어오면서 레프트 턴, 라이트 턴, 멀티 턴, 하면서 방금 뱅그르르 돌았던 동작의 이름을 중얼거리기도 하고 또 다른 때는 파트너와 떨어져 혼자 두 손으로 몸을 쓸어내리면서 가슴과 엉덩이를 물결치듯 한껏 흔들고는 들어와서 친구들에게 외치기도 한다. '내 샤인 어땠어?' 아마도 혼자 빛나도록 가장 요염하게 추는 동작이 샤인인 모양이다. 섹스어필이 따로 없다.

나도 오늘 밤에 상당한 기대를 걸고 있었다. 말로 표현하지 못하는 것을 몸에 실어 은근슬쩍 내비칠 수도 있을 테니까. 의상도 곡선이 가장 잘 드러나게끔 몸에 짝 달라붙는 것으로 골랐는데. 무대에 오르지 못하자 몸 한구석이 근질근질해오는 것 같다. 젠장, 한스는 내 인생에 흔치 않은 이 기회를 이대로 날려보낼 셈인가.

부에나 비스타 소셜 클럽의 기타리스트이자 명보컬이었던 콤

파이 세균도까지는 아니더라도 무대 위의 가수들은 구성진 목소리로 관타나메라, 키사스, 찬찬 같은, 내 귀에 익숙한 곡들을 불러나간다. 그중에서도 그가 짓고 불렀다는 찬찬의 멜로디와 리듬이 내 가슴 깊은 곳을 톡톡 치는 것만 같다. '그대에 대한 사랑 어쩔 수 없어. 입에는 온통 침이 고이고.' 젊은 남자가 설레는 가슴으로 연인을 만나러 가는 내용의 가사라는데 내 귀에는 어쩐지 허탈하게만 들린다. 지금 내 처지가 그래서일까. 그 허탈함이 마음에 든다. 뭔가를 다 내려놓은 듯한 소리. 윷가락처럼 생긴 클라베, 굵은 나뭇둥걸을 파고 가죽을 붙여 만들었다는 콩가, 쿠바식 드럼인 봉고 소리도 몇 시간 계속 들었더니 조금씩 구별이 되어간다. 호객을 하는 춤꾼들도 더는 우리 테이블로 오지 않는다. 옆자리에 앉은 젊은 쿠바 남자 때문인가. '연인 사이 아님'이라고 써 붙일 수도 없고. 한스는 어디에 있는 것일까. 스무 명 남짓 모여 있던 아바나의 재즈 클럽에서 그가 귀띔해주던 말이 생각난다.

"상상이나 돼? 저게 아프리카에서 팔려온 사탕수수 밭의 흑인노예들이 추던 춤이란 게. 두 발이 쇠사슬에 묶인 채 말이야. 그래서 발을 크게 못 떼고 땅을 쓸면서 추는 거야."

그런 말을 들을 때는 말없이 술을 마시는 게 상책이다. 나는 '투 살사!' 하며 잔을 들었다. 그의 말을 들을 때 눈앞에 그려지는 광경들을 애써 지우려 했다. 기분 내려고 술을 마시는데 공연히 슬픈 생각에 젖을 필요가 없기 때문이다. 그가 '투 카리

브!' 하고 잔을 부딪혀왔다. 그의 건배 제목은 항상 '투 카리브'
였다. 무슨 뜻인지는 알 수 없었다. '카리브'라고 하면 나는 영
화 「캐리비안의 해적」이 생각날 뿐이었다. 그런데 오늘은 내 마
음대로 되지 않는다. 생각하지 않으려고 모히토를 계속 마셔도
자꾸만 한스의 말이 귓가를 맴돈다. 무대에서 춤추는 이들의 모
습에 사탕수수 농장의 노예들이 겹쳐 보이기도 한다. 감시탑에
서 누군가 지켜보고 있어 탈출은 기약이 없고 두 발이 묶인 채
온몸을 흔들지 않고는 견딜 수 없었던 사람들. 온종일 허리가
끊어지도록 일하고 난 뒤 자기도 모르게 토해낸 신음이 노래가
되고, 통증을 털어내려던 몸부림이 춤이 된 것은 아닐까. 눈을
비비고 다시 무대 위의 사람들을 바라본다. 순간 어떤 생각이
머리를 스친다. 저들이나 나나 어쩌면 뭔가에 얽매여 노예 같은
삶을 살아가고 있는 것은 아닐까 하는. 우리 모두는 저렇게 격
렬하게 흔들어대어야만 겨우 이겨낼 수 있는 어떤 현실의 조건
들을 갖고 있는 것은 아닌지. 그런데 살사 춤의 어원이 뭐라고
했더라. 나는 아바나의 재즈클럽에서 들었던 한스의 말을 다시
더듬어본다.

"토르티야에 야채랑 고기를 얹은 다음 그 위에 끼얹어 먹는
살사 알지? 매콤하고 화끈한 붉은색 소스 말야. '살사'가 원래
'소스', 그러니까 '양념'이라는 말에서 나온 것이거든. 저 춤꾼
들이나 밴드 멤버들 몸을 좀 봐. 모두 같은 소스로 버무려진 사
람들 같지 않아?"

'내가 아는 모든 것은 유치원에서 배웠다'는 책이 있었는데 그 말에 갖다 대자면 한스는 나의 쿠바 유치원이었다.

"모든 걸 잊고 음악이 자기 몸을 타고 흐르도록 내버려둬봐. 그럼 그게 소스가 되어 흐르면서 자기 몸 마디마디를 절여서 야들야들하게 해줄 거야."

살사가 무슨 신앙이라도 되는 듯이 내게 잔뜩 바람을 불어넣어놓고선 배울 기회를 놓치게 하다니. 아까 주차장에서 민박집 숙박비를 두고 벌인 실랑이 때문에 토라진 걸까.

몇 시간 전 오후 2시, 트리니다드 고속버스 정거장에 우리 일행이 탄 비아술이 들어서자 차창은 나풀거리는 하얀 날개들로 가득 찼다. 나는 웬 나비인가 했다. 자세히 보니 뭔가를 외치는 사람들이 손에 들고 있는 종이쪽지였다. 버스 문이 열리지 않아 아직은 정말 '소리 없는 아우성'이었다. 하지만 결사적으로 보였다. 한적한 시골 마을에 웬 시위대인가 싶어 내다보았더니 그게 아니었다. 예약 손님의 이름을 쓴 종이를 치켜들고 소리치는 민박집 주인들이었다. 거기에는 한스와 내 이름이 적힌 종이도 보였다. 더러는 카사 이름만 쓴 종이쪽지도 있는 것으로 보아 아직 손님을 잡지 못한 집도 있는 것 같았다. 그들은 차에서 내리는 승객들을 향해 목청 높여 자기 카사의 이름을 외쳐댔다. '롤란도 카사! 롤란도 카사!' 아름다운 이름인데도 그 소리는 내 귀에 마치 절규처럼 들렸다. 이 평화로운 시골 마을에서의 삶도 목이 쉬도록 목청을 내질러야만 보장이 되는 걸까, 싶었다. '롤란도 카사'라는 외침을 귓전으로 들으면서 여주인과 인사를 나누고 있을 때였다. 한스가 불쑥 중간에 끼어들었다.

"네고를 다시 합시다. 아침 식사도 포함하지 않고 하루에 35쿡이라뇨. 그런 바가지요금이 어디 있어요?"

스페인어였지만 숫자가 나와서 얼핏 알아들을 수 있었다. 여주인은 눈썹을 치켜세우며 한스에게 삿대질을 해대기 시작했다. 옆에 있던 다른 카사 주인들도 벌 떼처럼 같이 달려드는 통에 자칫하면 한스가 얻어터지거나 큰 봉변이라도 당할 것 같았다. 나는 한스를 막아섰다. 하지만 그는 물러서지 않았다. 도리어 내게 확실한 입장을 밝히라고 채근했다. 자기와 같이 싼 집으로 갈 것인지 비싼 집에 따라가 봉이 될 것인지. 나는 아차 싶었다. 이 바른생활 소년에게 내가 말을 잘못한 것 같았다.

사단은 예고된 것이었다. 아바나에서 트리니다드까지 비아술을 타고 오는 다섯 시간 동안 그는 계속 내게 타박을 놓았다. 그는 아침 식사 포함 하루 10쿡으로, 나는 숙박비만 35쿡으로 예약했기 때문이었다. 아바나의 민박집 주인이 소개해준 것이어서 나는 다들 그 정도 하는 줄만 알았다. 괜찮은 직장인의 한 달 봉급이 기껏해야 20쿡이었다. 나는 그저 재미 삼아 말했었다. '도착하면 어디 한번 흥정해보시지.' 그 말을 한스가 곧이곧대로 알아들을 줄은 생각도 못했다. 여주인은 한스 코앞으로 바싹 다가섰다. 왼손은 허리에 대고 오른손은 한스의 코를 찌를 듯이 가까이 가져가 흔들어대면서 뭐라고 짧게 소리쳤다. 그것이 엄청난 모욕, 아니면 지독한 욕설이라는 것을 그 억양으로 알아차릴 수 있었다. 한스도 충격을 받았는지 아무 말도 못하고 부르르 몸만 떨었다. 둘러선 이웃 카사의 주인들 사이에서 으샤으샤 하는 분위기가 역력했다. 더 이상 구경만 할 수 없는 지경에 이른 것 같았다. 나는 한스와 여주인 사이를 갈라놓으면서 말했다.

"네고는 내가 할 거예요. 시뇨라, 우리, 집에 들어가서 차분하게 얘기해요. 한스, 당신은 당신 민박집으로 가세요. 그리고 6시 30분 카사 델라 뮤지카에서 만나요."

한스는 자기의 민박집 남자 주인에게 이끌려가면서도 분이 풀리지 않은 듯했다. 그는 계속 내게 소리쳤다.

"당신이 이 사람들 타락시키고 있어. 아무리 어려워도 정직하게는 살아야지. 당신이 뭔데 여기 와서 이 사람들 더럽혀."

아, 아니. 이럴 수가. 나는 가다가 걸음을 멈추었다. 한스의 말에 머리를 세게 얻어맞은 느낌이었다. 내가 사람들을 더럽히고 있다니. 나는 한스를 그대로 보낼 수가 없었다. 그를 정거장 옆 골목으로 데려가 입에서 나오는 대로 퍼부어댔다.

"저 사람들도 살아야 할 거 아냐. 한 달 치 배급으로는 열흘밖에 버티지 못한다고, 내가 처음 왔을 때 당신이 얘기해줬잖아. 누군 철학박사가 되겠다는 꿈을 이루려고 먼 곳까지 왔는데 이 사람들은 꿈꿀 자격조차 없어? 이 사람들 꿈이 뭔지 알아? 기껏해야 하루하루 먹을거리 걱정 없이 사는 거야."

다급할 때 영어가 더 잘 쏟아지는 모양이었다. 논리가 맞는지 어떤지도 생각할 겨를이 없었다. 아이러니하게도 나는 평소 한스가 하던 말을 오늘 그에게 되돌려주고 있었다. 외국인이 쓰는 쿡과 쿠바 돈이 24배나 차이가 나다 보니 그들 눈에는 외국인이라면 돈다발로 보이는 것은 당연했다. 한스와 헤어져 민박집으로 들어오면서 얼마 전 비아술 매표소에서 억울하게 당한 일이 기억났다. 창구에서는 표가 분명 동이 났다고 했는데 자기에게 돈을 얹어주면 표를 사주겠다고 하던 남자. 그 남자가 창구로 가자 재깍 나오던 표. 그 얘기를 듣고 나서 한스가 하던 말.

"한 달 치 배급으로 열흘밖에 못 산다고 생각해봐. 식구들 먹여 살리려고 무슨 짓인들 못하겠어?"

오늘 그가 한 말을 그대로 내뱉던 나.

"못살아도 거짓말은 안 해야지."

우리는 왜 시차를 두고 녹음기처럼 같은 말을 서로 주고받고 있는 것일까.

몇 번의 살사 춤판이 질펀하게 돌아간 뒤에 그의 모습은 보이지 않는다. 곁에 있으면 언제나 마음이 놓이던 사람이 갑자기 없어졌다는 것이 얼마나 허전한 일인지. 그 상실감이란. 아바나 대학 도서관에서 처음 만났을 때부터 나를 위해 먼저 와서 대기한 사람 같던 그의 모습. 특급호텔을 나온 뒤로 인터넷 되는 곳을 찾지 못해 발을 구르다 무작정 찾아간 아바나 대학 도서관의 디지털실. 컴퓨터와 학생들로 들어찬 디지털실의 책임자는 나의 요청에 난감한 표정을 짓고. 돌아서 나오려 하는데 얼핏 보이던 누군가의 손짓. 검은 머리들 사이에서 얼른 눈에 띄는 갈색 곱슬머리의 백인 남학생. 반가운 마음에 다가가자 선뜻 자리를 비켜주며 하던 말.

"이 컴퓨터 쓰세요. 제 아이디로 접속하시면 돼요."

그의 아이디로 접속해보았지만 끝내 터지지 않던 인터넷. 오후 4시경은 접속이 한창 폭주할 때여서 자주 불통이라고 머리를 긁적이며 수줍어하던 모습.

"아바나 대학 서버는 특히 느려서 학생들의 인내심을 높여주는 데 큰 공을 세우고 있지요,"

막막한 마음으로 멍하니 창밖을 내다보며 서 있을 때 그가 주섬주섬 책가방을 챙기면서 하던 말. '인터넷을 쓸 수 있는 데를 같이 찾아보죠.' 도서관 앞 정원으로 나오자 내 앞으로 내밀던 그의 손. '프라이부르크 대학 철학과 대학원 한스 마이어라고 합니다.' '설탕 장사 해보려고 한국에서 왔어요. 이미혜예요.' 설탕 장사라는 말에 눈동자를 반짝이며 재미있어하던 한스.

전화도 없이 지내는 날들이 일상이 되어버린 요즘이다. 여기 있는 동안 전화를 쓰지 말고 지내보자는 그의 말에 동의했던 내가 바보처럼 여겨진다. 전화만이 아니다. 옷이든 물건이든 최소한의 것만 갖고서 살아보자고 하던 그였다.

"우리가 너무 많은 물건들을 곁에 두고 있는 것 같지 않아?"

"편리하니까 만들어낸 물건들이잖아. 그런 걸 누리는 건 죄가 되지 않는다고 생각해."

"여기서 3년 살아봐. 그런 물건들에서 얼마나 자유로워지는
지 몰라. 적게 갖고도 얼마든지 살 수 있다는 걸 확인하게 된다
니까."

한스의 말이 아직도 귀에 쟁쟁하다. 민박집에 비누가 없어
몇 달간 물로만 세수한 적도 있었다. 치약 구하기가 힘든 것을
알고는 한국에서 가져오기를 정말 잘했다고 가슴을 쓸어내리기
도 했다. 먹통이 되어버린 스마트폰을 원망스럽게 바라본다. 그
와 전혀 연락이 닿지 않는 지금 나는 또다시 불안을 느낀다. 아
바나에 처음 도착했을 때의 긴장감이 되살아나는 것만 같다. 낯
선 세계로 들어가기를 간절히 소원하던 내가 어째서 그토록 떨
었던지. 멕시코 칸쿤에서 쿠바행 비행기를 타고 난 뒤부터 꽁꽁
언 채로 지냈던 날들. 잠을 아무리 자도 풀리지 않고 딱딱하게
굳어 있던 몸. 혼자 다녀야 한다는 긴장감 때문이었을까. 하지
만 다른 나라에서 혼자 다닐 때와는 사뭇 다른 느낌. 아마도 오
랫동안 입국이 금지된 나라였기 때문일지도 모른다. 거리에서
무리 지어 다니는 한국인들을 가끔 만나면 잠시 느껴지던 안도
감. 무엇이 그들을 이곳으로 부르고 있는 것일까. 정작 가보고
싶은 곳은 금지되어 있으니 꿩 대신 닭이라는 식일까. 나야 유
기농 설탕 수입 루트만 뚫으면 그만이지만 사람들은 대부분 이
나라에 대해 환상을 갖고 들어오는 듯했다. '째지게 가난하지
만, 춤과 노래를 좋아하는 순진무구한 사람들.' 사실인지 확인

해보려고 오는지도 알 수 없었다. 인간이 정말 그렇게도 살 수 있을까, 하고. 무역회사에 다니는 동안 나 홀로 출장에 이골이 나 있어 어디를 가도 무서운 느낌이라곤 없었다. 그런데 쿠바만은 예외였다. 장사를 위한 발걸음이었지만 체제가 전혀 다른 낯선 세계에 대한 두려움은 떨치기 힘들었다.

그 공포와 긴장이 한스를 만나고 나서부터 스르르 풀어지던 일은 정말 신기한 경험이었다. 민박집 아파트의 엘리베이터가 내려가다 멈춰 서는 바람에 30분이나 갇혀 있었던 일도, 샤워 꼭지에서 나오는 물이 어린아이 오줌 줄기처럼 가늘어 울화통이 터졌던 일도, 집만 나서면 골목에서 손을 내미는 어린아이나 할머니들에 짜증이 났던 일도 한스와 함께 얘기하다 보면 그저 아무 일도 아닌 것이 되어버리던.

"여기 있는 동안 편리한 것들과는 담 쌓았다 생각하고 지내봐. 여기서 견뎠으면 아마 세상 어디에 던져져도 너끈히 적응할 걸."

그는 무슨 공부를 하는지 가끔 내 가슴 한구석을 툭 건드리는 말을 곧잘 하곤 했다.

"달콤한 설탕 장사를 하려면 설탕에 깃든 쓴맛을 알고 나서나 하라고."

처음에는 그게 무슨 얘기인지 나도 잘 몰랐다. 쓴맛은 달콤함과는 정반대의 맛이어서 내 사전에는 키우고 싶지 않은 말이었다. 설탕의 역사고 뭐고 간에 나는 어떻게든 담당 부서에 연줄을 대서 빨리 수입 창구나 뚫을 생각이었다. 모히토를 한 모금 마시고 나자 문득 생각이 난다. 달콤한 이 칵테일에도 쓴맛이 들어 있다는 사실이다. 사탕수수 부산물로 만든 럼을 기본으로 하는 칵테일이니까. 사탕수수를 키우는 노예는 그것으로 만든 술을 마시고, 누군가는 그 술을 팔아 번 돈으로 다시 노예를 사들이고. 이래저래 사탕수수와 럼과 노예는 떼려야 뗄 수 없는 사이였다. 불볕더위 아래에서 벌거벗은 몸으로 사탕수수 밭에 불을 질러 잎사귀를 태우고, 남은 줄기를 잘라내 으깬 뒤 솥에 넣어 끓이면서 국자로 더껑이를 걷어내던 노예들. 뒤에는 채찍을 든 희멀건 낯빛의 감독관이 서 있었을 것이다. 달콤한 설탕이 지나가는 자리에 그토록 쓰디쓴 일들이 깔려 있을 줄이야. 하지만 오늘 밤 내가 할 일은 한스를 만나 함께 살사를 배우는 일이다. 쓸데없이 박애주의자인 척하기에 나는 이미 속속들이 장사꾼이 되어 있다. 나는 쿠바의 아픈 역사를 공부하러 온 게 아니라 장사를 하러 온 거다. 연한 갈색의 쿠바 유기농 설탕 사진을 스마트폰에서 보여주자 그가 던지던 농담이 생각난다. '설탕으로 돈 많이 벌면 가난한 철학도 밥 좀 사주세요.'

나타나야 밥을 사주든 술을 사주든 하지. 슬슬 부아가 나기 시작한다. 나는 왜 카리브에까지 와서 이국의 남자 때문에 마음고생을 하고 있는지. 회사에 다닐 때는 주로 독일 기계 제품을 수입하는 부서에서 일했는데 어쩌다 설탕으로 방향을 돌리게 되었을까. 최근에 불어닥친 유기농 바람 때문만은 아닌지도 모른다. 홀연 어떤 생각이 머리를 스친다. 어릴 때 하던 별 뽑기 탓은 아닐까, 하는.

국자에 설탕을 넣고 연탄불 위에다 자글자글 끓이면서 쇠젓 가락으로 휘휘 젓던 학교 앞 뽑기 아저씨의 검게 그을린 손. 아 저씨는 설탕이 다 녹으면 무슨 하얀 가루를 젓가락으로 콕 찍어 두어 번 넣고 휘휘 저은 다음 철판에 탁 하고 붓고는 별, 다이 아몬드, 크리스마스트리, 잉어 같은 모양의 틀로 쿡 찍는다. 꼬 맹이들이 달려들어 뽑기를 시작한다. 다른 아이들은 다이아몬 드나 크리스마스트리, 하트를 뽑아내는 것도 힘겨워하지만 어 쩐 일인지 별모양도 깔끔하게 잘 뽑아내던 나의 작은 손. 옛다, 덤으로 별을 하나 더 얹어주던 마음씨 좋은 아저씨. 무슨 일인 지 아버지가 회사를 그만둔 다음부터는 집에 찬바람이 불었다. 연탄불 앞에 쪼그리고 앉아 뽑기 아저씨의 조수 노릇을 하면서 별도 뽑아주고 뽑고 남은 부스러기를 실컷 얻어먹는 편이 스산 한 집으로 돌아가는 것보다는 훨씬 더 푸근했다. 집에 가봤자 보이는 풍경은 매일 똑같았다. '허구한 날 책만 끼고 드러누워 있으면 쌀이 나오는데, 밥이 나오는데.' 엄마의 편잔에도 음, 한마 디 내뱉고는 뒤돌아 눕던 무기력한 아버지. 감히 말은 못했지만 어느 날은 발칙한 상상도 했었다. 엄마한테 매일 야단맞느니 아 빠도 학교 앞의 아저씨처럼 뽑기 장사를 하면 어떨까, 하는. 어 쩌면 내게 행복이란 어릴 적 설탕으로 만드는 별 뽑기의 단맛에 가 닿아 있는지도 알 수 없다. 뽑기는 내게 별을 안겨주고, 달

86

콤한 그 별은 다시 가난이 없는 미지의 어떤 세계를 꿈꾸게 했는지도. 그렇다면 나는 언제부터인가 설탕의 나라 쿠바로 오지 않으면 안 될 운명이었는지도 모른다.

기다리는 사람은 오지 않고 잔은 자꾸만 비어간다. 지나가는 종업원에게 주문을 한다. 부카네로 하나. 강한 쓴맛이 맘에 든다면서 한스가 즐겨 마시던 쿠바 맥주다. 컵에 따라 한 모금 마셔본다. 정말 쓴맛이 톡 쏠 정도로 강하다. 하지만 나는 누가 뭐래도 달콤한 맛이 좋다. 그래서 달콤한 것을 팔고 싶은 것이다. 내가 어릴 적에 먹었던 별 뽑기처럼. 진정한 단맛에는 어떤 순수함이 깃들어 있다고 나는 생각한다.

이곳에 와서 맛본 잊을 수 없는 단맛들이 생각난다. 혀가 아니라 가슴을 한 켜 한 켜 저미어오던 단맛이다. 금세 바스러질 것 같은 1950년대산 소련제 라다를 자기 몸처럼 애지중지하던 비날레스의 운전기사. 내리고 탈 때마다 절대로 자동차 문에는 손도 대지 못하게 하던 그였다. 유리그릇 다루듯이 문짝을 소리도 나지 않게 고이고이 열었다 닫던 건장한 청년의 조신한 손. 어쩌다 내가 깜빡 잊고 문을 쾅 닫고 내릴 때면 자기 몸이 으스러진 듯 떨던 모습.

쓰디쓰면서도 달콤하게 여겨지던 풍경도 눈에 생생하다. 나는 어쩌면 설탕보다도 더 달콤한 그 맛을 보려고 여기 왔는지도 모른다. 얼마나 오랫동안 손을 보지 못했던지 칠이 벗겨진 채 카리브의 하늘 아래 한 겹 한 겹 허물어져 내리고 있던 집, 집들. 처음 바라볼 땐 밉살스럽다가도 눈길이 잠시 머무는 사이 어느새 눈물이 나도록 처연해 보이던, 아무 대책 없이 골방에 책을 들고 누워 하루하루 피폐해지다 결국 폭삭 주저앉고 만 내 아버지의 몸 같은 집. 집이야 무너지든 말든 그 앞에서 신나게 연을 날리던 아이들. 뒤에 서서 자기 것인 듯 연아, 높이높이 날아라, 하고 응원하고 싶었던 나그네. 눈부신 카리브의 햇볕 아래 기꺼이 팔 벌려 고단한 삶을 널어 말리던 빨랫줄들. 새까 맣게 땟국이 앉은 아파트 베란다에서도, 한쪽 지붕이 내려앉고 있는 시골집 마당에서도. 무엇보다도 잡초 더미에 묻혀 무너져 내리고 있던 폐허교회. 믿지 않는 이라도 그 안에 들어가면 저절로 기도와 참회가 터져 나올 것 같은. 나도 몰래 중얼거려지던 그 이름, 폐허교회. '폐허'라는 말보다 더 인간을 겸허하게 만들어주는 것이 또 있을까. 세상에서 가장 아름다운 교회는 바로 이런 교회일지도 모른다는 생각에 좀체 떨어지지 않던 발걸음.

한스와 헤어져 오늘 낮에 혼자 거닐었던 앙콘 해변 바다 색깔의 달콤함도 잊을 수가 없다. 수입해가고 싶은 것은 설탕뿐이 아니었다. 순하디 순한 옥색에서 에메랄드빛과 짙푸른 청색까지 모든 청량한 푸른색은 다 풀어놓은 한 폭의 캔버스 같은 카리브. 그 바다색의 비밀은 바다 밑에 널린 산호에 있다던가. 수면에 함유된 무슨 유기물에 있다던가. 바위나 돌멩이가 파도에 부서져 생긴 게 결코 아닌 것으로 보이던, 밀가루처럼 보드랍던 모래사장. 수만 년을 철썩거렸을 파도가 한 꺼풀 한 꺼풀씩 벗겨낸 산호와 조개껍질의 비늘 더미는 아닐는지. 디딜 때마다 간지러워 계속 꼬물거려지던 내 발가락. 휠체어 탄 아버지를 데려와 야자수 그늘 아래 한 번이라도 앉게 해주고 해변의 그 매끄러움을 발가락으로 느끼게 해주고 싶었다.

부카네로 한 잔에 구부러지고 휘어진 카리브의 길에서 보았던 쓴맛과 단맛을 줄줄이 기억에서 불러내고 있는 동안에도 그는 나타나지 않는다. 단단히 토라졌나 보다. 나는 안절부절 못한 채 목을 빼고 객석을 둘러본다. 독일어 소리가 자주 들리던데 혹시 죽이 맞는 술친구라도 만난 것일까. 여자친구라도. 차라리 여자와 만나서 함께 앉아 있는 모습이라도 보면 마음이 편할 것 같다. 웬 자신감이냐고 할지 모르지만 나도 믿는 구석이 있다. 그는 나와 함께 얘기를 나눌 때가 가장 편하다고 했다. 잘 통해서 뭐든지 얘기할 수 있다고. 그런 말을 들었을 때 내가 좀더 적극적으로 나갔어야 했나. 그때 처음으로 쿠바 설탕처럼 달달한 키스를 했다. 그러고 나서는 그날 밤 나와 헤어지고 싶어 하지 않은 눈치였는데. 내가 작은 눈짓 하나만 보냈다면 그날 밤 얘기는 달라졌을지도 모르는데. 나는 언제나 이렇게 뒷북이다. 그 아둔함에 넌덜머리가 난다. 무슨 일 끝에 나온 얘기였더라. 아, 그거였지.

늦은 밤 아바나 대학 앞에서 내 민박집으로 둘이 함께 걸어오던 때였다. 으슥한 밤이면 그는 항상 나를 집까지 바래다주었다. 가로등도 없어 캄캄했지만 한스가 있어 나는 조금도 무섭지 않았다. 불이 꺼진 어느 고층 빌딩 앞에 다다랐을 때 별안간 그가 내 귀에 입을 갖다 대고 다급한 목소리로 속삭였다.

"저 오른쪽 골목으로 들어가 숨어 있어. 마피아야."

그는 재킷 안으로 손을 찔러 권총을 뽑았다. 총잡이의 익숙한 몸짓처럼 보였다. 까무러치게 놀란 나는 얼른 골목으로 몸을 숨겼다. 심장이 쾅쾅 뛰는 소리가 내 귀에 들려왔다. 이제 죽었구나, 싶었다. 공연히 이국 남자와 어울려 다니다가 몹쓸 사건에 휘말려 설탕 장사는 시작도 못 해보고 인생 종 치는구나, 하는 생각이 들었다. 그는 빌딩의 담장을 향해 총을 겨누더니 가까이 다가가 뭐라고 말하는 것 같았다. 자세히 들리지는 않았지만 대충 내용은 잡혀왔다. '원하는 게 뭐야. 내일 아침 온몸에 벌집처럼 구멍이 뻥뻥 뚫린 채 발견되게 해줘? 저 골목에 지금 기관총 부대가 와 있다. 완벽한 총잡이들이야.' 이럴 수가. 세상에, 이건 또 무슨 작전이란 말인가. 어둠 속에 숨어 바들바들 떨고 있는 나를 총잡이로 승격시키다니. 느닷없는 총잡이가 되어도 좋았다. 나는 상황이 어서 끝나기만을 바랐다. 오장육부가 다 떨려오고 통증이 가슴을 짓눌렀다. 혁명 전에 이곳에 마피아가 들어와 판을 쳤다는 얘기를 들은 적은 있었다. 대뜸 「대부」 시리즈와 「굿 펠라스」 같은 영화의 장면들이 생각나 숨이 멎을 지경이었다. 그 세계에서는 한두 명 죽고 사는 것쯤은 문제가 아니었다. 아냐, 그건 스크린일 뿐, 내 인생에 그런 일은 없어.

현실을 부인하고 싶었다. '엄마, 거긴 형법이 세서 치안은 좋은 편이래요. 염려 마세요. 난 유산이나 껄떡대며 새 아버지 비위나 맞추는 그런 위인 못 돼요. 돈은 제가 벌어요. 동생들 학비도, 아버지 요양원 비용도 제가 댈 거예요. 평생을 휘젓고 살기에 지방의 소도시는 내게 너무 좁아요. 어릴 때부터 그랬잖아요. 난 먼 낯선 세상을 모조리 내 집으로 삼겠다고요.' 있는 대로 잘난 척을 하고 왔는데. 제발 총격전만은 일어나지 않고 사태가 수습되기를. 나는 쿠바와 이 세상의 모든 신들에게 간구했다. 한스에게 지혜를 주어서 총 한 방 쏘지 않고 말 펀치로 상대를 때려눕히게 해달라고. 초주검이 된 나는 아바나의 뒷골목 어느 집 쓰레기통 뒤에 숨어 간신히 숨만 깔딱대고 있었다.

기절했다가 깨어난 것일까. 눈을 떴을 때 나는 밤거리에 누운 채 한스의 품에 안겨 있었다. 그는 내 뺨을 손으로 연신 비벼대며 말했다.

"정신 차려. 일어나, 미혜."

그의 눈에 눈물이 그렁그렁했다.

"미안해. 마인 리블링. 내 잘못이야, 마인 리블링."

나도 모르는 소리를 하며 그는 자신을 탓했다. 내가 눈을 뜬 것이 고마워서 어쩔 줄 몰라 하는 것 같았다. 그날 밤 그는 내 민박집에서 꼬박 밤을 새우며 나를 지켰다. 그만 돌아가라고 해도 듣지 않았다. 나는 도리어 그를 위로하고 싶었다. 아무 일 없이 살아 돌아와서 고맙다고.

그 일이 있고 나서 며칠 뒤 그는 어느 호텔 비즈니스 센터로 나를 데려갔다. 모여서 회의를 할 수 있는 테이블도 있고 창가에는 안락의자도 놓여 있어 커피를 마시면서 인터넷도 할 수 있는 편안한 장소였다. 창밖으로 카리브해의 푸른 파도가 넘실대고 있었다. 저절로 탄성이 터져 나왔다.

"야 황제의 성 부럽지 않은 전망인데. 이렇게 좋은 데를 왜 이제 데려오는 거야."

나는 흥분해 있는데 그는 왠지 착 가라앉은 분위기였다. 몸은 괜찮으냐고 묻고 유난히 내 눈치를 살폈다. 그러더니 그날 밤 일을 이야기하기 시작했다.

"그 호텔 원래는 마피아 거였는데 지금은 문 닫았어. 랜스키라고 알 카포네 친구 알지? 마피아 치고 드물게 제 명을 다한 유태인. 혁명이 나자 고스란히 빼앗기고 빈손으로 도망쳤지."

그는 악몽이 되살아나는 듯 잔뜩 찡그린 얼굴이었다.

"그 일당이 다시 나타난 거야? 어떻게 살아 돌아왔니, 한스는. 정말 용타, 용해. 그렇게 용감한 사나이인 줄 몰랐어."

내 말에 그는 고개를 숙이고 말없이 커피만 마셨다. 그러고 나서도 한참 뜸을 들인 뒤에야 다시 입을 열었다.

"놀라게 해서 미안해. 하지만 너 그래 갖고 이 험한 세상 어떻게 살래? 놈들이 나 같은 얼치기 말에 찍소리 없이 사라질 것 같아?"

"뭐야, 그럼 그 권총은?"

"그 호텔 앞 지나갈 때 한번 써먹으려고 샀지. 장난감 가게에서."

나는 어이가 없었다. 다른 투숙객들만 없다면 다가가 뻥뻥 등짝을 후려치고 싶었다. 속은 것이 분해서 견딜 수가 없었다. 희번덕거리는 내 흰자위에 그가 평생을 몸서리치도록 나는 있는 대로 눈을 흘겼다.

"제발 용서해줘. 자기는 무슨 얘기를 해도 잘 통하니까 편해서 그랬어. 마인 리블링."

나중에 찾아보고 알았지만 '마인 리블링'은 '마이 러브'라는 말과 같은 뜻의 독일어였다. 그는 콧소리까지 섞어가며 읍소를 하더니 내가 다른 데를 보고 있는 사이에 기습적으로 내 입술을 덮쳤다. 나는 못 이기는 체했다. 내가 소란을 피우면 다른 사람들의 시선에 쫓겨 키스가 빨리 끝날지도 몰랐다. 아무튼 그 맛은 쿠바 유기농 설탕 못지않게 순하면서도 달달했다. 아니 잠시나마 총잡이 역을 한 남자와의 키스는 쌉싸름 달콤했다고나 할까. 몇 사람이 힐끔거리는 듯했지만 우리는 아랑곳하지 않았다. 조금만 더 조금만 더, 하며 제발 키스가 끝나지 않기를 바라고 있는데 한스가 무엇이 급한지 입을 떼더니 내 귓가에 대고 비밀인 듯 나직하게 말했다.

"여기가 어딘지 알아? 그 일당이 모여 머리를 맞댔던 곳이야. 일컬어 쿠바 경영을 구상한답시고."

"쿠바 경영?"

나는 그게 무슨 소리인가 싶었다.

"응, 이 섬을 카지노와 향락의 해방구로 만들겠다는."

나는 점심 먹는 것도 잊은 채 그의 마피아 이야기에 빨려들어갔다. 일당 중 한 명으로 활약을 한 사람이 아니면 알 수 없는 암흑세계의 비밀이었다. 철학도라는 남자가 정치권력과 마피아의 결탁을 그토록 세밀하게 꿰고 있다니. 의외라는 표정으로 바라보고 있을 때 그의 입에서는 더욱 믿기지 않는 말이 튀어나왔다.

"마피아는 필요악인지도 몰라. 나는 놈들이 솔직히 고마워. 그래서 그 앞으로 자주 다니지."

"그건 또 무슨 궤변."

나는 그의 손을 세게 꼬집으며 말했다. 그날 밤 나를 그 길로 유인한 저의를 알게 된 거였다. 그는 손을 털며 아프다고 수선을 떨더니 창밖의 바다를 내다보며 말을 이었다.

"욕망이 극에 달하면 무슨 일이 벌어지는지를 보여주니까."

그 말을 하려고 마피아 얘기를 길게 꺼냈구나 싶었다. 그러자 나도 모르게 반사적으로 한마디가 툭 튀어나왔다.

"그렇다면 제어할 수 있다고 생각해? 인간이 그걸."

마치 준비하고 있었던 것처럼 대답은 곧바로 나왔다.

"가능성을 보는 거지."

나는 아무 말도 하지 않고 침묵을 지켰다. '가능성.' 너무나 고상한 단어였다. 하지만 그 말은 내게 접수되지 않은 채 홀로 허공을 떠돌고 있었다. 한스도 그걸 알고 당황하는 것 같았다. 눈동자에 외로움이 어린 듯했다. 나는 그의 순진함을 살짝 꼬집어주고 싶은 충동이 일었다. 하지만 참았다. 인간의 본성을 고려하지 않은 오랜 실험이 있었다. 그것이 이미 끝났는데도 가능성은 아직 있다고 믿는 걸까, 한스는. 언제 그 실험을 제대로 해본 적이 있느냐고 그의 눈은 되묻고 있는지도 알 수 없었다. 어쨌든 그 질문으로 나는 답을 다 했다고 생각했다. 그러고는 출렁이는 바다만 바라보았다. 그는 나의 회의적인 태도에 실망한 듯했지만 그날 밤 좀체 내게서 떨어지려고 하지 않았다.

그 뒤로 우리는 비냘레스에 있는 유기농 사탕수수 농장에 같이 갔었다. 생각만 해도 침이 고인다. 사탕수숫대를 엉성한 기계로 짜서 즙을 낸 다음, 구아바 속을 적당히 빼고 나서 그 안에 부어주던 사탕수수 주스, 손톱이 뭉그러지고 없던 농부의 새까만 손. 터지고, 갈라지고 못이 박인 손바닥. 꼬질꼬질한 티셔츠 가슴팍에 새겨진 글자. 'I ♡ FIDEL' 'I ♡ CHE' 사탕수수 마디만큼이나 곡절 많은 삶을 살아온, 깊게 주름 팬 얼굴. 그 앞에서 어린아이처럼 구아바를 주물럭대면서 빨대로 사탕수수 즙을 빨아먹던 한스와 나.

"구아바를 주물럭대며 먹으니까 꼭 엄마 젖을 먹는 기분인데."

개구쟁이처럼 능청을 떨던 한스. 두 가지 즙이 섞여 시원, 달콤, 쌉싸래하던 그 맛.

그는 아직도 오지 않고 있다. 트리니다드에서 내 삶의 한 매듭을 짓게 되려나, 하고 기대했었는데. 하는 수 없지. 나는 부카네로를 하나 더 시켜놓고 일어선다. 주량에 넘치게 퍼마신 덕분에 자주 물을 빼주어야만 한다. 자리로 되돌아오려는데 내 자리에서 기웃거리는 남자가 보인다. 어두운 데다가 취기 탓에 누군지 알 수가 없다. '이봐요. 거긴 저어 내……' 말을 마치기도 전에 뒤돌아보는 남자. 다름 아닌 한스다. 이 수상쩍은 느낌은 무엇일까. 나는 생뚱맞은 얼굴로 그를 노려본다. 마치 그가 다시 나타나지 않기를 바랐던 것처럼.

"여기 있었어? 오후 내내 잠에 빠져 있다가 느지막이 나왔는데 미혜가 보이질 않잖아."

"그런 거였어? 난 또, 쓸데없는 걱정만 했잖아."

"무슨 걱정?"

"쌩 토라져서 아바나로 돌아갔나, 하고."

"토라지긴. 실은 자기 질문이 맞았어. '제어할 수 있을까' 하던 말. 그 말을 반박할 수 없는 내 자신이 한없이 초라하게 여겨진 오후였어. 속이 부글부글 끓어오르는 걸 참지 못해 이리 뒹굴 저리 뒹굴 하다 깜빡 잠이 들었지 뭐야. 미혜 말이 맞아. 가능성은 무슨, 개뿔."

그러고는 내 앞의 캔을 보더니 종업원을 부른다. '어이, 부카네로 하나.' 그의 갑작스런 심경 변화에 마음이 찜찜해온다. 그가 나타나 반가운 건지, 서운한 건지 내 마음 나도 알 수가 없다.

"이거 마셔. 텔레파시가 통했나, 괜히 더 시키고 싶더라니. 나는 충분히 올랐어. 오지 않는 사람 잘근잘근 씹어대면서 계속 마셨거든."

건배나 하자는 듯 그는 캔을 들어 내 잔에 조금 따른 뒤 '투 슈가!'를 외친다. 나는 '투 살사!'로 응답한다. 웬일로 건배 제목이 바뀐 것일까. 전에는 줄기차게 '투 카리브!'더니. 이제는 내 설탕 장사나 잘되기를 바란다는 뜻일까. 나는 부카네로를 벌컥벌컥 들이켜는 그를 바라본다. 단숨에 캔을 비운 그가 일어서면서 말한다.

"좋아. 나가자. 오른 김에 무대까지 올라봐야지."

"대신 누가 나 채어가도 군소리 없기야."

남자를 잠시도 방심하게 둬서는 안 된다. 나는 한스의 손에 이끌려 무대로 올라간다. 브래지어 끈 부근, 견갑골에 와 닿는 도톰한 손의 감촉이 짜릿하다. 얼마나 갈구해오던 느낌인가. 하지만 나는 시치미를 뚝 떼고 아무렇지도 않은 듯 담담하게 그의 어깨에 왼손을 올리고 오른손으로는 그와 손을 맞잡는다. 콩닥콩닥 뛰는 가슴의 고동이 탄로 날까 두려워 시선은 자꾸만 아래를 향한다. 그는 어엿한 살사 강사처럼 군다.

"시선은 상대를 봐야지. 고개를 빳빳이 들어 올려. 위에서 누가 끌어당기는 것처럼. 턱만 자연스럽게 아래로 당기고. 가슴은 약간 내밀고, 어깨는 뒤로 빼. 엉덩이와 허리엔 힘을 주고."

원, 투, 쓰리. 파이브, 식스 세븐, 나는 음악에 맞춰 속으로 박자를 헤아려본다. 아무리 몸치라도 배울 수 있겠지. 라이트 턴, 레프트 턴, 멀티 턴을 거친 뒤, 온몸을 내 손으로 더듬어 내리며 율동하는 샤인 동작으로 몸매를 보여주고 싶은데. 오늘 밤 누구보다도 농염해지고 싶은 나와 흐벅지게 한 판 추고 나면 이 남자 나의 보이지 않는 그물에 단단히 얽어매이어 다시는 내게서 헤어나지 못하게 될 거야. 그런데 웬걸, 그는 내 손을 잡고 제멋대로 흔들어댄다. 베이직의 완전한 파괴다. 맙소사, 이건 살사가 아니라 막춤이다. 그도 이제 알아차렸을까. 이론은 실제를 이길 수 없다는 것을. 기본 동작도 연습해본 적이 없는 것 같다. '기본을 모르면 어떠랴. 우리 식대로 흔들면 되지, 하는 듯 당당한 얼굴이다. 하지만 정거장에서의 일을 깡그리 잊고서 음악에 맞춰 경쾌하게 팔다리와 엉덩이를 흔드는 한스에게서 나는 왠지 서먹함을 느낀다. 너무 일찍 타협하려는 건 아닐까. 설마 아니겠지. 농담일 거야. 진담이라 해도 내가 무슨 상관이람. 설탕 장사만 잘되면 그만이지. 그렇게 생각하고 몸을 흔드는데 문득 농장에서 맛본 순수한 유기농 사탕수수 주스와 오후에 보았던 앙콘 해변의 옥빛 바다가 그립다. 순수한 그 맛과 색깔. 생각은 꼬리에 꼬리를 물고 카리브의 길은 점점 더 안개에 싸여 몽롱해지는 느낌이다. 나는 한 눈으로는 안도의 눈길을 보내면서도 다른 눈으로는 그를 째려본다. 내 눈길이 마음에 걸리는지 그는 거푸 나를 뱅그르르 돌려 멀티 턴을 시키려 한다. '다 잊어버리자. 여기 온 김에 살사나 몸에 걸쳐 가지 뭐. '살사'에다 한 다리만 슬쩍 걸치면 '살자'가 되잖아. 그렇게 사는 방법도 있는데. 우리한텐 정말 부족해. 이런 맛있는 양념이. 멋대가리 없이 뻣뻣하기만 한 몸을 녹신녹신하게 녹여줄. 별이 총총한 카리브의 밤하늘 아래 살사의 빠른 리듬이 나무 막대기 같은 나의 몸을 절이기 시작한다. 원, 투, 쓰리. 파이브, 식스, 세븐. 원, 투, 쓰리. 파이브, 식스, 세븐.

소라고둥 공화국

나는 그 소리에서 도망치듯 섬을 떠나고 있다. 거기에서 벗
어나려 어둠 속에 길을 나섰지만 결코 벗어날 수가 없다. 달아
나면 달아날수록 그것은 더욱 끈질기게 내 뒤를 바짝 따라붙는
다. 자정이 갓 넘은 시각, 온통 숯 검댕을 쏟아부은 듯한 섬에
는 가로등도 보이지 않고 헤드라이트의 불빛만이 앞길을 겨우
비춰주고 있다. 멀리 앞서가는 자동차의 미등이 희미하게 보일
뿐 불빛이라고는 찾아볼 수 없다. 어둠 속이어서 자칫하면 바다
나 웅덩이에 빠질 수도 있다. 하지만 나는 무엇보다 그 소리를
물리치려 아무 생각도 없이 마구 내달린다. 북미 대륙의 땅끝
마을, 키웨스트에서의 마지막 밤을 몸서리치게 만든 소리. 귀를
막고 침대에서 돌아누워도, 엎드려도, 뜨거운 물로 샤워를 하거
나 냉수를 거푸 마셔도, 심지어는 K와 간만에 뜨거운 몸을 비

비고 있을 때에도 쉬지 않고 뚜우뚜우 들려오던 소리. 그것은 말로리 스퀘어 황혼 부두에 홀로 서서 일몰의 바다를 향해 불어대던 제임스의 소라나팔 소리였다.

　망할 자식, 여기까지 와서 나를 성가시게 할 게 뭐람. 어제 아침, 야자수 가로수 길을 따라 나 있는 듀발 스트리트, 올데스트 가든에서 열린 소라나팔 불기 대회에서는 온갖 현란한 소리에도 마음이 동요되지 않았다. 일곱 살 어린아이로부터 일흔 살의 할아버지에 이르기까지 소라고둥 껍질로 만든 나팔로 별의별 곡들을 다 연주해냈다. 비틀스의 「렛 잇 비」를 불어대는 청년, 라벨의 「볼레로」를 부는 젊은 여자도 있었다. 모두들 아랫배에 힘을 주고 서서 뺨을 빵빵하게 부풀리고, 손바닥과 손가락으로 소라고둥의 구멍을 막았다 열었다 하면서. 하와이에서 온 퇴역 군인이 목에 핏줄이 불거지고 얼굴이 새빨개질 때까지 3분가량이나 숨 한 번 쉬지 않고 '뚜우' 하고 뱃고동 소리를 내는 동안 관중들은 하나, 둘, 셋을 헤아리며 지속 시간을 쟀다. 심사위원들은 소리의 질과 다양성과 음악성을 따졌다. 같은 소라나팔 소리라 해도 다른 사람들이 부는 소리는 내 귀를 즐겁게 했었다. 그런데 지금 내 귀에 들리는 제임스의 소라나팔 소리는 때로는 송곳처럼 귀를 찔렀다가 때로는 강철 케이블이 되어 내 머리를 칭칭 동여매는 것만 같다. 통역 부스의 유리창을 통해 20여 년 만에 그의 얼굴을 처음 보았을 때부터 나는 무척 당황했지만 직업 본능을 발휘해 비교적 빨리 제 페이스를 찾았다.

그렇지만 황혼 부두에서 핏빛 노을에 실려 멀리멀리 퍼져가던 제임스의 소라나팔 소리는 도저히 견딜 수가 없었다. 오죽했으면 내가 동부에 있는 K를 플로리다 땅끝 마을로 불러들인 지 며칠도 되지 않아 섬을 떠나왔겠는가. 몇 달 동안이나 애타게 기다려온 만남이었다. 요즘 들어 빡빡한 일정 도중에도 밀려드는 허전함에 나는 틈만 나면 그에게 전화를 걸곤 했다. 그의 목소리라도 들으면 얼마간은 견딜 수가 있었다. 맨해튼의 월가에서 통역사로 일하는 그에게는 연말을 앞둔 이즈음이 수염 깎을 시간도 없을 만큼 바쁜 시기였다. 그런 그를 침대에 남겨둔 채 떠나온 거였다. 간밤의 과격한 몸놀림으로 녹아떨어져 코를 골고 있는 그를. 쪽지를 남길 생각도 하지 못했다. 어차피 우리는 어딘가에서 만나 서로의 몸 안에 넘칠 듯 찰랑찰랑하게 채워져 있는 무언가를 모조리 다 써 없애버린 뒤에는 따로따로 호텔을 떠나는 데 익숙해져 있었다. 차가 웅덩이를 피하지 못해 철썩철썩 물을 튕기고 돌부리에 걸려 우당탕거리는 소리를 들으면서 나는 날뛰듯이 차를 몰고 있다. 오로지 그놈의 소라고둥 공화국을 벗어나 그 지긋지긋한 소리를 따돌리겠다는 일념으로.

어제 통역이 끝나고 화이트헤드 가에 있는 헤밍웨이 하우스에 들어설 때부터 뭔가 석연치 않은 느낌이 들긴 했다. 박제된 사슴뿔에서부터 그 집에 있는 숱한 진기한 물건들도 전혀 내 눈에는 들어오지 않았다. 하지만 K는 나와는 사뭇 다른 반응을 보였다. 그는 작가 사진에 완전히 꽂혀버린 듯했다. 사진 속의 작가는 자기 키의 두 배가 넘는 대형 물고기 옆에 서 있었다. 침처럼 길고 뾰족한 위턱 주둥이로 갑판을 찍고 거꾸로 매달린 그것은 작가 자신이 잡은 청새치였다. 맨발에 흰색 반바지 차림으로 갑판을 딛고 서 있는 다부지고 정력적인 작가의 중년 시절 모습. 바다에서는 대어 낚시, 아프리카에서는 표범 사냥이 취미였으며 만년에 건강이 악화되고 결혼생활도 삐걱거리자 권총 자살을 택한 거침없는 삶에 누구인들 매혹되지 않겠는가. 중세 유럽 성문의 일부를 가져다 붙였다는 침대 머리와 작가의 체취가 남아 있는 새하얀 시트 위에서 한가로이 낮잠을 자는 갈색의 여섯 발가락짜리 고양이에도 K는 계속 탄성을 질러댔다. 옆에 서 있던 대회 참가자들도 마찬가지였다. 나만이 예외였다.

내 눈에는 오로지 상어에게 산산이 뜯어 먹힌 거대한 청새치의 해골만 떠올랐다. 오래전에 읽은 구절이 하나의 이미지가 되어 머리에서 떠나지 않았다. 앙상하게 남은 허연 등뼈에 댕강댕강 매달린 머리뼈와 거대한 꼬리가 파도에 밀려 흔들리는 모습. 그 이미지가 머리에 맴돌고 있을 때 곧바로 말로리 스퀘어로 갔다가, 거기서 제임스의 소라나팔 소리를 들었던 것이다. 바다와 하늘이 핏빛으로 물들어가던 황혼 부두에서였다. 이미 수평선이 꿀꺽 해를 삼켜버린 뒤여서 부두는 한적하고 쓸쓸한 느낌마저 들었다. 사람들은 거의 동물 서커스나 저글링, 팬터마임 등을 구경하러 광장 안쪽으로 들어가버렸다. 노을 맞이를 나간 흰색의 요트도 점점 어둠에 잠겨 들어갔다. 후줄근한 차림에 야구

모자를 쓰고 돌아선 채 그는 숨을 참을 수 있을 때까지 길게 소라나팔을 불었다. 뚜우우우우…… 그것은 음악이 아니고 그가 검붉은 바다를 향해 울리는 무슨 경적 소리 같았다. 그때부터 청새치의 해골과 소라나팔 소리는 서로 엉겨 붙어 몸집이 더욱 커져가는 나선형의 괴물처럼 내 속을 파고들어왔다.

대학 시절부터 애늙은이였던 제임스는 배에 나잇살이 두둑이 올라 실제 나이보다 몇 년은 더 먹은 중늙은이로 보였다. 그런 그를 내가 무엇 때문에 이렇게 의식을 하는 것인지 나 자신도 도무지 알 수 없었다. 하지만 제임스가 되기 이전의 이름인 '이희재'를 입에서 나직하게 중얼거려보면 혀 밑에서 이는 삽상한 바람 소리와 함께 목덜미에 떨어져 어룽거리는 달빛 같은 그의 눈길이 느껴지는 것은 사실이었다. 그렇지만 나는 그에게 다가가 알은척도 하지 않았다. 그를 본 순간 상당히 하릴없는 사람이라는 생각이 들어서였다. 통역 부스에 갇혀 있는 나로서는 그와 마주칠 기회가 없다는 게 다행이기도 했다. 아무리 자유분방한 나라라고 해도 어떻게 고등학교 교사가 학기 중에 학생들을 데리고 한가롭게 소라나팔 불기 대회에 나온 것일까. 게다가 소라나팔 부는 방법에 대해 무슨 연주법 특강까지 열다니, 눈이 핑핑 돌아가는 경쟁의 도시 서울에서 온 내게 그는 한심하기 이를 데 없는 인물로 보였다. 어둠 속에 희미하게 보이는 땅과 바다의 경계선으로 보아 나는 이제 키웨스트를 벗어나 마흔두 개의 섬을 이어주는 바다 위의 하이웨이를 달리고 있는 듯하다.

섬을 완전히 떠나왔는데도 그놈의 소라나팔 소리는 아직도 그치지 않는다. 머리를 흔들어보고 손으로 귀를 쳐봐도 그 소리를 막을 수가 없다. 소라나팔 소리에 치를 떠는 사이에 벌써 마흔두 개의 다리 중에서 몇 개는 지나온 것 같다. 어두워서 잘 보이지는 않지만 양쪽으로 검은 바닷물이 넘실대고 있고 섬들마다에는 바닷가에 바짝 붙은 집들이 무성한 야자수 아래 둥지를 틀고 있을 것이다. 오른쪽은 멕시코 만, 왼쪽은 대서양. 나는 거대한 대양 사이에 나 있는 US-1번 국도에서 플로리다 키 구역을 달리고 있다. 갑자기 주위가 희붐해온 것을 느낀다. 이상하다 했더니 백미러에 달이 떴다. 창문을 열고 고개를 돌려 확인해본다. 구름 없는 맑은 하늘에 보름달이다. 이게 무슨 조화인지 의아스럽다. 나를 배웅해주러 나온 것일까. 평소에 달은 언제나 온기를 품고서 바라보는 이가 누구든 응원해줄 것만 같았으니까. 그런데 오늘은 그 빛마저 차갑게 느껴지고 내 차를 줄기차게 따라오는 모양이 왠지 악착스러워 보인다. 혹시 나를 미치게 만들 작정인지도 모른다. 서양에서 보름달은 사람을 미치게 하거나 늑대로 둔갑시킨다는 전설도 있었다. 소라나팔 소리로도 모자라 달까지 나를 몰아대려고 나선 것 같다. 마치 내 몸 구석구석을 샅샅이 비추어 구린 곳을 들추어내려는 듯이. 나는 죽어라 속도를 낸다.

애당초 이번 출장은 올랜도에서 열리는 세계번역가대회 참석이 주목적이었다. 나는 「통번역에서 문화적 요소의 문제」라는 주제로 강의를 하기로 되어 있었다. 미국의 경찰서나 법정에서 흔히 벌어지는 광경이 있었다. 아들이 샌프란시스코 거리에서 의문의 죽음을 당한 것도 억울한데 한인 아버지가 법정에 서게 되는 경우였다. 밥벌이에 바빠 아들을 돌봐줄 시간이 없었던 그는 초기 경찰 진술에서 덜미를 잡혔다. '내가 죽였소.' 그 말은 곧 어느 통역사에 의해 말 그대로 옮겨졌다. 'I killed him.' 경찰이 그대로 기록했다. 이것이 과연 정확한 통역인가, 하는 요지의 강의였다.

올랜도로 떠나기 며칠 전, 에이전시에서 연락이 왔다. 플로리다에 간 김에 키웨스트 통역 건까지 맡아달라는 거였다. 소라나팔 대회에서 우리나라 대표단을 위해 연주법 특강을 통역하는 일이었다. 처음에는 너무 멀다는 생각에 망설여졌지만 땅끝마을이라는 데 은근히 구미가 당겼다. 금융위기를 간신히 넘기고 나자 통상협상과 합작투자회의, 그리고 기업과 대학들이 주최하는 국제회의가 하루가 멀다 하고 열리고 있었다. 도무지 돈을 쓰러 백화점에 가고 여행 다닐 시간을 낼 수가 없었다. 그러한 때 일과 여행을 겸할 수 있는 키웨스트는 도저히 거부할 수 없는 묘한 매력으로 나를 끌어당겼다. 중학교에 다니는 딸아이는 내가 해외 출장이 잦자 제 아버지에게 가서 아직 돌아오지 않았다. 걸리는 거라고는 아무것도 없었다. 무엇보다도 키, 웨스트, 하고 두 단어를 따로 떼어 소리 내어 보았을 때 그 말은 곧 서쪽에 가면 만날 수 있는, 꽉 막혀버린 내 삶의 다음 장을 열어줄 무슨 열쇠 같은 느낌을 주었다. 열쇠라는 생각에 이르게 되자 나는 시간은 곧 돈이라는 내 직업 세계의 상식도 팽개쳐 버리게 되었고 나는 키웨스트를 반드시 가지 않으면 안 되었다.

마흔두 개의 모래톱 같은 섬이 점점이 떠 있는 곳에 같은 수의 다리를 놓아 서쪽으로 난 열쇠처럼 보인다고 해서 플로리다 '키keys'로 불리는 곳. 하지만 원래는 모래톱이라는 뜻의 스페인어 '카요kayo'에서 유래된 말이라고 했다. 그곳의 마지막 섬, 북미 대륙의 최남단, 땅끝 마을이 키웨스트였다. 쿠바와의 거리가 90마일밖에 되지 않아 헤밍웨이가 양쪽을 오가며 살았다고 하는 곳. 올랜도까지는 디즈니월드나 화훼 산업과 관련된 일로 여러 번 갔었지만 땅끝 마을까지는 아직 한 번도 간 적이 없었다. 플로리다 주 남쪽 끝에서 서쪽 바다 위로 호를 그리며 줄지어 나 있는 섬과 다리를 지나 키웨스트까지 달린다는 생각만 해도 통역으로 쌓인 스트레스를 확 날려버릴 수 있을 것만 같았다. 게다가 그곳은 헤밍웨이가 『무기여 잘 있거라』『킬리만자로의 눈』 등을 비롯해 대부분의 작품을 쓴 곳이었다. 그는 대학 시절 내게 번역가의 꿈을 꾸도록 한 작가였다. 때는 10월 말, 멕시코 만과 대서양 두 대양을 양쪽에 거느리고 바다 위를 달리기에는 더할 수 없이 좋은 계절이었다.

나는 올랜도에서 포드 하이브리드를 렌트해 플로리다 턴파이크를 타고 내려왔다. 길도 한 번 헤매는 일 없이 마이애미까지 와서 일박을 한 뒤 이튿날 무사히 키웨스트에 도착했다. 온갖 바다색의 향연을 만끽하면서. 수심이 깊고 파도의 진폭이 커 보이는 대서양에서는 연하늘색에서부터 보라색과 코발트색에다 군청색까지. 그에 비해 좀더 잔잔해 보이는 왼쪽의 멕시코 만에서는 반짝이는 은빛에서부터 베이지색과 연한 비취색까지. 계절과 햇빛은 기묘한 바다색을 연출해놓고서 나를 초대한 것처럼 보였다. 하늘과 바다가 맞닿은 곳을 바라보며 달릴 때에는 내가 어느 쪽에 있는지조차 아리송했다. 곧 K를 만난다는 생각에 가슴은 점점 부풀어 오르고 있었다.

제임스의 소라나팔 소리는 키웨스트가 주던 그 모든 기대와 설렘을 한 방에 날려버렸다. 그리하여 나는 지금 섬에서 도망치고 있다. 다리가 쉽게 끝나지 않는 것으로 보아 지금 이곳은 섬들 사이에 나 있는 다리 중에서 가장 길다는 세븐마일 브리지인가 보다. 나는 여기까지 와서도 그놈의 소리를 물리칠 수가 없어 핸들에다 머리를 들이박고 싶을 지경이다. 혹시나 그것에서, 하는 생각이 문득 머리를 스친다. 어제 대회에서 선물로 받은 커다란 소라나팔. 나는 갓길을 타고 내려가 대서양 쪽 난간 옆에 차를 세운다. 트렁크를 열고 아이 머리통만 한 소라나팔을 꺼내 차로 가져온다. 실내등을 켜고 소라나팔을 유심히 살펴본다. 녀석의 발그스레한 입술은 무엇이 좋아 그토록 헤벌쭉이 벌어졌는지 알 수가 없다. 여자의 그것을 어쩌면 그렇게도 닮았는지. 남자들이 특히 이 악기에 열광하는 이유를 알 만도 하다. 입술이 크게 발달돼 있어야 성숙한 콩크라고 했다. 소라고둥을 키웨스트에서는 콩크라고 불렀다. 껍질에는 울퉁불퉁하게 다섯 줄의 돌기가 나 있다. 이렇게 입술이 흐드러지게 성숙한 것을 퀸콩크라고 불렀다. 소라나팔을 귀에 대어본다. 쏴아 하는 소리만 들릴 뿐 뚜우뚜우 하는 나팔 소리는 들리지 않는다. 그런데 어째서 내 귀는 제임스의 소라나팔 소리를 듣고 있는 것인가.

소라나팔 연주법 특강이 시작되고 앨라배마 주에서 온 고교 교사 제임스 리가 소개되었을 때도 나는 그저 어느 미국인 교사이겠거니 했다. 그런데 막상 그가 연단에 올라 마이크를 잡았을 때 통역 부스에 있던 나는 둔기로 머리를 맞은 듯 한동안 멍해졌었다. 홀연 20년 전의 어느 날로 돌아간 것 같았다. 귀가 의심스러웠다. 다시 정신 차려 목소리를 확인해보고 생김새를 자세히 뜯어보았다. 갈색 셔츠에 자잘한 조개껍질 목걸이를 걸치고 청바지 차림으로 무대에 오른 그는 20여 년 전 대학 캠퍼스에서 만난 이희재가 분명했다. 뾰족하던 턱이 둥그스름해지고 배가 조금 튀어나온 모습이 영락없는 중년 아저씨였지만 침착한 표정과 이지적인 목소리는 그대로였다. 몸에 도톰하게 붙은 나잇살과 입에 자연스럽게 가서 붙은 영어를 빼놓고는 크게 달라진 것은 없었다.

대학 시절 번역 콘테스트가 있을 때 그를 쫓아다니며 성가시게 굴던 생각이 난다. 나는 제대하고 돌아온 복학생인 그가 골라준 헤밍웨이의 단편소설을 번역해 대상을 탔다. 소설집『승자는 아무것도 얻지 못한다』에 실린「깨끗하고 불빛 밝은 곳」이라는 단편이었다. 젊은 웨이터와 나이 지긋한 웨이터 두 사람이 근무하는 카페에서 술에 취한 노인 손님은 밤이 늦어도 도무지 나갈 생각을 하지 않는다. 젊은 웨이터는 있는 대로 못마땅한 티를 낸다. 나이 든 웨이터는 갈 곳 없는 외톨이 노인에게 필요한 곳은 오로지 깨끗하고 불빛이 환한 그런 카페라는 것을 알아채고 문 닫는 시간을 미루려고 한다. 하지만 젊은 웨이터는 퇴근해서 아내와 가질 따뜻한 잠자리 생각에 결국 노인을 몰아낸다. 나머지는 다 잊어버리고 단 한 구절만이 기억에 남아 있다.

"허무 가운데 계신 허무님, ──우리에게 일용할 허무를 주옵시고……"

'나다nada'라는 말이 어느 나라 말인지도 몰라 당황하고 있을 때 '무(無)'라는 뜻의 스페인어라면서 '허무'라고 번역해주던 그. 내가 말도 안 되게 옮겨놓은 어색한 구절도 그의 손이 닿으면 운율이 생기고 혀에 착착 감기는 문장으로 바뀌던 기억. 그런 일이 있고 나서 이듬해 봄날 학교 교정에서 있었던 일은 지금도 내 눈에 그대로 펼쳐진다.

친구들과 함께 도서관 앞 벤치에 앉아 벚꽃 비를 맞고 있을 때 그는 나를 불러내어 언덕 아래 라일락 앞으로 데려간다. 그리고는 진지한 표정으로 다짜고짜 툭 내뱉는다.

"우리 촌티 나는 사람끼리……"

나는 그의 말이 끝나기도 전에 쏘아붙인다.

"다시는 내 앞에 나타나지 마세요."

그 순간 잔인할 만큼 진하게 풍겨오던 라일락 향기. 서러워 눈물이 찔끔 나온다. 대학 생활을 잘 이끌어주는 좋은 선배지만 그가 내게 찍어준 그 촌티 낙인만은 도저히 용서할 수가 없다. 테니스도 수영도 못하고, 스케이트도 탈 줄 몰라 서울 출신 친구들에게 항상 뭔가 꿀린다는 느낌을 갖고 있을 때다. 여고생 티를 벗지 못한 단발머리에 가무잡잡한 얼굴, 어색한 차림새는 촌티를 꽉 뒤집어쓴 모습 그대로다. 그런데도 면전에서 듣는 그 말은 마치 큰 모욕처럼 여겨진다.

졸업할 때까지 계속된 그의 정성 어린 편지와 온갖 선물 공세도 그 한 번의 말실수를 만회할 수가 없었다. 텍사스로 유학을 갔다는 소식은 얼핏 들었지만 그 뒤로 어디에서 무엇을 하고 사는지는 전혀 알지 못했다. 그렇게 20여 년이 지난 뒤 나는 업무차 키웨스트에 오게 되었고, 공교롭게도 그의 소라나팔 연주법 강의를 동시통역하게 된 것이다. 세상에 이런 우연의 일치가 있을 수 있을까. 대학 시절에도 아마존의 소수 부족 언어 연구 동아리를 만들더니 여기까지 와서 하는 짓이란.

갑작스런 그의 등장에 놀란 나머지 나는 자칫 그의 강의 서두를 빼먹을 뻔했다. 노트를 할 생각도 하지 못했다. 멍하니 제임스의 얼굴만 바라보다가 핵심 단어를 적어두지 않아 처음부터 헤매고 있었다. 일을 맡고 나면 평소 두어 달 전부터 관련 자료를 찾아 미리 공부를 하는 게 정상이었다. 지금까지 자원 협상이나 원자로 기술이전 같은 무거운 주제의 국제회의도, 산처럼 나를 압도해오던 노벨상 수상 작가의 세계 문학 강연도 무난하게 통역해낸 것은 치밀한 사전 준비 덕분이었다. 우리 일에 이렇다 할 왕도란 없었다. 살아오면서 습득한 모든 지식이 언제 어디에서 요긴하게 쓰이게 될지 알 수 없는 상태에서 그저 끊임없는 독서를 하고 두루두루 공부를 해두지 않으면 안 되었다. 얼마 전 콩고와의 자원 협상을 통역하기 위해 나는 출국 두어 달 전부터 그 나라의 지리와 자원에 관한 책은 물론이고 아프리카의 역사와 정치, 경제, 문화에 관한 책도 열 권 이상이나 정독해야만 했다. 준비를 하지 못한 결과는 금세 현장에서 드러나고 만다. 내가 머릿속에 쳐놓은 온갖 지식과 언어의 레이더망에 연사의 말이 잡히지 않을 때의 공포와 불안이란. 통역이 강연의 핵심을 찌르지 못하고 주위만 뱅뱅 도는 모호한 잡음 덩어리일 뿐이라는 생각이 들 때의 참담함은 겪어본 사람이 아니면 이해할 수 없을 것이다. 부스를 박차고 나와 도망치고 싶을 때가 나라고 왜 없었겠는가.

이번에는 아무런 준비 없이 부스에 들어선 데다, 제임스라는 복병까지 만나게 된 것이다. 도대체 소라나팔 연주법이라는 책은 아마존에서도 구할 수가 없었고, 그 누구에게서도 도움말을 들을 수가 없었다. 이런 경우를 동료들은 '맨땅에 헤딩'이라고 부른다. 결국은 직감에 의존하는 수밖에. 하지만 직접 소라고둥을 구해 만져보고 어떻게 악기로 만들까, 궁리도 해보고 입에라도 대봤다면 부스에서 그렇게 떨진 않았을 것이다.

그는 먼저 소라나팔로 뚜우 하고 길게 경적 소리를 내고 나서 강의를 시작했다. "이것은 적의 침략을 알리는 카, 칼루사 인디언 추장의 소라나팔 소리죠. 부, 부족을 불러 모으고, 아, 안개 주의보를 울리며, 바다에서 조, 조난신호를 보낼 때도 이 소라나팔을 불었습니다."

나는 익숙한 목소리를 듣고 있으면서도 웬일인지 주춤거리고 더듬어댔다. 칼루사인지, 칼로사인지 처음 듣는 말이어서 어느게 맞는지 알 수 없었다. 정상외교나 통상협상 때보다도 더 버벅거렸다. 통역사란, 주어진 숙제를 아직 채 끝내지도 못했는데 숨 쉴 시간도 없이 계속 다음 숙제를 떠안게 되는 괴상한 직업이었다. 나는 주눅 들지 말라고 내 자신에게 최면을 걸었다. 제임스는 연사가 아니야. 나는 캠퍼스에서 지금 그와 대화를 나누고 있는 거야. 최면 걸기가 효과가 있었던지 조금은 자신감이 붙은 듯했다.

"주로 플로리다 서남부에서 살았습니다. 악어 길, 도마뱀 길, 사슴 길, 비둘기 길이라는 아름다운 길 이름을 남긴 사람들이죠. 그러나 이들은 멸종되었습니다. 수백 년 전 질병에 걸리고, 백인들이 가져온 질병이죠. 노예로 팔려 나가면서요.

제 귀에는 또 다른 소라나팔 소리가 들립니다. 힌두교의 보존의 신, 비쉬누 여신이 왼손에 치켜들고 있는 소라나팔입니다. 샹카라고 하죠. 티베트와 네팔 사원의 망루에서도 이 샹카를 불어 예불 시간을 알립니다. 그러니까 소라고둥 나팔 소리는 인간을 어둠에서 깨어나게 해주는 음악이죠."

여기까지는 비교적 무리 없이 통역했다 싶었는데 웬걸, 드디어 복병을 넘어 지뢰가 나타나기 시작했다.

"그리스 신화에도 이 악기가 나오는데요. 반은 사람이고 반은 물고기 모양을 한 해신 트라이튼 아시죠? 그 해신도 파도를 일으키거나 잠재울 때 뿔피리를 불었는데요."

통역을 해놓고 보자 트라이튼은 그리스어 발음에 따라 '트리톤'으로 발음해야 알아들을 텐데 그만 영어 발음 그대로 음역을 해버렸다. 게다가 'wreathed horn'을 '뿔피리'로 통역했으니 큰 실수였다. 'horn'이란 단어에만 집착한 탓이었다. 나중에 생각해보니 로마에서 트리톤 분수를 본 기억도 났다. 베르니니의 조각에서는 트리톤이 분명 소라나팔을 불고 있었다. 번역과는 달리 통역에서 수정한다는 것은 버스 지나간 뒤에 손 드는 것이나 다름없었다. 아예 그럴 시간이 없다. 이전의 말을 되새길 틈도 없이 다음 말은 파도처럼 와락 달려든다. 그래서 통역을 '완벽을 지향하는 즉석 퍼포먼스'라고 하지 않던가.

일반 청중들을 위해 그는 소라나팔 만드는 법을 설명하기 시작했다.

"바닷가에서 주운 소라 껍데기로도 나팔을 만들 수 있습니다. 속이 나선형으로 점점 넓어지기 때문에 소리가 잘 울리도록 되어 있죠. 몸집이 큰 소라고둥을 고르는 게 요령입니다. 울림통이 커야 하니까요. 끝에서부터 셋째 능선에 구멍을 내서 칼로

살과 내장을 끊은 다음 입구에서 살을 살살 빼냅니다."

소라고둥 껍질에 나 있는 '능선'이라니. 내가 통역을 하고도 우스웠다. 소라 껍데기가 무슨 산맥이라도 된다는 말일까. 등껍질에 나 있는 'ridge'는 '돌기'라고 부른다는 것은 통역을 마치고 나서야 기억이 났다.

"소라 껍데기를 따뜻한 비눗물로 씻어 동물의 체취를 싹 없애고는 표백제를 탄 물에 하룻밤 담가 소독을 합니다. 그런 다음 뾰족한 쪽을 쇠톱으로 잘라 구멍을 내세요. 10센트 은화 크기만 하게요. 마지막으로 파일과 뻬빠로 구멍 부분을 부드럽게 갈아 입술에 닿을 때 촉감이 좋도록 만듭니다. 그 부분이 마우스피스인 셈이죠. 그리즈 앨보만으로 쉽게 만들 수 있죠."

입에서 이미 내뱉은 뒤에야 적당한 단어가 떠올랐다. 뻬빠는 '사포'로 파일은 쇠붙이를 갈 때 쓰는 '줄'로 바꿔 말했어야 했다. 더 큰 실수도 있었다. 그리즈 앨보는 '손으로 정성만 들이면 얼마든지 만들 수 있다'는 말인데 마치 무슨 도구나 되는 것처럼 통역한 것이다. 소라나팔 불기 대회라고 만만하게 여기고는 준비 없이 나온 대가를 나는 톡톡히 치르고 있었다. 얼굴이 화끈거리기 시작했다.

이어폰을 꽂고 있던 제임스는 아마도 내가 하는 실수를 다 들었을 것이다. 하지만 그는 아무런 내색도 없이 왼손에 대형 소라고둥 나팔을 들고, 오른손으로는 피아노 건반을 치면서 음을 짚어나갔다.

"도 레 미 파 솔 라 시 도. 이것이 피아노 음계죠? 이번에는 소라나팔 음계를 들어보세요."

두툼한 입술이 위로 말려 올라간 소라고둥을 잡고서 그는 두 손을 어떻게 움직이더니만 8음계를 보란 듯이 불어냈다.

"먼저 소라나팔의 입구에다 오른손을 집어넣으세요. 그리고 왼손으로는 아랫부분 공기가 새 나오는 오목한 부분에 대고 손가락을 하나씩 떼어줍니다."

그는 손가락의 위치를 어떻게 바꾸더니 반음계 소리도 만들어냈다.

"이번에는 모차르트의 호른 협주곡 한 소절을 들려드리죠. 이 곡은 모차르트가 친구인 잘츠부르크 궁정 오케스트라의 호른 연주자를 위해 작곡한 것인데요. 요즘은 고음악을 그 시대에 쓰던 악기로 연주하는 당대 연주가 성행하고 있죠. 호른도 마찬가지예요. 반음계의 프렌치 호른 말고 밸브가 없는 바로크 시대의 내추럴 호른으로 연주하는 경우가 많습니다. 오래된 것이 더 화려하고 신선한 느낌을 줍니다. 내추럴 호른은 오른손을 벨 속에 넣었다 뺐다 하면서 피치를 조절하는 것이죠. 그래서 이 곡은 소라나팔로도 얼마든지 멋지게 연주할 수 있습니다. 옛날 서양에서는 양의 거트나 고양이 힘줄로 현을 만들었죠. 요즘의 악기들보다 투박하지만 훨씬 깊이가 있었어요. 그런데 호른을 비롯해 현대의 악기들은 음역을 넓히고 더 매끄러운 소리를 내려는 인간의 욕심 때문에 금속성 재료로 바뀌었는데요. 그러자 인간의 귀는 대량생산된 악기에 대해 싫증을 느끼게 되었습니다. 획일적인 것에 대한 저항이랄까, 산업사회에 대한 반발이랄까. 그런 의미에서 소라나팔 불기는 자연으로 돌아가는 가장 상징적인 당대 연주라고 할 수 있습니다."

맙소사, 음악사에서 읽어 어느 정도 아는 내용이어서 나는 휴우 안도의 한숨을 쉬었다. 나중에 생각해보니 거트는 '양의 창자'로, 실크 실은 '명주실'로, 벨은 '나팔 입구'로, 피치는 '음률'로 바꾸었으면 우리나라 청중들이 더 빨리 알아들었을 텐데, 하는 아쉬움이 일었다. 또 제임스가 말한 호른 주자의 이름은 자신이 없어 빠뜨릴 수밖에 없었다. 하지만 내용을 그 정도 펜 것이 그나마 다행이었다. 최근 들어 당대 연주를 정격 연주라고 치켜세우는 이유를 잘 알지 못했었다. 또 호른에 밸브가 없는 것도 있다는 것은 이번에 처음 알았다.

"먼저 호른으로 그 소절을 연주해드릴 테니까 기억해두세요."

그는 숨을 크게 들이쉬더니 내추럴 호른으로 모차르트의 호른 협주곡 1번 2악장의 한 소절을 연주했다. 오른손은 벨 속에서 음의 높낮이를 조절하고, 입술은 떨리는 트릴 기법을 쓰고, 혀는 공기를 조절하느라 바쁘다는 것을 느낄 수 있었다. 숲 속에서 사슴을 쫓아다닐 때 불던 맑고 기품 있는 금관악기의 소리였다. 그다음에는 소라나팔로 연주하기 시작했다. 뚜 루뚜뚜우, 뚜 루뚜뚜우, 뚜 루 뚜, 뚜 루 뚜, 뚜우 루루루…… 나팔 입구에 들어가 소리를 조절하는 그의 손은 훌륭한 약음기였다. 바닷

속에서 나온 조개껍질에다 제임스의 손과 입과 혀가 더해져 소라나팔은 금관악기와는 전혀 다른 소리를 만들어냈다. 자연의 소리였다. 호른과는 다른 새로운 느낌의 모차르트였다. 키웨스트풍의 모차르트. 음의 고저와 장단이며 강약이 얼마나 섬세한지 전 세계에서 온 소라나팔 연주자들이 기립 박수를 보냈다.

귓가에서 박수 소리가 그쳤을 때 나는 다시 제정신이 든다. 퀸콩크를 손에 쥐고 자세히 뜯어보면서 그것을 다시 가방 속에 넣을까 말까 망설인다. 키웨스트에 처음 와서 소라나팔 모양의 콩크 하우스에 들었을 때 주인 남자가 하던 말이 생각난다.

"두 분 이거 아세요? 이 동네에서는 소라고둥뿐 아니라 주민들도 콩크라고 부르는데요. 여러 대에 걸쳐 살아온 사람들은 짠물 콩크, 당대에 들어온 사람들은 맹물 콩크라고 부르죠. 콩크 리퍼블릭에서 짠물 콩크가 되기란 쉽지 않아요. 트루먼 대통령도, 헤밍웨이도 짠물 콩크가 되고 싶어 했지만 당대에 들어왔으니 애석하게도 맹물 콩크밖엔 못 되었죠. 여긴 보통 시골 마을이 아닙니다."

그때 서로 눈길을 주고받으며 은밀한 웃음을 나누던 K와 나. 별난 것을 다 긍지로 삼는 동네도 있다는 듯이. 서울 태생인 K는 물론이고 나도 내 자신이 이런 시골에 어울리는 사람이라고는 한 번도 생각한 적이 없었다. 소백산 자락의 깊숙한 산골 마을 출신이라는 사실은 언제부터인가 까마득하게 잊어버렸다. 나는 세상에서 가장 도시적이고 지적이며 교양 있는 직종인 국제회의 동시 통역사였다. 첫날 대륙의 최남단 지점에 갔을 때부터 사다리꼴의 드럼통처럼 생긴 이정표를 보고 K는 코웃음을 치며 비아냥댔다. 모양도 투박하고 색깔도 촌스런 데다가 꼭대기에 그려진 파란색 삼각형 안에 소라고둥 그림과 함께 '더 콩크 리 퍼블릭'이라고 씌어져 있었던 것이다.

"이건 공화국은커녕 초딩 수준이야. 하여간 이 사람들 농담 좋아하는 거 알아줘야 해. 콩크 리퍼블릭? 여긴 촌놈 마을이오, 하는 것 같잖아."

나도 그 말에 박수를 치며 동의했었다. 하고많은 상징들 중 에서 하필이면 촌티 나는 소라고둥이라니.

아무튼 아무리 잘 봐주려고 해도 소라고둥은 역시 소라고둥 이었다. 오랜 진화 과정을 거쳐 호른, 트럼펫, 트롬본 등 비슷 한 소리가 나는 정교한 악기들이 주르르 생겨난 마당에 누가 그 렇게 힘들여 목에 핏대를 세우고 손가락 밸브로 어설프게 공기 를 조절하며 소라나팔을 불 것인가. 아무래도 이놈의 퀸콩크인 가를 내던져버려야만 할 것 같다. 나는 퀸콩크를 갖고서 달려 나가 도로 난간 옆에 선다. 미련 없이 그것을 대서양에 한껏 멀 리 내던진다. 그것은 달빛에 가늘고 뿌연 궤적을 잠시 보이고는 물속에 퐁당 들어가버린다. 소라고둥 나팔을 삼켜버린 바다는 달빛을 잘근잘근 씹어 부순 다음 은색의 자잘한 물비늘로 만들 어버린다. 달이 물결에 조각조각 부서진 듯이 보이자 나는 은근 히 마음이 놓인다. 오랜 세월 세상의 귀퉁이를 헤매며 돌아다니다 마침내 신화 속 고요의 바다에 이른 듯 나는 아련해져서 한참 동안 반짝이는 물비늘만 바라본다. 이 찰나의 평화를 맛보려고 나는 서울에서부터 여기까지 날아온 것일까. 어느 시에 나오는 '달빛에 젖가슴을 드러낸 바다'란 바로 이런 바다를 두고 한 말일까. 하지만 바로 그 순간 난간 바로 아래에서는 기괴하게 뼈만 남은 청새치의 모습이 눈앞에 확 다가온다. 놀라서 눈길을 위로 돌리자 물결에 부서져버린 줄 알았던 달이 덩그마니 떠서 눈을 부라리고 있다. 그래도 화근이 될 물건 하나는 저 드넓은 대서양에 버렸다고 생각하고 차로 돌아온 나는 다시 달리기 시작한다. 아뿔싸, 화근을 뿌리 뽑기는커녕 나는 도리어 역습을 당한다. 소라나팔 소리는 전보다 더욱 크게 귓가를 때린다. 어쩔 도리가 없다. 빨리 마이애미를 지나 플로리다 턴파이크를 타고 올랜도로 가야만 한다. 사흘 뒤로 되어있는 출국 날짜를 가능한 한 빠른 시간으로 앞당길 것이다.

아마도 지금 내가 달리고 있는 길 이름이 칼루사 인디언들이 붙여놓은 악어 길, 사슴 길, 도마뱀 길, 아니면 비둘기 길인지도 모른다. 캄캄하니 어디가 어딘지 도무지 알 수가 없다. 호텔 렌터카 사무소에서 GPS를 달고 가겠느냐고 묻는 것을 나는 길눈깨나 밝은 척하며 사양했었다. 계기판의 시계는 이제 겨우 3시를 가리키고 있다. 올 때 타고 온 도로를 거꾸로 생각해본다. US-1번 국도에서 마이애미 쪽으로 가려면 직진을 계속하면 될 것 같다. 그런데 어떻게 된 일일까. 아직 플로리다 키를 달리고

있는 줄 알았는데 헤드라이트를 상향등으로 켜봤더니 빅 사이
프러스 국립보호구라는 표지판이 보인다. 마을은 없고 사이프
러스 숲만 보이면서 네이플스, 포토마이어스까지 몇 마일이라
는 표지판이 나온다. 내려올 때는 분명 보지 못했던 도시 이름
이다. 아무래도 길을 잘못 들었나 보다. 날이 밝을 때까지 기다
려볼까. 나는 숲 가장자리에 차를 대고 운전대에 엎드려 잠시
눈을 감는다.

숲 속 벤치 위에서 나는 책을 펴 들고 앉아 있다. 교정의 뒷
산 쪽인 듯하다. 펴 든 책이 시집인지 희곡집인지는 모르겠다.
나는 검은 글자와 흰 종이밖에는 식별할 수 없다. 나무들 사이
로 새어 든 햇빛이 책장 위에 나뭇잎 그림자를 만들어낸다. 가
느다란 바늘 잎사귀며 하트형의 나뭇잎에다 달랑달랑 매달린
동그란 열매 모양의 그림자도 있다. 매끄러운 바람이 매우 느리
게 불어와 제법 오랫동안 뒷목 언저리에 머물면서 살랑거린다.
나는 간지러워 견딜 수 없다는 듯 어깨를 들썩거린다. 휘이 휘
리릭 휘이 휘리릭 휘파람새의 노래가 들린다. 그리고 다시 고
요. 나는 휘파람새의 노래의 파동을 귀로 추적하면서 글자를 읽
는 대신 책장 위에 수놓이는 나뭇잎 그림자를 읽고 있는 내 자
신을 발견한다. 잠시도 쉬지 않고 흔들리고, 모양을 바꿔가며
종이 위에 드리우는 잎새의 그림자. 놓칠까 싶어 손으로 잡으려
해도 잡을 수가 없다. 그때 조금 떨어진 곳에서 들려오는 독백
소리. 나는 그것이 내가 충분히 알아낼 수 있는 어떤 남자의 목

소리에다 약강 6보격의 운율인 줄은 알지만 그 내용이 예이츠
인지 테니슨인지는 알지 못한다. 그런 것은 알 필요도 없고, 기
억할 필요도 없다고 나는 생각한다. 누군가의 독백은 내게 오로
지 목소리의 파장으로만 인식될 뿐이다. 그가 자기만의 노래를
부르고 있다. 긴 꼬리 휘파람새처럼. 휘이 휘리릭 휘이 휘릭,
휘이 휘리릭 휘이 휘리릭.

　나는 그에게 달려가고 싶은 마음을 억제하고 숲을 나온다.
처음 입학했을 때 버찌를 따달라며 그를 따라 줄래줄래 숲 속
으로 들어가던 때나 번역 콘테스트를 준비할 때와는 달리 나는
왜 이렇게 냉랭해진 것일까. 어느 봄날 실수로 내뱉은 한마디
말에 나는 그를 영영 무뢰한으로 단정하고 만 것일까. 그가 따
주는 버찌를 먹는 재미에 수업 시간을 까맣게 잊어버린 적도 있
었는데. 둘이서 시퍼렇게 물든 입술을 하고 늦은 시각에 달려
간 강의실. 교수는 우리를 앞에 내세우고. 강의실 안은 웃음으
로 가득 찬다. 우리는 그때까지도 친구들이 왜 웃는지 알지 못
한다. 수업이 끝나고 나오면서 한 친구가 핀잔을 줄 때에야 알
아차린다.

　"둘이서 숲에 들어가 할 일이 그렇게도 없었냐. 겨우 버찌나
따 먹게."

　나는 까르르 터지는 친구들의 웃음소리에 잠에서 깬다. 사이
프러스 나뭇잎 사이로 어슴푸레 새벽빛이 감도는 듯하다. 내다
보니 아직은 캄캄한 밤. 달빛을 착각한 것이다. 나는 다시 떠날

채비를 한다. 액셀을 연속으로 밟아 있는 대로 속력을 낸다. 갑자기 오른쪽 숲에서 뭔가가 튀어나와 차 앞으로 확 뛰어든다. 바퀴에 물컹하는 느낌. 설마 사슴이나 악어나 도마뱀은 아니겠지. 나는 차를 갓길에 세우고 창문을 내리고 돌아본다. 몇십 미터 뒤에 널브러진 짐승의 형태 위로 가지가 진 뿔이 희미하게 보인다. 길을 잃고 덤벙대다가 나는 기어코 사고를 치고 만다. 가슴이 섬뜩해온다. 더럭 겁이 난 나는 도망치기 시작한다. 나는 뺑소니 운전자가 된다. 사람이 아닌 동물을 친 죄는 훨씬 가벼운 것일까. 어쩌면 나는 얼떨결에 누군가를 치고 아무 죄의식 없이 달아나는 행각을 전에도 수없이 저질러왔는지도 모른다.

얼마 못 가서 앞 유리창에 누군가가 확 다가온다. 머리에 공작의 꼬리처럼 화려한 깃털 관을 쓰고 손에 소라나팔을 든 사나이. 제임스가 말한 칼루사 인디언 추장임에 틀림없다. 청새치의 해골과, 소라나팔 소리와 달빛에다 이제 인디언까지. 나는 하늘과 땅 모든 곳에서 옴짝달싹도 못 하게 포위당한다. 여기가 혹시 제임스가 말했던 플로리다 서남부 해안 쪽인가. 칼루사 인디언이 조개를 캐 먹고 살았다던. 그렇다면 나는 플로리다 반도 동쪽에 나 있는 턴파이크를 따라 올랜도로 올라가야 할 것을 그만 반대쪽인 서해안 쪽으로 깊숙이 들어와버린 것은 아닐까. 어디선가 길을 단단히 잘못 든 거다. 나는 도망치려고 떠나왔던 소라고둥 공화국의 본령으로 제대로 들어온 셈이다.

인디언을 따돌리려고 나는 액셀을 세게 밟는다. 웬걸. 이번

126

에는 사이프러스 숲 속 어디엔가 숨어 있었던지 칼루사 인디언 수백 명이 새까맣게 나를 둘러싼다. 차는 꼼짝도 하지 못한다. 인디언들은 내가 치어 죽인 사슴을 안고 와서 앞 유리창에 들이댄다. 살려내라는 협박인 듯하다. 어제 듀발 스트리트 토산품점에서 보았던 악어의 박제들이 모조리 살아나 입을 쩍 벌리고서 나를 통째로 삼키려 달려들고 기다란 도마뱀들은 꼬리를 돌려 내 목을 조를 태세다. 한편에서는 까마귀들이 내 눈과 코를 쪼으려 달려든다. 인디언과 동물들을 피해 방향을 돌리면 비쉬누 여신이 보닛 위에 턱하니 올라앉아 소라나팔을 불어댄다. 뚜우뚜우. 비쉬누 여신은 팔이 대체 몇 개나 되는 거야. 어지러워 정신을 잃을 것만 같다. 다급해진 나는 생각나는 대로 지껄여댄다.

그러지 마. 난 열심히 살았어. 누구나 다 자기가 하고 싶은 것, 갖고 싶은 것을 얻기 위해 발버둥 치는 거잖아. 국제회의 동시통역이란 언어만의 문제가 아니야. 내 귀에 들려오는 이방의 언어를 나는 겹겹이 쌓이고 쌓인 내 삶의 둔덕으로 가져와 내가 알고 경험한 모든 질료와 섞어 비비고 체로 쳐서 비단실로 뽑아내야만 해. 그것도 말하는 이와 동시에. 그건 순간의 예술이야. 난 그걸 위해서 뼈가 으드득 내려앉는 숱한 낮과 밤을 보냈어. 상대의 눈물과 한숨까지도 살려서 옮기려면 시와 소설을 읽고, 음악과 미술도 감상할 줄 알아야 한다며 닦달당했던 걸 알기나 해? 텍스트 분석과 통번역 전략 짜기로 항상 머리에 쥐가 났던 파리 통번역대학원 시절은 또 어쩌고. 시사 상식, 금융, 경영, 지역학 등등 그 수많은 주제 발표 세미나는. 막상 어려운 공부를 끝내고 돌아왔을 때 내 앞에 놓인 게 뭐였는지 알아? 망망대해의 초입에 겨우 발가락만 담그고 서 있는 왜소한 내 모습이었어. 웬 통번역의 분야가 그리도 넓고 깊은지. 문학, 미술, 연극, 패션에다 IT, 의료, 컨설팅, 금융, 산업공학, 원자력, 우주 과학에 자원외교까지. 국제회의 동시통역을 앞두고는 머리가 빠개질 듯한 통증에 잠을 이루지 못하고 뒤척이던 그 수많은 날들을 너희들이 상상이나 할 수 있어?

그래도 물러가지 않는 인디언들과 비쉬누 여신에게 나는 숫제 하소연을 한다.

아무리 생각해도 모르겠어. 몸이 닳아지도록 내 자신을 채찍질해서 여기까지 왔는데 나는 왜 항상 목이 마른지. 어디서나 선망의 눈길을 받으면서 일하고 출장 가는 도시마다 전화만 하면 달려오는 남자를 두었는데 말이야. 버는 족족 흥청망청 써봐도 나는 왜 성이 차지 않는 걸까. 내가 너무 많은 것을 가진 것 같아? 메뚜기도 한철이야. 나도 얼마 안 있으면 아무 데서도 불러주지 않는 날이 곧 오고 말 거야. 조금 일찍 뽑혔을 뿐, 난 결코 승자가 아니야. 소설 제목도 "승자는 아무것도 얻지 못한다"잖아. 내 인생은 엉망진창이라고. 첫사랑 제임스는 핏빛 노을을 향해 소라나팔을 불어대고, 아이는 제 아비 집에서 몇 달째 돌아오지 않고, 동에 번쩍 서에 번쩍 국내외로 출장만 다니는 내게서 친구들도 다 떨어져 나갔어. 그때마다 내 몸의 살점들이 뭉텅이로 뚝뚝 떨어져 나가는 걸 나는 진한 핏방울 흘리며 하나하나 다 느꼈어. 말로리 스퀘어 앞의 핏빛 바다는 산산이 뜯긴 내 몸에서 쏟아진 핏물이었다고. 나는 몸을 다 물어뜯긴 청새치야. 살점이라고는 하나도 남지 않은 뼈다귀, 해골일 뿐이라고.

이 어둠 속에서 내게는 '깨끗하고 불빛 밝은 곳' 하나 나타나지 않는 걸까. 뚜우우우 제임스의 소라나팔 소리에 그의 독백도 함께 실려오는 듯하다. 아이엠빅 헥사미터의 리듬. 어디로 갔을까. 젊은 날의 그 숲 속은. 바람에 흔들리며 책장 위에 드리우던 그 잎새의 그림자는. 이제야 알아차린 것일까, 나는. 산다는 건 단지 주어진 짧은 시간 동안 그림자로 걷는 일임을. 20여 년 전 그가 가르쳐준 구절을 다시 외워야만 될 것 같다.

"허무 가운데 계신 허무님,──우리에게 일용할 허무를 주옵시고……"

칼루사 인디언들이 쏘는 화살이 내 머리에 와서 꽂힐 것만 같다. 인디언들은 막대기에 꿴 소라고둥의 뾰족한 끝으로 내 정수리를 내려치려고 달려든다. 나를 에워싸고 뚜우뚜우 소라나팔을 불어대는 비쉬누 여신과 인디언들을 피해 나는 숲으로 눈길을 돌린다. 혹시 나무들이라도 내 편이 되어주려나 하고. 하지만 달빛에 시커먼 윤곽만을 드러낸 채 사이프러스 숲은 싸늘한 눈길로 나를 지켜볼 뿐이다.

책
만
드
는 여
자

뭔가 심상치 않은 일이 벌어지고 있는 것만 같다. 옥수수 밭으로 둘러싸인 이 작은 도시에서. 주위의 어느 것 하나 내게 적의를 품고 있지 않은 것이 없어 보인다. 기다란 잎사귀들은 파랗고 누렇고 간에 조금만 스쳐도 살을 그어버릴 듯 잔뜩 날을 세운 모습이다. 대궁에 봉긋하게 불거진 열매도 오늘은 구수하고 달짝지근한 알곡의 자루가 아니라 뭔가를 꼭꼭 숨기고 있는 의혹의 덩어리로 보인다. 옥수숫대를 헤치고 밭고랑으로 달려들어간다. 그곳이 어디였는지 도무지 찾을 수 없다.

잠시 멈춰 서서 내 키를 훌쩍 넘는 옥수수 대궁을 젖히고 평원을 내다본다. 차로 한참을 달려야만 만날 수 있는 허술한 농가도, 노을빛에 반짝이는 짱짱한 사일로도 우두커니 홀로 서 있다. 저만치 뚝 떨어져 있는 덩치 큰 헛간도, 옥수수 밭 끄트머리에 성근 잎을 매달고 있는 떡갈나무 고목도 혼자이기는 마찬가지다. 쓸쓸하지 않은 것은 아무것도 없다. 산이라고는 구경할 수 없는 망망한 들판에 띄엄띄엄 서 있는 전봇대와 늘어진 몇 가닥의 전깃줄이 평원의 반가운 식구처럼 보인다. 이따금 하늘에 새들이 무리 지어 날아가고는 하지만 가을 들녘에는 아무 소리도 들리지 않는다. 코요테의 울음소리도 바람 소리조차도. 해질 무렵의 평원은 이런 것인가. 돌연 온몸에 좌르르 소름이 끼쳐온다. 이 고요를 혼자 감당하기 힘들 것만 같다. 그와 함께 몸을 비볐던 고랑으로 빨리 들어가야만 한다. 두 몸이 함께 만들어내던 그 부스럭거리는 소리를 들어야만 이 적막함을 견딜 수 있을 것 같다.

법정 출두 통지서를 받은 뒤부터 나는 매일같이 이 옥수수 밭을 찾는다. 마음이 갈피를 잡지 못하고 허둥댈 때 발길은 저절로 이곳을 향한다. 사우스 클린턴 스트리트 존슨 카운티 지방법원 206호실. 단지 피고인의 하숙집 주인이라는 이유만으로 증언대에 선 내 자신의 몰골을 그려보자 눈앞이 아찔해온다. 다음 공판을 앞두고 마음은 두 갈래로 나뉘어 싸우고 있다. 증언을 해야 할지 말아야 할지. '그는 사건 당일 같은 시각 같은 장소에 나와 함께 있었다.' 그 말 한마디면 마음의 짐을 덜 수 있을 텐데. 하지만 그 증언으로 나의 정체가 드러나는 날에는 나는 엄청난 벌금을 물고 추방될 게 뻔하다. 무섭기로 소문난 이 나라 국세청이 유학생의 불법 영업 행위를 눈감아줄 리가 없다.

법정 출두 통지서 한 가지만으로도 머리가 지끈거리는데 며칠 전부터는 묵직한 쇠뭉치 한 자루가 코앞에서 알짱거린다. 오늘은 옥수수 밭에까지 따라왔다. 내버려둬. 그러다 없어질 거야. 태연한 척 해보지만 너무 성가셔서 무시할 수가 없다. 원래는 한 손으로 거머쥘 수 있는 물건이지만 영상으로만 어른거려서 낚아첼 수도 없다. 반동이 무척 세서 수망아지로 불리는 기역자 모습의 검은색 뭉치. 놈은 언제부터 내게 와서 달라붙은 것일까. 아마도 법정에서 검사 측 증거물로 제출된 것을 보고 난 뒤였던 것 같다. 그것은 나무 상자 안에 담긴 채 흰 수건으로 살짝 가려져 있었다. 콜트 45구경. 내가 거기에 일가견이 있어서가 아니라 신문에서 읽어 알고 있었다. 처음 그것이 눈앞에 보일 때는 법정에서 한 번 본 것이 뇌리에 남은 것이려니 하고 대수롭지 않게 여겼다. 그가 옥수수 유죄론을 펴던 법정에서였다. 현장에서 발견된 그것에 그의 것으로 추정되는 지문이 묻어 있었고, 주변의 밭고랑에서 발견된 머리카락은 유전자 감식결과 그의 것과 일치했다고 검사는 말했다. 하지만 그는 그것을 본 적도 만져본 적도 없다고 진술했다. 어느 쪽 주장이 맞든 어처구니가 없는 일이었다. 나는 혼잣말로 중얼거렸다. 시인에게 퍽이나 어울리는 소도구로군. 꽃도 아니고…… 그것도 문학도시 아이오와에서.

요즘 내가 느끼는 이 혼란스러움은 그의 기이한 법정 진술에서부터 비롯되었는지도 모른다.

'옥수수는 인류 역사상 이미 많은 죄를 지었다. 씨앗 한 알로 수백 개의 알곡을 추수할 수 있기 때문이다. 게다가 이것을 키우는 농부는 1년에 50, 60일밖에는 일하지 않아도 된다. 덕분에 고대의 전제군주들은 남아도는 노동력으로 멕시코와 안데스 고원에서 괴이쩍을 만큼 어마어마한 공사판을 벌일 수 있었다. 마야의 쿠쿨칸 피라미드나 잉카의 마추픽추를 보라. 그 노동력의 착취가 얼마였겠는가. 옥수수의 죄는 아이오와에서도 증명되고 있다. 어찌하여 이곳에 문학도시가 들어서게 되었겠는가. 드넓은 평원에서 옥수수가 저절로 자라, 먹고사는 것을 해결해주기 때문이다. 그 덕에 해마다 전 세계에서 나와 같은 별 볼일 없는 글쟁이들을 불러 모으고 있질 않나. 옥수수가 없었다면 그런 오지랖 넓은 짓은 하지도 않았을 것이고 이런 불미스런 일도 일어나지 않았을 것이다. 그러므로 이 사건의 범인은 옥수수다.'

결론을 내릴 때 그의 목에는 굵은 핏줄이 불거졌다. 그의 얘기 가운데 엇비슷하게 들어맞는 게 두어 가지 있긴 했다. 아이오와가 이 나라 곡물 생산량의 상당 부분을 감당하고 있다는 것과 마야의 피라미드나 잉카의 마추픽추가 인간의 힘으로 이뤄낸 것이라고는 도저히 믿기지 않는 인공구조물이라는 사실이었다. 노동력의 착취라는 말을 듣고도 남음이 있었다. 그렇다고 옥수수를 범인으로 몰 수가.

나는 그의 말에 휘둘리지 않고 편견 없이 바라보려고 애를 쓴다. 수확기의 칼날이 닿기 전, 뭉근한 저녁 햇살에 마지막 낟알을 익히고 있는 두툼한 자루들을. 그러면 밭은 조금 전과는 전혀 다른 풍경을 그려낸다. 얼마 전만 해도 대궁에 가만히 귀 대고 서 있던 사십대 중반의 여자가 보인다. 이삭에 도도록도도록 낟알 올라오는 소리를 듣고 싶어 하던 여자. 학교에서는 아직 '책 만드는 여자'로 통하지만 이제는 아이오와의 하숙집 주인이다. 갓 쪄낸 찰옥수수를 스테이크에 곁들여 내고, 일요일이면 한 솥 삶아 방마다 돌리던.

잠시 눈을 감으면 눈앞의 정경은 몇십 년 전으로 돌아가 있다. 꼬질꼬질한 흰색 메리야스 내의에 검은색 고무줄 바지를 걸치고 옥수수 밭에 오도카니 서 있는 꼬마. 외딴집을 혼자 지키던 아이는 집 앞의 텃밭에서 놀다가 어둠이 밀려오면 옥수숫대를 끌어안고 무서움을 견뎌내고는 했다. 도깨비방망이 같은 그 열매에서 난생처음 배부름이 어떤 것인지를 알게 된 아이. 손님이 오는 날에는 1년치 양식인 탐스러운 자루들을 함지박 가득 꺾어 와 홀로 된 어머니를 난감하게 만들던. 아마도 그때의 풍요로운 기억 때문인지도 모른다. 내가 옥수수 밭에 둘러싸인 아이오와에 오게 된 것은. 하지만 지금은 옥수수가 풍요의 상징은 커녕 고통의 근원으로 여겨진다. 가을 평원에 울린 한 방의 총성이 모든 것을 바꾸어놓았다.

고랑에 선 채로 주머니에 꽂아 온 신문을 펼친다. 데일리 아이오완의 1면을 뒤덮은 머리기사. '망명 베스트셀러 작가 피살,

용의자는 같은 나라 시인.' 신문은 벌써 며칠째 온통 이 사건으로 도배되어 있다. 사건도 어지간히 없는 도시인가 보다. 중간 중간 소제목들이 호기심을 자극한다. "자국의 문화를 추리소설로 구성해 밀리언셀러." "동료들, 프로페셔널 망명 작가라 불러."

2면에는 더 화끈한 제목들이 눈길을 끌어당긴다.

"스위스와 카리브해에 호화별장." "내연의 여인들, 그와의 엽기적인 행각 폭로."

해마다 수십 개국에서 레지던스 작가들이 찾아오고 있고, 수천 명의 문학 지망생들이 몰려드는 문학도시였다. 그런 곳에서 '프로페셔널 망명자'라는 꼬리표는 작가의 명예에 치명적일 수도 있었다. 스캔들 기사 밑에는 또 다른 시각의 음모론이 모락모락 연기를 피우고 있다.

"망명정부 추진 교포 운동가들과 갈등설."

"문단의 음모설 대두." "문학의 위기에 대한 극약 처방?"

나는 짙은 안개 속에 서 있는 기분이다. 신문을 둘둘 말아서 재킷 주머니에 쑤셔 넣고 밭 안쪽으로 더 들어간다. 고랑인지 이랑인지 가리지 않고 나는 발길로 마구 짓이겨댄다. 뿌지직뿌지직 대궁 부러지는 소리가 들려온다. 나는 아랑곳하지 않는다. 밭을 모조리 파헤쳐서라도 사건의 단서가 될 만한 증거를 찾아내어야만 한다. 그러면 놈도 내 눈앞에서 사라지겠지.

내 눈앞을 떠나지 않는 이 검정색 뭉치는 법정에서 딱 한 번

본 것만으로 내게 와서 달라붙은 것은 아닌 듯하다. 아이오와에 오기 전 뉴욕 현대미술관에서 본 시각예술 책권총 시리즈 때문인지도 모른다. 권총 모양으로 깎인 책의 등에는 '벼랑에 선 문학' '잠자는 숲 속의 시' '재갈 물린 소설'이라는 제목들이 붙어 있었다. 작두질당한 책의 참혹한 모습에 억장이 무너진 나는 얼마 동안 숨도 쉴 수가 없었다. 내 몸이 칼을 맞은 듯 가슴이 저미어왔다. 시각 예술가는 너무 가혹했다. 책 만드는 이의 심정을 조금이라도 헤아렸다면 차마 그런 만행을 저지를 수가. 법정의 총은 다시 책권총 이미지와 결합되어 더욱 강력한 힘을 장전하고 내 앞에 나타난 듯하다.

시각 예술가는 작가나 출판쟁이보다 더 일찍 책의 소멸을 예견한 것일까. 멀쩡한 책을 난도질해놓고서 신경이 쓰였는지 해설에는 '정보의 홍수 속에 내팽개쳐진 지성' '책의 제2의 삶' '새로운 세기의 책 사용법'이라는 등의 의미를 부여해놓았다. 종이책은 이제 내용과는 상관없이 예술가의 오브제가 되는 시대로 접어든 느낌이었다. 책권총만이 아니었다. 쓰레기장이나 고물상에서 건져냈다는—예술가는 어디까지나 이 점을 강조했다—하드커버 책들은 깎이고 찢기고 낱장으로 펼쳐져서 푸른 열대어, 분홍색 나비, 살아 꿈틀거리는 듯한 가재, 먹음직스러운 한 조각의 케이크, 또는 깡똥한 발레리나의 스커트로 운명이 바뀌어 있었다. 아, 어쩌면 그렇게 잔인할 수가. 두꺼운 브리태니커는 갈기갈기 찢겨져서 청소용 대걸레로 전락한 모습이었다. 나처럼 책을 만들던 사람이 아니라 해도 상식을 지닌 보통 사람이라면 누구나 책이 학대당하는 모습에는 불쾌감을 느낄 것이다. 친구가 시집을 라면 냄비 받침으로 쓰기만 해도 펄펄 뛸 지경인데. 나는 불쾌감을 넘어 분노가 치밀어 올랐다. 하지만 설마 내가 만든 책들이 저 지경까지 가지는 않겠지, 하고 애써 눈을 딴 데로 돌렸었다.

밭고랑에 멈춰 서서 망명 작가의 강연회에 갔던 때를 떠올려 본다. 어쩐 일인지 갈 때마다 안쓰러운 마음으로 돌아온 기억이 난다. 강연에 앞서서 그는 몇몇 인사를 연단으로 불러내 금박으로 수놓은 원색의 전통 수제 조끼를 입혀주었다. 망명으로 조국이 없어진 그가 자신의 목숨을 의탁한 사람들인 듯했다. 그는 군사정권이 작가들을 탄압해 정신문화를 말살시키려 한다고 목소리를 높였다. 단편소설 한 편으로 65년 형을 선고받은 동료 작가의 소식을 전할 때는 목이 메어 말을 잇지 못했다. 내가 아는 시인은 결코 그런 사람을 해칠 인물이 아니었다. 그런 물건에 손을 댈 위인도 아니었다.

'퍼스트 이어스 하우스, 아침 · 저녁식사 제공'이라는, 내가 만든 전단지를 들고 문 앞에서 기웃거리는 남자가 있었다. 차가운 바람이 채 가시지 않은 지난해 이른 봄날이었다. 나는 문을 열고 그를 안으로 맞아들였다.

"레, 레지던스 자, 작가로 와 있습니다. 바로 옆 세, 셈보하우스에요. 소설 낭독회에서 만난 하, 한국 학생한테 소개 받았지요. 그러니까 저, 저녁까지……"

영어가 서툰지 더듬는 듯한 말투에 몹시 수줍음을 타는 젊은
남자였다. 그를 소파로 안내하면서 나는 기억을 더듬어보았다.
목까지 내려오는 긴 머리에 쌍꺼풀 진 큰 눈과 가무잡잡하지만
해맑은 얼굴을 하고, 겨울에도 얇은 군청색 점퍼를 입고 다니던
남자. 매주 일요일 오후 프레이어리 라이트 서점에서 열리는 낭
독회에서 몇 번 보았던 아시아 어느 나라의 시인이었다. '저녁
식사'라는 말을 강조하는 것으로 보아 그 조건이 마음에 드는가
보았다.

"네, 제가 솜씨는 없지만 정성껏은 해드릴 거예요. 실은 저
도……"

하다가 나는 입을 다물었다. 문창과 대학원에서 출판 문화를
공부하고 있다, 당신 낭독회에도 갔었다, 하마터면 그 말이 튀
어나올 뻔했다. 하숙집 아줌마가 먹물 티를 내는 건 어울리지
않는 것 같았다. 나중에 안 일이지만 그는 독재 정권에 저항하
는 시를 썼다가 투옥된 햇수가 다 합해서 10년이 넘는다고 했
다. 겉모습은 앳돼 보여도 벌써 마흔이 훌쩍 넘은 중년이었다.
'위기의 작가들'이라는 프로그램에 선정되어 여기까지 오긴 했
지만 후원금이 모자라 숙소를 구하는 데 애를 먹고 있었다. 그
는 내 말을 다르게 알아들은 것 같았다.

"네, 잘 아, 압니다. 저, 저와 같은 아시아권에서 오셨다는
거요. 저, 저건 영화 「독 짓는 늙은이」의 포, 포스터잖아요. 어,

얼마 전 애들러 홀에서 수요 시네마테크로 사, 상영한 거요. 하, 한국 영화라면 빠, 빠뜨리지 않고 다 보지요. 혹시 제, 제가 뭐 도울 일이라도……"

그는 그 영화를 내가 가져와 소개한 줄도 모르는 듯했다. 나는 '그 영화의 원작 소설을 제가 편……' 하고 입에서 튀어나오려는 말을 꾹 삼키고 가볍게 대답했다.

"가끔 장 볼 때 무거운 거나 좀 들어주시면 돼요."

"그, 그거야 어, 얼마든지요. 저, 위 원래 무, 무거운 거 들어내는 게 전문이거든요. 바위 같은 거요."

그 말을 듣자 낭독회 때 읊은 그의 시에도 '바위'라는 단어가 들어 있었던 기억이 났다. 내게는 그렇게 자상하고 유머도 풍부한 사람이었는데.

아무튼 시인이 주장한 옥수수 유죄론은 아무리 생각해보아도 납득이 되지 않는다. 이건 선문답이야 뭐야. 총성의 의미는 전혀 다른 엉뚱한 데 있다는 소린가. 문제는 범행을 하게끔 분위기를 만든 이 동네 환경에 있다는 말인가. 그럼 죽은 작가는 뭐지? 그의 진술은 난해한 요즘의 시처럼 아리송해서 곱씹어볼수록 머릿속은 뒤죽박죽이 되었다. 밤새 뒤척이다 아침에 일어나 거울을 보면 법정에 나가기도 전에 벌써 시르죽은 몰골이 되어 있었다. 이미 백 권도 넘는 책을 기획해낸 책쟁이가 출판 공부를 새로 하겠다며 굳이 머나먼 중서부까지 와야만 했을까, 자괴감도 들었다. 하지만 곰곰이 생각해보면 많이 늦은 느낌이었다.

시각예술 책권총 시리즈가 주는 의미를 나는 진작 알아차렸어야만 되었다.

비명은 출판사 쪽에서 먼저 터져 나왔다. 최근 2, 3년 사이에 전국의 서점에 깔렸던 책이 하루가 멀다 하고 반품되어오고 종이 값이며 제본비 독촉이 빗발친다는 거였다. 그제야 나를 당혹하게 만들었던 어떤 영상이 다시 눈앞에 되살아났다. 사람들이 모두 책 대신 작은 네모 판에 코를 박고 있는 지하철 광경이었다. 그저 한때의 유행이겠지, 하고 나는 대수롭지 않게 여겼다. 전자책이 값은 싸다고 해도 손바닥 반만 한 크기의 판때기로 무슨 책을 본담. 책이 다 하이쿠도 아니고. 나는 새록새록 나오는 새로운 기종의 스마트폰이며 태블릿 피시, e-북 단말기 등을 그저 어린애 장난감 정도로만 치부했었다.

그즈음 내가 집에까지 일감을 가져오는 것에 넌더리를 내던 남편은 짐을 챙겨 집을 나가버렸다. 그가 마지막으로 남긴 말은 아직도 귀에 쟁쟁하다. 그도 종이책의 종말을 예견하고 있었던 것일까.

"당신은 평생 팔리지 않는 책이나 만들어 껴안고 살라고. 지금이 어느 시대인데 종이책에 매달려."

그 말을 듣는 순간 와르르 무너져 내리던 책쟁이의 자부심. 그래도 나는 다짐했었다. 그래, 로맨티스트만이 책을 만들 수 있어. 책과의 행복한 동거를 위해 다시는 어떤 남자와도 눈을 마주치지 않을 거야.

하지만 회사의 파산과 이혼이라는 상처는 우울증에 대인기피증까지 불러오고…… 병원을 다녀도 우울증이 나을 기미라고는 없었다. 어디선가 새로운 돌파구를 찾지 않으면 안 되었다. 문학도시 아이오와는 숨 막히는 상황에 이른 책쟁이가 갈 수 있는 마지막 선택지였다.

지난날을 돌이켜보던 나는 고랑에 털썩 주저앉는다. 눈에 보이는 거라고는 대궁마다 매달려 있는 통실통실한 옥수수 자루들뿐이다. 이삭에는 아마도 고른 치열을 지닌 알곡이 촘촘히 박혀 있을 것이다. 별안간 그들이 모두 이를 드러내고 비아냥거리는 소리가 들려오는 것만 같다.

"거짓말! 넌 도망쳐 온 거야. 뭐 돌파구? 엉뚱한 핑계 대지 마. 넌 도망자야. 함부로 책을 내질러놓고는 줄행랑 친 비겁자."

귀를 틀어막고 눈을 감아도 녀석들의 야유는 귓가에 또렷하게 울려온다.

"도망자, 비겁자."

옥수수의 조롱에 부아가 치밀어 오른다. 나는 대가 굵은 포기에서 묵직해 보이는 옥수수 한 자루를 꺾는다. 입으로 마구 물어뜯어 단번에 껍질을 와락 벗겨낸다. 수염도 한 움큼에 포악스럽게 뽑아버린다. 그것은 가지런한 치열을 내보이며 가증스런 웃음을 흘리고 있다. 음험한 계략을 품고 있으면서도 겉으로는 지순한 알곡인 척하는 영락없는 음모자의 이빨, 그 자체다. 나는 있는 힘을 다해 옥수수 자루를 땅바닥에 내팽개친다.

분을 삭이지 못해 씩씩거리며 숨을 몰아쉬고 있을 때 오동통한 옥수수 자루들에서 비어져 나온 암갈색의 수염이 유난히 눈에 띈다. 손으로 쥐어보자 문득 갓 피어날 때의 싱싱한 수염의 감촉이 되살아난다. 모질게 내동댕이쳤다가도 다시 품어 안고 다독이게 되는 옥수수는 정말이지 내겐 애증이 엇갈리는 존재다.

분수처럼 뿜어 나오던 흰색의 실타래. 손으로 쓸어보면 비단실처럼 어찌나 매끄러운지 손가락 마디마디가 간지러워 몸이 오그라들었다. 자연 시간에 배운 그 비단실과 꽃가루의 앙증맞은 공동 작업은 상상만 해도 몸이 저릿저릿해왔다. 수꽃의 꽃가루가 바람에 흩날리면 수백 개의 비단실 하나하나가 들고 일어나 그것을 낚아챈다. 실들은 꽃가루를 씨방으로 쪼르르 운반해 간다. 가느다란 비단실 어디에 꽃가루를 이고 가는 향기로운 관이 나 있는 것일까. 어린 눈에는 기적처럼 보였다. 그 비단실로 해서 이삭에 낟알이 하나하나 들어가 박히게 된다는 것이. 어느 날 오후 졸음이 쏟아지는 귓가에 이상하게도 또록또록 한마디 한마디 빠지지 않고 들어와 귀에 새겨지던 선생님의 이야기.

"옥수수수염 끝에는 눈썹만큼 아주 가느다란 털이 나 있어요. 현미경으로 보아야만 보이는 건데요. 그게 암술머리예요. 암술머리에서부터 비단실을 따라 꽃 속으로 쭉 내려가보면 씨방이 나오는데 그 안에 난자가 오글오글 들어 있어요. 꽃이 피어 꽃가루 알갱이가 바람에 휙휙 날아다니면 수염이 머리를 풀고 한 올 한 올 일어나요. 그러면 수염 끝의 암술머리가 이 꽃가루 알갱이를 확 낚아채지요. 아니 꽃가루 알갱이가 암술머리에 가서 착 달라붙는 거예요. 암술머리에 가서 달라붙은 꽃가루에는 기다란 길이 생겨나요. 그걸 꽃가루관이라고 해요. 꽃가루 알갱이는 이 길을 타고 씨방으로 내려가 한 개의 난자와 덜커덕 한몸이 된답니다. 꽃가루 하나에 난자 한 개씩 짝을 짓는 거죠. 둘이 몸을 섞어 무럭무럭 자라면 한 톨의 낱알이 되어 이삭에 도도록 매달리게 되는 거예요."

이제와 돌이켜보면 그 과정은 한 글자 한 글자가 모여 이루어지는 책 만들기와 비슷하다는 느낌이 든다. 옥수수수염이 꽃가루를 잽싸게 낚아채듯이 편집자는 허공에 떠도는, 기발하고 앞서가는 생각들을 가진 작가를 붙잡는다. 작가는 자신의 생각을 어르고 애무하고 치켜세워가며 키우다가 가차 없이 쳐내고 내려깎고 다듬으며 글로 바꾸어나간다. 흐드러지게 무르익어 물처럼 누군가의 정신을 휘감아 흐를 수 있도록. 그러나 수염 끝의 암술머리와 같은 편집자의 손이 닿기 전에는 글은 아직 책이라는 육신의 형태를 갖추지 못한다. 작가와 편집자 두 사람은 꽃가루와 씨방 속의 난자가 낱알을 키우듯 글을 키워나간다. 살뜰한 조언과 진솔한 의견이 빼곡히 적힌 교정지를 주고받는다. 그건 그런 뜻으로 쓴 게 아니었어요. 그렇게 오독할 수도 있겠는데요. 그럼 이렇게 고치면 어떻겠어요. 그게 좋겠군요. 단지 이 부분은 그대로 남겨두는 게. 의견이 왔다 갔다, 왔다 갔다…… 교정지는 결코 전자 파일로 왔다 갔다 하지 않는다. 반드시 종이로 프린트되어 실물, 글의 육체가 왔다, 갔다 한다. 천둥 치고 먹구름 낀 잿빛 하늘 아래에서도, 새뜻하게 물든 가로수길 사이에서도 택배를 통해 왔다 갔다, 왔다 갔다……

언뜻 머리를 스치는 생각. 글의 육체가 왔다, 갔다 하는 것은 피스톤 동작과 비슷하다는. 그것은 곧 옥수수의 꽃가루와 난자가 엮이는 것 같은 둘 사이의 교합이 아닐까, 하는. 미세한 관을 사이에 두고 벌어지는 꽃가루와 난자의 결합이 그러하듯 얼마나 정교한 피스톤 동작을 거쳐야만 상대를 만족시킬 수 있을까. 그 동작에서 우리는 서로를 쉽게 만족시킬 수 없음을 익히 알고 있다. 그렇게 교정지가 왔다 갔다 하면서 둘 사이의 교감은 절정에 이르게 되고, 글은 촉촉하고 윤기 있게 가다듬어져 마침내 곰삭아 향기를 머금는다. 그리하여 한 권의 책, 둘의 자식이 탄생한다. 옹골차게 영근 옥수수자루 같은. 나는 옥수수의 알곡을 이와 입술과 혀로 터트려 게걸스레 갉아먹듯 나의 아기를 물고 빨고 눈에 새기고 가슴에 품고 어루만진다. 어떤 남자와의 교접으로도 만들어낼 수 없는 뿌듯한 내 분신의 탄생. 그 희열을 무엇에다 비할 수 있을까. 하지만 나는 얼마나 많은 책들을 그 경지까지 이르게 한 뒤에 세상에 내보냈을까. 결코 자신 있게 말할 수 없다. 언제나 그놈의 시간적, 경제적인 한계라는 것이 있었으니까.

아무튼 그랬던 책쟁이가 어쩌다 이 지경에 이르게 된 것인지 알 수가 없다. 회사가 문을 닫은 것은 그렇다 치고 왜 여기까지 와서 마음고생을 하고 있는 것인지. 홀연 모든 책임은 내게 있는 것은 아닐까 하는 생각이 머리를 스친다. 저항 시인이라는 말에 마흔 넘은 중년 남자를 학부생인 듯 덜컥 받아들인. 아니, 혹시 나도 모르는 사이에 의사의 말을 따라하고 있었던 것은 아닐까. 의사는 짐짓 미소를 띠며 내게 말했다. 새로운 사람을 만나 유쾌한 관계를 맺게 되면 우울증은 저절로 낫는다고.

하지만 내가 그것을 노리고 그를 받아들인 것은 아니었다. 어떤 동기로 그를 받아들였는지는 이제 따질 필요도 없다. 중요한 것은 피폐할 대로 피폐해진 내 삶에 활기를 불어넣어준 사람이 바로 그 시인이라는 사실이었다. 아침마다 식탁에 와서 앉는 그의 표정은 무덤덤하게 들어와 자기 접시를 비우고는 쌩 돌아서는 신입생들과는 확연하게 달랐다.

"이렇게 따, 따스한 밥……, 어, 언제인지……, 머, 먹어본 지가."

서툰 솜씨로 차린 미역국과 잡채밥을 앞에 두고 그는 말을 잇지 못했다. 어느덧 그는 나의 숙련된 도우미가 되어 있었다. 마트에서 장 본 물건들을 혼자 낑낑대며 들고 오고, 건조기에서 나온 학생들의 옷가지를 재빨리 정리하던 그의 손길이 지금도 눈앞에 보이는 듯하다.

무엇을 하는지 그의 방은 밤늦도록 불이 켜져 있었다. 하루는 늦게까지 공부하는 학생들을 위해 옥수수푸딩을 만들어 각 방에 돌리려고 나섰다. 그의 방문 앞에서 노크를 하려던 나는 처음 듣는 낯선 언어에 잠시 숨을 죽였다. 저런 소리가 나는구나. 그의 노트에 쓰여 있던 포도송이처럼 동글동글한 문자에서. 재미있다는 생각에 혼자 미소를 지으며 학생들의 방부터 갔다가 돌아왔다. 전화 소리는 하소연으로, 다시 울분으로 바뀌었다. 그러더니 얼마 후에는 아무 소리도 들리지 않았다. 그럴 땐 성가시게 굴지 않는 것이 좋다고 생각하면서도 나도 모르게 살며시 방문을 열고 들어섰다. 그는 내가 들어온 줄도 모르는 것 같았다. 인터넷 전화를 하느라 헤드폰을 쓴 채 소리 없이 가슴만 들먹이는 뒷모습으로 보아 속으로 울고 있는 게 분명했다. 나는 조용히 접시를 책상 한쪽에 내려놓고 얼른 방을 나왔다.

식사도 거르고 방 안에만 박혀 있던 그가 빈 접시를 들고 주방으로 나온 것은 2, 3일 뒤였다. 눈이 퀭하게 들어가고 얼굴이 핼쑥해져 있었다.

"자, 잘 먹었어요. 옥수수푸딩."

"무슨……"

내가 말끝을 흐리자 그가 눈길을 다른 데로 돌리면서 대답했다.

"어, 어머니가……"

그는 말을 잇지 못했다. 얼핏 짐작이 가는 게 있긴 했다. 그는 해외에 나와서도 인터넷에 반정부 글을 쓰면서 동지를 끌어모으고 있었다.

"혹시 어머니가 대신 고초를……"

"그렇게라도 계, 계시다면……"

그제야 감이 왔다. 가난한 살림에 홀로 손자를 키우던 어머니가 병으로든 무슨 일로든 세상을 떠났다는 얘기 같았다. 무슨 말로도 위로가 되지 않을 일이었다. 나도 모르게 그를 끌어안았다. 그는 아무 반응 없이 한동안 가만히 내 품에 안겨 있었다. 품 안에 느껴지는 탄탄한 몸의 감촉과 함께 낭독회 때의 담박한 목소리가 다시 들려왔다. 그날 나는 몹시 울적해져서 집에 돌아왔었다. 나도 사랑하거나 싸울 대상이 그처럼 명쾌하게 정리되어 있다면 얼마나 좋을까, 싶었다.

　아버지는 보았네./할아버지가 그 바위를 치우지 못하는 것을./나 또한 보았네. 아버지가 그걸 옮기지 못하는 것을./내 아들도 볼 것이네./제 아비도 역시 그 일을 해내지 못하고 말 것을./힘내라, 힘내라. 아들아/너는 그것을 번쩍 들어 심연에 빠뜨려라./다시는 우리 앞길을 가로막지 못하도록.

　어렴풋이 짐작이 갔다. 커다란 바윗덩어리가 삼대째 사람들의 삶을 짓누르고 있었다. 우리도 그 바위를 옮기는 데 30년이 걸렸다고 위로해주고 싶었다. '하지만 아직 당신이 모르는 게 있다. 그 싸움 뒤에는 또 다른 싸움이 기다리고 있다. 그것은 편 가르기다. 그때의 절망도 지금의 바윗덩어리 못지않다'고.

　그 뒤로 우리는 자주 옥수수 밭으로 산책을 나가곤 했다. 둘이 밭고랑에 서서 어깨동무를 하고 함께 바람을 맞는 것만으로도 마음이 든든했다. 우리가 서 있던 옥수수 밭 옆에는 푸르스름한 들꽃이 무리 지어 피어 있었다. 이곳 태생의 작가에게 물었더니 참제비고깔이라고 했던가. 비스듬히 아래를 보고 피어 있는 푸른 꽃은 자세히 뜯어보면 금세 뭉그러져버릴 듯이 얇고 하늘하늘해서 눈길조차 주기가 겁이 났다. 자잘한 수술과 암술은 가는 바람 한 줄기에도 파르르 떨고 있었고 실핏줄 같은 맥이 훤히 드러나도록 투명한 꽃잎은 불면 금세 허공으로 훅 흩어질 것만 같았다. 가장자리로 갈수록 푸른색이 희미해져서 꽃잎은 시시각각 공중으로 휘발되고 있는 듯했다. 꽃들은 그 여린 몸을 보존하려고 안간힘을 다해 혹독한 비바람과 싸우고 있었다.

아무튼 그랬던 그가 나를 법정에 서도록 만든 지금 머리는 혼란스럽고 마음은 점점 더 무거워져갔다. 그 일이 있기 전에는 둘이서 시내를 거닐기만 해도 소풍 나온 아이들처럼 날아갈 듯한 기분이었는데.

"어머나 이것 좀 봐요. 거리의 피아노. 원대로 좀 간질여주고 가야겠는데요."

피아노 옆면에 써 붙인 '나를 간질여주세요'라는 팻말을 보고 나는 독수리 타법으로 피아노를 뚱땅거렸다. 「섬집 아기」나 「과수원길」 같은 동요였다. 옆에 서서 한참 듣고 있던 그가 한마디 툭 던졌다.

"흥, 거리에 피, 피아노가 놓였다고 예, 예술도시인가요."

나는 흥분해 있는데 그는 시큰둥한 말투였다. 나도 지지 않았다.

"얼마나 예술적이에요. 거리에 피아노를 놓아두겠다고 하는 발상 그 자체가."

바둑판처럼 반듯반듯하게 나 있는 거리를 따라가다 보면 학교 교사와 상가, 교회와 주택들이 서로 튀지 않을 만큼 알맞은 크기로 사이좋게 어우러져 있었다. 동서남북 어느 쪽으로나 몇십 분만 걸어도 금세 시내 끝자락에 가 닿았다. 도시 너머로는 온 사방이 평원이었고, 옥수수가 그 주인이었다. 아시아 마켓으로 함께 장을 보러 갔다가 돌아오는 길이면 나는 굳이 피아노가 놓인 아이오와 애비뉴를 거쳐 집으로 돌아오곤 했다. 거기 문학 산책길이 나 있어서였다. 걷다 보면 누군가가 두드리는 피아노 소리를 들으면서 발밑에서 띄엄띄엄 명문을 발견하는 재미도 느낄 수 있었다. 아이오와와 관련 있는 작가 40여 명의 짧은 글이 동판에 부조로 새겨져 있었다. 마음에 가는 구절이 있어 읽고 있는데 떨떠름한 그의 목소리가 들렸다.

"기, 길바닥을 알량한 글 나부랭이로 도, 도배해놓는다고 무, 문학도시인가요. 어수룩한 작가 지망생들이나 호, 홀리려는 유치한 장난이지."

그의 구시렁거리는 소리에도 나는 계속 읽어 내려갔다.

"와우, '왜 춤추지 않나. 여긴 내 마당이니 춤춰라' 레이먼드 카버."

웬일인지 이번에는 그도 내 말에 토를 달지 않고 입을 꾹 다물었다. 이 도시에서 가난과 싸우며 글을 썼던 작가에게 잠시 연민이 갔던 것일까. 아니면 세상에 태어나 휘파람 불며 춤추고 노래하는 삶을 살지 못하고 평생을 쫓겨 다니는 자신의 처지가 생각나서였을까. 시는 가슴속의 고동으로 쓰는 거라며 이런 꾸며놓은 분위기에 혹해서 몰려오는 문학 지망생들을 비웃던 그였는데.

"종이책은 아니지만 이것도 책은 책인데요."

그의 말에 나는 다시금 책을 만들던 시절이 그리웠다.

"이렇게 오래 살아남을 책을 만들고 싶었는데."

그 말을 하면서 나는 디지털의 바람도 날려 보내지 못할 견고한 책들을 생각했다. 아름다운 옛날 책이었다. 얼마 전 안동에서 발견된 조선 시대 미라의 관 속에 들어 있던 원이 엄마의 일기 『꿈속에 오소서』. 한지에 한글로 쓴 육필 일기에서는 서른한 살에 세상을 뜬 남편에 대한 아내의 그리움이 절절하게 묻어났다. '나난 꾸믄 자내 보려 밋고 인뇌이다 몰래 뵈쇼셔(꿈에는 당신을 볼 수 있다고 믿습니다. 몰래 와서 보여주세요).' 자획 하나하나에 아내의 지극한 혼이 펄펄 살아 움직이는 듯했다. 4백여 년을 땅속에서 견뎌낸 책이었다. 그런데 겨우 2, 3년간의 디지털 광풍에 현대의 종이책은 재활용 폐지로 버려질 위기를 맞고 있었다. 내가 만든 책들에는 무엇이 부족해서였을까. 기획에서 편집, 교정까지 도맡아 한 까닭에 책은 곧 내 자신과 같았는데. 옥수수가 나더러 책을 함부로 내질러냈다고 한 말이 가시처럼 목에 걸려 뜨끔뜨끔했다.

일정에 쫓겨 맞춤법이며 오자, 탈자가 있는 것을 알면서도 바로잡지 못하고 찍어낸 책들이 눈앞에 주르르 나타났다. 많이 팔 욕심에 제목을 튀게 바꾸었던 책도 보였다. 『어느 흑인 수녀의 고백』이 『어느 흑인 창녀의 고백』으로 되어 있었다. 독자를 호리려고 자극적이고 선정적인 부분을 앞으로 빼는 등 목차도 마구 뒤바꾸었던 책들도 있었다. 그러고도 혼자서 좋은 책을 만드는 양 한껏 으스댔었다.

한동안 책을 생각하는 사이 어둠은 발 앞에까지 밀려왔다. 어둠 속에서도 놈은 꼬리를 내리지 않고 계속 나를 겨누고 있다. 그것을 물리치기 위해서라도 서둘러야 할 시간이다. 내가 사건의 단서를 찾기 위해 옥수수 밭으로 나왔다는 말은 거짓이었다. 단지 그의 알리바이를 증명해주기 위해 현장을 다시 한 번 돌아보고 싶었을 뿐이다. 사실 그의 알리바이는 이미 증명되고도 남음이 있었다. 어떻게 같은 시각, 같은 장소에서 그는 나와도 함께하고, 동료 작가를 쏠 수도 있단 말인가. 너무나도 명쾌한 사실을 두고 나는 증언을 망설이고 있다. 현장 상황을 꼬치꼬치 캐물을 검사의 신문을 감당할 자신이 없다. 그것은 엄밀히 말하면 사생활에 속하는 일이었다. 누구에게도 밝힐 수없는 둘만의.

그날 저녁 우리는 밭 한가운데 이랑과 이랑 사이 제법 넓은 공간에 멈추어 섰다. 땅거미가 지고 별이 하나둘 돋을 무렵이었다. 달은 서쪽 지평선 위에 떠 있었다. 아무것도 거치적거릴 게 없는 평원에서 옥수수 이삭 위에 살짝 걸린 초승달은 마치 추수하려고 내려온 하늘의 낫처럼 보였다. 나는 은은한 빛으로 빚어진 가늘고 둥근 그것의 날을 잡아 가슴에 품고 싶었다. 저런 온화한 빛의 날이라면 내 상처를 감쪽같이 도려내줄 수 있지 않을까, 싶었다. 쓸데없는 생각이야, 하고 고개를 돌리는데 그가 내 이마에 살며시 입술을 갖다 댔다. 입술이 아니고 이마라니. 나를 어린아이로 보는 것일까. 뜨악해진 나는 몸을 조금 뒤로 뺐다. 이번에는 그가 힘이 잔뜩 들어간 손으로 내 두 팔을 꽉 붙잡았다. 그러고는 한숨을 푹 내쉬더니 담담한 표정으로 말했다.

"더 이상 책을 만들지 못한다고 야속해하지 말아요. 지금 만들고 있잖아요. 우리 생의 책. 사람은 누구나 자기 생의 책을 만들어가고 있다고 믿어요."

그러고는 다시 한 번 내 이마에 가볍게 키스했다. 나는 화들짝 정신이 들면서 가슴이 울컥해왔다. 언제나 응석받이처럼 자기 연민에 곧잘 빠지던 나였다. 그가 다시 무슨 말을 하려고 입술을 달싹일 때 나는 떨리는 입술로 그의 입을 덮었다. '생의 책'이라는 그 사무치도록 강렬한 말을 다른 어떤 것으로도 흐리게 하고 싶지 않았다. 이혼을 하고, 직장도 잃고 나서는 남자를 만나도 뒷걸음질에, 방어적이기만 하던 내 몸은 그 순간 무장해제가 되고 말았다. 옥수수 밭에서 두 몸이 포개어지는 사건은 그렇게 촉발되었다. 어쩌면 그 무렵 그도 저항시인을 넘어 자기 생의 책을 골똘히 생각하고 있었던 것일까.

그 뒤부터 이 옥수수 밭고랑은 틈만 나면 둘이서 들어와 더운 몸을 섞는 우리만의 은밀한 장소가 되었다. 이곳에서 그의 머리카락이 많이 채취된 이유는 너무나 당연한 일이다. 솔직히 말해 매번 이곳에 오자고 보챈 것은 주로 내쪽이었다. 나는 마음에 드는 책을 만들 때에 버금가는 감미로움과 짜릿함을 난생처음 맛보았다. 그러고도 나는 그를 위해 한마디 증언하기를 꺼리고 있다. 우리들의 비밀 아지트며 나의 불법 영업 행위가 탄로 날까 두려워서다. 정확히 말해 우리는 보통 사이가 아니다. 나는 그를 나의 남자로 만들기 위해서라면 무슨 일이라도 하겠다는 생각을 한 적도 있었다. 하지만 나는 한쪽 눈은 감고 내게 편리한 쪽만 바라보고 있다. 이국땅에서 만난 남자와 어쩌다 몇 번 즐겼을 뿐인데 남의 인생까지 걱정할 필요가, 하고. 책 만들 때의 엄격함은 이 문제와는 아무 상관이 없었다. 그가 말한 '생의 책'도 나의 안위에 뒷전으로 밀려났다.

문제의 그날은, 내 기억이 정확하다면, 그가 워싱턴 교포 모임에 갔다 돌아온 이튿날이었다. 9월 중순 어느 금요일이었고 그날 밤 8시 30분에는 셈보하우스에서 '미래의 책'이라는 주제로 세미나가 열리기로 되어 있었다. 나는 과거의 책들에서 종이책의 존재 이유를 찾아볼 셈이었다. 옛 책으로는 한지에 붓으로 쓴 원이 엄마의 일기『꿈속에 오소서』를, 손때 묻은 희귀본으로는 어느 학자가 밑줄을 긋고 여백에 메모를 해놓았다가 제자에게 물려준 50년 된『율리시즈』초판 번역본을 준비해왔다. 그밖에도 신경림 시인의 육필 시집『가난한 사랑 노래』, 사군자와 함께 읽는 접는 부채 시집『대숲에 이는 바람』, 책장에서 재스

민 향이 나는『소월 향기 시집』, 꽃잎을 곡식과 야채 가루로 빚
어서 읽은 뒤에 한 잎 한 잎 뜯어 먹을 수 있는『장미꽃 시집』도
있었다. 인터넷이나 전자책에서는 좀체 그 도타운 양감과 그윽
한 향기와 짭짜름한 손맛을 느낄 수 없는 책들이었다. 그것은
눈으로만 보는 게 아니라 손끝으로 질감을 즐기고, 코로 냄새
맡고, 품에 안아 가슴으로 느끼고, 꼭꼭 씹어 오장육부로 빨아
들이는 책이었다.

　발표를 앞두고 있던 날이어서 나는 그와 얽혔던 몸을 풀고 일
어설 때 자연히 그의 팔목에 걸린 시계로 눈길이 갔다. 야광시
계의 시침과 분침이 만드는 각도가 벌레를 잡으려고 아래를 향
해 벌린 새의 부리와 비슷하다는 생각을 했다. 7시 30분이 분명
했다. 그때쯤 출발하면 행사에 늦지 않을 것 같았다. 검사는 시
신 부검 결과 그가 망명 작가를 쏜 시각이 그날 오후 7시 30분
즈음이라고 했다. 그러니까 시간상 두 가지 일은 결코 동시에
일어날 수가 없었다. 내가『꿈속에 오소서』를 찍은 동영상을 스
크린에서 막 작동시키고 있을 때 그는 중간쯤 되는 자리에 앉아
있었다. 물론 그는 나와 함께 옥수수 밭에서 나와 세미나장으로
향했었다. 두 가지 일을 동시에 같은 장소에서 해낼 수 있다면
그는 요즘 흔히 말하는 유비쿼터스형 인간이란 말일까. 그렇다
면 나를 알리바이용으로 쓴 것일까. 혹시 시차를 이용한 것은
아닐까. 워싱턴과 아이오와는 한 시간의 시차가 난다. 워싱턴에
서 돌아온 뒤로 시계를 고치지 않은 것일까. 하지만 그는 그런

꼼수를 부릴 사람이 결코 아니었다. 어쩌면 그에게 누명을 씌우려는 누군가의 음모인지도 알 수 없었다. 아직도 판단이 서지 않는다. 사건의 책임을 그에게 묻는 것이 마땅한 일인지, 아니면 그의 말대로 모든 의혹을 옥수수 밭에 묻는 것이 옳은 일인지.

모든 것을 깡그리 다 잊어버리고 다만 그의 체취를 맡고 싶다. 멧돼지처럼 사납게 고랑을 헤집고 들어간다. 한참을 들어가도 우리가 누웠던 널찍한 공간은 나오지 않는다. 시야를 가리고 있는 옥수숫대를 거칠게 밀친 다음 목을 길게 빼고 앞을 내다본다. 오른쪽 옥수수 밭 너머로 예의 야트막한 구릉이 보인다. 둥글게 말아놓은 건초 더미 몇 개가 구르다가 잠시 쉬고 있는. 그 위로 이른 추수감사절 만찬이 열렸던 팔각지붕의 헛간이 정답게 다가온다. 헛간 뒤로 옅은 주황색 노을빛이 점점 어둠에 자리를 내어주고 있다. 길을 잘못 들어선 것은 아니다. 어디로 증발한 것일까. 그와 함께 누워 있던 그 고랑은.

땅거미가 져오자 평원은 더욱 적요해진다. 새들도 코요테도 잠자리에 든 것 같다. 어디선가 스사삭스사삭하는 소리가 들리기 시작한다. 묵직한 옥수수 자루들을 하나하나 훑으면서 불어오는 바람 소리. 그것은 '스사삭스사삭'이 아니라 '수상쩍, 수상쩍'이라고 속삭이는 듯하다. 어쩌면 그것은 아직도 증언을 주저하고 있는 내게 전해온 누군가의 목소리인지도 알 수 없다. 심상치 않은 일은 내 바깥에서 벌어지고 있는 것이 아니라 내 안에서 일어나고 있다고. 누구일까. 혹시나, 어느 누구보다도 내게 가까이 다가왔다고 여겨지던 사람. '생의 책'을 이야기하던. 잡았다고 생각되는 찰나 저 멀리 달아나버리는 신기루 같은.

그랬다. 나는 많은 책을 만들었지만 내 생의 책을 만드는 데는 둔한했다. 책 만드는 일에만 전념한답시고 남편이 그토록 원하던 아이도 낳지 않았고, 재학 중에 대학 동기와의 사이에서 낳은 아이는 바쁘다는 핑계로 한 번도 찾아보지 않았다. 어릴 때부터 유난히 제 엄마를 찾았다는 아이. 이제는 사춘기가 되어 엄마의 다정한 말 한마디가 몹시도 아쉬울 나이의 딸아이를. 가족을 위해 따뜻한 밥상 한 번 제대로 차린 적이 없다. 남편을 먼저 보낸 슬픔을 함께 나누고 싶어 하던 친구의 전화도 바쁘다는 핑계로 매정하게 끊어버렸다. 찻잔을 마주하고 친구와 순한 눈빛 주고받으며 느긋하게 담소를 나눈 지도 까마득하게 여겨진다. 책을 기획, 편집하고 교정보는 일은 무엇에도 비할 수 없는 고매한 일이기에 책쟁이는 모든 인간된 도리쯤은 면제되는 줄로만 알았다. 평생 좋은 책만 만들면 나도 책과 같은 반열에 올라 저절로 괜찮은 사람이 되는 줄만 알았다. 그러고는 지금 한 사람의 목숨이 걸려 있는 증언을 할까 말까 망설이고 있다. 시차니 옥수수 유죄론이니 하는, 말도 되지 않는 구실로 요리조리 빠져나갈 구멍을 찾으면서. 누구 못지않게 새롭고 앞서 가는 책을 만든다고 자부하던 책쟁이가 가장 구차한 인간으로 남아 있다. 단 한 줄의 문장도 몸으로 옮기지 못한 탓이다. 돌아보면 내 생의 책은 너덜너덜 엉망진창이다. 대걸레가 된 브리태니커를 가엾어할 계제가 아니다. 그것은 내가 만든 어떤 흠결 많은 책보다도 더 구제불능 상태인지도 모른다.

바람은 내 얼굴을 세차게 훑치고 지나간다. 매서운 바람결에 섬광과 같은 어떤 암시가 머리에 와서 꽂힌다. 가을 평원의 고요를 깨뜨린 그 한 방의 총성은 단지 망명 작가만을 노린 것이 아니라는. 지금 이 순간 내가 알아낼 수 있는 것은 오직 그것뿐이다. 법정에서 공공연히 옥수수 유죄론이 나오고 같은 시각 같은 장소에서 도저히 불가능한 두 가지 사건이 일어나는 이 미궁과 같은 세상에서. 갑자기 대궁에 불룩 튀어나온 옥수수 자루가 눈앞에 클로즈업된다. 무언가를 숨기고 있는 듯한 자루, 자루들.

그때 탕! 소리와 함께 뾰족한 무엇이 내 가슴을 관통하고 지나간다. 그 충격에 나는 몸을 가누지 못하고 휘청거린다. 실제 상황인지 환상인지 분간이 되지 않는다. 그것은 방탄유리도 뚫는다는 콜트 45만큼이나 강력하다.

책 만드는 여자는 한동안 비틀거리다 이윽고 밭고랑에 천, 천, 히, 쓰러진다. 가슴에 손을 대보자 뚫린 구멍으로 끈적거리는 피가 흘러내린다. 나는 어릴 때부터 나의 밥이자, 삶이자 나의 책이었던 옥수수 옆에 벌렁 드러눕는다. 마침내 홀로. 어디서 나타났는지 나를 향해 비스듬히 사선을 그으며 날아오고 있는 새카만 까마귀 떼가 보인다. 마치 옥수수 자루 속에 숨어 있다가 일제히 날아오른 것처럼. 까마귀? 그게 아니다. 점점 가까이 다가오면서 그 정체가 드러나기 시작한다. 맙소사 저건 책권총이다. 내가 펴낸 책들로 깎아 만든. 시각예술가의 책권총 시리즈쯤은 저기에 비하면 아무것도 아니다. 이건 책의 소멸을 알리는 시대의 전령도, 오탈자를 고발하는 책들의 시위도 아니다. 수많은 책을 만들어내고도 누더기가 된 내 생의 책에 대한 엄중한 경고인 듯하다. 나는 나의 혐의를 알고 있다. 이것은 운명인지도 모른다. 아둔한 책쟁이가 기꺼이 맞이해야 할. 그것을 나의 밥, 나의 책이라고 여겼던 옥수수 밭에서 맞게 되다니. 정말 신기한 일이다. 운명은 때로 우리에게 결정적인 순간을 맞기에 가장 알맞은 장소를 찾아주는 것일까. 아직도 나는 모르는 것투성이다. 내가 아는 것은 단지 저들이 우르르 몰려오는 모양새가 모두 한꺼번에 방아쇠를 당길 태세라는 것뿐이다. 확인은 서로 자신들이 하겠다며. 피할 곳이라고는 아무 데도 없다. 누렇게 익어가는 옥수수 밭을 배경으로 점점이 다가오는 검은 총구의 행렬을 바라보며 나는 까무룩 정신을 잃는다.

압록 교자점

이국땅에서 뭔가에 홀린 것만 같다. 누군가에게 실컷 농락당한 느낌이다. 어디선가 그는 허둥거리는 내 꼴을 보고 웃고 있을지도 모른다. 해 질 녘이 되자 관광객도 뜸해지고 끊어진 다리 위에는 세찬 강바람만 몰아친다. 빨리 사람들이 북적거리는 데로 가서 몸을 숨기고 싶다. 코트 주머니에 손을 넣고 몸을 잔뜩 앞으로 구부린 채 잰걸음으로 걷는다. 으스스한 폭탄 앞을 벗어나자 휴우 한숨이 나온다. 젠장, 하필이면 폭탄 앞에서 만나자고 할 게 뭐람. 모형이겠지만 폭탄은 폭탄이다. 그런 살벌한 분위기 속에서 사람을 한 시간 반이나 기다리게 하다니. 조금만 일찍 전화해주면 어디가 덧나. 전화 내용도 어제와 똑같다. 뭔가가 준비되지 않았다는. 두려움에다 부아까지 겹쳐져서 심장이 벌렁거린다. 식당에 가서 자리를 잡고 나서 장소를 일러

달라고 한다. 전화도 정말 받은 게 맞는지, 환청이었는지 헷갈릴 지경이다. 마음이 헛헛해서인지 와락 허기가 돈다. 강변의 식당 거리로 들어선다. 차오프라야, 포메인, 이자카야, 니키타, 청류관, 압록 라오비안 교자점. 제법 국경 도시 티가 난다. 낯선 문자로 된 이국의 간판만 보아도 머리가 맑아지던 나였다. 타고난 보헤미안 기질 탓에 무엇이든 눈에 선 풍경이야말로 내 삶에 진정 영양을 주는 밥이자, 고기이고 야채였다. 내가 사는 동네와는 사뭇 다른 스카이라인, 처음 보는 가로수, 식당가에서 훅 풍기는 색다른 향료 냄새와 여인들의 특이한 차림새까지도. 그런데 이번에는 이국의 거리가 전혀 유쾌한 풍경으로 눈에 들어오지 않는다. 조선족 사람에게 두 번이나 바람 맞고 나서 신경이 날카로워져진 탓일까. 입에 짝 붙는 안주를 골라 독한 술이라도 한잔 걸치고 싶다. 이 알 수 없는 두려움도, 나를 이곳까지 오게 만든 조선족과 그놈의 글귀도 다 잊고 싶은 마음이다.

"……은 아버지에게서 아들로가 아니라 삼촌에게서 조카에게로……"

도대체 무엇이, 아버지에게서 아들로가 아니라 삼촌에게서 조카에게로, 또 그것이 어떻게 된다는 것인지. 앞뒤가 잘려나간 문장은 이곳에 온 뒤에도 좀체 뇌리를 떠나지 않는다. 마치 무슨 마법의 주문 같다. 독한 고량주로 털어낼 수 있을까. 나는 교자점 앞에 줄 선 사람들 사이에 은근슬쩍 끼어든다.

교자점 한쪽 기둥에 '선양 라오비안 교자(老边饺子) 제1지점', 또 다른 기둥에는 '170년 전통의 미각'이라는 문구가 새겨져 있다. 선양 본점은 친구에게 들어서 잘 알고 있다. 부리의 길이가 어른 팔 길이의 두 배나 되는 빨간색 주전자로 차를 따라준다는 만두집이다.

"만두도 만두지만 주전자가 명물이야. 그 불편한 걸 왜 아직도 고집하는지……"

친구는 괴이하게 생긴 긴 부리 주전자를 구경하기 위해서라도 선양의 교자집을 들러보라고 했다. 만두 종류만도 서른 가지가 넘는다는 거였다. 어제 공항에 내리자마자 그곳에 들러 점심을 먹고 오려다 마침 버스가 있기에 곧바로 단둥으로 왔다. 30, 40분 줄을 서서 기다렸을까. 해가 거의 다 질 무렵에야 테이블에 앉는다.

꽤 높은 천장에 붉은 삿갓 모양의 등이 달려 있고 벽마다 은은하게 부분 조명을 해두었다. 전체적으로는 조도가 낮아 약간 어둑하게 느껴지는데 테이블마다 촛불이 켜져 있다. 분위기도 살리고 음식 색깔도 돋보이게 하기 위해서일 것이다. 목재로 두른 오른쪽 벽면에는 간자체가 새겨져 있다. 겨우 몇 자밖에는 읽을 수가 없다. 계절(季节), 미각(味觉) 그리고 한참 건너뛰어 맨 마지막에 지성인(知性人), 교양(敎养)이라는 글자다. 계절의 미각을 즐기는 것은 지성인의 교양이라는 뜻인가. 계절의 미각을 생각하면서 음식을 먹어본 적이 언제였는지 가물가물하다. 중국어와 일본어, 한국어, 영어, 러시아어 등이 뒤섞인 대화가 왁자지껄 오가는 교자점에서 나는 조금씩 긴장이 풀어지는 것을 느낀다. 여러 언어가 뒤섞여 들리면 사람들은 혼란스러워진다는데 나는 이상하게도 평화를 느낀다. 웨이터가 보는 앞에서 조선족 사람에게 교자점 이름을 문자로 날린다. 손님을 기다린다는 듯 당당하게. 기다리는 동안 출출함을 달래기 위해 뭐라도 먹어야겠다. 메뉴판을 살펴본다.

중국에 와서 만두를 달라고 하면 '만터우'로 알아듣고 소가 전혀 들지 않은 찐빵을 내올지도 모른다고 했다. 우리식 만두를 먹으려면 '자오쯔(餃子)'를 달라고 해야 한다. 빙화전교자(氷花煎餃子). 얼음꽃군만두라니, 이런 만두도 있었던가. 종류도 여러 가지다. 안에 들어가는 소의 재료에 따라 이름을 붙이고 설명은 영어로도 해놓았다. 하늘과 땅, 바다에서 나는 신선한 세 가지 재료인 꿩고기와 송이, 해삼을 넣어 빚었다는 삼선교자, 생선살에 부추를 넣은 부추교자, 쇠고기와 돼지고기에 갖가지 야채를 섞어 만든, 애호박, 오이, 버섯교자 등이 있다. 얼음꽃 군만두는 이 집의 특선요리인지 사진까지 나와 있다. 만두 사이사이에 얼음꽃이 피어 그 밑에 비밀스런 풍경을 숨겨놓고 있는 듯하다. 웨이터는 긴 부리가 달린 빨간색 주전자를 가져와 차를 따른다. 멀리서 조정이 잘 될까 걱정스러운데 용케 한 방울도 흘리지 않는다. 부리를 저렇게 기다랗게 만드는 이유는 뭘까, 도저히 이해가 가지 않는다. 먼 어느 곳에 닿으려는 걸까. 나는 메뉴판에서 빙화전교자와 죽엽청주를 손가락으로 짚어 보인다.

죽엽청주는 몇 번 먹어보았는데 대나무 잎과 온갖 한약재를 넣어 빚어서인지 먹고 나서 이튿날에도 머리가 비교적 개운했다.

아무리 생각해도 약속을 어긴 조선족 사람이 이해가 되지 않는다. 다리 위에서 오후 5시에 만나자고 해놓고는 사람을 한 시간 반이나 기다리게 하다니. 게다가 내게 전해줄 게 미처 준비가 안 됐다는 건 또 무슨 소리인지 모르겠다. 혹시나 삼촌을, 하는 생각에 머리 밑이 쭈뼛해온다. 그런 일이라면 반겨야 할 일은 아닐까, 싶다가도 정말 그러면 어쩌나 하는 걱정이 앞선다. 화폐개혁 이후로 굶는 사람들이 부쩍 늘었다는 뉴스를 듣긴 했지만 그게 나와 무슨 상관이랴 싶었다. 어쨌든 생판 모르는 사람의 말을 믿고 덜렁 비행기에 오른 게 잘못일까. 도대체 뭐가 문제일까 싶어 조금 전 다리에서의 일을 다시 생각해본다.

넓은 강 한가운데서 반 토막 나버린 다리 위에 나는 서 있었다. 그리고 어제에 이어 또다시 삼촌의 빠진 송곳니 자리를 떠올렸다. 교각만 서 있는 신의주 쪽 다리의 모습은 듬성듬성 남은 노인의 치아를 연상시키기에 충분했다. 수십 년 세월의 물때가 앉은 시커먼 교각 밑둥에 검푸른 물결이 밀려와 쉴 새 없이 철썩댔다. 교각에 와서 부딪히는 검푸른 물결은 자신의 빠진 송곳니 자리를 바쁘게 핥아대던 수다쟁이 삼촌의 혀를 닮아 있었다. 기억 속을 아무리 헤집어보아도 강퍅한 떠버리라는 인상 말고 곱게 봐줄 구석이라고는 없는 삼촌의 모습. 엄청난 비극의 증거물을 두고 삼촌의 빠진 송곳니와 수다스런 혀를 떠올린다는 건 참으로 불경스러운 일이었다. 하지만 어쩔 수 없었다. 삼촌과 조카 사이라는 정겨운 이름의 다리는 이미 끊어진 지 오래였다. 모두들 올랐다 하면 숙연해지는 그곳에서 나는 어쩌자고 볼썽사나운 삼촌의 모습만 생각하고 있는지 도무지 알 수 없었다. 어느 소설의 한두 구절이 기억나긴 했다.

"끊어지고 뒤틀어진 철제 다발의 생채기에서는 붉은 피가 뚝뚝 흐를 것만 같다."

"다다를 수 없는 곳을 이어주려 긴 몸을 강물 위에 뉘었던 다리는 꿈을 빼앗긴 채 성치 않은 몸으로 묵묵히 서 있다."

인상적인 몇 구절이 생각나긴 했지만 나는 그저 쉴 새 없이 밀려드는 관광객을 보며 속으로 빈정댈 뿐이었다. '장사 한번 잘되는군.' 한 가지 느낀 게 있다면 오로지 누구든 힘을 가져야 해, 하는 것이었다. 상판이 열리도록 되어 있는 회전 장치를 확인하고 종이처럼 찢긴 쇠붙이에 손을 대보는 순간, B-52인가 하는 웅장한 폭격기가 굉음을 울리며 폭탄을 퍼붓는 장면이 그려졌기 때문이다. 비처럼 쏟아지는 대형 폭탄에 철교는 화염에 싸였다가 지푸라기처럼 맥없이 폭삭 무너져 내렸다. 그러고 나자 교각 사이 빈 공간은 삼촌의 빠진 송곳니 자리를, 그 송곳니 자리는 다시 알 수 없는 어떤 구절을 불러왔다. 내 머릿속에 몹시도 불완전하게 와서 박힌.

"……은 아버지에게서 아들로가 아니라 삼촌에게서 조카에게로……"

이 구절은 나의 아킬레스건인지도 알 수 없다. 한 번도 이렇다 할 모험이라고는 해본 적이 없는 내게 위험과 공포를 기꺼이 받아들이게 만드는.

말은 이렇게 해도 사실은 어제 단둥에 와서 유람선에 올라타자마자 가슴이 덜덜 떨려왔다. 강바람이 좀 세어서 그렇지 11월 초순치고는 포근한 날씨여서 추위 탓이라고만은 할 수 없었다. 그보다는 난생처음 와보는 곳에서 낯선 사람을 만난다는 것에 대한 두려움 때문이라는 게 더 맞는 말이었다. 뱃전에 기대 팽팽해진 신경을 간신히 누르고 있는데 몸이 갑자기 앞으로 가서 쏠렸다. 나는 갑판에 고꾸라질 뻔하다 앞에 있는 승객들 몸에 의지해 겨우 자세를 잡았다. 멀쩡한 단둥 쪽 철교와 교각만 남은 신의주 쪽 풍경이 한눈에 들어왔다. 아마도 양쪽 모습을 비교하기 가장 좋은 지점에 서기 위해 배가 급정지를 한 것 같았다.

나는 끊어진 다리에 대해 그 작가처럼 느끼지 못하는 나 자신이 곤혹스러웠다. 세대 차이인가, 아니면 내 감수성의 문제인가 싶기도 했다. 무례하게도 교각 사이의 텅 빈 공간이 삼촌의 빠진 송곳니 자리를 닮았다는 생각이 처음으로 든 것은 바로 그때였다. 철썩이는 검푸른 물결이 삼촌의 재빠른 혓바닥을 닮았다는 느낌도 동시에 왔다. 그리고 그 생각 끝에 그 구절이 따라 나왔다.

어디서 읽었는지 무슨 뜻인지도 모른다. 그 구절은 어제 새벽 아버지의 병실을 나와 선양으로 오는 비행기 안에서도 내내 머릿속을 뱅뱅 돌아다녔다. 그 이전에도 삼촌과 관련되어 은근히 내 신경을 긁어대는 것이 있긴 했다. 3년 전 금강산에서 나를 껴안고 우는지 웃는지 모를 표정을 짓던 삼촌의 사진. 옆모습으로 찍힌 그 사진에서는 빠진 송곳니 자리가 유난히 도드라져 보였고, 그 옆의 이에는 누런빛을 띠는 산뿌라가 씌워져 있었다. 아버지도 30여 년 전 집으로 찾아온 돌팔이한테 그걸로 썩은 송곳니와 어금니 몇 개를 때운 적이 있었다. 그것은 얼마 가지 않아 말썽을 일으켜 아버지를 끼니때마다 괴롭히곤 했다.

금강산에 갈 때 나는 단지 카메라맨으로 따라갔다. 일행은 나 빼고는 모두 일흔이 넘은 어른들이었던 까닭이다. 자연히 삼촌의 표정을 자세히 볼 기회가 많았다. 한데 하필이면 왜 삼촌의 빠진 송곳니 자리가 자꾸만 눈앞에서 깜빡거리는지 정말 알 수 없는 일이었다.

한 달 전 전화를 처음 받았을 때만 해도 나는 무척이나 냉소적이었다. 중국에서 걸려온 전화만을 믿고 어떻게 무슨 행동을 섣불리 할 수가 있겠는가. 조선족들이 전화로 사기를 치는 보이스 피싱이 기승을 부리던 때였다. 게다가 통일부 담당자의 냉랭한 어조는 내 마음을 더욱 싸늘하게 얼어붙게 만들었다.

"만나러 가는 거야 자유죠. 하지만 차후에 발생하는 사태에 대해서는 아무런 보호도 받을 수 없다는 점만 명심하십시오."

그 말을 듣자 뉴스에서 탈북을 돕다가 보위부에 납치되었다는 조선족과 중국인 소식을 본 기억이 났다. 그러잖아도 마뜩지 않은 삼촌인데 그런 양반을 위해 위험을 자초할 이유는 없었다. 암으로 입원 중인 아버지에게는 조선족 사람의 전화 이야기를 전하지도 않았다. 알았다 하면 당신이 직접 달려가겠다며 병상을 박차고 나올 게 빤했다.

아련하게 피어 있는 빙화 사이에 노르스름하게 구워진 교자가 담겨 나온다. 정말 얼음꽃군만두라고 할 만하다. 교자가 얼음 꽃에 갇힌 모습이다. 흰 도자기에 푸른 댓잎이 그려진 죽엽청주병이 식탁에 운치를 더한다. 작은 도자기 잔에 술을 따른다. 노르스름한 색을 띤 술에서 대나무 향이 풍겨 나온다. 얼음꽃군만두 한 개를 떼어내 소스에 찍어 반쯤 베어 문다. 빠드득 빠드득 입안에서 깨어지는 얼음꽃. 고것 참 별미다 싶은데 뒤이어 살코기와 해삼, 송이가 어우러지면서 혀 위에서 부드럽게 으깨진다. 착 감겨오는 맛에 혀도 놀랐는지 입안에서 춤을 춘다. 자칫 혀를 깨물 뻔했다. 혀 위에서 빙화전교자가 놀고 있을 때 술잔을 입에 털어 넣는다. 상큼한 대나무 향이 교자 소와 섞이자 그 맛이 더욱 웅숭깊어진다. 도수가 45도쯤 되는 술이니까 교자 안주가 없다면 속에서 불이 날지도 모른다. 죽엽청주 몇 잔에 몸이 달아오르고 머리가 몽롱해진다. 얼음꽃 밑에서 잊고만 싶은 일들이 어룽거리며 되살아난다.

"그날 밤 내가 독서 클럽에 가서 갸를 집에 데려왔어야 하는 긴데. 솔직히 선배들한테 뽑힌 동생이 샘이 나고 밉살스러웠제."

무슨 낌새라도 챈 듯이 아버지는 입원하기 전날 밤, 평소 노래처럼 하던 말을 되풀이했다. 고모한테 들은 얘기지만 아버지는 서울에서 피난 나올 때 고향인 상주로 내려가지 못하고 충청남도 서천에 자리를 잡았다. 동생을 잃고 부모 앞에 나설 수가 없어서라고 했다. 어릴 때부터 신동이었던 삼촌은 집안의 희망이었다. 할아버지는 그런 삼촌을 교육시키기 위해 두 아들을 함께 서울로 유학 보낸 거였다. 아무리 동생을 챙기지 못한 불찰이 있었다 해도 나는 아버지가 도통 이해가 되지 않았다. 곁에 있는 자식보다 잃어버린 자식을 더 애지중지하는 부모에게 아버지는 반발심도 없었던가, 싶기도 했다. 아버지 세대의 형제의식은 우리 세대의 그것과 그렇게도 차이가 난단 말인가. 나는 동생이나 누나 때문에 한 번도 울어본 적이 없었다. 그러므로 삼촌 얘기가 나올 때마다 나는 아버지의 말을 가로막고 나섰다.

"그날 밤 집에 데려왔어도 언제든 선배 따라 올라갈 판이었어요, 삼촌은. 그때 한창 유행하던 마르크스 독서 클럽에 푹 빠져 있었다면서요. 쓸데없는 자책 좀 그만하세요."

그래도 아버지는 실낱같은 희망을 품은 눈으로 말했다.

"좋은 시절이 온다 해도 내가 글마한테 물려줄 거라고는 이 후진 모시 농장 하나밖에 없으이."

나는 모시 농장 얘기만 나오면 언제나 울컥하는 심정이었다.

"중요무형문화재만 되면 임자 팔자 확 필 테니 두고 봐."

아버지의 말에 거역하는 법이 없는 어머니는 항상 습기가 눅눅한 움집에서 찰카닥찰카닥 모시를 짰다. 그러고는 무릎과 모든 관절이 습기에 먹혀 류머티즘을 앓다가 일찍 세상을 떴다. 모두들 류머티즘이 원인이라고 했지만 나는 어머니가 울화병으로 갔다는 것을 알고 있었다. 쉰도 다 채우지 못했던 어머니의 죽음은 모시 농장을 지키려는 아버지의 고집 때문에 일어난 일이며, 그 뒤에는 북의 삼촌이 있다고 나는 의심해왔다. 그 의혹은 나중에 고모의 입을 통해 사실로 확인되었다. 중요무형문화재로 선정되면 정부의 지원금과 장려금이 나온다고 했다. 그렇게 되면 언젠가 나타나게 될 삼촌을 위해 농장을 지탱하기가 훨씬 수월해질 것이었다. 하지만 내게는 삼촌이란 있어도 그만 없어도 그만일 뿐인 존재에 지나지 않았다. 단지 마음에 걸리는 게 한 가지 있었다. 몇 달 전 어느 책갈피에서에서인가 내게 무슨 박테리아처럼 옮아와 번식하고 있는 그놈의 글귀였다.

"……은 아버지에게서 아들로가 아니라 삼촌에게서 조카에게로……"

몇 년째 계속된 경기 침체로 회사에 명퇴 바람이 불자 뒤숭숭한 마음을 진정시키려고 손에 닿는 대로 아무 책이나 읽었다. 아이디어라도 하나 얻어걸릴까, 요행을 바라는 마음에서였다.

"모델료 나가지 않는 광고를 기획해봐. 비용 대비 효과를 최고로 올릴 CF를." 팀장의 주문은 내게 철학과 미학, 소설 등을 닥치는 대로 뒤적이게 만들었고 덕분에 탄생한 것이 명화 CF였다. 이를테면 세잔의 「사과와 오렌지가 있는 정물」의 한 귀퉁이에 회사 로고가 찍힌 냉장고나 에어컨 모양을 그래픽으로 집어

넣는 식이었다. 하지만 그 CF의 평판도 내게는 그다지 달가운 일이 못 되었다. 얼마 안 가 그런 아이디어까지 고갈되고 나면 나 역시 사십대 중반에 명퇴의 대열에 끼게 될 아슬아슬한 샐러리맨 신세였다. 그런 가운데 점점 불어나는 아버지의 병원비와 세 아이의 교육비를 대야 한다는 중압감은 어깨를 짓눌렀다.

그럴 때면 채찍을 맞고 우는 말의 영상이 머리를 스쳤다. 대학 시절, 개발 붐이 불기 시작하면서 학교 정문 옆에 들어선 시멘트 블록 공장. 산더미처럼 블록이 실린 마차를 끌던 말. 이빨을 앙 물고 몸을 부르르 떨며 짐을 끌려 하지만 몇 걸음 못 가 주저앉던 모습. 마부는 말의 엉덩이에 채찍을 후려치고. 다시 일어서려 용을 쓰지만 허연 이빨을 드러내며 끝내 옆으로 벌렁 쓰러지던 말의 모습. 눈을 딴 데로 돌리고 학교로 타박타박 걸어 들어가던 나. 아무것도 보지 못한 것처럼. 그때는 몰랐었다. 아버지도 나도 삼촌도 모두가 그 말과 같은 신세라는 것을.

회사 생활 10여 년 만에 나는 다 쓴 치약 튜브가 되어 있음을 느꼈다. 더 이상 짜낼 거라고는 남아 있지 않았다. 어느덧 내 삶은 기쁨보다는 슬픔이 더 많이 묻어나는 시기를 보내고 있었다. 아무런 돌파구도 보이지 않고 패배자의 예감만 가까운 발치에서 밀려올 때 알 수 없는 그 문장이 머리에 와 박힌 것이다.

나는 흔들리는 배 안에서 곰곰이 책 제목들을 하나씩 기억해 보았다. 슬로우맨, 러시아 형식주의, 고원의 사유, 감각의 논리, 베니스에서의 죽음…… 어느 책에서 보았는지 알 수가 없

었다. 다음에 읽을 때는 또 다른 느낌을 얻기 위해 나는 책에
밑줄 치는 것을 삼가는 편이었다. 어쨌든 지극히 평범하고 세속
에 물든, 중년 사내의 마음을 뒤흔든 한 줄 문장이 어딘가에 숨
어 있었다.

"와, 정말 비교되네. 한쪽은 쭉쭉 뻗어 올라가는데, 저쪽은
힘없이 몰락해가는 처량한 구호 천국이라니."

"그러게. 강 건너를 바라보면서 배우는 게 있을 법도 하련만."

지난가을부터 읽었던 책 제목을 하나하나 기억해내고 있을
때 귓가에 관광객들의 대화가 들려왔다. 육안으로만 보아도 양
쪽은 큰 대조를 이루고 있었다. 빌딩이 들어차고 번성하는 항구
도시와 녹슨 폐선 몇 척이 해변에 덩그마니 올라앉아 있는 쓸쓸
한 포구의 모습. 나는 어느 남자 승객에게 '실례지만, 어디 한
번' 하면서 망원경을 건네받았다. 허허벌판에 허름한 트럭이 한
대 서 있고, 몇 명의 인부들이 뭔가를 들어다 싣고 있었다. 어
디서나 볼 수 있는 일상의 모습이었다.

배가 조금 더 달려서 다음 장면을 잡았을 때는 관공서처럼 생
긴 회색 건물 벽에 예의 그 지도자 동지를 예찬하는 붉은색 플
래카드가 가로로 길게 걸려 있었다. 그 앞에 보이는 강에서는
낡고 시커먼 목선에서 후줄그레한 차림의 어부들이 꼬질꼬질한
옷가지들을 널어 말리고 있었다. 전화를 건 조선족 사람이 유람
선을 꼭 타라고 한 이유를 알 것 같았다. 하지만 나는 그의 의
도에 좀체 말려들지 못했다. 이미 빌딩 숲인 해안에 고공 크레

인으로 계속 철근을 매달아 올리고 시멘트를 부어대는 곳을 다들 이상향으로 알고 있는 것일까. 배가 몹시 서행을 한다고 여겨질 무렵이었다.

"저기 있어요. 저기. 지금 던져줘요."

가이드의 말에 눈을 떠보자 승객들은 소시지며 빵, 라면, 사탕 봉지 등을 북한 땅인 작은 섬에다 던지기 시작했다. 인간 사파리였다. 처음에는 자존심 때문에 주워가지 않다가 배가 섬에서 멀어지기 시작하면 잽싸게 나타나 냉큼 주워간다고 했다. 「동물의 왕국」 인간 편이었다.

남몰래 주워 먹는 것은 그들만이 아니다. 웨이터와 다른 손님들이 보지 않는 사이에 나는 게걸스레 얼음꽃군만두를 소스에 찍어 입에 넣고 우물댄다. 술도 되도록이면 남이 보지 않는 사이에 홀짝홀짝 마셔댄다. 얼음꽃 밑에 난생처음 삼촌을 만나던 때가 보이는 것 같다.

3년 전 7월, 금강산 온정각. 우리 가족은 49번 테이블에 앉아 삼촌을 기다리고 있었다. 2백여 명의 남측 가족들이 북의 가족을 기다리고 있는 실내에서는 기이한 열기가 치솟았다. 장내에는 자력이 흘러넘치는 듯했다. 인간의 마음이 뿜어내는 자력을 측정하는 기기가 있다면 아마도 인류 역사상 최고의 도수를 기록했을 지도 모른다. 그것으로 어쩌면 전깃불을 켜거나 모터를 돌릴 수도 있었을 것이다. 그 충일된 자력을 생산하기 위해서 누군가가 일부러 혈육을 그토록 오래 찢어놓은 것일까. 나는 그들이 가엾다는 생각은커녕 화가 치밀어 견딜 수가 없었다. 양쪽 다 이런 팽팽한 긴장을 깰 만한 힘이 없다는 데서 솟아오르는 분노였다. 나는 그저 어디에서나 힘 타령이었다.

분노를 억누르면서 나는 삼촌이 나타나기를 기다렸다. 내가 아는 삼촌은 적십자사에서 보내온 증명사진 속의 모습뿐이었다. 잿빛 머리에 주름살이 자글자글한.

할머니는 어릴 때 툭하면 나를 끌어안고 말했다.

"핏줄은 못 속이는 기지. 훤한 이마에 말수 없는 성격까지, 우째 지 삼촌을 이리 닮았을꼬."

그 말 뒤에 꼭 따라 나오는 후렴구가 있었다.

"기골이 장대한 녀석이 교복 차림으로 금세라도 저 문에 들어설 것 같은데. 키도 훤칠하게 컸제. 우리 용재도 삼촌만큼 시원스레 쑥 치솟거래이."

기억 속에서 할머니의 말이 채 끝나기도 전에 회색 머리에 헬쑥한 얼굴의 말라깽이 삼촌이 누런 봉투를 옆에 끼고 통로를 걸어 들어왔다. 할머니가 말하던 것보다 훨씬 키도 작고 초라한 모습이었다. 삼촌은 중학생 때 이후로 키가 크지 못했단 말인가. 나는 아버지와 고모, 당숙, 외당숙과 함께 그만 삼촌에게 엉겨 붙고 말았다. 그 통에 세워둔 카메라도 넘어져버렸다. 일흔이 넘은 어른들이 부둥켜안고 엉엉 울어댔다. 사방에서 플래시가 터지고 그 순간 아버지도 삼촌도, 또 나를 비롯한 그 방의 모든 사람들은 어릿광대가 되었다. 기껏 울음밖에 울 수 없는

그들의 무력감에 나는 터질 듯한 분노를 겨우 참아냈다. 당숙이
두 형제를 진정시켜 자리에 겨우 앉힌 뒤에야 삼촌은 손수건으
로 눈물을 닦다가 나를 쳐다보았다.

"니가 내 조카라? 사진이 뭐 급하노. 이리 온나."

나는 삼촌 품에 가서 안겼다. 아니 내 품이 더 커서 내가 삼
촌을 안았다고 하는 게 옳은 표현이다. 기골이 장대했다는 할머
니의 말이 무색하게 가볍고 자그마한 삼촌의 몸뚱어리가 내 품
에 쏙 들어왔으니까. 검불처럼 얇고 스티로폼처럼 푸석푸석한
몸은 유니폼 양복의 어깨에 박힌 뽕으로 겨우 지탱되고 있는 듯
했다. 그에게 온전하게 남은 거라고는 경상도 상주 사투리뿐인
것 같았다. 황해북도 덕천의 무슨 연구소에서 일한다는 삼촌은
결혼해서 4남매를 두었고 손자손녀를 합해 열세 명의 직계 가
족을 이루었다. 그런데도 내가 끌어안았을 때 삼촌의 몸에서 내
게로 넘어온 것은 60년 동안의 격리감만이 아니었다. 무엇보다
내가 못 견뎌 한 것은 삼촌의 가없는 무력감이었다. 그것은 너
무나 진하고 압도적이어서 덩치가 큰 나를 단숨에 삼켜버리고
나머지 식구들마저 휩쓸어버릴 것 같은 기세였다. 무력감도 커
지면 세를 갖게 되는 것일까. 그것은 북에서 이룬 가족들만으로
는 채울 길 없는 저 우주의 블랙홀과 같은 끝없는 공허로써 그
동안 삼촌의 삶을 갉아먹어 그를 허깨비로 만들어놓은 괴물인
지도 알 수 없었다.

죽엽청주와 함께 먹자 얼음꽃군만두는 금세 다 없어지고 새

로 시킨 새우애호박찐만두가 나와 있다. 얼굴이 불콰하게 달아오른다. 대나무 통에 나온 찐만두를 접시에 옮기려고 나는 두 손으로 바닥에 깔린 만두를 보자기째 집어 든다. 손에 만져지는 촉감이 수상하다. 접시에 옮겨놓고 다시 보자기를 만지작거려 본다. 나는 화들짝 놀란다. 만질만질하고 가벼운 미색의 천. 그 것은 어릴 때 우리 집에서 자주 보았던 모시 수건이다. 모시옷을 짓고 난 자투리 천을 모아 어머니가 겹으로 접어 꿰맨 수건. 만두를 빚으려고 두부를 짤 때도, 찜통에 모시만두를 찔 때도 깔던 천. 또 아버지가 항상 목에 걸고 다니면서 농장에서 땀을 닦던 수건. 움집에서 모시를 짜는 어머니의 이마에 흐르는 땀을 닦아주고 밤이면 눈물을 훔쳐주던 그것. 무엇보다도 그것은 내가 어릴 때 어머니와의 목욕을 졸업하게 해준 기념비적인 물건이었다. 할머니는 모시라면 자투리 한 조각도 부르르 떨 듯이 아껴두었다가 조각보를 만드는 데 썼다. 하지만 어머니는 행주며 수건에 머리띠까지 만들어 헤프게 써댔다. 나를 목욕시킬 때도 항상 모시수건에 비누를 묻혀 박박 문질렀다. 아홉 살의 내게 처음으로 사타구니에 근지러움을 느끼게 해준 것은 어머니 손에 쥐여 있던 매끄러우면서도 시원한 촉감의 바로 모시수건이었다.

하긴 삼베보다는 모시를 깔면 교자 껍질이 더 곱게 나올지도 모른다. 속이 다 비치는 얇은 교자의 피를 보호하기 위해 매끌매끌하고 고운 모시를 대나무 찜통에 까는가 보다. 어머니가 내 사타구니의 속살을 문지를 때 그랬듯 여린 것은 마땅히 여린 것으로 보듬어야 하는지도 모른다. 술기운 탓인지 얼음꽃교자 탓인지 주위가 어른거려 내가 서천의 한산에 있는지 단둥에 와 있는지조차 알 수가 없다.

얼음꽃 밑으로 갈색과 노랑, 회색, 핑크와 옥색으로 물들인 모시가 한 필씩 도르르 말려서 바구니 안에 담겨 있다. 땡감과 치자, 무슨 나무 벌레집이라는 오배자와 쪽, 잇꽃과 울금 등으로 염색한 모시다. 할머니는 그것을 다듬잇돌 위에 올리고 자근자근 방망이로 두드린다. 방망이 소리 하나에 아들 생각, 둘에 아들 생각…… 나는 속으로 헤아린다. 하지만 할머니는 딴소리를 한다.

"이래야 주름살이 없이 올이 고르게 펴지제. 윤기가 자르르 흐르는 거 보이제? 요걸로 저구리 지어주면 촉감이 좋아 모가지가 간지러울 기라. 구김도 덜 가고 때도 덜 타고."

마디가 툭 불거진 손으로 한참 모시를 쓰다듬던 할머니가 아쉬운 듯한 표정으로 입을 연다.

"우리 용재 장가가려면 아직 멀었제? 이제 갓 대학 입학 했으이. 올해 세모시는 눈만 흘겨도 째질 것 같구나. 물도 우째 이래 잘 들었노. 누구 옷을 지어야 성이 찰꼬."

나는 삼촌요, 하고 입에서 튀어나오려는 말을 꾹 삼킨다. 내가 당신의 속마음을 꿰고 있는 걸 알았던지 할머니는 대뜸 줄자를 가져와 내 치수를 재기 시작한다. 그러면서 툭 한마디 던진다.

"니 삼촌은 중학생 때 벌써 우리 용재만 했니라."

내 몸의 치수에 맞춰 지어진 삼촌의 옥색 바지저고리와 갈색 조끼, 그리고 회색 두루마기는 비닐주머니에 씌워져 장 속에 고이 모셔진다. 그러나 기다리는 삼촌은 소식조차 없자 결국 내가 결혼하던 무렵 할머니는 그 옷을 내놓는다.

"삼촌 오면 니가 양복 한 벌 해주거레이."

언제인지 모를 그날을 위해 삼촌의 모시옷을 지었던 할머니는 우리가 금강산에 가기 몇 달 전 세상을 떴다. 그 옷은 내가 할머니의 성화에 못 이겨 마지못해 한두 번 걸쳤던가. 지금은 어디에 쑤셔 박혔는지 나도 모른다. 생각해보면 나는 삼촌에게 양복 한 벌을 빚지고 있는 셈이다.

그러나 나는 모시 농장을 지키려고 어머니를 혹사했던 아버지를 용서할 수가 없었다. 결혼까지 약속했던 여자친구가 집에 와서 어머니의 사는 모습을 보고 돌아선 적도 있었다. 할머니와 어머니가 동네 아낙네들과 함께 모시 대를 째고 삼는 방에 들어가면 나는 비릿한 침 냄새에 구역질이 났다. 여인들의 입속에 들어간 모시는 세 가닥에서 다섯 가닥으로, 다섯 가닥에서 일곱 가닥, 열 가닥으로 가늘게 쪼개져 나왔다. 모시에 침을 발라가며 이로 가늘게 쪼개느라 혀에 피가 나고 굳은살이 박여도 작업은 그치지 않았다. 아낙네들이 모시실을 째서 주면 할머니는 무릎처럼 생긴 쩐지 위에다 짧다란 모시실을 올려놓고 밤새도록 잇고 또 이었다. 짧은 모시실을 쉬지 않고 잇던 할머니의 손은 멀고 먼 어딘가에 닿으려는 것처럼 보였다. 하지만 세상에는 한 번 끊어지면 다시 잇기 힘든 것도 있는 모양이었다. 할머니는 수십 년 모시실을 잇고 이었어도 아들에게 가서 닿지는 못했다. 할머니가 아무리 정성을 다해 실을 이어도 모시는 어릴 때부터 나의 적수였다. 그때의 일은 몇 개의 장면으로 내 기억 속에 아프게 새겨져 있다.

삼복더위에도 한겨울에도 눅눅한 움집에서 들려오던 찰카닥 찰카닥 모시 짜는 소리. 백 점짜리 시험지를 갖다 보여도 본 척 만 척하던 어머니. 도투마리를 베틀에 끼우고 잉아를 걸고 북에 씨실을 담아 날실의 위아래 벌어진 개구 사이로 열심히 북을 오르내리던 손. 더워서 숨이 콱콱 막히는 여름이든, 춥고 건조한 겨울이든 부지런히 물줄개*로 실을 적셔대던 손. 어느 겨울날 어머니의 무관심에 심술이 나서 일부러 꼴찌를 해 아버지의 부아를 돋우던 일. 그날따라 있는 힘을 다해 회초리를 휘두르던 아버지. 서러움에 갈대숲이 우거진 강변으로 달려가 어둑어둑 해 질 때까지 훌쩍이던 나. 온 동네를 찾아다니다 갈대밭에서 나를 발견하고는 내 종아리를 어루만지던 어머니.

"니 공부 니가 하는 기라. 나는 끝을 볼 때까지 모시 짜고."

어머니는 '니 공부 니가 하는 기라' 하는 말은 내 눈을 똑바로 쳐다보면서 했지만 그다음 말을 할 때는 고개를 돌려 길고 드넓

* 모시를 짤 때 실이 마를세라 적셔주는 나무토막. 나무 끝에 헝겊을 달았다. '젖을 개'의 사투리.

은 강줄기를 바라보았다. 그때 강 건너 습지에서 가창오리 떼가 새까맣게 하늘로 솟아오르더니 부채 모양으로, 솜사탕 모양으로 춤을 추었다. 오리 떼는 느낌표 모양으로 무리를 지어 하류 쪽으로 날아가다 다시 U턴을 하더니 상류 쪽으로 사라졌다. 어머니는 두 팔로 나를 꼭 껴안고 있었지만 시선은 언제까지나 새들의 날갯짓을 따라가고 있었다.

고소하면서도 부드러운 새우애호박교자를 맛보자 갑자기 송곳니가 빠진 사람에게는 더없이 좋은 음식일 거라는 생각이 든다. 만두라면 중국 교자만 있는 게 아니다. 내가 결코 잊을 수 없는 것은 우리 엄마표 모시만두다.

얼음꽃 밑으로 어머니의 손이 깻잎 모양의 모시 잎을 따서 끓는 물에 데친다. 데친 잎을 절구에 곱게 빻아 체에 밭친 다음 물에 푼다. 그 물에 쌀가루를 넣으면 모시송편을, 밀가루를 넣으면 모시만두를 빚을 수 있는 반죽이 된다. 손목이 시도록 치댄 반죽을 홍두깨로 밀면 상 위에 얇은 녹색의 치마가 펼쳐진다. 거기에 밥공기를 엎어 피를 찍어낸다. 손바닥에 피를 올리고 다진 고기와 야채를 넣어 반달 모양으로 빚은 다음 양쪽 끝을 합친다. 이렇게 해서 쪄낸 주머니 모양의 만두는 세상에서 제일 쫀득쫀득한 초록색 모시만두가 된다. 변비가 생길 때마다 어머니에게 모시만두를 해달라고 조르던 누나의 수줍은 얼굴도 얼음꽃 밑에서 피어난다.

그러고 보니 금강산에서는 한 번도 만두가 나온 적이 없었던 것 같다. 송곳니가 없는 삼촌이 다 식어 굳어빠진 콩나물비빔밥을 땀을 뻘뻘 흘려가며 맛있게 먹는 모습에 아버지는 목이 메었다. 그때 나는 문득 의문이 일었다. 양쪽 송곳니가 다 빠진 삼촌이 콩나물비빔밥을 먹을 때도 저렇게 진땀을 흘리는데 갈비를 먹을 때는 어떻게 할까, 하는.

송곳니라는 것은 흔히 맹수의 상징으로 통한다. 호랑이든 사자든 심지어는 집에서 기르는 개나 고양이도 송곳니를 내보이며 으르렁거리면 공격성을 드러내는 것으로 본다. 드라큘라의 송곳니는 그 절정이다. 그렇다면 삼촌은 공격성이 완전히 거세된 인간일까. 아까 점심으로 갈비탕을 먹은 뒤에 화장실 거울 앞에서 나는 입을 쫙 벌려보았다. 짐승들의 것만큼 길지는 않지만 내게도 양쪽으로 뾰족한 송곳니가 자리 잡고 있었다. 혹시 내림이어서 송곳니가 빨리 빠지지 않을까 걱정되었는데 아직은 튼튼해 보였다. 그러자 개나 고양이, 호랑이 늑대들에게 '친구야' 하고 불러보고 싶은 충동이 일어 혼자 계면쩍은 웃음을 배실배실 입가에 흘렸다.

거울에서 내 뾰족한 송곳니를 확인하고 짐승들과 동류의식을 느끼게 되자 나는 적지 않은 희열을 느꼈다. 그렇다면 처음부터 우리 자신에게 큰 기대를 걸 필요가 없는 게 아니었을까, 싶었다. 거울은 바로 이럴 때 쓰라고 있는지도 모른다. 게걸스럽게 실컷 처먹고는 불순물과 독가스를 마구 싸고 풍기는 종. 풋풋한 대지와 싱그러운 공기나 더럽히는. 그런 주제에 이렇게 살아야 한다, 저렇게 사는 게 더 이롭다. 하며 지지고 볶고 다투고, 끝내는 패를 갈라 전쟁까지 했다.

교자와 죽엽청주의 맛과 향에 빠져 있던 나는 홀연 가슴이 떨려오는 것을 느낀다. 조선족 사람이 곧 도착할 거라는 예감 때문이다. 준비라는 게 설마 사람을……, 아냐, 그럴지도 몰라. 약속을 이틀이나 지연시키는 게 수상하다. 지금 입에 당기는 술과 만두에 빠져 있을 때가 아니다. 이국땅에서 무슨 봉변을 당하거나, 삼촌과 엮이어 평생 허리가 휘어질 짐을 떠안게 될지도 모른다. 조선족 사람을 꼭 만나야 할 이유를 다시 따져보기 시작한다. 나는 도망칠 구실을 찾아 다시 얼음꽃 밑을 헤집는다.

솔직히 금강산에서 처음 만났을 때부터 나는 삼촌의 거동이 마음에 들지 않았다. 한창 눈물을 흘려대며 부모님 이야기를 하다가도 그는 벌떡 일어나 북측 사람들과 함께 목청 높여 노래를 불러댔다. 툭 치면 금세 픽 쓰러질 듯이 보이는 허깨비의 몸에서 마이크를 통한 것 같은 장정의 목소리가 쩌렁쩌렁 울려 퍼졌다. 그것은 노래라기보다는 절규로 들렸다. '반갑습니다. 동포여러분' 하고 외치는데 하나도 반갑지 않았고, '우리는 하나'라고 고함을 치는데 전혀 하나라는 느낌이 들지 않았다. 노래가 결코 노랫소리로 들리지 않고 악에 받친 아우성으로 들린다는 생각에 나는 몸에 찬물을 끼얹은 듯 한기를 느꼈다. 호들갑 떠는 삼촌이 도무지 한 핏줄처럼 여겨지지 않았다.

"핏줄은 못 속이는 기지. 훤한 이마에 말수 없는 성격까지,

지 삼촌을 빼닮았제."

할머니는 어떻게 저런 천박한 떠버리한테 나를 갖다 댔을까. 의문을 좀체 떨치지 못한 채, 삼일포로 마지막 가족 소풍을 나갔을 때였다. 삼촌은 못마땅해하는 내 마음을 눈치챘던지 나를 똑바로 쳐다보면서 말했다.

"삼촌이라는 사람이 우째 아부지하고는 달리 저래 떠버리로 생겨먹었나, 싶제? 우리는 생활총화라는 학습을 안 하나. 매일 교시를 외우고 노래도 다섯 곡씩 외워서 불러 보여야 한데이. 수십 년 다른 물에서 살았으이 마이 눈에 설어 보일 기다."

돌아오는 배 안에서도 삼촌의 말은 내 머릿속에서 메아리로 돌아다녔다. '다, 다, 다, 른, 른, 른, 물, 물, 물……' 물고기도 다른 물에서 놀던 녀석들의 몸에 붙은 진흙이나 물이끼를 낯설어하겠지. 나 역시 곧 닥칠 조선족 사람과의 만남을 앞두고 또다시 삼촌 몸에 붙은 이물질을 찾아내려고 기를 쓰고 있다. 그렇다면 지난가을부터 내 몸에 옮아붙은 그 구절은 무엇이란 말인가.

나는 앞뒤가 구멍 난 그 문장과 삼촌의 빠진 송곳니 자리에 홀려 여기까지 온 것이다. 도대체 무엇이 아버지에게서 아들로 가 아니라 삼촌에게서 조카에게로 어떻게 된다는 것인가. 금강산에서 내가 겉으로 울먹이며—기자가 찍고 있었으므로 나로서는 순전히 제스처였다—그를 포옹했을 때 그 가공할 무력감 말고 삼촌에게서 내게로 와 묻은 것은 또 무엇인가. 뿌연 비듬과 힘없는 잿빛 머리카락 몇 올 말고.

나는 머리가 지끈거려 고개를 흔들며 손으로 뒷목을 쳐댄다. 삼촌은 삼일포에서처럼 자신이 놀던 물에서 겪은 무용담을 털어놓고 나는 꼬마 조카로 돌아가 그의 무릎에 앉아 신드바드의 모험처럼 재미있는 이야기를 밤새도록 졸라댈 수 있을까. 한 자루만 더, 한 자루만 더, 하면서. 그것은 이루어질 수 없는 꿈만 같아 나는 꾸역꾸역 교자만 입에 쑤셔 넣는다. 모시수건을 만지작거리면서. 웨이터가 멀리 떨어진 곳까지도 닿을 듯한 긴 부리 주전자를 가져와 재스민 차를 따른다. 주책없이 길어도 차 한 방울 흘리지 않는 긴 부리에 나는 자꾸만 기대고 싶은 마음이 든다.

오후에 올라간 다리에서 나는 기댈 것은 오직 강한 힘뿐이라는 것을 절감했다. 뭔가를 결판내려면 힘이 있어야 해. 그 철제 다발을 끊어버린 무서운 폭탄의 힘. 나는 마치 어떤 치한이 환상 속에서 한껏 부풀려놓은, 수컷의 생식기처럼 생긴 대형 모형 폭탄 앞에서 서성대고 있었다. 그런 내 모습이 혹시 성욕에 굶주린 짐승처럼 보이지나 않을까 염려하면서. 하지만 나는 그 힘이 부러웠다. 오늘 밤 꼭지가 돌도록 취해서 나의 그것을 그 폭탄만큼 크게 부풀린 뒤에 이국의 여인을 덮치고 싶다는 욕망이 들고 일어났다. 나는 이미 송곳니로 짐승들과 동류임을 인정했으므로.

새우애호박교자를 열심히 먹고 있는데 휴대폰에 문자 오는 소리가 난다. 문밖으로 나간 나는 베이지색과 검은색 점퍼를 입고 머리에 똑같이 갈색 베레모를 쓴 두 사내와 마주 선다. 나는 낯선 사람 앞에서 주눅이 잔뜩 들어 있는데 껄렁하게 생긴 남자가 내 어깨를 툭 치면서 말한다.

"짜요."

무슨 말인지 알 수가 없다. 삼촌 안부를 전하는 전화를 받고도 인색하게 오래 뜸을 들이다가 왔다고 나를 '짠 놈'이라고 부르는 걸까. 겪어보지도 않고서는. 아니면 뭘 비틀어 짜라는 말일까. 나중에 알았지만 그 말은 '기운 내라〔加油〕'는 뜻이었다. 아마도 기다리다 지친 데다 지나치게 경계를 하느라 내 표정이 음울해 보였는지도 모른다. 나는 그가 내미는 손을 잡지 않고 냉랭한 표정으로 쏘아본다. 기가 눌리지 않으려고 송곳니를 꽉 깨문다. 손에 바짝 땀이 쥐인다.

"전화 드린 리화평입네다. 기왕 오셨으니 우리 집 가서 하룻밤 주무시자요. 하마탕에서요. 덕천에 갈 때마다 삼촌분께 신세를 영 많이 졌슴다. 그렇디?"

남자는 함께 온 친구에게 동의를 구한 다음 멋쩍은 듯 내밀었던 손을 거두고는 씩 웃더니 누런 종이 꾸러미를 내 앞으로 내민다.

"뭣하시면 그냥 돌아가십쇼. 삼촌께서 조심스럽다며 편지도 안 쓰셨슴다. 이거나 잘 키워서리 고 잎차랑 열매 고저 아버님 마이 드시게 하시라요. 간이 안 좋으시다던데."

뒤통수를 한 대 맞은 것 같다. 의아스런 눈으로 쳐다보는 내게 남자는 말을 잇는다.

"삼촌께서 꼭 좀 대신 전해달라고 해서리. 멀리 있는 농장에서 고저 제일 실한 놈으로 캐오느라 늦은 검다. 비타민 나무 묘목이야요."

나는 어쩔 줄 몰라 손을 내밀 듯 말 듯 엉거주춤한 자세를 취한다. 그 열매에 사과의 2백 배나 되는 비타민 C가 들어 있어 북한에서 식수를 장려한다는 나무다. 금강산에서 아버지의 건강 애기가 오갔던가. 하지만 꽉 깨문 송곳니를 아직 놓아서는 안 된다. 사람을 교묘하게 유인하는 수법일 수도 있다는 생각이 뇌리를 스친다. 묘목 몇 그루에 낚여서 평생 삼촌에게 내키지 않는 세금을 바쳐야 할지도 모를 일이다. 두 사람을 따라가야 할지 말아야 할지 나는 갈림길에 선다. 따라가서 모시 농장 터라도 한번 알아볼까. 추워서 모시 농사야 안 되겠지만 서천에서 거둔 모시 대를 가져다 사촌들이 실을 뽑아 짤 수는 있을 것이다. 껍질을 벗겨 태모시를 만들고 모시를 째고 삼고, 매고, 도투마리를 끼우고 베틀에 앉아 날실 사이로 북을 오르내리는 사촌들의 모습을 상상해본다. 내년 봄 파리 패션쇼에서 선보일 모시 이브닝드레스도 눈앞에 그려진다. 어쩌면 서천표 모시만두 집을 해도 장사는 될 것이다. 아니, 초록 모시 만두피만으로도 승부를 볼 수 있을지 모른다. 아니야. 다 쓸데없는 짓이야. 이랬다 저랬다 마음을 뒤척이면서 나는 심한 무력감을 느낀다. 지금 내게 기운을 줄 거라고는 아무것도 없다. 오로지 모시 수건을 깔고 푹 쪄낸, 송곳니가 없어도 먹기 좋은 애호박교자와 긴 부리 주전자뿐.

나폴레옹의 삼각형

몇 시간째 나는 똑같은 길을 뱅뱅 돌고 있었다. 마치 미로에 빠진 듯했다. 산길을 몇 바퀴나 돌아 나가도 비슷비슷하게 생긴 산모롱이 아니면 산모퉁이를 돌고 있을 뿐이었다. 저절로 푸념이 튀어나왔다. 이 동네는 터널을 뚫을 줄도 모르나, 하는. 속에서 불이 나려 해 차창을 열었더니 쌩하고 차가운 바람이 콧속을 찔렀다. 헝클어진 마른 잎들 사이에 시퍼런 싹이 고개를 빼죽이 내밀고 있는 이른 봄이었다. 산 중턱 여기저기에서 뭔가 허연 것들이 어른거리고 있었다. 길가에 차를 세우고 캐논 5D MK2를 집어 들었다. 망원렌즈로 갈아 끼우고 뷰파인더를 보았다. 상록수들 사이에서 나무 모양으로 쑥쑥 솟아나는 것이 있었다. 자세히 보니 흰색의 수증기였다. 온천이 있다는 증거였다. 터널을 뚫지 못한 이유를 알 만도 했다. 지금도 유황 가스를 내

뿜고 있는 아소산 분화구와도 가까운 곳, 규슈의 한가운데에서 나는 미로에 갇혀 있었다. 해는 이미 산 밑으로 넘어가 곧 땅거미가 질 무렵이었다. 기타큐슈에서 벳푸를 거쳐 유후인까지 오는 동안에도 줄곧 산길을 달려야 했지만 그곳에서 구로카와로 이어지는 길은 멀미가 날 정도로 꼬불꼬불한 S자의 연속이었다. 내비게이션에다 료칸의 주소와 전화번호를 입력한 뒤 내비의 여자가 시키는 대로 따라온 결과였다. 단추 한 번 잘못 누른 것이 이런 차이를 내게 될 줄이야. 유료 도로와 국도 중에 선택을 하라는 대목에서 국도를 눌렀던 것이다. 선배들의 조언이 생각났었다. 사진작가가 고속도로를 달리다가는 진경은 놓치기 마련이라는. 거기다가 처음 같이 일하게 된 여행사의 기대를 저버릴 수 없다는 부담감도 있었다. 하지만 솔직히 말하자면 여행사와는 관계없는 내 작품을 찍고 싶어서였다. 사진이란 목적하지 않은 곳에서 좋은 피사체나 구도를 만나게 되는 경우가 종종 있었다. 그 욕심이 나를 미로에 가둔 셈이었다.

몸만 미로에 갇힌 게 아니었다. 머릿속도 미로를 벗어나지 못하고 있었다. 머리 한구석에서는 며칠째 믿기지 않는 영상이 되풀이되고 있었다. 검은 파도가 사람과 집과 자동차 등 보이는 것은 모조리 집어삼키는 장면과 땅이 갈라지고 전기가 끊긴 아수라장 속에서도 먼 길을 묵묵히 걸어서 퇴근하는 시민들의 모습이었다. 그다음 장면에서는 혼슈의 동북쪽 해안, 지도에서 오목하게 들어간 곳에 '센다이'라는 지명이 떴다. '센다이'라는 글자를 보는 찰나 어떤 얼굴이 눈앞에서 깜빡거리며 떠나지 않았다. 센다이의 어느 공원에서 일하는 정원사 모리 하야시(森林). 그의 얼굴과 함께 정원의 피라미드, 유키즈리도 어른거렸다. 한때는 내가 앞날을 같이해도 좋을 것 같은 감정에 휩싸이기도 했던 사람. 폭설에 가지가 부러질세라 나무에 밧줄로 고깔모자를 씌우던 남자. 그랬던 그가 이제는 자신이 유키즈리가 절실히 필요한 처지가 되어 있었다.

사고 첫날 뉴스를 보고 놀란 나는 센다이에 있는 그의 집과 휴대폰에다 전화를 하고 메일도 써보았지만 아무 소식이 없었다. 그가 소속되어 있다는 센다이 정원사협회에 전화도 걸어보았지만 아무도 받지 않았다. 그러다 어디론가 잘 대피했으려니 치부하고 싶어졌다. 그렇게 잠시 염려했을 뿐 나는 그날 이후로도 대체로 잘 지냈다는 것을 솔직하게 고백하지 않을 수 없다. 잠이 오지 않아 뒤척인 적도, 밥이 넘어가지 않아 끼니를 거른 적도 없었다. 여느 때와 같이 잘 먹고 잘 마시고 화장실에 가서 볼일도 시원하게 보았다. 그리고 나의 것이라고 생각되는 것만은 이악스럽게 챙겼다. 남자친구가 내게서 떨어져 나가지 않도록 적당한 간격을 두고 스킨십하는 것을 잊지 않았고 결혼 종잣돈이 될 나의 펀드는 이번 사고의 여파에도 안전한지 증권회사에 문의도 했다. 사실 요즘 나는 별로 내키지 않는 결혼을 염두에 두고 있었다. 무작정 남자친구에게 매달리는 식이었다. 유달리 좋아한다거나 마음에 드는 구석이 있어서 내린 결정은 결코 아니었다. 나를 그쪽으로 이끌고 있는 것은 단지 말 못할 어떤 두려움이었다. 삼십대의 끝자락에서 겨우 만난 인연을 또다시 놓치고 나면 영영 혼자 살게 될 것 같은.

아무튼 나의 것이라 여겨지는 것들이 안전한지 확인하는 가운데서도 계속 이해가 되지 않고 남아 있는 것들이 있었다. 판구조론을 설명하는 그림도, 처참한 재앙 속에서도 울부짖는 이 하나 없는 차분한 거리의 모습도, 원자력 발전소 사장의 늑장 사과에도 함께 끓어앉아 맞절로 응대하는 임시 대피소의 이재민들도. 지구과학이야 모르는 분야니까 그렇다 치고 아무런 동요도 없는 그들의 표정이 오랜 세월 자연재해에 대한 준비와 훈련 때문이라는 설명은 쉽게 납득이 되지 않았다. '인류의 진화' 운운하는 기사도 믿기지 않았다. 인간이 그리 쉽게 진화될 수 있는 존재였던가. 추한 상황에서는 추하게 반응하는 것이 자연스러운 인간의 본성이지 않은가. 아니면 그쪽 동네 미디어의 거름 장치가 너무 촘촘한 것은 아닌가.

대학에서 법학을 전공하고 유키즈리 정원사가 된 하야시도 알 수 없는 인물이었다. 게다가 그가 한국어를 배우기 위해 열심히 듣고 있다는 KBS 클래식 FM의 진행자 J의 목소리는 어떤 점이 그렇게 매력이 있다는 것인지 도무지 모를 일이었다. 내 마음을 더욱 미로로 끌고 들어가는 것은 또 있었다. 내가 뉴스에 비친 그들의 침착함에 놀랄 때마다 얼굴을 있는 대로 찌푸리며 찬물을 끼얹는 남자친구의 어깃장이었다.

"혼네(本音)와 다테마에(建前)가 따로 있다는 거 아직도 몰라? 그러니까 맨날 당하기만 하지."

그는 나의 단순함을 나무라며 혀를 끌끌 차기도 했다.

"그건 겉 다르고 속 다른 것하곤 달라. 본능적인 욕구를 자제할 줄 안다는 거지."

"내가 교환학생으로 가 있을 때 톡톡히 겪어봤다니까 그래."

사고가 터지고 나서 그와 나눈 대화는 줄곧 이런 식이었다. 그가 실제로 홈스테이를 하면서 겪어보았다며 증거를 들이댈 때면 나도 할 말이 없었다. 나는 일반화의 오류도 모르냐며 속으로만 반발할 뿐이었다. 자연히 그의 눈에는 내가 그저 개념 없는 여자로 비쳤을 것이다. 하지만 한 사람에 대해서라면 나도 자신 있게 말할 수 있었다. 누군들 전체를 뭉뚱그려 뭐라 한마디로 콕 집어 말할 수 있을까. 우리는 오직 자신이 경험해서 아는 사물이나 사람에 대해서만 말할 수 있을 뿐이다. 단지 그 얘기를 드러내놓고 하지 못한 데는 내 나름대로 이유가 있었다. 내가 실례까지 들어가면서 우겼다가는 그가 어디까지 반격을 해올지 알 수 없기 때문이었다. 아마도 수십 년 전 징용으로 끌려가 나고야 철광석 광산에서 산 채로 매몰된 자기 할아버지 얘기까지 나올지도 알 수 없었다. 아니 더 위까지 거슬러 올라가 어떤 어두운 역사의 기억까지 헤집어놓을지 모를 일이었다. 머릿속이 온통 뒤죽박죽인 상태에서 나는 기타큐슈 공항에 내린 거였다.

누군가는 해일에 쓸려갔거나 아니면 모든 것을 잃고 대피소에서 라면 한 그릇을 애타게 구하고 있을 그 와중에 돈벌이를 위해 이웃의 온천 마을을 찾아왔다는 사실이 내 마음을 불편하게 했다. 하지만 아주 조금이었다. 그렇다. 아주 조금. 나는 내 할 일 다 하면서 이따금 그를 생각했을 뿐이므로. 그렇지만 나는 알고 있었다. 그 조금의 불편함이 때로는 은근히 신경을 긁어대서 사람을 꼼짝 못하게 만들 수도 있다는 것을.

이 산만 돌아가면 마을이나 무슨 표지판 하나라도 나오려니 했지만 허사였다. 몇 시간을 미로 속에 갇혀 있자 힘겹게 지나온 날들이 눈앞을 스쳐갔다. 은행이라는 안정된 직장을 버리고 사진학과에 들어가 출사를 다니며 카메라를 배우던 시간들. 산 그늘을 찍으려다 발을 헛디뎌 언덕에서 미끄러지던 일. 카메라를 움켜잡기 위해 잡았던 나뭇가지를 놓는 바람에 계곡으로 굴러떨어지던 아찔한 순간. 갈비뼈가 부러진 그날의 출사는 몇 달간의 입원으로 이어지고……

쓰나미와 원전 사고 현장에서 많이 떨어진 곳인데도 관광객의 행렬은 보이지 않았다. 나는 규슈의 국도를 혼자 전세 낸 듯했다. 친구라고는 조수석에 올라탄 캐논뿐이었다. 참, 나의 캐니 외에 친구가 또 한 명 있긴 했다. 차 안에 흐르고 있는 클래식 FM의 아나운서 J의 목소리. 그것은 서울에서 가져온 시디에서 나오는 소리였다. 연락이 되었다면 하야시에게 부치려고 준비했던 것이었다. 나는 하루를 몽땅 내어 그 아나운서의 며칠 방송분을 다운로드해 시디에 담았다. 친구들이 한류, 한류 하니까 그도 한국의 무언가를 좋아해야만 할 것 같은 강박관념에 사로잡힌 것일까. 휩쓸리기 좋아하는 건 그쪽이나 이쪽이나 마찬가지라는 생각이 들기도 했다. 그러다가 나도 모르게 여행 가방 속에 시디를 챙겨 넣었다. 오후 4시만 되면 클래식 FM에서 나오는 귀에 익은 목소리가 들려왔다. 내 귀에는 생활의 배경음처럼 일상이 되어버린 목소리였다.

"건반으로 그려진 다채로운 음영과 색채, 눈과 귀로 잘 확인하셨는지요. 지난 29일 예술의전당 콘서트홀에서 있었던 안드라스 쉬프의 내한 공연 실황 중에서 베토벤의 피아노 소나타 30번 E장조, 작품 109의 3악장이었습니다. 그는 피아니시모에서부터 포르테시시모에 이르기까지 음 하나하나 모두 알차고 옹근 소리를 내기 위해 피나는 노력을 하는 것으로 알려져 있습니다. 이어서 31번 A 플랫 장조 작품 110을……"

그녀의 말대로 정교하고도 다채로운 피아노 소리가 들려왔다. 부드러운 피아니시모가 그처럼 하나하나 또록또록하고 영롱하게 들린다는 것은 정말 놀라운 일이었다. 하지만 J의 목소리에서는 얼핏 듣기에 별로 색다른 점은 찾을 수 없었다. 굳이 특징을 말하라면 너스레를 떨거나 오버하는 듯한 구석이 전혀 없다는 점이었다. 잔잔한 호수를 바라보는 느낌이랄까. 다음에 멘트가 나올 때는 볼륨을 좀더 높여서 귀를 바짝 기울여 들어봐야겠다고 생각하면서 나는 4년 전 유키즈리 작업을 하던 하야시를 떠올렸다.

수백 년 된 흑송 한가운데에 나무의 키보다 훨씬 높은 기둥이 우뚝 솟아 있었고 그 꼭대기에 정원사 한 명이 올라가 있었다. 서울에서 미리 섭외해둔 모리 하야시, 가나자와 겐로쿠엔 공원에서 유키즈리 수련법 마지막 코스를 밟고 있는 정원사였다. 그는 기둥 꼭대기에 묶여 있는 뭉텅이 밧줄을 밑에 있는 정원사들에게 하나씩 부리고 있었다. 밧줄은 밑으로 내려가면서 차례로 스르륵 풀려 밑에 서 있는 정원사의 손에 들어갔다. 나무 주위에 있는 10여 명의 정원사들은 각자 밧줄을 받아 팽팽하게 당기면서 정해진 지점을 묶어나갔다.

나뭇가지가 벌어진 모습이 아름답기로 이름난 데다 수령이 5백 살 가까운 소나무 가라사키노마쓰의 겨울나기를 준비하는 날이었다. 카메라에 잡힌 그의 모습은 녹색의 나무 위에 앉은 한 마리 재두루미처럼 보였다. 머리에 하얀 헬멧을 쓰고 흰색 셔츠에 짙은 청회색 조끼 작업복을 걸친 그는 도르르 말린 밧줄을 몇 번 앞뒤로 흔들어 속도를 붙게 한 뒤에 아래로 던졌다. 말린 밧줄을 잡고 앞뒤로 흔들 때의 모습은 공중으로 날아오르기 직전, 날개를 절반만 벌리고 몇 걸음 치닫는 재두루미의 활주처럼 보이기도 했다. 시베리아에서 날아와 규슈로 가기까지 한반도에 머문다는 나그네새. 한 번 짝을 맺으면 평생을 함께 살며 번식기에는 암수가 마주 서서 우아한 춤을 추고, 사랑을 나눈 뒤 소리 높여 이중창을 부른다는 새였다. 새끼를 항상 끼고 다니면서 먹이를 잡고 나는 연습을 시키는 좋은 부모이기도 했다. 하지만 서식지의 파괴로 멸종 위기에 이른 새. 난생처음 보는 사람에게서 재두루미의 체취를 느끼다니 그도 혹시 그런 멸종 위기의 인간은 아닐까, 하는 생각도 들었다. 어쨌든 그의 모습과 행동은 영락없는 재두루미였다. 그를 보고 있으면 자연 다큐에서 들었던 재두루미의 울음소리가 들려올 것만 같았다. 큐웃, 큐루루루루, 코로로, 코로로, 코로로, 코로로, 키로로.

처음 유키즈리를 본 것은 몇 년 전 도쿄의 우에노 공원에서였다. 나는 대학 때부터 사귀었던 Y와 헤어진 뒤 직장도 그만두고 친구와 여행을 떠나 있었다. 도쿄에는 도호쿠 지역만큼 큰 눈이 오지 않는데도 큰 나무들에 피라미드가 씌워져 있었다. 산책 나온 동네 사람에게 물었더니 유키즈리라고 했다. 요즘은 조명을 켠 삼각형의 유키즈리가 겨울의 풍물이 되었다는 거였다. 나는 중학교 때부터 삼각형이라면 질색을 했었다. 피타고라스의 정리며, 나폴레옹의 정리, 삼각함수 등등 기하라면 젬병이었다. 아마도 내가 기하만 잘했다면 이과를 갔을 것이다. 그랬다면 Y와도 엮이지 않았을 것이고 지금처럼 불안한 프리랜서의 삶을 살게 되지는 않았을지도 모른다. 보이는 나무들이 모조리 삼각형 모자를 쓰고 있자 마치 도쿄에 와서 기하 문제를 다시 숙제로 받은 것 같은 괴상한 불안감에 사로잡혔다. 서울에 돌아온 뒤로도 가는 곳마다 삼각형 모양이 눈에 띄었다. 그것은 기하 문제를 풀지 못해 쩔쩔매던 내 학창 시절을 환기시켜 점점 나를 불안에 떨게 했다. 급기야는 내가 삼각형을 어찌하지 못해 삶이 꼬인다는 생각까지 하게 되었다. 그러던 어느 날 문득 머리를 스치는 게 있었다. 고등학교 때 수학 선생님의 말이었다. '고대 그리스에서 이미 삼각형을 원(圓) 속에 숨어 있는 아름다운 보석이라고 했지.'

'원 속의 보석' '원 속의 보석' 하고 중얼거려보자 어디서 많이 들어본 듯했다. 발음이 비슷하고 운율이 똑같아서인지 금세 기억이 났다. 어머니가 외우던 '연(蓮) 속의 보석'이었다. 사업하는 남편을 둔 탓에 항상 마음을 놓지 못하고 살아가던 어머니가 자주 무릎에 펴놓고 읽던 천수경의 한 구절이었다. '옴마니……' 어쩌고 하는. 그 말의 뜻은 이 땅의 모든 살아 있는 것들에게 자비가 고루 돌아가기를 비는 말이라고 어머니는 일러주었다. 하기는 피기 전의 봉오리나 활짝 핀 연꽃도 조금 떨어져서 보면 동그란 원이었다. 그러므로 삼각형을 '원 속의 보석' 대신 '연(蓮) 속의 보석'으로 바꿔 불러도 그리 틀린 말은 아니었다. 게다가 삼각형이 가장 강하고 안정된 도형이라고 하지 않았던가. 철교도 에펠탑도 쇠막대를 삼각형 모양으로 연달아 엮어놓은 거였다. 기하에서 삼각형은 진정 보석과 같은 도형이었다. 하물며 무언가를 위험에서부터 가뿐히 들어 올려주는 유키즈리일진대야. 그 뒤부터 유키즈리를 비롯해 모든 삼각형은 내 눈에 연꽃 속의 보석으로, 마침내는 하나의 설치미술로 보이기 시작했다. 카메라의 삼각대며 동생이 치는 트라이앵글과 성수대교의 철제 트러스까지도. 이제 원 속의 보석이자 연 속의 보석인 삼각형은 내게 무슨 운명처럼 다가왔다. 그리하여 나는『환경과 조경』지에 유키즈리 특집을 제안하기에 이르렀던 것이다.

작업이 끝나자 밧줄로 만든 피라미드가 흑송 위에 솟아 있었다. 줄기가 검은 오래된 소나무는 가지가 하도 넓게 퍼져 있어 피라미드가 세 개나 씌워졌다. 노을빛을 받아 피라미드는 황금색으로 변했다. 높이가 서로 다른 황금색 고깔모자를 세 개나 쓴 소나무는 바로 옆의 연못에 비쳐져 환상적인 느낌을 주었다. 나는 삼각형을 머리에 쓰고 있는 소나무가 부러워지기까지 했다. 삼십대 후반에 이미 지칠 대로 지친 나를 누군가가 저렇게 좀 들어 올려줄 수는 없을까, 하고.

헤어진 Y와 함께 보낸 지난날들을 생각하면 아직도 가슴에 콕 쑤시는 듯한 통증이 느껴졌다. 10년이란 긴 세월 동안 그의 실패한 벤처 사업에 내 모든 것을 쏟아부은 것에 대한 아쉬움 때문만은 아니었다. 우리가 알고 있던 뭔가가 그야말로 쓰나미에 휩쓸려 가버렸다는 생각 때문이었다. 내가 믿었던 것은 오로지 허방일 뿐이었다. 그리하여 나는 잔뜩 주눅 들어 있었다. 말할 수 없는 허탈감이 엄습해왔다. 몸 안의 모든 것이 빠져나가 다시는 딛고 일어서지 못할 것 같은.

흑송 앞의 벤치에 앉아 황금색의 피라미드에 넋이 빠져 있을 때 누군가가 내 앞에 와 섰다. 나무 꼭대기에서 내려온 재두루미 하야시였다. 햇볕에 그을린 구릿빛 얼굴과 유난히 기다란 팔다리가 다시 한 번 재두루미를 연상시켰다. 작업이 몹시 힘들었는지 초겨울인데도 이마에 송골송골 땀이 맺혀 있었다. 악수를 나눌 때 그의 입에서는 뜻밖의 인사말이 튀어나왔다.

"안녕하세요? 오시느라 수고 많으셨지요. 하야시입니다."

그의 입에서 튀어나온 한국어에 내가 의아한 표정을 짓자 그는 얼마 전 초등학교 4학년 국어 교과서를 뗐다고 했다. 더 놀라운 것은 자신의 한국어 교사가 KBS 클래식 FM의 아나운서 J라는 것이었다. 카메라로 그의 얼굴과 표정을 자세히 뜯어본 때문인지 그러잖아도 친밀감이 있었는데 한국어 방송을 듣는다는 얘기에 부쩍 더 가깝게 느껴졌다. 나도 모르게 아는 단어 몇 개를 더듬더듬 중얼거렸다.

"와타시니와 음 아나요우나 애 유키즈리 히쓰요."

발음도 문법도 엉망이었을 텐데 그는 알아들은 것 같았다. '유키즈리가 히쓰요데스'라고 내 말을 고쳐주고 나서 그는 낄낄 웃기만 했다. 어쨌든 내 말을 농담으로 알아들은 게 다행이었다. '나도 저런 유키즈리가 있었으면', 어쩌다 그 말이 입에서 툭 튀어나와버렸는지. 처음 만난 이국의 남자에게 마음을 들키고 싶진 않았는데. 그는 함께 공원을 돌며 다른 유키즈리도 보여주었다.

"에도 시대에 가을이면 잠을 설친 한 농부가 있었어요. 가지가 휘도록 열매를 매단 사과나무가 안쓰러워서였죠. 밤새 잠을 못 이루다 새벽녘에 생각해낸 것이 유키즈리였대요."

그는 내가 묻지도 않은 유키즈리의 기원을 이야기했다. 도중에 바쇼의 하이쿠 시비를 만나자 '붉은 태양 아직 따가운데, 가을바람' 하고 읽어주더니 자기도 방금 한 구절 생각났다며 흥얼거렸다. 팝송「레몬 트리」의 멜로디였다. '아이 러브 링고즈리, 미키즈리, 쉬보리.' 무슨 뜻이냐고 물었더니 모두 유키즈리의 종류라고 했다.

"조금 전에 찍은 유키즈리는 엄격히 말하면 링고즈리예요. 큰 나무의 몸통 바로 옆에 높은 기둥을 세우고 거기서 밧줄을 내려 가지에 묶는 것이죠."

어린 소나무와 벚나무 위에도 밧줄로 된 고깔모자가 씌워져 있었다. 별도의 기둥 없이 나무 꼭대기에다 직접 밧줄을 묶어 가지와 연결했는데 그것이 미키즈리라고 했다. 싸리나무나 진달래, 철쭉과 같은 관목들은 위로 모아 꽃병 모양으로 묶어두었다.

"아기들 야자수 머리 같죠?"

그는 묶인 철쭉의 꼭지 머리를 쓰다듬으면서 그것이 쉬보리라고 했다. 사진을 찍고 나서 나도 흥을 돋워주려고 금세 배운 노래를 불러주었다. 아이 러브 링고즈리, 미키즈리, 쉬보리.

그날 유키즈리 작업을 카메라에 담은 뒤 나는 그에게 가나자와의 별미라는 회전초밥집을 좀 안내해달라고 했다. 저녁 자리에서 자연스럽게 인터뷰도 하고 유학생 통역사에게 따뜻한 밥한 끼를 사주고 싶어서였다. 하야시는 자신은 뒷정리할 게 남았으니 먼저 가 있으라며 약도를 그려주었다. 그는 길을 쓱쓱 그리고는 랜드 마크가 될 만한 건물을 표시하더니 구간마다 거리와 시간을 썼다. 켄로쿠엔 공원에서 다이와 백화점까지는 거리가 몇 미터인데 보통 걸음으로 몇 분이 걸리고 다이와 백화점에서 대각선상에 있는 고린보 쇼핑몰까지는 몇 미터에 몇 분, 고린보에서 먹자골목까지는 또 몇 미터에 몇 분. 가다가 길을 잃었을 때 물어보라며 파출소인 교방(交番)이 있는 곳도 표시해주었다.

통역이 고개를 숙여가면서 '아리가토 고자이마스'를 몇 번이나 되풀이했다. 그러자 하야시가 무슨 말을 덧붙였는데 통역이 곧바로 알아듣지 못했는지 자꾸만 '파든pardon'을 되풀이했다. 한참 설명을 듣고 나더니 그제야 알아들은 모양이었다.

"길 안내는 당연한 의무라는데요. 어디서든 먼저 와서 사는 사람들이 나중에 온 사람들에게 동네 지리며 편의시설을 일러줘야 한다고요."

나는 그 말에 가슴이 조금 먹먹해지는 것을 느꼈다. 하야시가 다시 입을 열었다.

"이번 겨울부터는 센다이에서 일해요. 보리가와 공원 유키즈리 보러 오세요. 맛있는 규탕도 대접할게요."

규탕이라는 말을 몰라 내가 의아해하자 하야시가 웃으면서 말했다.

"비프 텅beef tongue."

나는 눈살을 찌푸리면서 그걸 어떻게 먹느냐는 듯한 표정을 지었다. 다시 하야시의 말.

"그러는 분들이 금세 그 맛에 반해 더 달라고 아우성이던데요."

회전초밥집으로 가는 길에 내 머릿속에서는 하야시의 말이 되풀이되고 있었다. '먼저 와서 사는 사람.' 그 말에서 어떤 뉘앙스가 느껴졌다. 먼저 온 자와 나중 온 자가 있을 뿐 주인은 따로 없다는. 이제 내 눈에는 이방인에게 살갑게 길을 안내해주는 하야시도 마치 반짝이는 하나의 유키즈리로 보이기 시작했다. 내가 어떤 구덩이에 빠져 있다면 공중에서 유키즈리를 씌워 들어 올려줄 듯한.

나는 조수석에 둔 핸드백으로 손을 뻗어 거기에 달아둔 작은 종과 청홍의 방울 두 개를 만져본다. 하야시가 지난겨울 보내준 선물이다. '방울은 향기로 행운을 불러다 주고 좋은 위험을 경고해주어요'라고 카드에 씌어져 있던 글귀. 그가 보내주었던 작지만 소중한 선물들이 생각난다. 계절마다 새로 나온 과자 몇 개와 말린 꽃잎들, 어떤 할머니가 평생을 바쳐 만들었다는 수제 동전지갑. 받기만 하고 줄 줄을 몰라 나는 늘 민망스러웠다. 어느 해엔가 나도 선물을 하나 해주기로 작정했다. 유키즈리를 상징하는 크고 작은 삼각형을 붙여서 십자수를 놓은 면 스카프였다. 일할 때 목에 걸고 땀이나 닦으라며 만든 것인데 수를 놓고 보니 삼각형이 연달아 붙어 있어 그 안에 나폴레옹의 삼각형이 들어 있는 듯했다. 중학교 때 머리에 쥐가 나도록 외워도 좀체 이해할 수 없었던 나폴레옹의 삼각형이 이상하게도 이제 이해가 될 것 같았다.

아무 삼각형이라도 좋다. 그 삼각형의 각 변에다 그 길이를 한 변으로 하는 정삼각형을 붙여서 그린다. 그런 다음 각 정삼각형의 한가운데에 중점을 찍고 그 점을 이으면 그 안에 정삼각형이 만들어진다. 이 새로운 삼각형을 나폴레옹의 삼각형이라고 했다. 그런데 바깥쪽에 덧그린 삼각형과 안쪽에 그린 삼각형의 넓이의 차는 원래 삼각형의 넓이와 같다. 언제 어디서 어떤 크기로 그려도 똑같은 삼각형의 진리. 그것이 나폴레옹의 정리였다. 삼각형은 그 안에 뭔가 변치 않는 어떤 것을 품고 있었다. 변치 않는 어떤 것, 지금의 내게 가장 절실한 무엇이었다. 하야시는 십자수 스카프를 받고서 우편으로 답장을 보내 왔다. 그토록 세련되고도 새뜻한 수예는 본 적이 없다면서 결코 땀 닦는 수건으로 쓸 수가 없다고 씌어져 있었다. 그에게는 모든 것이 감상의 대상인 듯했다. 서울에 와서도 길가의 포장마차나 노점에서도 궁금하고 신기한 것들이 많아 걸음이 잘 나아가지 않았다. 세상에 웬 아름다운 것들이 주체할 수 없도록 이렇게 많은가, 하는 표정이었다.

그렇지만 내게는 여전히 얼마큼의 거리가 느껴지는 남자였다. 만난 지 4년이 넘었지만 그는 언제나 깍듯이 예의 차리는 것을 잊지 않았다. 처음부터 그 점이 마음이 들긴 했지만 나는 그것을 넘어서서 우리 사이가 좀더 깊어지기를 바랐다. 하지만 그는 너무 우유부단해 보였고 영원히 소년기에 머물러 있는 아이처럼 여겨졌다. 도무지 진도가 나가지 않았으니까. 어쩌면 내가 그 거리를 사랑하는 것이 그와 더 가까워지는 길이었는지도 알 수 없었다. 욕구가 충족되는 순간 사랑에 대한 욕망이 사라져버린다는 것을 그는 이미 알고 있었던 것일까. 쾌락을 느끼는 순간 곧 모든 것을 잃어버린다는 것을.

머릿속은 하야시의 유키즈리로 반짝였지만 밖은 점점 어두워져가고 산길에는 아무런 불빛도 보이지 않았다. 강바닥에 깔린 검은 돌 때문에 구로카와(黑川)로 불리는 곳. 계곡마다 숲으로 둘러싸인 노천탕이 있고 주인이 무릎을 꿇고 손님을 맞이한다는 료칸이 있는 동네. 얼마 동안 자신을 실종시키기에 가장 완벽한 은둔지로 불리는 온천 마을. 이런 곳에서 하야시를 만나 며칠을 함께 보낼 수 있다면, 하는 생각에 가슴이 더 아파왔다. 하지만 나는 아직 그 입구를 찾지 못한 채 산속을 헤매고 있었다. 음악이 끝나고 다시 J의 멘트가 시작되었다. 이번에는 귀에 스톱워치를 단 것처럼 멘트를 하나하나 새기면서 들었다.

"고요하면서도, 찰랑거리는, 피아니시모의 소리. 맛있게, 들으셨는지요. 풀잎에 구르는, 아침 이슬, 또는 온 가족이, 저녁 식사를 끝내고, 둘러앉아, 두런대고 있는, 평화로운 정경이 연상되기도 합니다. 이웃나라에선 지금, 이런 평화, 얼마나, 갈구하고 있을까요. 하지만, 재난을 견뎌내고 있는. 꿋꿋한 모습에서, 희망을, 떠올리기는, 어렵지 않아, 보입니다. 이번에는……"

천천히 음미하면서 듣자 J의 발성에서는 분명히 동료 아나운서나 성우, 또는 어떤 연기자들과도 다른 뭔가 특별한 것이 있는 듯했다. 쉬프가 건반으로 그러듯 그녀는 한 마디 한 마디로 음영과 색채를 그려내고 있었다. 말의 높고 낮음과 길고 짧음, 포즈와 숨결이 소박하면서도 청아하게 흘러나와 한 마디 한 마디가 각각 제값을 갖고 있는 즐거운 음표였다. 조성으로 말하자면 내림 사 장조로 조율된 우아한 음색이라고나 할까. 갑자기 온몸에 소름이 쫙 끼쳤다. 그녀의 멘트는 곧 우주에 가득한 지혜와 자비가 모든 살아 있는 것들에게 골고루 베풀어지기를 바라는 절절한 기도처럼 들렸다. 바로 어머니가 염주를 굴리며 읊어대던 연꽃 속의 보석이었다. 그녀는 가슴 깊이 그 말을 공감하고 배 속에서부터 소리를 내고 있는 게 분명해 보였다. 하야시는 음악이자 기도와도 같은 J의 방송에 흠뻑 취한 거였다. 몇 년 전 서울에 왔다가 교통사고로 입원했을 때 병실에서 처음 들었노라고 했다. 그래서 다른 사람들이 한국어를 배우는 것은 주로 드라마를 보거나 가수들의 노래를 듣기 위해서지만 자신은 J의 방송을 듣기 위해서라는 거였다.

머릿속에서는 센다이 해안을 덮친 검은 해일이 다시 일렁이며 내 몸까지 삼킬 듯이 달려들고 있었다. 나직한 목소리가 속에서 들려왔다. 뭘 하고 있는 거야. 당장 센다이로 달려가 하야시의 마지막 흔적이라도 찾아 카메라에 담지 않고서. 그의 몸을 덮쳤을지도 모를 그 파도를 직접 눈으로 확인하고 그 물에 손을 담가라도 보아야 하지 않는가. 그곳에 부는 바람결 속에 함께 숨 쉬고 있었을 그의 숨결을 맡아야 하지 않는가. 우리 모두는 언젠가는 사라진다. 존재는 결국 누군가의 기억 속에 영상으로, 희미한 흔적으로만 남을 뿐. 나는 그것을 잡아두겠다고 카메라를 들지 않았던가. 사진을 제대로 배우겠다고 대학을 다시 들어가고, 큰돈을 들여 화소가 높은 카메라를 마련하고, 조리개의 F값이며 셔터 스피드 조절법을 배우고 저감도 필름과 ND 필터 사용법을 익힌 이유는. 하지만 마음 한구석에서는 남자친구의 말이 제동을 걸고 있었다.

"미디어에 비치는 겉모습만 보고 섣부른 연민 따위 하는 게 아니야. 정신 차리라고, 이 숙맥아."

"그래도 잘 봐. 원전이 터졌어도 후쿠시마를 탈출하는 행렬이 보이질 않잖아. 여기서 그랬어 봐. 자기부터……"

그가 굳은 표정으로 나를 노려보는 통에 그때 나는 그만 입을 꼭 다물고 말았다. 가슴속에서 두 가지 생각이 엎치락뒤치락 싸움을 하고 있자 차 안의 공기가 숨을 쉴 수도 없을 만큼 무겁고 답답하게 느껴졌다. 이렇게 앞길이 막막할 때는 하야시와 나누던 얘기를 기억하면 숨통이 트일 것 같았다.

"눈 좀 온다고 가지마다 그렇게 동여매고 버팀목을 받치다니 과보호하는 거 아녜요?"

"모르는 말씀. 도호쿠 지방 눈이 얼마나 무거운지 알아요? 습기를 잔뜩 머금고 있어 굵은 소나무 가지도 와지끈 부러진다니까요."

　와지끈, 폭설에 나뭇가지가 부러질까 염려하던 그도 내가 안팎으로 미로에 갇힌 것은 알지 못할 것이다. 그의 안부가 궁금해지면서 저절로 텔레비전 모니터에 손이 갔다. 마침 NHK 저녁 뉴스 시간이었다. 머리를 단정하게 올려서 이마를 훤히 드러내는 한국의 앵커들과는 달리 2대8 가르마에 앞머리를 자연스럽게 내려 이마를 살짝 가린 남자 앵커가 무슨 명단을 읽어나갔다. 미키 하나에, 스즈키 히로미, 아이다 류노스케…… 마지막 이름 밑에 작은 글자가 씌어져 있었다. 3·11 센다이 해변 사망. 실종자. 나는 아연했다. 너무 늦게 텔레비전을 켠 것이다. 명단을 읽어가는 목소리는 맑고 깨끗하면서도 매우 차분했다. 그런데 한 가지 색다른 점이 있었다. 내 귀가 어떻게 된 것인지는 모르지만 한 사람 한 사람 안부를 알 수 없는 이름들이 그 아나운서의 호명으로 안전한 곳에 잘 갈무리되어 있다는 느낌이 든 것이다. 정말 그랬다. 갈무리. 그 이름 몇 자를 발성하기 위해 그는 온몸을 들썩여 숨결을 모으고 있다는 느낌이 들었다.

　겐로쿠엔의 유키즈리를 찍은 뒤 서울로 돌아온 나는 그에게 고맙다는 메일을 보냈다. 그는 답장에서 눈이 많이 오는 도호쿠 지방의 유키즈리를 보려면 꼭 센다이로 오라고 썼다. 그 뒤로 몇 달간 메일과 전화를 주고받으면서 나는 그의 한국어 실력이 물 흐르듯 자연스러워지고 있음을 알 수 있었다. 이듬해 초겨울이 될 때까지 나는 기다리지 못했다. 그를 다시 만나지 않고는 견딜 수가 없었다. 기둥 꼭대기에 올라 둘둘 말린 밧줄을 굴렁쇠처럼 아래로 스르르 굴리던 청회색 재두루미의 날갯짓을. 어디서 의뢰를 받은 것도 아니었지만 다나바타 마쓰리를 찍으러 가겠다며 내가 센다이를 찾은 것은 그 이듬해 여름이었다.

그 이름대로 센다이(仙臺)는 신선이 내려와 살 만큼 나무도 많고 쾌적한 항구도시였다. 칠석제인 다나바타 마쓰리를 맞아 공항이며 거리에는 온갖 기원들이 살아서 춤을 추고 있었다. 건강과 행복을 염원하는 기다란 장식 띠를 공중에 매다는 축제였다. 공항으로 마중 나온 하야시는 나를 곧바로 자신이 일하는 공원으로 데려갔다. 그는 미리 준비해둔 기다란 한지와 붓글씨용 펜을 가방에서 꺼내 내 손에 쥐여주었다. 겐로쿠엔 공원에서 '내게도 유키즈리가 있었으면', 하던 내 말을 잊지 않은 모양이었다. 뭐라고 썼는지는 정확히 기억나지 않는다. 다만 그즈음 내가 갈망했던 '평상심을 되찾았으면' 하는 바람을 쓴 것 같다. 내 소원이 그해 겨울 하야시가 유키즈리를 씌울 나무 위에서 나부꼈다. 나는 장대에 매달린 그 종이 띠를 보면서 상상해보았다. 마음의 무거운 짐을 유키즈리에 맡기고 가볍게 공중에 들리어진 내 모습을. 평생 나를 괴롭히던 삼각형이 이제 전혀 다른 의미로 다가왔다.

열흘 정도 묵었던 그 여름의 센다이를 나는 결코 잊을 수 없을 것이다. 그는 어떻게 하면 내게 맛있는 것을 먹이고, 신기한 것을 보여줄까 마음을 쓰는 게 역력했다. 저녁을 먹고 맥줏집에 갔을 때도 나는 명랑해 보이려고 애써 웃음을 지었지만 그 속에 어떤 쓰라림이 엿보였는지는 모르겠다. 그는 자신의 아픔을 먼저 털어놓으면서 나를 위로하려는 것 같았다. 법학을 공부한 그가 법조인의 길을 마다하고 정원사가 되기까지 부모와 겪었던 갈등이었다. 아직도 부모와는 화해를 하지 못했다고 했다.

"하얀 가루에 의지해서, 하루하루를 견뎠어요. 양쪽 코로 들이켜는, 일대일도 해보고, 중국식 수예를, 팔에 놓기도 하고요. 맨정신으로는, 살 수가 없었죠. 어느 봄날 저녁에도, 흰 가루를 마시고는, 공원 벤치에서, 잠이 들었는데, 이튿날 아침, 뭔가가 자꾸, 눈을 찔러, 잠에서 깼어요. 햇빛과 바람을 맞아, 춤을 추는, 소나무의 바늘잎 그림자였죠. 솔잎은 흔들리며, 진한, 향기를 풍겼어요. 그 냄새는, 저 깊은 뿌리와, 굵은 몸통 속에서부터 풍겨 나오고 있었어요. 그 향내가 나를, 안심시켰어요. 아무것도, 염려하지, 말라고. 이젠 내가, 그 나무들에게, 유키즈리를 해요. 난 나무들에게로, 망명했어요. 나무가, 나의, 유키즈리예요."

'나무들에게로의 망명.' 그의 말투에서 아나운서 J의 음표를 느끼면서 나는 속으로 되뇌어보았다. '새 떼들에게로의 망명'이라는 시는 들어보았지만 '나무들에게로의 망명'이란 그에게서 처음 듣는 말이었다. 나무는 하야시를 들어 올리고 하야시는 그 나무를 들어 올리고. '모리 하야시(森林)'라는 이름 자체가 '나무가 무성한 숲'이었다. 나는 잠시 그 숲 사이에 들어가 내 자신도 하나의 나무가 되어 있는 정경을 그려보았다. 그는 한숨을 크게 쉬더니 갑자기 표정을 바꾸면서 신기한 발견이라도 한 듯 말했다.

"한국어 참 이상해요. 물을게요. 입으로 말고 말로요."

하야시는 자기가 모처럼 말 재롱을 구사한 것을 스스로 대견하게 여기는 듯 훗훗 하고 계면쩍게 웃고는 말을 이었다.

"연구실에서는 연구를 하고, 결혼식장에서는 결혼식을 하고, 야구장에서는 야구를 한다고 하면 되는데 왜 휴게실에서는 휴게를 한다, 욕실에서는 욕을 한다, 이렇게 하면 안 되는 거죠?"

얼떨결에 받은 질문이라 나는 뭐라고 대답을 할 수가 없어 웃음만 터뜨렸다. 어느덧 이야기는 계절마다 열리는 특이한 마쓰리로 바뀌었다. 3월 초에 어린 소녀들의 장래 행복을 빌어주는 히나마쓰리로부터 입춘 다음 날 볶은 콩을 뿌리면서 귀신 물러가라, 하고 외치고 자기 나이만큼의 콩을 먹는 세쓰분 마쓰리, 자신의 소원을 적어 장대에 매다는 7월 칠석의 다나바타 마쓰리, 절에서 제야의 종이 108번을 울리면 신사에 가서 부적을 받아와 집에 장식을 하는 송년 마쓰리까지. 그가 들려주는 온갖 축제 이야기에 나는 빨려 들어갔다. 툭하면 들고 일어나 삶의 터전을 흔들어대는 것이 자연임을 익히 알고 있기에 계절의 한순간 한순간을 놓치지 않고 누리려는 풍습일까. 그의 얘기에 솔깃해하다가 나는 술기운에 그만 속내를 드러내고 말았다.

"맞았어. 내게도 어릴 때 그런 의식을 해줬어야 해. 그래야만 좋은 남자 만나 평탄하게 살 수 있는 건데."

분위기에 끌려 말은 그렇게 던졌지만 나는 그런 의식 따위를 믿는 사람은 아니었다. 나의 삶은 어디까지나 내 의지에 따라 스스로 만들어나가는 거라고 나는 어릴 때부터 굳게 믿고 있었다. 의식은 어디까지나 겉치레일 뿐 알짜배기 내용이 될 수는 없었다. 그러나 내 주량만은 종종 의지대로 조절하기가 힘들었다. 그날 밤은 내 실연의 상처를 털어놓느라 얼마를 마셨는지도 알 수가 없었다. 택시에서 내려 호텔 안으로 걸어 들어가는데 전혀 거리 감각이 없어 자꾸만 여기저기 부딪치고 넘어지려 했다. 그는 자연스럽게 한 팔로 내 허리를 끌어안았다. 로비에 앉아 물 한 병을 다 마셨는데도 정신이 몽롱했다. 물 한 병으로 금세 깰 술이 아니었다. 마지막에 그가 내 이마에 입술을 가져다 댄 것까지만 기억이 난다. 그러고는 정신을 잃었다. 어떻게 호텔방까지 왔는지도 알 수 없었다.

그 여름을 돌이켜보는 사이에 음악은 베토벤의 피아노 소나타 32번으로 바뀌어 있었고 창밖으로는 아찔한 절벽이 내려다보였다. 산자락에 난 국도가 아니라 가파른 산 하나를 위에서부터 빙빙 돌아 내려가는 겹겹의 S자 코스였다. 날이 점점 어두워져가고 있어서 아차 했다가는 낭떠러지로 굴러떨어질 판이었다. 손에 바짝 땀이 나고 옷깃이 들먹일 정도로 가슴이 쿵쿵 뛰었다. 이제는 유료 도로를 택하지 않은 것이 후회스러웠다. 내가 찍고 싶은 것들은 찍어봤자 어차피 돈도 되지 않을 사진들인데

공연히 사서 웬 생고생인가 싶었다. 시간의 압박을 견디지 못하고 허물어져가는 시골의 간이 역사나 산속의 오두막집, 치아뿐 아니라 힘이란 힘은 모조리 다 빠져나가고 폭삭 내려앉아 이승과 저승의 경계에서 서성대는 사람들. 대기 속으로 증발되기 직전에 이른 모든 존재하는 것들. 내 자신에 대해 새삼 의문이 일었다. 나라는 인간은 항상 자신의 의지를 주장하면서 왜 원래 목적에서 벗어나 툭하면 딴 길로 빠져드는 것일까. 결혼을 앞두고 하필이면 규슈행을 택한 것도, 이곳에 와서 하야시를 생각하는 것도 말하자면 딴 길로 빠지기를 즐기는 나의 오랜 습성에서 비롯된 것인지도 알 수 없었다. 그렇다면 미로는 내 자신이 스스로 선택한, 도저히 거역할 수 없는 길이었다.

먼 하늘의 희미한 별빛 말고는 어둠 속에 보이는 빛이라고는 아무것도 없었다. 내비도 티브이 모니터도 시디도 모조리 꺼버렸다. 오로지 나 혼자서 미로와 대결할 요량이었다. 몇 시간째 끝나지 않고 있는 이 구불구불한 산길 대 자동차 안의 한 사람. 돌이켜보면 나 자신은 언제나 그렇듯 미로에 갇힌 인간이었다. 젊은 시절 내 모든 것이라 믿었던 Y와는 10년 만에 헤어지고 우여곡절 끝에 마흔이 다 되어 만난 남자에 대해서는 아직도 회의가 일고 있었다. 무언가를 한 번 단정해놓고 나면 좀체 마음을 바꾸지 못하는 남자. 새로운 사람이나 생각을 쉽게 받아들이기 힘든 사람. 지금 내 사정을 그에게 알려봤자 핀잔만 받을 게 빤했다.

"지금이 어느 땐데 거길 가. 동풍을 타고 그게 여기까지 날아왔대잖아. 정신 나갔어? 아무리 돈벌이라고는 하지만."

귓가에 그의 목소리가 들려오자 두려움에 몸이 자꾸만 굳어가는 듯했다. 어깨와 목이 더 뻣뻣해지기 전에 나는 온 힘을 다해 도망쳐야만 되었다. 그의 목소리가 들리지 않는 머나먼 곳으로. 허벅지가 뻐근해오는데도 나는 페달에서 발을 떼지 않았다. 오른쪽 다리에 쥐가 나려 했지만 계속 세게 엑셀을 밟았다. 앞이 캄캄해왔다. 별빛도 사라진 듯했다. 끝내 미로에서 헤어나지 못할 것 같은 생각에 몸서리가 쳐졌다. 그때였다. 빽빽한 나무들 사이로 멀리 희미한 불빛이 띄엄띄엄 보이기 시작한 것은. 기타큐슈에서 산길을 달려온 지 몇 시간 만이었다. 구로카와 관광료칸 조합의 간판일까. 예약해둔 료칸은 바로 그 옆에 있다고 했다. 홀연 커다란 공허함이 온몸을 휘감았다. 겨우 저 희미한 불빛을 보려고 여태껏 미로를 헤맸단 말인가. 저것이 내가 진정으로 찾던 것일까. 맥이 풀려 페달을 밟을 수가 없었다. 내가 왜 이곳에 왔는지조차 생각나지 않았다. 나는 숲 속 비좁은 길을 점령한 채 차를 세우고 등받이에 기댄 채 눈을 감았다. 나는 어떤 식으로든 내가 꿈꾸는 세계를 새롭게 만들지 않으면 안 되었다. 잠시 후 눈을 떴을 때는 비가 오는지 차창이 어룽거렸고, 불빛은 점차 여러 개의 삼각형 모양으로 변해갔다. 내가 하야시의 스카프에 십자수로 놓던 도형이었다. 나폴레옹의 삼각형을 품고 있는. 그것은 겐로쿠엔의 흑송을 들어 올리던 유키즈리의 모양을 닮아 있었다. 결국 나는 그것을 다시 만나기 위해 미로를 돌고 돌아 여기까지 왔는지도 알 수 없었다. 그것을 되찾기 위해 나는 내 발길을 가두고 있는 울타리를 부수고 나를 붙잡는 것들을 뿌리치고 뛰쳐나와야만 되는 것일까. 그런 생각이 들자 정수리에서부터 발끝까지 외로움이 내리 꽂히는 듯했다. 내가 전에 있던 곳에서는 만날 수 없다는 말일까. 유키즈리를, 나폴레옹의 삼각형을.

　나는 눈을 비비고 자세히 살펴보았다. 삼각형 밑에 뭔가가 살포시 매달려 있는 듯했다. 어쩌면 깃털이 물에 젖어 노곤해진 재두루미인지도 알 수 없었다. 어떤 미세한 움직임이 보이는 것 같았다. 72시간 노출로 찍으면 어떤 모습이 잡힐까, 생각하면서도 나는 카메라를 들지 않았다. 뷰파인더가 아닌 육안으로 보고 싶었다. 나의 시선이 직접 재두루미의 깃털에 가 닿아 그것을 하나하나 어루만지기를 바랐다. 오직 시선만이 거기에 이를 수 있었으므로. 다시 기운을 차린 재두루미가 날개를 파닥거려 물을 털고는 다른 나무 꼭대기로 날아 올라가 한쪽 날개를 부지런히 폈다 접었다 하는 것 같았다. 여린 날개로 유키즈리를 쳐서 물에 젖고 갈라진 땅을 들어 올리려나 하고, 나는 재두루미의 날갯짓을 마음을 죄며 지켜보았다. 하지만 그것도 잠시, 피곤에 지친 새는 어느새 희미하게 사라지려 하고 있었다. 아득하게 멀어져가는 재두루미의 날갯짓을 나는 텅 빈 가슴으로 바라보고 있을 뿐이었다.

아직은 도움이 필요해

결국 사고를 친 모양이군, 나는 동궐 정문을 나오면서 속으로 중얼거린다. 그러지 않으면 녀석이 2주째 나타나지 않을 리가 없다. 매주 수요일이면 춘당지 앞으로 도슭을 받으러 오던 그였다. 오늘은 전문 요리사가 싸준 것으로 영양보충을 시켜주려 했는데. 하지만 내가 공연히 미친 짓을 한다는 생각이 든다. 해운대에서도 허탕 치고 올라와놓고는 여기 와서 또 두 시간을 기다리다니. 이제 내 인내심도 바닥이 나려 한다. 몸도 더 이상 버티기 힘든 지경에 이르렀다. 어젯밤 10시까지 야간 강의를 하고 나서 심야 고속버스를 타고 내려갔다가 아침에 올라왔더니 목젖이 뜨끔거린다. 게다가 이런 몸으로 오늘도 야간 강의를 해야 한다. 힐끔힐끔 옆을 돌아보며 누구에게 쫓기듯 잰걸음으로 걷다가 잠시 내 모습을 돌아본다. 얼마나 꼴불견으로 보일까. 한쪽에는 무거운 책가방을, 다른 쪽에는 갈색 도슭 꾸러미를 들고 궁궐의 돌담길을 걷고 있는 중년 사내의 모습. 하지만 나는 이걸 먹어치울 수도 내팽개칠 수도 없다. 단풍잎이 다 진 뒤부터는 몰려다니는 사람들이 없어 동궐의 돌담길은 오롯이 산책자의 차지다. 정문을 나오자마자 신기하게도 발길은 저절로 오른쪽으로 향한다. 습관이라는 게 정말 무서운 것 같다. 이 길을 다닌 지가 얼마나 오래되었는지 기억도 잘 나지 않는다. 상점 하나 없고 아무런 장식도 간판도 그 흔한 플래카드 하나 걸리지 않은 이 돌담길을 나는 왜 무작정 걷고 있는지.

원남동 로터리에서 동궐 담장을 끼고 오른쪽으로 돌면 길 양쪽이 모두 돌담인 거리가 한참 계속된다. 종묘와 동궐 사이에 오로지 보도와 차도, 그리고 가로수만 있을 뿐이다. 모퉁이를 돌아선 뒤에도 누가 따라오지 않는지 고개를 돌려 한 번 확인한다. 다행히 아무도 없다. 미행에 대한 불안감만 없다면 얼마든지 즐길 수 있는 산책 코스인데. 늦가을의 정취를 짓누르는 듯한 잿빛 구름만 걷힌다면. 앙상하게 가지만 남은 우람한 플라타너스와 은행나무가 산책자를 보호하듯 줄지어 서 있고 발길에 와서 착 달라붙는 낙엽도 살가워 보인다. 담장 위에 얹힌 기와지붕까지도 좁다란 손을 펴고 내게 손짓하는 것 같다. 그러다가도 팔이 몹시 아파오면 아무 생각도 나지 않고 무거운 도슭이 밉살스럽기만 하다. 들고 가던 도슭을 한참 노려본다. 째려본다는 게 더 맞는 말이다. 한때는 그 말 자체만 들어도 가슴이 훈훈해지던 도슭을 오늘 이렇게 뻐딱한 눈으로 보게 될 줄이야.

조금 전 동궐 춘당지 앞 벤치에 앉아서도 나는 도슭을 곱지 않은 시선으로 흘겨보았다. 실은 빨리 와서 먹어주지 않는 그가 미워서였다. 애꿎은 도슭을 벤치에서 밀쳐놓았다 당겼다 하면서 나는 그의 얼굴을 떠올렸다. 도슭을 받았다 하면 순식간에 먹어치우거나 때로는 바쁘다며 그걸 받아 들고 어디론가 황망히 떠나던 모습을. 그는 두 얼굴을 지닌 사람이었다. 입을 꾹 다문 채 침묵을 지킬 때는 우수에 찬 그리스 철학자로, 내가 주는 것을 또박또박 챙겨갈 때는 그지없이 영악하고 비열한 사기꾼으로 보인다. 도슭을 펴서 허겁지겁 먹은 뒤 보온밥통 밑바닥에 깔린 휴지로 입을 닦는 척하면서 그 안에 싸인 돈 봉투를 슬며시 칙칙한 국방색 재킷 주머니에 꽂아 넣고는 계면쩍은 듯 웃음을 배시시 흘리던 그의 표정. 밥풀 하나, 반찬 찌꺼기 하나 남기지 않고 싹싹 긁어먹고 국물 한 방울 남길세라 고개를 뒤로 젖힌 채 국통을 코에 꿰고 쪽쪽 빨아먹던 모습. 걸신들린 듯한 그를 볼 때면, 배곯아가면서 미련하게 3년째 저러고 다니는 꼬락서니가 가엾어 코끝이 시큰해왔다. 그러다가도 한편으로는 억하심정이 들기도 했다. 네 녀석이 그래, 나 같은 찌질이 시간강사를 등처먹어, 하는.

갈색 보자기에 싸인 도슭 꾸러미에 보온병 두 개가 불쑥 튀어나와 있다. 날씨가 쌀쌀해지자 저녁에 먹을 국까지 준비한 모양이다. 나를 위해 도슭을 준비하는 것만으로도 가슴이 뛴다는 그녀의 얼굴이 눈앞에 잠시 나타났다 사라진다. 나는 출장요리사인 그녀를 철저하게 착취하며 살고 있다. 내가 그녀에게 해주는 것은 단지 몇 마디 립서비스와 이따금의 잠자리 봉사 정도다. 며칠 전 모텔에서 만났을 때도 서서히 몸에 불을 지피고 절정을 향해 가는 동안 그녀의 모습은 깡그리 사라져버렸다. 그건 헤어지기 전 아내와의 잠자리에서도 마찬가지였다. 오르가슴이 밀려올 때도 내 가슴을 채우고 내 눈을 사로잡는 것은 오로지 그의 모습뿐이었다.

모두들 저 앞가림하겠다며, 취업에 열을 올리고, 남보다 조금이라도 더 잘살아보겠다고 발버둥을 치는 세상에서 무슨 뚱딴지같은 '편안한 모퉁이 펼치기'라니. 그런 아이디어로 장사나 할 것이지. 혜화동 어느 골목에 정말 '캄포트존'이라고 편안한 모퉁이라는 이름의 아주 작은 찻집이 있던데. 국경과 인종, 이념, 종교 사이에서 편안한 모퉁이를 만들고 그것을 점점 펼쳐나가 평화를 만드는 일이라고 그는 말했다. 평화를 위해 전쟁이라도 불사한다는 말을 그는 믿지 않았다. 평화는 이제 정부에 맡겨서는 안 되고 시민이 나서야 된다나 뭐라나. 기존에 이미 '서바스'라고, 외국인 여행자에게 자기 집을 거처로 제공하는 운동이 있었다. 하지만 지금까지는 일부 중산층 이상의 시민들끼리만 하는 그들만의 리그였다. 그는 그것이 어느 국경, 어느 계층에게든 열려 있어야 된다고 주장했다. 요컨대 적성국가의 시민도, 서로 다른 계층끼리도 받아주게 만들겠다는 것이다. 아마도 그에게 문제가 생겼다면 그 어디쯤에서 터진 일일 것이다.

나도 이젠 모르겠다. 그가 무슨 사고를 치든 말든. 답답한 마음에 고개를 들고 돌담 위를 올려다본다. 잿빛 하늘 아래 마르고 가느다란 나뭇가지들이 빗자루처럼 가지런히 모여서 흔들리고 있다. 마치 하늘에서 구름을 흩어보려는 몸짓처럼. 하지만 온 하늘을 뒤덮으며 성채처럼 단단히 박힌 구름의 덩어리들은 그까짓 나뭇가지로 엮은 빗자루쯤이야 끄떡없다는 듯 버티고 있다. 아침부터 어딜 가나 이렇게 회색빛이 하늘을 뒤덮은 날도 드물다. 오늘은 가는 곳마다 저놈의 정체 모를 회색의 성채와 마주하는 것일까.

아침에 부산에서 올라오는 열차의 차창 밖에서도 그것은 확인되었다. 해운대 경찰서에서 그의 흔적을 찾았다는 연락을 받고 어젯밤에 내려갔다가 열차로 올라오는 길이었다. 그가 묵었다는 작은 포구의 모텔 방에서는 큼큼하게 썩은 반찬 냄새가 스며 나오는 도슭 두 개만 건져 왔을 뿐이었다. 3주 전 내가 건네준 것이었다. 자식, 미련 곰퉁이가 그래도 수사에 혼선을 줄 줄은 아는군. 나는 회심의 미소를 지었다.

부산에서 오전 9시 KTX를 타고 얼마 지나지 않았을 때였다. 이어폰으로 휴대폰에 저장해둔 라흐마니노프를 듣다가 우연히 내다본 창밖의 풍경에 나는 숨이 콱 막혀왔다. 내가 어떤 환상의 나라에 온 것은 아닐까, 하는 생각마저 들었다. 내 몸이 실린 열차의 통로와 승객들 그리고 차창의 테두리 이외에는 사방에 아무것도 보이지 않았다. 게다가 그 빽빽한 회색의 세계는 시속 3백 킬로미터로 달린다는 열차가 한참을 달려도 끝나지 않았다. 몇십 분을 달린 뒤에도 희미하게 드러나는 것은 그저 다리의 난간뿐이었다. 나는 그 순간이 영원처럼 느껴졌다. 그러니까 구포역을 지나온 뒤로 당연히 나왔어야 할 '밀양'이라는 표지판은 구경도 못했다. 아마도 4대 강 정비 사업으로 떠들썩한 낙동강 유역쯤이려니 짐작만 할 뿐 도무지 어디인지 알 수가 없었다.

웬 늦가을의 짙은 안개가 누구의 숨통을 죄려 하는 것인가. 나는 곧 막혀버릴 듯한 숨을 크게 내쉬면서 창밖을 응시했다. 놈의 정체를 꿰뚫어보기라도 하려는 듯이. 피아노 콘체르토는 아무것도 모르는 채 제 흥에 겨워 주제를 변주하고 있었다. 온 사방이 회색으로 둘러싸여 시계 제로인 세계에서 나는 오로지 달콤하기 그지없는 선율에만 몸을 의탁해 겨우 숨을 할딱거리고 있었다. 행복인지 서러움인지 분간이 되지 않는 얼떨떨한 순간, 울컥하고 뭔가가 가슴을 치받고 올라왔다. 그것은 커다란 덩어리처럼 손에 만져질 것만 같았다. 매년 11월 중순쯤이면 어김없이 닥쳐오는, '재청을 앞둔 시간강사의 불안' 그것이었다. 그것은 '페널티 킥 앞에 선 골키퍼의 불안' 못지않았다.

차창에 허우대는 멀쩡하지만 속으로는 한없이 초라해진 중년 사내의 모습이 그대로 보였다. 논문 쓰랴 강의 준비하랴 눈은 항상 충혈되어 있고 발걸음은 늘 무엇에 쫓기듯 허둥대는 내 모습이었다. 학위를 끝내고 논문 발표를 하면서 착실하게 계단을 밟아 올라가는 듯하다가 하루아침에 그 사다리가 삐걱하면서 밑이 보이지 않는 바닥으로 추락해버리고 만 나의 몰골. 더욱 더 기가 막히는 일은 그 사다리가 어느 지점에서 어쩌다가 삐끗해 무너졌는지 도무지 알 수가 없다는 것이었다. 하지만 지금까지는 아무리 파출부니 일용직이니 하는 말로 비하된다고 해도 나 같은 사람들이 대학 교육의 엄청난 부분을 맡고 있다는 사실에 나는 적지 않은 긍지를 느껴온 것이 사실이었다. 누가 알면 지독한 모순이라고 하겠지만 이런 것이 진정 사람 사는 세상의 재미이고 대한민국의 역동성을 말해주는 것인지도 모른다.

올해도 예외는 아니었다. 이번 가을 몇 군데 전임 자리에 원서를 내보았지만 공개 강의를 하러 오라는 연락은 오지 않았다. 지금 나가고 있는 네 학교에서 시간강사 제청이라도 받지 못하면 나의 앞날은 정말 끝장나버릴지도 모른다. 열차의 통로 위 천장에 걸린 텔레비전 화면에서는 '연평도 사격훈련 임박' '전면전 우려해 응징 두려워해서는 안 돼'라는 뉴스 자막이 되풀이해서 흘렀다. 뭔가가 곧 터질 듯해서 모두가 숨죽이고 있는 상황이었다. 그것은 내 개인적인 처지와 맞물려서 더욱 숨통을 옥죄고 있었다. 모든 것이 막막하고 앞길이 캄캄한 이즈음, 한때 마치 그리스 신화에 나오는 아리안느의 실처럼 미궁 같은 내 삶에 작은 실꾸리가 되어주려나 했던 그마저 수배자가 되어 나의 불안을 가중시키고 있었다. 회색빛 차창에 그의 또 다른 모습이 희미하게 나타났다 사라지곤 했다. 어느 날은 수업 시간에 범상치 않은 질문을 던져 나를 당황하게 하고 또 다른 날은 내 말을 들을 때 유난히 눈빛을 반짝이던 그였다. 왠지 모를 기대를 품게 하는, 몇 안 되는 학생들 중 하나였다. 시간강사 생활 10여 년 만에 모처럼 싹수 있는 재목 하나 건지나, 싶은.

그에게 상당한 기대를 품었던 건 사실이지만 내가 어쩌다 그와 엮이어 도슭이며 돈 봉투를 갖다 바치는 처지가 되었는지는 도무지 알 수가 없다. 그는 또 어쩌다 쫓기는 몸으로 살아가게 되었는지도. 혹시라도 나와 함께했던 이 돌담길 산책이 그에게 무슨 영향을 미쳤을까, 돌아보게 된다. 하지만 그보다는 아무래도 그의 학부 시절 어느 날의 교양 수업이 빌미가 된 것 같아 생각할수록 후회스럽기만 하다. 모든 것의 시작은 바로 그놈의 '도슭'이라는 말이었던 것 같다. 문학 번역의 기초라는 교양강의 시간이었다.

"그때는 '벤또'라는 말이 결코 우리 입에서 떨어지지 않을 줄 알았지. '도슭'이라는 옛말을 찾아낸 어느 국어학자 덕분에 '도시락'이라는 우아한 우리말이 탄생한 거야. 해방이 되고도 10여 년이나 지난 때였지. 요즘은 일식집의 메뉴에도 등장했잖아."

나는 그 말을 한 뒤 도슭이라는 말이 나오는 사설시조를 누가 한번 읽어볼 사람, 하고 학생들을 돌아보았다. 그때 그가 손을 들었다. 『청구영언』에 나오는 작자 미상의 사설시조를 그가 읊어나갔다.

"무림 산중(茂林山中) 들어가서 삭다리 마른 섶을 뷔거니 버히거니 지게에 질머 지팡이 바쳐놓고 새암을 찾아가서 점심(點心) 도슭 부시고……"

나는 여기서 점심 '도슭 부시고' 하는 말이 무슨 뜻이냐고 그에게 물어보았다. 그가 자신 있는 말투로 대답했다.

"'새암을 찾아가서 점심 도슭 부시고' 했으니까 당연히 다 먹은 도슭을 씻는다는 뜻일 겁니다."

"그럴 줄 알고 물어본 거야. '부시고'는 '씻고'라는 뜻이 아니라 '비우고'라는 뜻이야. 우리말의 음운 변화에서 ㅅ이 ㅇ으로 바뀐 흔적들이 많이 있잖아. 조선시대에 농사일을 하러 들로 나가거나 사회활동을 하는 사람들이 조리된 음식을 풀잎이나 종이에 싸서 고리버들이나 대나무로 엮은 작은 바구니에 담아서 갖고 다녔어. 그걸 도슭이라고 불렀는데 말하자면 도시락의 기원인 셈이지."

여기까지만 말하고 그만뒀어야 하는 거였다. 내게는 번역이나 신조어의 탄생 얘기만 나오면 언급하지 않고는 배길 수 없는 말들이 있었다.

"'도시락'이라는 말의 경우는 참으로 다행스런 예라고 할 수 있지. 안타깝게도 우리는 근대로 오는 길목에서 중요한 개념들을 우리말로 번역해내지 못하고 말았어. '사회학' '인권' '민주주의' '자유' '민권' '저작권'과 같은 개념들을. 우린 그저 일본의 학자들이 수십 년간 고심해 만든 것을 그냥 가져다 썼지. 그래서 의식의 식……"

내가 말을 다 마치기도 전에 그가 끼어들었다.

"그래서 기존의 것은 뭐든 의심해봐야 하는 거군요."

그의 말이 비약이었는지 어떤지는 나도 모르지만 그때 그의 얼굴에는 어떤 비장함이 어리는 듯했다. 나는 실망하는 빛이 역력한 그의 표정을 힐끗거리다가 재미있는 이야기로 관심을 돌리기로 마음먹었다.

"혹시 격구, 타구, 루구, 방추가 뭔지 아는 사람?"

학생들은 고개를 갸우뚱하면서 아무도 대답을 하지 못했다.

"힌트! 이 모두가 한 가지 구기 종목을 일컫는 이름이지."

"혹시 그거 야구……"

한 학생이 우물쭈물하며 말끝을 흐렸다.

"딩동댕 동~!"

나는 정답이 나온 것을 즐거워하다 말고 답을 맞힌 학생을 눈여겨보았다. 리포트를 내지 않아 내가 지켜보고 있던 녀석이었다.

"옳지! 리포트 안 쓰고 주야장천 프로야구 본 보람을 오늘에야 느꼈겠는데."

강의실에 웃음이 터졌다.

"처음에 이 경기가 우리나라에 들어왔을 때는 그렇게 격구, 타구, 루구로 불리기도 했어. 그리고 중국에서는 곤봉 같은 몽둥이로 공을 친다고 '방추(棒球)'라고 불렀지. 그걸 일본의 어느 시인이 들판에서 하는 공놀이라고 해서 야구(野球)라고 이름 지었는데 그 뒤로 동양권에서는 그 말을 채택하게 된 거야. 그 시인이 태어난 마을에는 팻말이 붙어 있어. '야구'라는 말을 지어낸 아무개의 고향이라는."

내가 그렇게 너스레를 떠는 동안 다른 학생들은 약간의 자괴감과 함께 부러움에 찬 눈길로 잠시 술렁거리다가 이내 잠잠해졌다. 옛날에 그랬었군, 하고는 금세 잊은 듯했다. 하지만 그는 달랐다. 그의 얼굴은 상기되고 눈빛에서는 서기가 어리는 듯했다. 나의 터무니없는 망상인지는 알 수 없지만 그때 가슴을 덮치던 선뜩함은 결코 부정할 수가 없을 것이다. 쪼그라들 대로 쪼그라들어 볼품없이 납작해진 내 가슴팍으로 그의 숨결이 확 스며들어와 생기를 불어넣으면서 향내를 풍기던 그 순간을. 홀대받던 일용직의 자존심이 시퍼런 칼날처럼 내 눈앞에 생생하게 들고 일어났다. 그것은 어떤 여인과의 교접보다도 웅숭깊고 행복한 경험이었다.

그랬던 녀석이 졸업하고 대학원에 적을 두고 나서는 이상한 운동을 시작했고 오늘에 이르게 된 것이었다. 나는 만난 지 얼마 되지 않은 여자에게 큰 실수를 저지른 사내처럼 궁지에 몰린 기분이었다. 그런 남자는 여자에게 낮은 자세로 포복을 하기 마련이었다. 나도 그 비슷하게 굴다가 그만 그에게 단단히 코를 꿰이게 된 것 같다. 그것이 내가 인용한 '도슭'이라는 말 때문이었는지, 사회학 또는 야구라는 말 때문이었는지, 그때의 수업 분위기 때문이었는지는 모른다. 아니면 원래 그런 성향을 갖고 있던 그에게 도리어 내가 걸려든 것인지도.

동궐에서 나오길 잘한 것 같다. 세상에 해서는 안 될 짓이 바로 수배자와 접선하는 일이다. 아까 춘당지 앞에서는 쌀쌀한 날씨에도 코에 바짝바짝 진땀이 돋고 심장은 1백 미터 달리기 신기록을 세운 육상선수의 그것처럼 오두방정을 떨며 뛰어댔다. 내가 딱히 지은 죄도 없이 왜 이 고생을 해야 하나, 싶었다. 나 먹으라고 싸준 도시락을 그에게 빨리 먹이지 못해 안달을 하면서.

이렇게 그를 목 빠지게 기다리는 날은 그가 수업 때 짓던 표정이며 하던 말들이 머릿속에서 재현되곤 한다. 한 달 전 동궐에서의 대학원 야외 수업 시간이었다. 문학 수업은 숲 속에서 날씨와 계절의 변화, 만물의 흐름을 지켜보면서 하는 편이 훨씬 효과적이라는 생각을 나는 오래전부터 하고 있었다. 마침 학교가 동궐 부근에 있는 덕분이기도 했다. 그러자 학생들은 스스로를 소요학파(逍遙學派)라고 불렀다. 나는 그 패거리들에게 단단히 일렀다. 그 말을 오해해서 소요학파(騷擾學派)만은 되지 말라고. 비가 온 뒤여서 모처럼 하늘은 맑고 흰 구름이 조금 떠 있었고 바람도 이따금 불어왔다.

학생들이 숲 속에서 저마다 한 나무씩 차지하고 선다. 먼저 프랑스어과 학생이 원문으로 시를 읊는다. 그리고 나서 옆의 학생이 나무 앞을 거닐며 번역된 시를 읊는다. 때마침 불어온 바람에 머리칼이 날리자 지그시 눈을 감고 천천히 한 구절 한 구절 음미해가며.

"나는 길을 떠난다. 부는 바람에 내맡기면 이리저리 쓸려 다니는 낙엽이 된다."

두번째 나무에 서 있는 학생이 느린 걸음으로 돌면서 또 다른 번역으로 읊는다.

"길을 나서면 부는 바람에 나는 이끌리어 이리, 저리로, 나부끼는 낙엽이 된다."

세번째 나무에 서 있는 학생이 나뭇가지를 잡으면서 말한다.

"둘 다 운율이 느껴지지만 두번째 버전이 더 운율이 살아 있는 느낌인데."

그는 큰 발견이라도 한 듯 뿌듯한 표정을 짓는다. 네번째 나무에 서 있는 학생이 첫번째와 자리를 바꾸면서 묻는다.

"오 그렇구나. 난 별 차이를 못 느꼈는데. 그런데 말야. '이리저리로 쓸려 다니는 낙엽'과 '이리, 저리로 나부끼는 낙엽'에 차이가 있을까?"

다섯번째가 두번째와 자리를 바꾸면서 대답한다.

"'쓸려 다니는 낙엽'은 왠지 처량해 보이잖아. 곧 쓰레기로 쓸려 갈 것처럼. '나부끼는 낙엽'은 떨어진 다음에도 아름다움을 간직하고 살아 있는 것처럼 보이고."

여섯번째가 다른 친구와 나무를 바꿔 서면서 말한다.

"'이리저리'에 쉼표가 없을 때와 쉼표를 넣고 '이리, 저리로'

라고 토씨를 붙였을 때는 뭐가 다른 것 같아?"

일곱번째 나무에 서 있던 그가 뭔가를 찾아낸 듯 앞으로 걸어
나오며 대답한다. "쉼표가 들어가면 강조가 되는 거 아닐까. 없
을 때보다 진폭이 커져 보이잖아. 이리, 저리로. 이렇게 말이
야. 그리고 토씨 '로'가 붙어서 움직임이 더 강해지고."

'이리, 저리로'라는 대목에서 그는 손을 양쪽으로 크게 움직
였다. 그때 나는 처음 알았다. 그의 손이 유난히 길고 크다는 것
을. 무슨 일이든 척척 해낼 듯한 커다란 손. 또렷한 입술, 오뚝
한 코, 지적인 눈매와 반듯한 이마. 이마를 살짝 가린 앞머리.
처음 본 것도 아니지만 나는 그의 이마를 만지고 싶다는 충동이
일었다. 그때 바람의 손이 대신 그의 앞머리를 쓸어 올리며 이
마까지 어루만지고 지나갔다. 하늘이 오랜만에 높아 보였다.

소요학파의 수업은 선생이 끼어들 여지가 없어서 좋다. 나는
그저 그들이 시를 읊고 생각하고 대화하는 것을 지켜볼 뿐이다.
문학을 어떻게 가르치겠는가. 나무 사이를 거닐며 바람에 흔들
리는 나뭇가지와 하늘, 구르는 낙엽을 보면서 스스로 시를 읊고
감상하고 번역에 대해 토론을 하는 데서 이미 많은 것을 배우고
있다는 생각이 들었다. 소요학파는 수업이 끝나고도 흥이 쉽게
가라앉지 않았다. 누가 먼저 가자고 했는지는 기억에 없다. 우
리는 마치 성지순례를 하듯 동궐을 나와 사거리에서 오른쪽으
로 꺾어져 계속 돌담길을 걸었다. 종묘와 동궐 사이에 나 있는
구름다리와 돈화문을 지나 인사동에 있는 순댓집까지 가서 소

주를 마셔야만 그날의 수업은 끝이 났다.

그와의 만남을 포기하고 궁궐을 나오자 돌담 하나하나가 눈에 들어온다. 걷다 보면 높이가 달라지던 돌담. 어릴 때 수없이 다니면서 헤아려보던 돌담의 단이었다. 거리에 구경할 만한 자동차도 뜸했던 그때는 친구들과 담벼락을 끼고 걸어가면서 할 놀이라고는 그것뿐이었다. 아담한 높이로 시작되었다가 종묘 쪽으로 가까워지면서 축대 높이까지 보태져 점점 높아지다가 다시 낮아졌다. 담장 위로 마른 나뭇가지들이 잿빛 하늘 아래 흔들리고 있다. 구름은 좀체 물러갈 기미가 없다. 버스나 자동차가 이따금 지나갈 뿐 보도를 걷는 사람들의 모습은 보이지 않는다. 버스 정류장도 하나 없다. 어릴 때는 저 돌담을 손으로 쓸어가면서 걷기도 했다. 그러면 담장의 돌 틈새에 삐죽이 튀어나와 자라는 이름 모를 풀들이 만져지곤 했다. 그곳에 내 어린 시절이 그대로 찍혀 있는 것만 같다.

돌담 한군데를 한참 응시하자 거기 바짝 붙어 있었던 우리 집이 보인다. 이 길은 아니고 마을과 붙어 있는 언덕진 궁궐 동쪽의 담장이다. 사업 빚으로 집을 날리게 된 아버지가 동궐 담장을 한쪽 벽으로 삼고 뚝딱뚝딱 널빤지로 집을 올리던 모습이 보인다. 염치 불고하고였을 것이다. 아버지의 판잣집 이전에 이미 동궐 담장에는 그런 집들이 즐비하게 들어서 있었으므로. 재주 좋은 사람들이 어디선가 끌어온 전선과 수도관, 그리고 두꺼비집들이 궁궐 담장에 나란히 붙어 있던 광경들. 돌담에 시커멓게 들러붙은 매연은 어머니의 석유풍로가 만들어놓은 그을음으로 보인다. 담장 쪽에 부엌이 있었던 기억이 난다. 한쪽에는 연탄을 재었던 거뭇거뭇한 흔적이 남아 있는 것만 같다.

어른들에게는 곤궁한 세월이었지만 나와 우리 친구들에게는 풍요로운 시절이었다. 예닐곱 살 때 친구들과 함께 빗물 배수구인 담장 밑 개구멍으로 궁궐 출입을 즐기던 내 모습이 보인다. 나도 「왕자와 거지」의 주인공이 되지 말란 법도 없다. 구멍 안쪽으로 기어 들어가서는 두 팔을 벌리고서 '짠!' 하고 소리치던 개구쟁이들의 얼굴이 또렷이 나타난다. 몸집이 커져 더 이상 개구멍으로 통과가 되지 않을 때까지 계속되었던 우리들의 모험. 대학 시절 친구들에게 내 모험담을 들려줬다가 나는 '거지왕자'로 불리기도 했다. '거지왕자'에서 '소요학파의 좌장'까지, 나의 별명은 오로지 동궐 덕분에 얻은 것들이었다.

엄마도 일 나가고 부엌에 먹을 거라고는 김치 꽁다리밖에 없는데 궁궐 담장 너머로 동물원의 코끼리 똥 냄새가 구수하게 풍겨오는 날이면 거리의 제과점에서 보았던, 아직 한 번도 먹어본 적이 없는 과자를 머릿속으로 그려보면서 군침을 삼키던 꼬마의 모습. 잘 익은 갈색에다 둥글고 두툼한 모양이 제과점에 놓인 것들과 비슷해서 유리 진열장 속의 파이나 쿠키에서도 혹시 코끼리똥 냄새가 나는 것은 아닐까, 하고 꼬마는 짐작했었다. 신기하고도 괴상하게 생긴 하마와 낙타가 보고 싶거나, 춘당지 스케이트장에서 얼음을 지치고 싶으면 궁궐 담장에다 사다리를 걸쳐놓으면 되었다.

　그러나 정작 동궐이 내 마음속 깊숙이 들어온 것은 어른이 되어 아픔을 겪고 난 뒤였다. 첫사랑을 떠나보내고 나서도, 아내와 헤어지고 나서도 정문의 틈새로 궁궐 기와지붕에 함박눈이 쌓이는 풍경을 한없이 바라보던 내 모습이 지금도 보이는 것만 같다. 그 숨 막히게 눈부신 광경을 홀로 바라보는 것으로 겨우 외로움을 견뎌내던 내 젊은 날의 모습. 어릴 때부터 동궐 근처에서 살아, 정기 휴일인 화요일에도 굳게 닫힌 거대한 두 문짝 사이에 한 뼘쯤의 틈새가 있다는 비밀 아닌 비밀을 알고 있던 덕분이었다. 그렇게 평생을 동궐에 빌붙어 살았으므로 나는 언젠가 찾아올 죽음 또한 동궐에서 맞게 될지 모른다는 생각을 한다. 내게 이 길은 진정 산티아고로 가는 길 못지않은 성지 순례 길이다.

　그리하여 내가 이 돌담길을 걷는 것은 내 집 앞마당을 드나드는 것처럼 너무나 자연스러운 일이었지만 소요학파도 서울 시내에서 드물게 요란한 상업시설이 없는 긴 궁궐 돌담길이 무작정 맘에 드는 모양이었다. 그들은 수업에서 못다 한 시와 소설, 영화 번역에 대한 이야기들을 나누면서 그 길을 걸었다. 내가 수업에서 미처 하지 못한 강의를 보충하는 곳도 이 돌담길이었다.

　"원어민 발음으로 시를 들을 때 느낌이 어땠어. 시구 끝에 〔오〕, 〔엉〕, 〔엘〕과 같은 발음이 되풀이되었는데 거기서 음악이 느껴지지 않아? 어떤 번역가는 그 운을 살리기 위해 첫 부분에 나오는 '바이올린'을 '비올롱'으로 음역해야 한다고 주장하기도 했었지."

"하긴 '바이올린'과 '비올롱'은 귀에 와 닿는 느낌이 많이 다른데요."

한 친구가 '아' 다르고 '어' 다른 번역의 어려움을 알아낸 듯 내 말을 받기도 한다. 그는 이 길을 걸으면서 이야기를 하는 편이라기보다는 듣는 편이었다. 청바지 주머니에 손을 찌르고 큰 키를 조금 수그리고는 돌담이 내지르거나 속삭이는 소리를 들으려고 귀를 바짝 담벼락에 대던 모습. 전화라도 할 것이지. 무심한 녀석 같으니. 아무 말도 하지 않아도 좋아, 그냥 수화기를 들고 들려주기만 해. 너의 그 숨소리를. 여기 도시락이 너를 기다리고 있잖아.

월, 화, 수, 목, 금 아침 9시부터 시작해 어느 날은 밤 10시 야간 강의까지 네 학교를 뛰는 내게는 하루에 적어도 두 개의 도시락이 필요하다. 각급 학교에서 무료 급식이 현실이 된 시대에 나는 아직 도시락을 졸업하지 못하고 있다. 어느 때는 옛날식 도시락이 그립기도 하다. 서당에 가는 아들에게 어미가 건네주던 것, 바깥출입이 잦아지던 서방에게 아내가 싸주던 것. 그것은 집 안의 안온한 삶을 밖에까지 연장해주어 꿈을 지속시키는 하나의 도구로서 내 머리에 각인되어 있다. 알루미늄으로 된 네모난 갑을 조개탄 난로 위에 겹겹이 쌓아뒀다가 점심 시간에 옹기종기 모여 앉아 나눠 먹던 그것도 잊을 수 없다. 넉넉한 집

아이의 맛있는 반찬이 다 없어지고 나서야 맛없는 내 반찬에 손이 가던 부끄러운 모습까지도.

그것은 할머니의 이야기 속에도 등장한다. 그 얘기를 하자면 길어서 차라리 할머니의 넋두리 한 자락을 소개하는 편이 나을 것이다.

"에고에고 병원은 팽개치고 무엇에 홀렸는지. 도슭 서넛 재촉해서 싸 들고는 발걸음도 총총, 궁궐 담벼락 끼고 휑하니 가더니만……"

수백 번도 더 들은 그 이야기는 내 평생 머리에 꽂혀 있었지만 나는 철들고 나서야 그것을 조금이나마 해석할 수가 있었다. 할아버지가 해방 전부터 해오던 병원이 혜화동 로터리 부근에 있었고 어느 날 도슭을 싸들고 궁궐 담벼락을 끼고 '휑하니 가더니만' 행방불명이 되었다는 것이다. '병원은 내팽개치고'라는 말에는 할아버지가 병원보다도 더 중요하게 여긴 어떤 일이 있었다는 것을 암시한다. 무엇보다도 중요한, 할아버지가 도슭을 싸서 나간 행위의 결과는 할머니의 마지막 멘트, '하더니만……'에 함축되어 있었다. 남편으로 인해 겪었던 시련과 전쟁 통에 홀몸으로 7남매를 키워낸 할머니의 고초가. 할머니는 말년에 약간의 치매기가 있는 가운데서도 무슨 암호와 같은 유언을 남겼는데 그것은 아무도 알아차릴 수 없는 말이었다.

"그 양반 경성 고무엔 절대 안 갔다 카이. 암 그렇고말고. 의원이 뭐 할라꼬 고무 공장엘 가?"

지금까지 아무도 그 뜻을 밝혀내지 못했는데 할머니가 세상을 뜬 지 10년이 넘은 요즘에 와서야 유추가 되었다. 매일같이 불러내어 남편의 행방을 묻는 경찰의 신문에 할머니가 녹음기처럼 수도 없이 되풀이했던 말이 아니었을까. '경성 고무'라는 말은 처음에는 암호처럼 들려왔지만 '해방 전'이라는 시대 상황을 대입하자 낚싯대에 입질이 전해지듯 슬며시 의미가 잡혀왔다. '경성 고무' '경성 고무' 하고 되풀이하던 어느 날 그것이 '경성콤'이 아닐까 하는 생각이 저절로 잡힌 것이다. 당시 운동가들은 자신들의 지하조직을 파리 코뮌에 빗대어 '경성콤'이라고 불렀는데 경찰이 '경성콤므에 간 거 맞지?'라고 다그치는 것을 할머니는 '경성 고무'로 알아들은 것 같다.

버스로 두어 정거장쯤 걷고 나자 몸이 훈훈해온다. 저 앞에 종묘와 동궐을 이어주는 구름다리가 보인다. 동궐의 담장에 비해 종묘의 것은 상당히 높다. 어릴 때는 저 담장이 얼마나 까마득하게 높아 보였던지. 나는 지금 수십 년 전 할아버지가 걸었던 같은 길을 걷고 있다. 문득 저 앞에 누군가 나와 똑같이 도시락을 들고 걸어가는 남자가 보이는 듯하다. 혹시 내 할아버지는 아닐까. 다가가서 눈을 비비고 살펴보았을 때는 아무도 없다. 차곡차곡 쌓아 올린 돌담 사이사이에서 나는 할아버지의 숨결을 찾아보려고 한참씩 들여다본다. 하지만 아무 데서도 그 숨결은 찾을 수가 없다. 다만 할아버지와 나와 그가 공유하는 것이 곧 이 담장이다. 할아버지는 종묘와 동궐이 이어져 있었던 모습도 보았고 또 중간에 길이 뚫린 것도 보았다. 얼마 안 있으면 구름다리 아래 돌담길은 그 일부가 복원되어 연결된다니까 나도 할아버지처럼 종묘와 동궐이 다시 이어진 것을 보게 될 것이다. 물론 궁궐 가운데 길이 난 것을 이상하게 여기는 그도 그럴 것이다.

맨 처음 그가 경찰서에서 전화를 걸어왔을 때가 생각난다. 나는 말수도 적은 그가 웬일로 술 먹고 시비 끝에 잡혀갔을까, 의아했다. 그는 한참 동안 숨만 쌕쌕거리더니 겨우 입을 열었다.

"선생님 여기 경찰서예요. 좀 와주셨으면……"

순간 대책 없는 녀석이라는 생각이 들었지만 나는 천식기 때문에 항상 감기에 든 듯 비음이 섞인 그의 목소리에 벌써 전화선 안으로 끌어당겨지고 있는 내 자신을 발견했다. 평소에 나의 굼뜬 동작을 아는 사람들이 내가 그날 경찰서로 달려가는 모습을 보았다면 아마도 총알 같았다고 할 것이다. 그는 철창이 걸어 올려진 피의자 대기실에 앉아 있었고 형사가 꾸미고 있는 조서에는 무슨 교류협력법 위반이라는 글귀가 언뜻 보였다.

"다행입니다. 저쪽 팩스 번호가 바뀐 바람에 미수에 그쳐서요."

형사의 말은 곧 신원보증인만 있으면 훈방된다는 얘기였다. 그가 자기 과 교수 대신 나를 신원보증인으로 택했다는 것이 좀 의아했지만 그쪽에서 시간강사라고 타박하지 않은 것만도 다행이었다. 나는 그를 데리고 나와 곧바로 가게에서 두부를 사서 가까운 공원으로 들어갔다. 한적한 숲 속을 거닐며 그가 두부를 다 먹고 난 뒤 나는 주먹으로 냅다 그의 턱과 복부를 후려쳤다.

"망할 자식, 일을 하려면 제대로 해야지. 미수가 뭐냐? 등신."

그는 권투 선수처럼 두 손을 들어 올려 방어에 나섰지만 반격을 해오진 않았다. 거푸 헛주먹을 휘두르던 내가 힘에 부쳐 숨을 고르는 사이 그가 두 손으로 내 팔을 꽉 붙잡았다. 손아귀의 힘이 나보다 몇 배는 더 강해 보였다. 선생이 학생에게 폭력을 당하는 일이 심심치 않게 일어나는 시대에 제자를 두들겨 패고도 멀쩡할 수 있는 나는 행복한 시간강사였다. 나는 슬며시 팔을 내리고 벤치로 가서 앉아 숨을 헉헉댔다. 그가 내 곁에 와서 앉았다. 나는 묵묵히 앉아 있는 그의 옆모습을 보면서 묘한 후련함을 느꼈다. 실은 머리를 쥐어박는 척하면서 머릿결을 어루만지고 이마도 쓸어보고 싶던 그의 몸이었다. 어떻게 생겨먹었기에 그런 엉뚱한 생각만 하고 사는지 그 몸통을 뒤져보고 싶었다. 나는 손으로 그의 턱을 들어 올려 나를 바라보도록 만들었다. 턱이 조금 미끈거리는 듯했다. 피지가 왕성하게 분비되는 모양이었다. 하긴 20대니까. 그는 내 손을 뿌리치지 않았다. 그도 내 손길을 기다리고 있었던가, 싶은 생각이 잠시 머리를 스쳤다. 아직 덜 여문 여드름 몇 알이 양쪽 뺨에 발그레하게 돋아 있고, 왼쪽 턱에 어려서 나무에 오르다 가지에 찔려 생겼다는 작은 흉터가 만져졌다. 너무 매끈하고 균형 잡힌 얼굴인데 다행히 그 흉터가 어떤 역동성을 보태주고 있었다. '너로 하여 내 고단한 삶을 지탱할 수 있다'는 고백을 하고 싶은 마음이 내 안에서 솟구쳤다. 하지만 말은 정반대로 튀어나왔다.

"하여간 말야. 다시는 이런 일로 날 경찰서로 불러내는 일 없도록 해줘. 일주일에 한 번씩은 내 앞에 팔팔한 상판 보여주고."

내가 그의 턱에서 손을 떼자 그는 다시 고개를 푹 숙였다. 고개를 숙이고 있는데도 그의 눈에서 나는 광채가 벤치를 훤히 밝히는 듯했고 이마에서는 지적인 분위기가 풍겨져 나와 숲 속을 가득 채우는 듯했다. 나는 일어나면서 그의 목에 손을 대보고 싶은 충동이 일었지만 경주마의 것처럼 탄탄한 그의 목덜미를 단지 눈으로만 훔칠 뿐이었다.

지금 생각해보면 나 같은 얼치기 먹물들이란 멀리서 남의 것을 베껴 와 자기 것인 양 떠벌이고는 순진무구한 어린 학생들의 돈이나 빨아먹고, 더러는 그들을 구렁텅이로 몰아 파멸시키는 자들이었다. 그런 모멸감을 느끼면서도 그 생활을 청산할 수 없는 것이 또한 시간강사의 운명이다. 실속 없이 가방끈만 긴 사람을 받아주는 곳은 아무 데도 없다. 그런 데다 공짜 점심은커녕 내 할아버지처럼 도시락을 몇 개씩이나 싸들고 다녀야 한다. 내가 두 개의 도시락을 해치우는 장소는 대개 아담하고 작은 나의 굴, 자동차 안이다. 나는 그 안에서 강의 준비도 하고, 밥도 먹고, 시간이 좀 남았을 때는 새우잠을 자기도 하므로 그것은 승용차라기보다는 '나의 굴'이라는 게 맞는 말이다. 내가 그 굴에서 해치울 두 개의 영양 도시락을 그녀는 매일 혼자 도맡아 해내고 있다. 정확하게 오전 11시면 오전에 나가는 학교 강사실에 도시락이 도착해 있다. 이제는 습관이 되어 아무렇지도 않게, 당당하게 받아먹는다. 하기는 나만 보면 좋아서 어쩔 줄 모르는 여자에게서 도시락쯤 받아먹는 것이 크게 죄 될 일은 아닐 것이다.

그녀를 만나기 전까지는 혜화동 로터리에 있는 도시락 체인점에서 사서 먹고는 했다. 무슨 한솥밥인가 하는 가게였는데 종류가 10여 개나 되었다. 그중에서 내가 자주 골라 온 것은 2천 원도 채 안 되는 새댁도시락이었다. 가격도 맛도 착했다. 반찬은 오징어까스와 어묵, 김치와 샐러드, 김 몇 장으로 이루어져 있었다. 가끔 영양을 생각해서 4천 원이 넘는 고갈비와 돈가스 스페셜을 먹을 때도 있었다. 하지만 그게 그거였다. 그래도 교수 식당에서 전임교수들 사이에 끼어 쭈뼛거리면서 허겁지겁 몇 분 만에 밥을 배 속에 쓸어 담는 것보다는 홀로 차 안에서 고고하게 먹는 새댁도시락이 한결 운치 있었다.

이런저런 생각을 떠올리면서 돌담길을 걸었더니 어느새 돈화문을 지나고 있다. 이제 버스 정류장도 나오고 상가도 시작된다. 나는 길을 건너 운현궁과 교동초등학교를 지나 소요학파 패거리들과 함께 즐겨 거닐던 인사동으로 접어든다. 낙원 상가 밑 주차장 거리를 지나 왼쪽의 세고비아 기타를 끼고 골목으로 들어가면 서울에서 가장 착한 가격의 백반집이며 칼국숫집, 해장

국집, 순댓국집 들이 빼곡히 박혀 있다. 예부터 배고픈 음악가나 주머니가 얇은 시인들이 자주 찾던 곳이다. 어쩌다 길을 잘못 들어 옆 골목으로 새다 보면 전봇대와 전선이 얼기설기 뒤엉켜 눈이 어지럽지만 자세히 살펴보면 어느덧 옛 시절이 눈앞에 나타난다. 나지막한 기와지붕들이 촘촘히 어깨를 비비고 서 있는 한옥 골목. 할아버지도 젊은 시절 친구와 함께 이 길을 다녔으리라. 유리창 문에 백반 1,500원, 얼큰탕 1,500원, 또 더러는 나무 대문이나 담장에다 갈비탕 3,500원, 닭곰탕 3,000원이라고 써 붙인 집도 있다. 음식점 아니면 게스트하우스나, 점집으로, 가끔은 작은 절로 모습이 바뀐 한옥들. 내가 소요학파와 함께 자주 들르는 곳은 낙원순댓국집이다. 김이 뿌옇게 서린 유리문을 열고 테이블이 예닐곱 개쯤 있는 홀 안으로 들어선다. 우리 패거리만으로 홀 안은 늘 가득 찼다.

"아니, 이게 누구세요? 선생님. 오늘은 웬일로 혼자세요?"

펑퍼짐한 몸매에 자주색 앞치마를 두른 주인아주머니가 순대를 썰다 말고 반갑게 맞아준다. 아직 저녁때가 되지 않아서인지 홀에는 손님이 없다.

"네, 그동안 좀 바빠서요. 혹시 오늘 우리 친구들 중에 누구 여기 오지 않았나요?"

주인아주머니는 가스 불을 켜면서 고개를 젓는다. 나 먹으라고 싸준 도시락을 옆에 둔 채 순댓국을 시키려니까 기분이 묘하다. 빨리 이 도시락만 전해주고 나면 녀석이 잡혀가든 말든 상관도 않겠다고 나는 굳게 결심한다. 하지만 순댓국이 나오기를 기다리는 동안 눈앞에는 그의 얼굴만 어른거린다. 입을 꾹 다물고 침묵을 지킬 때의 기품 어린 철학자의 옆모습, 향내 나는 숨결. 화가 나서 씩씩거릴 때 튀어나오는 박력 있는 콧김. 잠잘 때의 씨근대는 건강한 숨소리를 들을 수 있다면. 그녀와의 뜨거운 순간도 그의 호흡이 함께하지 않는 한 아무것도 아니다. 그가 도시락을 정신없이 퍼먹고 꺼억 하고 내는 신트림 냄새. 너는 지금 나 말고 누구에게 그 냄새를 맡게 하고 있느냐. 아무에게도 침묵하는 순간의 네 표정, 그 시니컬한 웃음, 함부로 보여줘서는 안 돼. 네 소맷자락도 아무에게나 만지도록 허락해서는 안 돼.

진하고 따뜻한 국물이 들어가자 뜨끔거리던 목젖이 조금은 가라앉은 느낌이다. 순댓국을 비우고 다시 먹자골목을 나온다. 발길이 어느 쪽으로 향할지 모르겠다. 버스를 타고 학교로 바로 갈까. 모든 걸 다 잊어버리고 편안하게 생각하자. 쓸잘머리 없이 오지랖만 넓은 녀석을 내가 왜 걱정해? 나이가 몇인데. 매몰차게 대해야 정신 차릴 거야, 녀석은. 그러다 다시 생각한다. 그래도 배고픔은 면했으니 다시 춘당지 앞으로 가볼까? 그에게는 아직 도슭이 필요해.

여섯 개의 물방울

창문마다 비어져 나오는 불길이 마치 갈래진 불의 혀처럼 보였다. 주홍색의 혀 위로 시커먼 연기가 치솟고 있었다. 불은 산발한 검은 머리채에 거대한 혀만 달린 괴물 같았다. 불타는 고시원을 바라보며 그는 오늘 불의 혀는 유난히 길고 음흉하다는 생각이 들었다. 아래로 열린 작은 창문으로 혀끝이 저토록 길게 나온다면 그 안쪽에는 얼마나 큰 혓바닥이 넘실대고 있을지 알 수 없었다. 어린 시절 자신이 쥐불놀이로 만들어내던 그 환하고 빛나는 불의 고리는 결코 아니었다. 때마침 불어오는 동풍에 불의 혀는 쉴 새 없이 옆 건물을 넘겨다보았다. 바로 옆 KS케미컬 빌딩까지의 간격은 2, 3미터도 채 되지 않았다. 그냥 둔다면 옆 빌딩을 휘감는 것은 시간문제였다. 그것은 또 위층 창문까지 노리고 있었다. 금세라도 유리창을 깨고 8층까지 집어삼킬 태세였다. 시커먼 연기에서는 녀석의 심술이, 갈래진 혀에서는 왕성한 식욕이 엿보였다. 하지만 불의 혀가 날쌔질수록 그의 마음속에서는 싸우겠다는 투지가 솟구쳐 올랐다. 그는 그저 불을 끈다는 뜻의 '소방관'보다는 '파이어파이터'라는 영어식 표현이 자신의 직무에 더 걸맞은 이름이라고 생각해왔다. 하지만 그가 보기에 불은 자신이 마땅히 싸워야 할 대상이지만 미워할 수만은 없는 그 무엇이었다. 아니 미워한다는 표현은 당치 않다고 그는 생각했다. 어찌 보면 꽤나 사랑스런 존재였다. 혀끝에 닿는 것은 모조리 제 것으로 만들어나가다가 끝내는 제 몸마저 태우고 죽어가는 녀석. 목숨을 다해 탈 대로 다 탄 뒤에 스스로 꺼져버리는 것, 그것이 불의 속성이라면 자신도 닮고 싶었다.

아래로만 열리는 고시원 창문을 올려다보던 팀장이 건물 입구를 가리켰다. 안으로 들어가 진압하자는 뜻이었다. 하룻밤 두 건의 불을 다 밖에서 끌 수는 없는가 보았다. 조금 전 신사동에서는 고층이라도 수월하게 진압했었다. 창문이 크게 나 있어 외벽에 고가사다리를 걸쳐두고 물을 쏠 수가 있었으니까. 그는 비상계단을 찾아가다가 아쉬운 듯 옆을 흘끗 돌아다보았다. 화재 진압 시에는 사용이 금지되어 있는 엘리베이터가 보였다. 건물 한쪽 구석에 있는 비상계단을 걸어 올라가기 시작했다. 노란색의 화재 진압복에 방수화를 신고, 공기 호흡기와 손도끼, 랜턴까지 모두 30킬로그램이나 되는 진압도구를 걸친 몸은 조금은 둔하게 느껴졌지만 그는 이미 그 무게에 익숙했다. 7층에는 예

상대로 널따란 불의 혓바닥이 너울대고 있었다. 그는 계단 사이로 빼 올린 소방 호스를 잡고 가까운 불부터 꺼나갔다. 1미터도 안 되는 복도 양쪽으로 작은 방들이 벌집처럼 빼곡히 들어차 있었다. 복도는 여러 줄이었고 통로가 불규칙하게 나 있어 마치 미로처럼 보였다. 요즘에 원룸텔, 리빙텔, 미니텔이라는 이름으로 새로 생겨난 고시원에는 화재탐지기와 스프링쿨러, 배연시설 등이 모두 다 설치되어 있었지만 오래된 것들에서는 그런 시설을 찾아보기 힘들었다. 그래서 고시원 화재는 '났다 하면 참사'라고 불렸다. 고시원이란 참으로 묘한 방정식의 세계였다. 소방법에 따라 안전시설을 제대로 갖추도록 규제를 하면 방세가 올라가 입주자들을 더욱 열악한 쪽방으로 내쫓는 결과가 되는.

시커멓게 그을린 방문을 발로 제쳤을 때 그는 마치 몇 년 전의 자기 방으로 돌아온 듯했다. 방 주인은 외박을 한 모양이었다. 점퍼 하나만 달랑 벽에 걸린 빈방에는 집기라고는 작은 책상과 좁은 침대가 전부였고 책상 위에 몇 권의 책이 놓여 있었다. 그가 9급시험을 준비하느라 학원에 다닐 때 살았던 노량진 고시원과 비슷했다. 양손을 쫙 뻗지도 못할 만큼 좁은 벽면 앞에 앉아 뭔가를 끼적이던 자신이 있었다. 9급 공무원 시험이 그 코딱지만 한 공간을 탈출할 수 있는 계기를 만들어줄 수 있을까, 의문을 품던 남자. 아니 그보다 자기 자신에 대한 회의에 더 깊게 빠져 있던 서른 살의 청년이 보였다. '의협심도 봉사정신도 없는 놈이 소방관이 되려 하다니. 그건 너 스스로를 속이는 일이야. 하지만 대학을 나온 지가 벌써 몇 년째냐. 언제까지 농사일로 허리가 꼬부라진 늙은 부모를 등치며 살 거야. 그건 자기기만보다 더 큰 죄악이야.' 그러다 소방관이 되기로 결심하게 된 것은 그가 좋아하는 소설가 커트 보네거트가 마을의 의용소방대원이었다는 사실을 알고 난 뒤였다. 보네거트는 2차 세계 대전 때 참전했다가 독일군에 포로로 잡혀 혹독한 시련을 겪었다. 전쟁이 끝나고 그때 겪은 외상 후 스트레스를 바탕으로 블랙코미디와 공상과학을 버무린 『제5도살장』을 써서 유명해졌다. 거기다 뉴욕에 이민 가서 사는 그의 삼촌이 할아버지 팔순 때 와서 한 말도 그의 가슴에 불을 질렀다. 교포들이 이국땅에서 자리 잡고 잘 살고 있지만 의용소방대원 같은 위험도가 높은 일에 자원봉사를 하지 않아 지역사회의 존경을 받는 데는 한계가 있다는 거였다.

어쨌든 그 작은 방 안에는 시험에 합격해 마침내 소방관이 되었지만 힘에 부쳐 그만둘 생각을 하던 그의 모습도 보였다. 그때 자신에게 다가와 취미를 가져보라고 다독거리던 소방장의 얼굴도 거기 함께 있었다. 그는 그런 말을 들을 때마다 고개를 저었다. 소방관이란 불에 타서 살점이 뚝뚝 떨어지는 시신이나 물에 빠져 퉁퉁 붇은 사체를 둘러업고 뛰는 사람들이었다. 그런 이들이 돌아서면 악기와 마술을 배우고 테니스나 암벽등반, 산악자전거와 같은 취미생활에 목을 매는 모습이 그는 도무지 걸맞지 않아 보였다.

지난주 비번 날 저녁, 동네 다리 밑 천변에서 있었던 소방장과 영걸의 쇼를 생각하면 그는 씁쓸한 느낌마저 들었다. 악보를 넘겨주고 조수 노릇을 하느라 옆에 있었던 그는 소방장의 표정을 자세히 볼 수 있었다. 소방장은 알토 색소폰으로 나미의 「슬픈 인연」을 연주했다. 그는 입으로만 부는 게 아니었다. 복식호흡을 하느라 온몸이 멜로디를 따라 부풀었다 줄어들었다 하면서 곡선을 그렸고 박자를 맞추느라 발 앞꿈치가 올라갔다 내려왔다 했다. 혼신의 힘을 다해 부는 모습이 눈물겨웠다. 하지만 객석의 박수 소리는 그다지 크지 않았다. 근무시간 외에는 악기를 끼고 살았지만 연주는 아직도 삑사리가 자주 나고 뚝뚝 끊기곤 해서 듣고 있기가 민망했다. 연주에 몰두해 넋을 잃은 것은 관객들보다 소방장 자신인 듯했다. 그는 오로지 그 순간을 위해 살아온 사람 같았다.

영걸은 빈손으로 꽃을 피우고 비둘기를 만들어냈다. 그가 붙인 라이터 불에는 손수건이 타지 않았다. 매트 위에서 몸이 저절로 공중에 붕 뜨기도 했다. 관객들은 환호했지만 그는 훤히 다 알고 있었다. 그것이 단지 눈속임에 불과하다는 것을. 어제 점심시간에 영걸이 그 알량한, 동전을 지폐로 만드는 마술을 부리고서는 우쭐대던 꼬락서니란. '이제 불 걱정은 끝. 화재라면 이 마술사 영걸에게 맡기시라.' 마술로 화재 진압은 개뿔, 그럼 소방서는 왜 아직도 없어지지 않은 거야. 동료들은 박수를 쳤지만 그는 영걸이 한심스럽기만 했다. 하지만 뭐 어쨌든 다행이다 싶었다. 두 사람 모두 그렇게 깊이 빠져들 수 있는 취미가 있다면 소방관이 흔히 앓는 외상 후 스트레스 따위는 비집고 들 틈이 없을 테니까. 하긴 그도 취미라면 한 가지 내세울 게 있긴 했다. 눈을 감고 기억 속에서 되살려내는 것이긴 했지만. 어린 시절 고향의 논두렁 밭두렁에서 하던 찬란한 쥐불놀이였다.

밤하늘에 수십 개 동그란 불의 고리들이 돌아가고 있었다. 휙휙 깡통이 바람을 가르는 소리, 웽웽 불이 타는 소리가 이중창을 불렀다. 동네 아이들은 대못으로 촘촘하게 구멍을 낸 깡통에 나무토막과 솔방울을 넣고 불을 붙여 힘껏 돌려댔다. 그해에는 그만이 아는 쥐불의 비결이 있었다. 삼촌이 알려준 관솔이었다. 그는 며칠 동안이나 숲 속을 돌아다니며 관솔을 모았다. 송진이 엉겨 있고 옹이가 박힌 관솔은 불을 붙여 공중에서 돌리자 연기도 그을음도 없는 시뻘건 잉걸불이 되었다. 덕분에 그의 쥐불은 그해 가장 오래 타는 기록을 세웠다. 누군가를 위해 가슴에 평생 간직하고 싶은 그런 불이었다. 언뜻 불의 고리 사이로 초등학교 6년간 짝꿍이었던 채영의 얼굴이 보이는 듯했다. 그는 더 신바람이 나서 쥐불을 돌렸다. 그때 누군가가 소리쳤다.

"보름달이다!"

그 신호에 맞춰 논두렁 밭두렁 한쪽에서부터 일제히 불이 번지기 시작했다. 한 친구가 달집에 불을 붙이러 달려갔다. 언덕 위로 달이 떠오르고 있었지만 그의 눈에는 달보다도 자신이 돌리는 쥐불의 고리가 더 크고 환해 보였다. 그는 채영이 그 빛의 고리를 건너 자기에게 다가올 것이라고 믿었다. 있는 힘을 다해 쥐불을 돌리면서 그는 그녀의 말 한마디라도 듣고 싶었다. 탄성이나 웃음소리라도 좋았다. 하지만 그녀는 잠시 얼굴을 비쳤을 뿐 금세 보이지 않았다. 달집에서 조금 떨어져서 쥐불을 돌리는 데만 빠져 있느라 그는 무슨 일이 일어났는지도 몰랐다. 이튿날이 되어서야 알게 되었다. 채영이 그날 밤 소원지를 꽂으러 달집 가까이 갔다가 순식간에 확 타오른 불에 얼굴을 심하게 데어 병원으로 실려갔다는 사실을. 달집은 이웃의 황 노인과 동네 아이들이 낮에 모여 미리 만들어둔 것이었다. 지금도 황 노인의 목소리가 들리는 듯했다.

"달집을 활활 태우고 쥐불을 크게 내야 올해 풍년이 드는 기라. 쥐들하고 해충을 몽땅 잡아야제."

재난과 질병, 모든 악운을 태워 없앤다는 달집이었다. 먼저 굵은 나무토막 여러 개를 원뿔 꼴로 묶어 평평한 언덕에 세운다. 그 안에다 짚단과 마른 콩대와 청솔가지를 차례로 채워 넣고 바깥은 대나무로 감싼다. 달집 둘레에는 새끼줄을 둘러 소원을 담은 쪽지를 끼울 수 있게 만든다. 그것으로 준비는 끝났다. 그런데 누가 가져왔는지 석유통이 거기 있었다. 처음에는 누군가가 불이 잘 붙게 조금만 붓자고 했다. 그런데 아이들은 아무 생각 없이 저마다 달려들어 달집에다 석유를 퍼부었다. 누가 먼저 석유 얘기를 꺼냈는지는 기억에 없었다. 어쩌면 그 자신인지도 모를 일이었다. 그 뒤로 그는 한 번도 채영을 볼 수 없었다.

화상 입은 얼굴을 고치러 도시로 갔다고도 했고 아무도 모르는 깊은 산골로 들어갔다고도 했다. 새해 들어 첫번째 맞는 쥐날인지, 정월 대보름이었는지는 확실치 않았다. 그가 중학교에 들어가기 얼마 전이었다.

쥐불놀이의 기억에 잠시 빠져 있다가 코앞으로 확 다가오는 불길에 그는 화들짝 정신이 들었다. 그 긴박한 순간에 어떻게 그때 일이 눈앞에 펼쳐지는지 그 자신도 신기하기만 했다. 그가 먼저 소방 호스의 관창을 열어 불을 꺼야만 되었다. 그래야만 영걸과 소방장이 방마다 두드리며 사람들을 대피시킬 수 있었다. 두 사람은 연기에 질식된 사람들을 찾아내는 대로 구조대를 부르거나 자신들이 어깨에 둘러메고 계단을 내려갔다. 주물로 된 노란색의 기다란 관창이 그의 가슴에 묵직하게 안겨왔다. 물을 내뿜는 관창은 소방관에게 가장 큰 무기였다. 일반 소방사 배지는 그래서 관창이 달린 소방호스 위에 불꽃 모양을 얹은 형상이었다. 소방장은 불꽃이 네 개, 소방교인 그와 영걸은 세 개였다. '기왕 소방관이 된 바에야 빨리 물방울 여섯 개를 따야지.' 그는 물을 보자 영걸이 버릇처럼 말하던 소리가 들리는 듯했다. 영걸은 119안전센터장이 꿈이었다. 그것은 물방울 여섯 개짜리 소방위가 되어야만 오를 수 있는 자리였다. 소방위로부터 시작해 모든 간부의 계급장에 빠지지 않고 들어가는 것이 물방울 여섯 개가 둥글게 고리를 이룬 문양이었다. 흔히들 무궁화라고 알고 있지만 그것은 꽃잎이 아니라 여섯 개의 물방울이었다.

그도 역시 물방울 여섯 개를 물방울 다이아몬드만큼이나 귀하게 여겼다. 하지만 전혀 다른 의미에서였다. 여섯 개의 물방울은 실제로 다이아몬드보다 더 소중한 것이었다. 그것은 곧 사람 몸에 가장 좋다는 육각수를 상징했다. 소방관의 임무는 사람 몸에 가장 좋은 육각수의 역할이라고 그는 배웠다. 물의 분자가 어떻게 생긴 것인지는 몰라도 육각형의 고리구조를 이루는 것이 육각수라고 했다. 하지만 자신이 누군가에게 여섯 개의 물방울, 즉 육각수 같은 사람인지는 그도 알 수 없었다.

　오늘처럼 24시간 근무일에 그것도 한밤중에 화재를 두 건이나 겪고 나면 여섯 개의 물방울은 더욱 아득히 멀어 보였다. 그것을 달 때까지 견딜 수 있을지 자신이 없었다. 업무가 21일 주기로 돌아가는 3교대로 바뀌고 나서 오늘은 한 주에 한 번씩 돌아오는 24시간 근무 날이었다. 몸이 지칠 대로 지쳐 있을 시간이었다. 새벽 1시, 신사동 빌딩 불을 끄고 돌아가는 길이었다. 점점 무성해지고 있는 창밖의 가로수 잎에서 모처럼 상큼한 나무 냄새를 맡고 있을 때였다. 지휘 차에서 지시가 떨어졌다. '송파구 잠실동 314번지 행운 고시원에 화재 발생. 현장으로 곧바로 이동하라.' 24시간 근무 날인데 좀 봐주지, 불도 너무하다 싶었다. 하지만 그는 그다지 싫지는 않았다. GPS에 현장 주소를 찍고 나자 다시 불과 싸우게 되었다는 생각에 그의 얼굴은 상기되었다.

　그가 요즘 들어 현장 출동을 꺼리지 않게 된 데는 나름의 이유가 있었다. '허니문 사나이'가 된 덕분이었다. 업무상으로 알게 된 여자—정확히 말하자면 그가 벼랑 끝에서 구해낸—와 결혼을 하게 된 뒤부터 동료들은 그를 그렇게 불렀다. 동남소방서의 '약골대원'이 결혼하고 나서 진짜 사나이가 되었다는 뜻이었다. 그 자신도 피로감이 전보다 훨씬 덜하다는 것은 느끼고 있었다. 입버릇처럼 달고 다니던 '빨리 때려치워야지' 하던 소리도 요즘은 쏙 들어갔다. 그 애칭을 들을 때면 그는 지금도 아내를 처음 만나던 날의 묘한 느낌에 젖어들곤 했다.

새해 들어 첫 야근을 하던 날이었다. 119로 들어오는 신고를 받느라 그는 정신이 없었다. 아버지가 갑자기 쓰러졌다, 영동대교에서 누가 투신했다, 당뇨를 앓는 어머니가 실종되었다, 수능을 망친 아들이 집을 나갔다, 가스 불을 켜놓고 제주도에 왔다는 둥. 하느님이 온 세상에 다 달려갈 수가 없어 어머니를 만들었다는 말이 있는데 그건 틀린 얘기였다. 하느님이 세상 구석구석 다 달려갈 수가 없어 소방대원을 만들었다, 가 맞는 얘기였다. 더 이상 호출이 오지 않기를 빌면서 대기실에서 교대 시간을 기다리고 있을 때였다. 새벽 4시 15분 전쯤 119전화벨 소리가 요란하게 울렸다. 중년 여자의 목소리는 몹시도 떨리고 있었다.

"우, 우리 따, 딸이 뛰어내리려고, 노, 논현동 신영오피스텔 B, B동 1401호예요. 제, 제발 우리 따, 딸 좀……"

여자는 말을 다 끝내지도 못하고 울먹였다.

"어떻게 무슨 일로……"

"겨, 결혼을 바, 반대했더니만 나, 남자 따라…… 가, 강아지를 부탁한다며 바, 방금 저, 전화로……"

그 소리를 듣자 그는 은근히 심통이 났다. 또 철부지 남녀의 애정 행각에 소방대원이 목숨을 걸어야 하는구나, 싶었다. 젠장, 누구는 부모가 목숨 걸고 반대하는 애인이라도 있으면 좋겠네, 하는 비아냥거림이 입에서 절로 나오려는 것을 꾹 참고 그는 기백 있는 소방관답게, 무엇보다도 깍듯이 예의를 갖춰 답했다.

"따님을 계속 전화로 붙들고 계십시오. 어머니. 당장 출동하겠습니다."

어떻게 그런 생각이 났는지 자기 자신이 생각해도 놀랄 지경이었다. 나중에 현장 평가를 할 때 선배들은 매우 적절한 조언이었다고 그를 치켜세웠다. 심리학과를 나온 그는 사람들의 말과 행동을 곧잘 번역해내곤 했다. 이를테면 높은 데 올라가서 소란을 피우거나 미리 죽겠다고 예고하는 것은 '나는 살고 싶다'는 절규라고 해석되었다. 여자는 문을 열어주지 않았다. 소방장과 영걸 소방교가 지켜보는 가운데 그는 23층 옥상에서 자일을 타고 14층으로 내려가야 했다. 한겨울의 새벽바람은 손등을 후벼 팔 듯이 따가웠다. 열린 창문을 통해 거실로 뛰어내리자마자 그는 창가에서 서성이던 여자의 손목을 움켜잡았다. 신고를 받은 지 10분도 채 되지 않아서였다. 울면서 전화를 받고 있던 여자가 소스라치게 놀라 소리를 질렀다.

"악! 누구야?"

여자의 비명에 놀란 것은 그보다도 그녀의 품에 안겨 있던 치와와였다. 녀석은 나팔처럼 쫑긋 귀를 세우고 그를 쳐다보았다. 얼마나 놀랐던지 툭 불거진 커다란 눈망울이 곧 쏟아질 것만 같았다. 그는 '실례합니다' 하고 여자에게 양해를 구한 뒤 휴대폰을 빼앗아 신고자에게 보고했다.

"동남소방서 이준영 소방관입니다. 따님은 안전합니다."

그때 원망스런 표정을 짓던, 이제는 그의 아내가 된 여인의 얼굴이 자욱한 연기 속에 어른거리는 듯했다. 복도는 연기로 가득 차 아무것도 보이지 않았다. 연기 투시가 된다는 랜턴도 시커먼 농연 앞에서는 아무런 힘을 발휘하지 못했다. 하지만 그는 아직은 느긋했다. 등에 진 한 시간짜리 봄베에는 적어도 30분 어치의 산소는 남아 있을 터였다. 산소가 다 닳아 없어지기 10분 전에 벨이 울리면 작업을 접고 탈출해야 한다. 그는 몸으로 벽을 더듬으며 불의 혀가 너울대는 지점으로 나아갔다. LPG 가스통이 있는지 군데군데 펑펑 터지며 불꽃이 일었다. 그는 채영을 덮쳤던 달집 불이 와락 자기 앞에 나타나는 듯했다. 매캐한 연기에 눈을 뜰 수가 없었고 독한 본드와 암모니아 냄새에 숨을 쉴 수가 없었다. 그는 채영이 겪었을 그 지옥을 상상했다.

지옥, 이라는 생각을 하자 그는 사람들이 스스로 그것을 만들어내고 있다는 느낌이 들었다. 조금 전 신사동 빌딩에서도 마찬가지였다. 밖에서 줄기차게 물을 쏘아 불을 끈 다음 창문턱을 넘어 실내로 들어갔을 때였다. 어디선가 다급한 중년 여자의 목소리가 들려왔다.

"나는 죽어도 되지만 저이는 안 돼요. 저이는 안 돼. 저이는……"

관리실 바깥쪽 복도에서 나는 소리였다. 자세히 살펴보니 석유난로 앞에 두 남자가 의식을 잃은 채 엎드려 있었다. 문밖에 널브러진 여자의 얼굴은 검붉게 변해 있었고 살갗에는 이미 물집이 생겨 있었다. 여자를 들것에 태워 나가는 동안에도 구급대원들은 계속 피부에 얼음찜질을 해주고 있었다. 여자는 실려 나가면서도 외쳐댔다.

"난 괜찮아. 저이는 안 돼요. 저이는……"

대뜸 동네 주민들이 웅성거리던 소리가 생각났다. 그가 1층의 횡성숯불갈비집 앞에 처음 도착했을 때였다.

"빌딩주가 유명 대학 공대 교수래. 특허도 엄청나게 많이 가진."

"장사도 안 되는데 월세 5천 내려면 등골 빠졌겠지."

"신나 통 들고 올라갈 때부터 알아봤어."

조사를 해보지 않아도 그림이 그려지는 일이었다. 밀린 세를 내라는 독촉에도 세입자가 장사가 안 된다며 버티자 주인이 찾아와 내용증명 운운한다. 세입자도 질세라 자살하겠다며 자기

몸에 신나를 뿌린다. 옆 건물에 '5월의 보리밥'이란 집이 들어서
면서부터 가뜩이나 갈빗집을 찾는 손님이 줄어 울상이 돼 있던
터였다. 울고 싶은데 뺨을 맞은 꼴이었다. 고성과 욕설이 오가
는 사이 신나는 방 안의 따뜻한 공기를 타고 증기가 되어 날아가
난로에 옮겨붙고 순식간에 방 안은 불더미로 변한다. 이들에게
는 운명의 시간이 신나에게는 가장 신 나는 순간이었다. 거기까
지 생각을 하던 그는 아차 했다. 어릴 때 그의 짝꿍 채영을 덮쳤
던 석유 먹은 달집 불이 바로 그런 것이 아니었을까 싶었다.

　세입자는 오로지 협박용으로만 신나를 쓸 작정이었을 것이
다. 그는 신나의 속성을 몰라도 너무 몰랐다. 달집에 석유를 뿌
리면서도 그것의 속성을 몰랐던 아이들처럼. 대학교수라는 빌
딩주는 어린아이도 아는 그 유명한 속담을 몰랐다. 개도 도망칠
구멍을 두고 쫓으라는. 상대를 몰아세우더라도 빠져나갈 공간
은 주는 것. 그걸 뭐라더라, 여유, 여지, 라는 말이 떠올랐지만
그는 괜찮은 우리말은 없나, 하는 생각에 다시 머릿속을 뒤져보
았다. 얼마 안 되어 자기도 모르게 입 밖으로 소리가 터져 나왔
다. '그래, 말미. 말미를 줘야지.' 지겹게 계속되는 장마 중에도
땔감을 말리라며 하늘도 말미를 준다는데. 아무리 혹독한 시어
머니도 부모상은 치르고 오라고 시집살이에 말미를 줬다는데.
그와 친구들은 채영이 소원지를 안전하게 꽂을 말미를 주지 않
았다. 그녀의 쪽지에는 어떤 소원이 담겨 있었을까 그는 궁금했
다. 옥잠화가 새끼를 많이 낳기를 빌었을까. 아니면 그와 같은

중학교에 배정되기를 빌었을까. 채영은 송아지가 태어나면 꼭 꽃 이름을 따서 이름을 붙이고는 했다. 모란, 국화, 작약, 백일홍, 능소화…… 그녀가 이름을 지어준 소들에게서는 꽃향기가 나는 것 같았다.

채영을 생각하면 지옥에 있는 듯하다가도 어느 날 밤 자신이 구해낸 여자를 생각하면 그는 다시 천당에 와 있는 듯했다. 그는 아직도 여자가 자기에게 청혼한 이유를 정확히는 모르고 있었다. 여자에게서 전화가 걸려온 것은 그로부터 두어 달 뒤였다. 그는 여자를 만나고 싶은 생각이 조금도 없었다. 공연히 상처만 건드리게 될까 염려스러웠다. 단지 딸에게 평상심을 되찾게 해주고 싶다며 간곡히 부탁하는 그 어머니의 청을 거절할 수가 없었다. 하지만 거절을 못한 진짜 이유는 다른 데 있었다. 그녀의 남자친구, J가 뛰어내리기 직전 여자와 마지막으로 나눈 대화 내용 때문이었다.

"우리가 가면 메리는 어쩌지?"

"엄마한테 전화해서 메리 부탁하고 와. 먼저 간다."

그녀 어머니에게서 남녀의 마지막 대화 내용을 듣자 그는 가슴이 뭉클해왔다. 남녀의 직업이 레지던트 4년차와 간호사였다는 사실은 별로 중요하지 않았다. '메리 부탁하고 와' 하면서 여자에게 시간 여유를 주고 남자가 먼저 창가로 갔다는 사실, 그것이 그의 가슴을 쳤다. 거의 백 년 전에 쓰인 소설을 읽은 기억이 났다. 부모의 반대로 사랑을 이룰 수가 없게 되자 함께 약을 먹은 청춘남녀의 실랑이 장면*이었다.

"배앝아라, 배앝아. 어서 배앝아."

남자는 여자의 입안으로 손가락을 꾸역꾸역 들이민다. 물로 커다란 아편 덩어리를 꿀꺽 삼키고 나자 몸에 이상이 생기는 것을 알아챈 것이다. 자신은 이미 죽을 몸, 여자라도 살리고 싶은 마음이다. 하지만 여자는 물만 마시고 약은 혀 밑에 넣고 굴리고만 있다. 남자는 기어코 여자의 입속에서 약을 끄집어낸다. 그때 남자의 얼굴 표정은 분노 그것이다 바로 원한이다. '일상 생글생글 웃는 듯하던 그 눈매가 위로 흡뜨여서 미친 개 눈깔같이 핏발을 세워' 여자를 흘긴다. 여자는 그 흰자위의 섬뜩함에 몸을 떤다. 하지만 오랜 세월이 흐르고 나서 고백한다.

"시방 와서는 그 흘긴 눈이 떠오를 적마다 몸서리를 치면서도 어째 정다운 생각이 들어요. 그립은 생각이 들어요."

J의 마지막 말이 진정 '메리 부탁하고 와'였다면 인간은 확실히 백 년 전보다 진화한 것이라고 그는 생각했다. J의 말에는 뭔가 남다른 기품이 있었다. 함께 죽음을 약속한 사이라 하더라도 마지막까지 상대에게 일 처리할 여유를 주겠다는 의연함이랄까. J야말로 그가 되고 싶어 하는 여섯 개의 물방울, 진정한 육각수였다. 그러자 생전에 한 번도 만나보지 못한 그가 형제처럼, 어느 때는 곧 자기 분신처럼 여겨졌다.

---

* 현진건, 「그립은 흘긴 눈」, 『폐허이후』 1923년 2월호.

하지만 어린 시절 자신의 분신과 같았던 채영은 이제 어디에서도 찾을 수 없었다. 채영은 그가 어릴 때 함께 들었던 모든 불타는 소리들 속에서만 살아 있었다. 세 자매의 맏이인 채영이 때던 군불 소리. 겨와 밀짚과 온갖 잡목이 타던 소리. 대보름날 달집이 타는 소리. 따다닥따다닥 마른 콩 껍데기 타는 소리, 틱틱 타닥타닥 생솔가지 타는 소리, 펑펑 대나무 터지는 소리, 하지만 그와 친구들이 석유를 부은 탓에 그해 달집의 불은 화르르 한꺼번에 타올라 채영의 얼굴을 덮쳤다. 그와 친구들은 달집에게 지긋이 탈 수 있는 말미를 주지 않은 거였다. 천천히 시간을 두고 불쏘시개부터 저마다 독특한 소리를 내면서 탈 수 있도록.

차를 주문해놓고 알람이 울릴 때까지도 둘은 말없이 앉아 창밖의 빗줄기만 바라보고 있었다. 여자는 가슴 선이 그대로 드러나는 흰색 시폰 블라우스에 허벅지 부위가 너덜거리는 청바지를 입고 있었다. 얼굴은 조금 창백해 보였지만 표정은 격렬한 사건을 치른 사람답지 않게 차분하게 가라앉아 있었다. 반달눈에 아담한 코와 입이 균형 있게 자리 잡고 있어 썩 미인은 아니어도 호감이 가는 인상이었다. 침묵을 견디다 못한 그가 먼저 말을 꺼냈다.

"올 장마는 너무 길죠? 서울엔 물 폭탄인데 북경엔 인공강우를 해야 될 지경이래요. 하느님도 참 불공평하세요. 좀 골고루 주시지."

여자의 입가에 웃음이 걸리는 듯했다. 양볼에 볼우물이 패는 것을 보고 그는 자신감을 얻어 말을 이었다.

"자연 비랑 인공강우 어떻게 구별하는지 아세요?"

그녀는 웃음 띤 얼굴로 고개를 살래살래 저었다.

"주로 새벽이나 한밤에 로켓포 쏘는 소리가 꽈다당 하고 난 뒤에 비가 내리면 인공강우고요. 아무 소리 없이 그냥 줄줄 내리기 시작하면 자연 비래요. 불도 리모컨으로 인공강우해서 끌 수 있으면 좋겠는데."

"그럼 안 되죠. 괜찮은 소방관이 사라지는 거잖아요."

그녀가 보인 뜻밖의 반응에 흠칫 놀라 그는 눈을 크게 뜨고 여자의 얼굴을 쳐다보았다. 그녀의 눈길은 그와 마주치지 않고 그의 목 언저리께만 맴돌고 있었다. 작은 쥐젖이 하나 나 있긴 하지만 내가 목 하나는 시원하게 쭉 빠졌지, 속으로 생각하면서 그는 어깨를 쭉 폈다. 그렇게 시작된 그녀와의 만남이 두 달도 안 돼 결혼으로 이어질 줄을 그는 상상도 못했다. 진도가 너무 빠른가 싶다가도 J가 사랑한 여자인데, 하고 생각하면 그는 금세 마음이 편안해졌다. 중매쟁이는 그녀의 전 애인인 여섯 개의 물방울, J인 셈이었다.

아내와 만나던 날을 돌이켜보며 유독가스 냄새를 잊으려 했지만 그것은 코와 입 속의 점막으로, 살갗으로 파고들어 핏속까지 스며든 것 같았다. 눈과 목이 따가워서 숨을 쉬기 힘들었다. 건축하는 친구에게 들은 말이지만 집장사들이 칸막이로 많이 쓰는 석고보드는 화공약품 '섞어보드'라고 했다. 한 곳의 방문을 열자 연기에 질식했는지 의식을 잃은 입주자가 반듯하게 침대에 누워 있었다. 다시 방 두 곳에서 쓰러진 사람들을 확인하고 구조 차에 무전을 보냈다. '질식자 발견, 구조대 7층으로.'

부지런히 물을 쏘아 불을 끄고 질식자를 찾아내는 사이에 어느새 삑삑, 봄베에서 경고음이 울렸다. 산소는 이제 10분어치밖에 없다는 신호였다. 귓가에 초침 소리가 마치 행진하는 병사들의 구둣발 소리처럼 들리기 시작했다. 머리에 뚜껑을 열고 누가 불을 놓은 것처럼 맹렬한 열기가 정수리에서 이글거렸다. 조금만 움직여도 벽에 봄베 부딪치는 소리가 와당탕탕 우르르 쾅 천둥소리처럼 들렸다. 전에도 이런 적이 여러 번 있었지만 이번 천둥소리는 심장이 덜컥할 정도로 컸다. 그 소리에 몸이 꽁꽁 얼어붙어 옴짝달싹도 할 수가 없었다. 여섯 개의 물방울은커녕 이제 세상 끝이구나, 싶었다. 온몸에 좌르르 팥알을 뿌린 듯이 왕소름이 돋았다.

어릴 때 소방차의 사이렌 소리는 그에게 위대한 일을 하러 가는 거인의 출정 소리로 들렸었다. 소방관의 방화복과 헬멧은 신성해 보이기까지 했다. 막상 소방관이 되고 보니 위대나 신성이란 말은 얼토당토하지 않았다. 뚜렷한 이유도 없이 시름시름 앓다가 스스로 목숨을 끊거나 현장에서 패닉 상태에 빠졌다가 아직도 정신이 온전하게 돌아오지 않은 동료들이 사방에서 눈에 밟혔다.

곧 산소가 떨어지면 죽음이라는 생각을 하면서도 그의 몸은 무슨 힘으로인지 앞으로 나아가고 있었다. 한 손에는 랜턴을, 다른 한 손에는 관창을 쥔 채 어깨로 벽을 짚어나갔다. 랜턴을 바짝 벽에 대어 겨우 방문 하나를 찾았다. 손도끼로 잠긴 문을 열었다. 불길이 확 그의 몸을 덮쳤다. 백드래프트, 역류였다. 막혀 있던 방 안에 공기가 들어가자 불길이 거세게 폭발하며 쏟아져 나왔다. 그의 몸은 그야말로 독한 연기 속에서 불의 혓바닥에 감겨 있었다. 그는 관창을 목숨처럼 끌어안고 미친 듯이 물을 쏘아댔다. 그에게 여섯 개의 물방울은 다름 아닌 지금 관창을 통해서 쏟아져 나오는 물이었다.

겨우 불을 끄고 나서 방 안을 둘러보려는데 불에 타다가 만 시커먼 이불 뭉치가 발길에 채었다. 그는 방수화를 신은 발로 이불을 걷어냈다. 두 사람이 끌어안고 있는 모습이 랜턴에 잡혔다. 엉겨 붙은 팔들을 풀고 한 명을 들어 어깨에 둘러메었다. 무겁기도 했지만 등줄기로 뜨거운 열기가 화끈하게 전해왔다. 무슨 냄새 때문인지 갑자기 코가 맵싸해오고 머리가 빙빙 돌면서 속이 메스꺼워졌다. 어깨에 멘 사람은 점점 더 무거워지는데 짙은 연기 탓에 출구를 찾을 수가 없었다. 말 못할 두려움에 그는 한 발도 떼지 못하고 덜덜 떨었다.

소방 호스를 더듬어 관창이 달린 쪽을 알아내려 했지만 호스 중간만 만져질 뿐이었다. 호스를 거꾸로 들고 따라 나오다가 어느 쪽 문을 열고 사람을 꺼냈는지도 기억이 나지 않았다. 미로와 같은 고시원 복도를 한창 헤매고 있을 때 자욱한 연기 속에

희붐한 빛줄기가 보였다. 언뜻 작은 창문이 보이는 듯했다. 그 밑에 계단이 있을 것 같았다. 이제 살았다는 느낌이 왔다. 하지만 사람을 업고 7층 계단을 내려가야만 되었다. 어깨에 가해지는 무게를 감당하지 못하고 그는 계단에서 엎어졌다 일어섰다 되풀이했다. 다리가 후들거려 걸음이 나아가지 않았다. 문득 등에 업힌 이가 채영이라는 생각이 들었다. 둘이서 함께 계단을 구를 때도 채영을 부둥켜안았다고 믿었다. 그때 그는 분명히 깨달았다. 죽든 살든 평생 채영을 안고 업고 살아야만 한다는 것을. 목숨이 다 타버릴 때까지 채영을 안고 불 속을 달리다 쓰러져야 한다는 것을. 그것이 채영이 겪었던 지옥에 한 발짝 다가가는 길이라고 그는 생각했다.

계단을 구르면서 그는 이것이 곧 지옥이 아닐까 싶었다. 어쩌면 그것은 자신이 만들어낸 것인지도 알 수 없었다. 이 지옥을 헤쳐 나간다면 여섯 개의 물방울을 만나게 될 수 있을까, 싶었다. 그렇게 되면 물방울이 폭포를 이루어 우르르우르르 쏟아지면서 불에 데어 일그러진 채영의 얼굴을 반듯하게 펴줄 수 있을까. 제발 그날이 오기를, 그날이 오기를, 하고 그는 빌었다. 그때 머릿속에서 누군가가 고함치는 소리가 들려왔다. "잠시만 멈춰 서서 생각해보았다면 알 수 있는 일이었어. 석유를 먹은 달집은 불길이 닿았다 하면 한꺼번에 와라락 타올라 누군가를 크게 다치게 할 수 있다는 것을." 그 말에 그는 속으로 반박했다. '그때 바람이 어쩌다 채영이 서 있던 쪽으로 불었을 뿐이야.

어느 쪽으로 불었든 누군가는 다칠 수밖에 없었어.' 다시 누군가의 목소리가 들려왔다. "언제까지 비겁하게 바람 핑계만 댈 거야. 그래, 계속 과실이라고 우겨라. 과실이라면 처벌받지 않으니까. 넌 중학교 입학을 앞두고 있었어." 쩌렁쩌렁 울리는 고함 소리에 쫓겨 그는 계단을 데굴데굴 굴렀다.

구르면서 그는 등에 업힌 채영에게 고백했다. "내가 죽일 놈이야. 나는 애당초 너에게 여섯 개의 물방울, 육각수로 다가가고 싶었어. 그런데 야릇하게도 달집의 벼락 불길이 되어 너를 덮쳐버렸지. 염병, 이런 걸 운명이라고 해야 하나. 시발, 내가 어떻게 알았겠냐. 너한테 육각수인 줄로만 알았던 이 자식이 말야, 실은 지옥 같은 불길인 줄을." 그는 발을 뻗고 앉아서 통곡이라도 하고 싶었다. 구르다 일어섰다 하면서 어떻게 1층까지 내려왔는지 몰랐다. 밖으로 나오자마자 그는 대원들에게 소리쳤다. "소방장하고 영걸 소방교 찾아봐." 그러고는 까무룩 정신을 잃었다.

그가 잠을 깬 것은 오전 11시가 넘어서였다. 그는 소방서 숙직실 침대에 얌전하게 누워 있었다. 목과 귀에 노출된 부분이 몹시 따가웠지만 그 정도야 참을 만했다. 동료 직원이 전화 받는 소리가 들렸다.

"돌아왔다구요? 네, 알겠습니다. 곧 가죠."

동료는 그의 손목을 잡아끌었다. 병원 중환자실로 소방장과 영걸을 면회 가자는 거였다. 그는 소방서를 나오면서 동료에게 물어보았다.

"어제 고시원 화재 원인이 뭐래?"

"고딩 커플이 이불을 쓰고는 휘발유 뿌리고 라이터로……
부모가 사귀는 걸 반대했다나 봐."

가슴이 섬뜩했다. 어젯밤 자신이 발견한 그 이불 속에 엉겨
붙어 있던 이들이 틀림없었다. 역류를 맞았던 그 방에서 냄새가
진동했던 기억도 났다. 고등학생이라면 아직 마음이 어떻게 변
할지도 모르는데. 그 부모도 뭔가를 잊어버린 것 같았다. 아이
들도 마찬가지였다. 시간이 지나면 어른들 마음이 어떻게 달라
질지 알 수 없는데. 그래, 말미, 말미를 줘야지.

소방장과 영걸 소방교는 모두 목과 귀에 붕대를 감고 있었고
영걸은 오른쪽 다리에 깁스를 하고 있었다. 사람을 업고 계단에
서 구르다 다리가 부러졌다고 했다. 깁스를 하고서도 그는 빙글
빙글 웃기까지 해서 면회 간 이들을 안심시켰다. 양쪽을 번갈아
보며 얘기하려고 그는 병상 사이에 의자를 두고 앉았다. 소방장
이 눈을 희번덕거리며 먼저 입을 열었다.

"간밤에 자네도 봤지, 응? 내 테너 색소폰에 그 아줌마들 뿅
가서 자지러지던 모습 말야. 오늘 밤에도 천변으로 나와. 반주
기랑 마이크 설치하고 옆에서 악보 넘겨줘야지."

그는 아연해져서 아무 말도 나오지 않았다. 간밤이라면 셋이
서 신사동 빌딩에 이어 고시원 불 끄느라 정신없었는데. 환상
속을 헤매던 소방장이 이번에는 씩씩거리며 고함을 질러댔다.

'내 색소폰, 내 색소폰 어디 갔어!' 그러고는 어린아이처럼 엉엉 울어댔다. 어이가 없어 옆을 돌아보았더니 이번에는 방금 배실배실 웃음을 흘리던 영걸이 울음 섞인 목소리로 처량하게 외쳐댔다. '내 마술, 내 마술! 어떻게! 나 죽어, 나 죽어.' 그러더니 다시 히죽거리며 말했다.

"아이구 준영이 조수, 또 마술 배우러 왔남? 고러쿠럼 쉽게 남의 기술 똑 따먹으려 들면 안 되지이."

그러더니 또다시 무슨 생각이 났는지 흑흑 흐느끼기 시작했다. 그는 자신이 본 광경이 도무지 믿기지 않았다. 흰자위가 구르는 모양으로 보아 영걸의 눈동자도 자기 의지대로 움직이지 않는 게 확실했다. 환한 대낮에 이렇게 참담한 가슴을 안고 집으로 돌아가게 되다니. 캄캄한 어둠 속에서 불의 혓바닥에 감겨 있던 두 사람에게 무슨 일이 일어난 것일까. 한 명이라도 더 구해내려다 봄베가 주는 10분의 말미까지도 다 써버렸던 것일까. 젠장, 봄삐인지 몸뻬인지 하는 것의 경고음을 듣지 못했단 말일까. 그때 언뜻 무슨 생각이 그의 머리를 스쳤다. 그들이 그토록 음악과 마술에 빠져들었던 건 진작부터 뭔가를 잊기 위한 몸부림이 아니었을까 하는. 그것은 산소가 바닥난 뒤 숨도 들이켤 수 없는 독한 연기 속에 혼자 내팽개쳐져본 자만이, 캄캄한 어둠 속에서 혹독한 불의 혀에 친친 감겨본 자만이 알 수 있는 처절한 외로움일지도 몰랐다. 그래도 한 가지 희망은 품고 그는 병실을 나왔다. 소방관의 외상 후 스트레스가 잘만 작용한다면 커트 보네거트와 같은 튀는 작가를 탄생시킬지 알 수 없다는.

아파트 현관 문 앞에서 벨을 누르자 아내가 달려 나와 그의 목에 매달렸다. 그는 심드렁한 표정으로 가볍게 아내의 뺨에 입술로 점만 찍었다. 키스할 기분이 아니었다. 구두를 벗고 거실에 올라서려는데 아내가 놓아주지를 않았다. 아내는 전에 없이 애교를 떨며 그의 목에 키스를 퍼부었다. 목이라기보다는 어느 한 지점이었다.

"있잖아, 난 말야, 자기 목에 난 이 쥐젖이 젤루 마음에 들었어. 처음 봤을 때부터. 어떻게 똑같은 부위에 똑같은 색깔과 크기로 나 있는지. 진짜 신기해."

그는 자신의 귀를 의심했다. 그 말을 들은 게 정말 맞는다면 이제야 짐작이 갔다. 처음 만났을 때부터 그녀가 왜 자신과 눈을 마주치지 않고 자꾸만 목에 맞추었는지. 불길한 예감이 몰려왔다. 그는 다짜고짜 아내를 침대로 끌고 갔다. 옛 애인을 잊게 하려면 여자를 황홀한 경지로 몰아가야 한다고 생각했다. 그는 거칠게 아내를 침대에 넘어뜨렸다. 그가 막 절정에 이르렀을 때 아내가 소리쳤다.

"종민 씨, 종민 씨. 자기야, 나 있지, 벌써 5개월째래. 우리 아기 이름 뭐라고 지을까."

이건 또 무슨 소린가 싶었다. 오늘은 말도 안 되는 황당한 얘기만 듣는 날인가 보았다. 아무리 헤아려 봐도 결혼한 지 50일 남짓밖에 되지 않았다. 하긴 50이 5보다는 큰 수이긴 하지. 내가 이름을 바꿨던가. 그는 헷갈렸다. 아내의 몸 위에서 가쁜 숨을 몰아쉬면서 그는 심각하게 고민했다. 과거의 남자를 잊도록 아내에게 말미를 줘야 할지 말아야 할지. 그제야 그는 알게 되었다. 자신이 그토록 믿는 '말미'라는 말에 덜미를 잡혔다는 것을. 그래, J가 그랬듯 나도 아내에게 말미, 말미를 줘야지. 하지만 그는 자신이 그럴 만큼 관대한 인간은 못 된다는 것을 알아차렸다. 힘으로 아내의 전 애인을 압도하는 수밖에 없었다. 그때 갑자기 자기도 모르는 힘이 몸에서 불끈 솟는 것이 느껴졌다. 채영에게 보여주려고 기를 쓰고 쥐불을 돌리던 때처럼 몸이 훨훨 날아올랐다. 아내는 행복에 겨운 비명을 질러댔다. 그는 홀연 의문이 일었다. 혹시 결혼하고 나서 동남소방서의 약골 대원이 '허니문 사나이'가 된 것도 바로 이 힘 때문이었을까. 어쨌든 그것은 자신의 힘이 아니었다. 누군가가 와서 그를 휘어잡고 대신 힘을 쓰는 게 분명했다. 그게 자신이 사랑하는 불의 혁인지 아니면 누구인지 그는 도무지 알 길이 없었다.

회의주의자의 사전

양윤의

1. 사라진 색인(索引)

세계는 기호들의 네트워크다. 의미의 중층과 지시의 교차가 만든 촘촘한 모눈종이가 세계의 바탕화면이다. 그 근원에는 방향과 원근과 간격을 조율하는 시선이 내재해 있다. 씨줄과 날줄로 엮인 그물을 통해 세계를 낚아채려는 자의 시선이 있다는 뜻이다. 기호론은 세계를 읽으려는 시선이 세계에 부여한 세계─산출자다. 우리가 이 기호들의 체계를 정리한 일람표를 갖고 있다면 우리는 세계를 소유한 것이다. 이 기호들의 일람표가 바로 사전인데, 이것이야말로 세계를 한 권의 책으로 번역한 결과물이다.

이런 기획은 사회가 설정한 위계와 대결하려는 개별자들의 게임이기도 하다. 퍼스에 따르면 기호를 세우려는 노력은 사고와 상징 들에 대해서 끊임없이 사법권을 세우려고 하는 철학자와 교육자 들의 시도이기도 하다. 이들의 첫번째 의무는 합리적이면서도 지배적인 합의를 끌어내는 데 있다. 그런 점에서 상징 들의 사전 목록을 만들어가는 과정은 표상의 윤리학을 세우기 위한 필수 조건이다. 사전을 만드는 자는 화가의 관찰 정신과 철학자의 분석 능력, 그리고 수학자의 일반화 능력이 필요하다. 말을 바꾸면 사물을 바로 보고, 실상을 분해하고, 분해한 것을 유별하고, 다시 그것들을 재조립하는 능력이 사전 편찬자의 능력일 것이다.

박찬순은 회의주의자에게서 이 그물을 빌려왔다. 회의주의자는 자신의 그물이 세계를 온전히 포착할 수 있을 거란 기대를 의심하는 자다. 작가가 소설에서 끊임없이 번역가의 고충을 토로하는 것도 이와 관련 있다. 번역가는 이쪽 언어 기호로 저쪽 언어 기호를 변환해내는 사람이라는 점에서 기호론자에 속한다. 그는 세계의 실상을 이 그물이 온전히 담아낼 수 있을까를 염려한다. 하지만 회의주의자는 불가지론자와는 다르다. 불가지론자는 세계를 담아낼 그물이란 처음부터 없는 것이라고, 세계는 어떻게 해서도 잡히지 않는 모비딕 같은 것이라고 여긴다. 그물을 던질 필요를 못 느끼는 자가 불가지론자라면, 그물의 성능을 의심하면서도 바로 그 실패한 그물 던지기를 통해서만 세계가 오지각된 채로 걸려 올라올 것이라고 믿는 자가 회의주의자다.

예견된 실패를 품은 '그물 던지기'야말로 현실의 조건만이 아니라 감각의 조건 자체를 재검토하게 만든다. 구멍 뚫린 기호론은 과거와 현재를 이어주면서 동시에 그 사이의 시차(視差/時差)를 가시화한다. 이해할 수 없는 생의 갈피들, 이상한 시점으로 인도하는 고장 난 색인(索引)을 달고 있는 셈. 회의주의자의 그물은 보편적인 준거가 되지 못하지만, 적어도 우리가 그 그물에 걸린 존재라는 충격적인 사실에 직면하게 만든다.

박찬순의 두번째 소설집 『무당벌레는 꼭대기에서 난다』는 우리를 세계라는 미지의 도상 앞에 데려다 놓는다. 작가는 회의주의자로 부활한 예술가이자 철학자이며 과학자인 기호학자다. 이 소설집은 그런 기호들의 채집물로서의 세계 산출 사전이다. 이 사전에 어떤 기호들이 있는지를 살펴보기로 하자.

2. 문자-기호: 회의주의자의 문자표

박찬순의 첫번째 카테고리는 문자-기호로 이루어진 체계를 다루는 작품들의 유형이다. 고독한 산책자로 알려진 철학자의 고유명사 '루소Rousseu', 쿠바 특유의 리듬과 음악을 표시하는 '살사salsa', 그리고 사멸한 단어인 '도슭'이 문자-기호에 속한다. 문자letter 자체가 기호가 되는 작품들인데, 정작 초점이 맺힌 곳은 모국어로도 완전하게 번역되지 않는 문자의 외부에 있다.

「루소와의 산책」(이하「루소」)에 등장하는 고유명 루소에서 시작해보자. 이 소설은 철학자 루소가 남긴 '인간 불평등의 발견'을 21세기 한국 사회에서 재발견하는 이야기다. 저 유명한 백과전서파의 일원을 초대해 새로운 세기의 백과전서를 만들려는 시도일 터. 흥미로운 점은 그것이 일종의 낙차와 실패를 통해서만 자신의 문자표(文字表)를 만드는 데 성공했다는 사실이다. 가난한 시계공의 아들 루소와 파리 거리를 방황하던 동양인 유학생('나') 그리고 스리랑카에서 온 미성년 노동자 '다마라'('나'는 그를 루소라 부른다)를 잇는 문자-기호의 사슬이 있다.

"'인간 불평등의 발견'이라는 가장 큰 생각의 선물을 우리에게 안겨준 철학자 '루소'. 시계 수리공의 아들로 태어나 어린 나이에 부모를 잃고 전전해야 했던 이 불우한 청년은 언제부터인지 나를 자석처럼 끌어당겼다"(p. 56). '나'는 루소의 이론을 연구하기 위해 지난 6년 동안 힘겹게 유학 생활을 했지만 논문을 완성하지 못한 채 한국으로 돌아온다. 귀국 후 아버지의 공장에서 일을 돕기 시작한 '나'는 거기서 스리랑카에서 온 열여덟 살 '다마라'를 만난다. '나'는 "'루소'를 찾아 헤매다 돌아와 또 다른 루소를 만나게 되었"(p. 56)다고 생각한다. 이주 노동자가 겪는 불평등과 부조리야말로, 원래의 루소가 말하고자 했던 인간 불평등의 현장이었기 때문이다. 루소라는 문자-기호의 전이를 통해 루소 시대의 불평등이 현대적으로 번역된 것인가?

사태는 그리 간단하지 않다.

다마라는 고향에서 함께 살고 있는 모든 사람들이 가난했기 때문에 가난이 모두에게 공평한 현실이라고 여겼을 것이다. 그런데 예상하지 못한 근원적인 불평등을 바로 이곳, 한국의 고된 열처리 공장에서 체험한다. 그것도 한국에 함께 들어온 고향 친구 '꾸마라'와의 갈등을 통해서. 불평등의 기원에는 소비주의의 화신으로 보이는 ('나'의) 어머니가 있었다. 모종의 자부심을 가지고 공장을 운영하는 아버지와는 달리, 어머니는 아버지의 수입에 만족하지 못하고 연예 기획 사업을 시작했다. 아들인 '나'가 보기에 어머니의 욕망은 "유행을 쫓는 겉멋"이자 "분수에 넘는 사치"(p. 51)이며, 속물적인 과시욕에 불과하다. 그녀는 노래 실력이 좋은 꾸마라를 텔레비전의 오디션 프로그램 출신 가수로 만든다. 박봉과 잔업에 시달리던 공장 노동자가 한순간 화려한 가수로 변신한다. 꾸마라가 부른 노래처럼 그는 "'환생'으로 '한 생'을 다시 얻었다"(p. 65). 백화점 우수 고객을 초청한 행사장 무대에서, 그는 관객들의 동정 어린 시선 속에서 상품으로 소비된다.

경위는 알려지지 않았지만 다마라는 꾸마라를 칼로 찌르고 수감된다. 강철 더미에 깔릴 뻔한 '나'를 민첩하고 용감하게 구해주었던 소년이 한순간 범죄자가 되었다. 어쩌면 그것은 동료마저 경쟁으로 몰아가는 오디션 사회가 낳은 궁지가 아닐까. 많이 가진 자와 적게 가진 자를 양산하는 불평등의 시장. 저 어린 소년은 자연에서 태어났으나 범죄자로 전락했다. 어린 루소(다마라)를 바라보는 '나'는 그의 처지와 심정에 공감한다. 유학 시절 송금을 끊고 귀국을 명령하는 아버지를 피해, '나' 역시 파리의 거리 무료 급식소에서 밥을 먹으면서 노숙자 생활을 몇 달간 했기 때문이다. 그렇다고 해서 이 소설이 어린 이방인이 어떤 사건을 저질렀는지 그 경위를 파헤치는 탐색의 소설인 것은 아니다. '환생'을 꿈꾸었으나, '한 생'을 살다가 떠나는 존재들. 한생과 한 생 사이의 동음관계, 나아가 환생과 한 생 사이의 유음관계가 고유명 루소와 다른 루소들 사이의 낙차에 반영된다.

이 어려움은 글쓰기의 구조와도 관련되어 있다. 만국박람회에서 출발한 백화점의 구조가 백과사전의 구조와 상동적인 것은 이 점에서 시사하는 바가 크다. 자본주의의 전시장인 백화(百貨)와 기호의 전시장인 백과(百科)의 유사성은 모든 상품을 취급하는 장소와 모든 지식을 망라하는 공간의 상동성을 뜻한다. 자본주의라는 시스템은 이미 우리 삶의 감각을 구성하는 무의식적인 구조가 되어 있다. 그러니 자본주의의 낙차가 저 기호들의 낙차로 현시되는 것을 어찌 이상하다고 말할 것인가.

「살사를 추는 밤」(이하 「살사」)에서 그 기호는 살사 자체에 있다. 무역회사에 다니는 '나'(이미혜)는 유기농 설탕 수입 루트를 마련하기 위해 쿠바에 들어왔다. 낯선 외국 생활에 어려움을 겪던 '나' 앞에 나타난 독일인 유학생 한스 마이어는 구원자와도 같은 존재다. (장난이었지만) 마피아의 위협으로부터 극적으로 '나'를 구해준 사건을 계기로, 둘은 급속도로 가까워졌다. '나'에게 사탕수수만큼 달콤한 존재가 바로 한스인 셈이다. '나'는 "쓴맛은 달콤함과는 정반대의 맛이어서 내 사전에는 키우고 싶지 않은 말"(p. 84)이라 생각해왔다. 그러나 달콤함은 자기 편의를 내세운 무심함 내지 무관심을 거쳐서 온다. '나'의 쿠바 행 역시 일종의 도피였다. 그로써 불가피한 선택이 운명이 되지만, 그 운명이 체념으로 변하는 것도 어쩔 수 없는 수순이다.

어쩌면 내게 행복이란 어릴 적 설탕으로 만드는 별 뽑기의 단맛에 가 닿아 있는지도 알 수 없다. 뽑기는 내게 별을 안겨주고, 달콤한 그 별은 다시 가난이 없는 미지의 어떤 세계를 꿈꾸게 했는지도. 그렇다면 나는 언제부터인가 설탕의 나라 쿠바로 오지 않으면 안 될 운명이었는지도 모른다. (「살사」, pp. 86~87)

어린 시절의 가난과 궁핍이 현재의 쿠바행과 연결되었다는 말이다. 이러한 전변 역시 우연이 만든 매듭이다. '나'는 저 "별 뽑기" 놀이처럼 "진정한 단맛에는 어떤 순수함이 깃들어 있다고"(p. 87) 믿는다. 쿠바에서 만난 한스와의 만남이 '나'에게 그와 같은 의미를 가질 터. 그런데 한스는 다른 말로 그 순수의 이면을 일깨운다. "상상이나 돼? 저게 아프리카에서 팔려 온 사탕수수밭의 흑인 노예들이 추던 춤이란 게. 두 발이 쇠사슬에 묶인 채 말이야. 그래서 발을 크게 못 떼고 땅을 쓸면서 추는 거야"(p. 76). 그러니 흥겨운 살사를 즐기면서도 살사의 기원인 노예들의 고통을 잊어서는 안 된다. '소울 푸드'라는 말을 감싸는 당의성을 벗기면, 차별받은 흑인들의 생존 현장이 드러나는 것과 동일한 맥락이다. 한스가 던지는 쓰디쓴 충고는 이런 점에서 경청할 필요가 있다.

온종일 허리가 끊어지도록 일하고 난 뒤 자기도 모르게 토해낸 신음이 노래가 되고, 통증을 털어내려던 몸부림이 춤이 된 것은 아닐까. 눈을 비비고 다시 무대 위의 사람들을 바라본다. 순간 어떤 생각이 머리를 스친다. 저들이나 나나 어쩌면 뭔가에 얽매여 노예 같은 삶을 살아가고 있는 것은 아닐까 하는. 우리 모두는 저렇게 격렬하게 흔들어대어야만 겨우 이겨낼 수 있는 어떤 현실의 조건들을 갖고 있는 것은 아닌지. 그런데 살사 춤의 어원이 뭐라고 했더라. 나는 아바나의 재즈클럽에서 들었던 한스의 말을 다시 더듬어본다. (「살사」, p. 77)

지금 '나'는 쿠바의 전통 춤과 음악을 즐길 수 있는 재즈클럽에서 한스를 기다리는 중이다. '나'에게 어떤 변화의 기미가 보이는 순간이다. 무대에서 살사를 추면서 신나게 즐기는 사람들의 실루엣 위에, 고된 노역을 견디는 노예들의 이미지가 겹쳐 보인다. "노예 같은 삶"이라는 점에서 '나'의 삶 역시 저들의 것과 별반 다르지 않다는 씁쓸한 회의에 이르는 장면이다.

「루소」에서도 이와 유사한 장면이 있다. 감각과 이성이 교차하는 접합점, 사전의 항목이 추가되는 순간은 멀고 오래전의 루소라는 인명과 지금 이곳의 스리랑카 소년을 잇는 교차점이며, '나'가 두 항목 사이에 주소지를 기입하는 바로 그 순간이다. 「살사」의 '나'에게도 이 순간이 있다. 삶의 도취와 황홀을 표현하는 화려한 춤 뒤에 어른거리는 노예의 고통스러운 삶의 몸짓, 그 교차점이 선사하는 우연과 운명 사이의 해석적 낙차. 이 낯선 전도와 착란 사이에서 문자-기호가 탄생한다. 그 회로의 끝에서 익숙하지만 낯선 전도 속에서, 문자-기호가 탄생한다. "'살사'에다 한 다리만 슬쩍 걸치면 '살자'가"(p. 98) 된다. 하나의 문장 안에 '살사'와 '살자'가 수평적으로 (동시에) 배치되고 거기서 유음이의의 유희 혹은 낙차가 생겨난다. 이것은 쿠바의 흑인 노예들이 그랬듯, 삶 자체를 즐거움과 불쾌함의 구분에서 벗어나도록 만드는 삶의 기획이다. 이름에 해당하는 인물 다시 말해 기표가 감당하는 기의의 고의적인 착란을 통해 두 세계의 교차점을 기록하는 것이 박찬순이 만든 기호―사전의 첫번째 기술법이라면, '살사'에서 '살자'로 이어지는 말놀이는 박찬순이 제작한 기호―사전의 두번째 기술법이다.

동음이의 기호론의 가능성을 보여주는 세번째 작품은 「아직은 도슭이 필요해」(이하 「도슭」)이다. '도슭'은 대나무를 엮어서 만든 도시락의 옛말이다. 소설이 궁궐의 담벼락이나 낮은 산 어귀를 배경으로 한다는 점은, 이 도슭이 '도시락'과 '기슭'의 합성어라는 점을 강력히 암시한다. 소설은 시간강사인 '나'와 수배자 신세로 떠도는 제자를 무대에 세운다. 문제의 제자는 '편안한 모퉁이 펼치기' 운동을 하고 있다. 혜화동에 있는, 편안한 모퉁이라는 뜻의 '캄포트존'이라는 찻집을 기점으로 인종, 국경, 종교, 이념을 넘어서는 평화의 공간을 만들어보겠다는 취지다. 그가 2주째 모습을 드러내지 않자 '나'는 그의 신변을 걱정한다. '나'는 그를 만난 강의실 한 장면을 떠올린다.

"그때는 '벤또'라는 말이 결코 우리 입에서 떨어지지 않을 줄 알았지. '도슭'이라는 옛말을 찾아낸 어느 국어학자 덕분에 '도시락'이라는 우아한 우리말이 탄생한 거야. 해방이 되고도 10여 년이나 지난 때였지. 요즘은 일식집의 메뉴에도 등장했잖아."
〔……〕내게는 번역이나 신조어의 탄생 얘기만 나오면 언급하지 않고는 배길 수 없는 말들이 있었다.
"'도시락'이라는 말의 경우는 참으로 다행스런 예라고 할 수 있지. 안타깝게도 우리는 근대로 오는 길목에서 중요한 개념들을 우리말로 번역해내지 못하고 말았어. '사회학' '인권' '민주주의' '자유' '민권' '저작권'과 같은 개념들을. 우린 그저 일본의 학자들이 수십 년간 고심해 만든 것을 그냥 가져다 썼지. 그래서 의식의 식……"
내가 말을 다 마치기도 전에 그가 끼어들었다.
"그래서 기존의 것은 뭐든 의심해봐야 하는 거군요."

그의 말이 비약이었는지 어떤지는 나도 모르지만 그때 그의 얼굴에는 어떤 비장함이 어리는 듯했다.

(「도낡」, pp. 232~34)

현대판 '소요학파'이자 회의주의자의 탄생을 보여주는 장면이다. 선생은 정의상 회의하지 않는 자다. 그는 확신하는 자이며 기원을 아는 자이고 설명하는 자다. 반면 제자는 회의하는 자다. 그는 의심하는 자이고 기원에서 멀리 벗어나 떠도는 자이며 질문하는 자다. 강의실에서 선생은 도시락의 어원을 설명했을 뿐인데 제자는 그것의 의미를 몸소 실천했다. 그는 도시락을 전달받는 자이며 기슭을 떠도는 자다. 이것이 기호─문자의 세번째 낙차다.

회의주의자의 문자표에는 성긴 구멍이 많다. 한데, 그 구멍이야말로 오지각된 세계가 작동하는 문자 외부의 동력원이다. 겹친 기표가 생성한 다른 기의(루소), 한 기표가 유음이의어를 통해 미끄러져 들어가면서 출현시킨 다른 기표(살사), 그리고 기표들의 합성이 최초 자리로 돌아가면서 드러난 기원으로서의 분열(도낡), 이것들이 박찬순이 기호─문자를 통해 구현한 '회의주의자의 사전'의 첫번째 버전이다.

3. 도상(圖上) — 기호: 미로 일지

회의주의자는 불가지론자와 구별되어야 하지만 교조주의자와
는 반대 자리를 지켜야 한다. 러셀의 설명에 기대자면 회의주의
자의 반의어는 교조주의자다. 무엇도 의심하지 않고 자기 신념
만을 주장하는 편이 교조주의자라면, 어떤 것도 확신할 수 없기
때문에 냉소적인 태도로 일관하는 편이 회의주의자다. 교조주
의자가 자신의 앎을 확신한다면, 회의주의자는 자신의 모름을
확신한다. 때문에 교조주의자는 무가치하고 회의주의자는 해롭
다. 그러나 정말 해로운 걸까?

박찬순이 프로그래밍한 기호의 내비게이션은 '미로'를 경로로
삼는다. 길 잃음이란 길을 찾기 위한 일차적인 전제다. 기존의
체계에서 떨어져 나와야 목적지를 설정하고 새 경로를 찾을 수
있다. 내비게이션 화면에 "경로를 이탈하여 재탐색합니다"라는
안내 멘트가 뜰 때마다 회의주의자는 올바른 길에 들었음을 확
신한다. 아니, 정확히 말해서 그는 길 바깥에서만 자신의 경로
를 찾을 수 있음을 안다. 박찬순의 도상—기호는 미로 형상의
반영물들이다. 일본에서 본 '유키즈리'의 삼각 구도(「나폴레옹
의 삼각형」, 이하 「삼각형」), 북미의 작은 섬에서 얻은 '소라고
둥'의 나선(「소라고둥 공화국」, 이하 「소라고둥」), 북한과 중국의
국경지대인 강 한가운데에 토막 난 채 서 있는 반쪽짜리 교각의

요철(「압록 교자점」, 이하 「압록」)처럼. 저 핵심적인 도상성이 시각적으로 두드러지는 데에는 분명히 심리적인 요소가 작용한다. 시선을 잡아 끄는 인력, 마음을 휘어잡는 색인의 연결 작용, 그리고 신화적인 상징에 각인된 집단 기억까지. 도상―기호 속에는 낯선 대상이 주는 매혹과 구체적인 물질성이 있다. 저 미로 속에서 우리도 기꺼이 길을 잃어보자.

　① 나는 그 소리에서 도망치듯 섬을 떠나고 있다. 거기에서 벗어나려 어둠 속에 길을 나섰지만 결코 벗어날 수가 없다. 달아나면 달아날수록 그것은 끈질기게 내 뒤를 바짝 따라 붙는다. 〔……〕 나는 무엇보다 그 소리를 물리치려 아무 생각도 없이 마구 내달린다. 북미 대륙의 땅끝 마을, 키웨스트에서의 마지막 밤을 몸서리치게 만든 소리. (「소라고둥」, p. 103)

　② 몇 시간째 나는 똑같은 길을 뱅뱅 돌고 있었다. 마치 미로에 빠진 듯했다. 산길을 몇 바퀴나 돌아 나가도 비슷비슷하게 생긴 산모롱이 아니면 산모퉁이를 돌고 있을 뿐이었다. 저절로 푸념이 튀어나왔다. 이 동네는 터널을 뚫을 줄도 모르나, 하는. 〔……〕 망원 렌즈로 갈아 끼우고 뷰파인더를 보았다. 상록수들 사이에서 나무 모양으로 쑥쑥 솟아나는 것이 있었다. 자세히 보니 흰색의 수증기였다. 온천이 있다는 증거였다. 터널을 뚫지 못한 이유를 알 만도 했다. 〔……〕 몸만 미로에 갇힌 게 아니었다. 머릿

속도 미로를 벗어나지 못하고 있었다. (「삼각형」, pp. 195~96)

③ 이국땅에서 뭔가에 홀린 것만 같다. 누군가에게 실컷 농락당한 느낌이다. 어디선가 그는 허둥거리는 내 꼴을 보고 웃고 있을지도 모른다. 해 질 녘이 되자 관광객도 뜸해지고 끊어진 다리 위에는 세찬 강바람만 몰아친다. 빨리 사람들이 북적거리는 데로 나가서 몸을 숨기고 싶다. 〔……〕 으스스한 폭탄 앞을 벗어나자 휴우 한숨이 나온다. 젠장 하필이면 폭탄 앞에서 만나자고 할게 뭐람.(「압록」, p. 165)

세 작품의 서두다. 인물들은 미국의 섬마을에서, 일본의 도시에서, 중국의 거리에서 길을 잃는다. 잠시 후 살펴보겠지만 이러한 혼돈은 도상—기호를 세팅하기 위한 첫번째 절차에 해당한다. 이들은 감각의 토대를 리셋reset하기 위해, 제의적이라고 불러도 좋을 어떤 혼돈으로 진입한다.

소라나팔의 고장에서 출발해보자. 「소라고둥」의 동시통역사 '나'는 악령처럼 달라붙은 "제임스의 소라나팔 소리"(p. 105) 때문에 심적 고초를 겪는다. 미국의 한 고등학교 교사인 제임스 리의 소라나팔 연주법 강의를 위한 동시통역사로 '나'가 투입되었다. 그런데 제임스 리는 20년 전 '나'의 첫사랑이자 대학 선배인 이희재였다. 대학 시절 '나'는 그에게서 번역의 감각을 익히고 배웠다. "내가 말도 안 되게 옮겨놓은 어색한 구절도 그의 손이 닿으면 운율이 생기고 혀에 착착 감기는 문장으로 바뀌던 기억"은 둘 사이의 신뢰와 호감을 보여준다. 그 관계가 완전히 깨져버린 이유는 그가 '나'에게 저지른 말실수 때문이었다. "우리 촌 티나는 사람끼리"(p. 113)라는 표현을 듣자, 소백산 자락에서 상경한 '나'는 모욕감을 느끼고 절교를 선언했다. 그 후로 20년이 흘렀다. 과거 속 이희재는 물론이고, 현재의 제임스 리에게서도 떨어져 있는데 귓가에 나팔소리가 맴돌았다. '나'는 차를 무작정 몰다가 잘못 들어온 숲길에서 로드 킬을 저지르고 달아난다. 이 "뺑소니 운전자"는 얼마 못 가서 (제임스가 강연 도중 설명한) 칼루사 인디언들에게 포위당한다. 환상인지 실재인지 구분이 가지 않지만, 극단적인 공포에 사로잡힌 후에야 '나'는 20년 전 이희재가 가르쳐 준 이 구절을 이해하게 되었다. "허무 가운데 계신 허무님, ── 우리에게 일용한 허무를 주옵시고……"(p. 129). '나'는 많은 것을 소유하고 있다. 동시통역사로서 '나'는 돈과 명예를 얻었고 가족을 꾸렸고 남들의 눈을 피해 즐길 수 있는 연인('K')까지도 있다. 그럼에도 불구하고 실상 '나'는 "살점이라고는 하나도 남지 않은 뼈다귀, 해골일 뿐"(p. 129)임을 뒤늦게 깨닫는다. 치열하게 살았다고 믿었던 삶이 실은 그저 '살아지는' 삶에 불과했음을 명백하게 드러낸다. 신랄한 반성과 자기 처벌에 가까운 중년 여인의 고백은 길 잃은 자가 발견한 거대한 공허에 대한 경악을 담고 있다.

　저 경악은 근원적인 감각이 깨어나는 충격이기도 하다. '나'

의 고막을 울리는 저 고둥 소리는 '나'의 삶이 경로를 벗어나 미로 한가운데 빠졌음을 일깨우는 경고음이다. 그것이 소라고둥이 형상화한 바로 그 미로의 도상-기호의 역할이다. 역설적으로 '나'는 미로에 빠진 후에야 자신의 속물성을 반성하고 진정한 허무와 맞닥뜨린다. 생의 극점에 다다랐을 때에만 만날 수 있는 거대한 공허, 고둥 소리는 그 허무를 관통하는 소리의 물질성이자 도상의 비의미 영역이다. 그것이, "꽉 막혀버린 내 삶의 다음 장을 열어줄 무슨 열쇠"(pp. 109~10)를 선사해 줄 것이라는 세속적 투어리즘에 대한 거침없는 비판임은 두말할 것도 없다.

「나폴레옹의 삼각형」(이하 「삼각형」)에서 사진작가로 활동 중인 '나'를 미로 속으로 끌고 들어가는 이는 일본 센다이의 어느 공원에서 일하는 정원사 '모리 하야시'다. 4년 전 일본에 취재를 왔다가 만난 하야시는 유키즈리 작업을 하고 있었다. '나'의 카메라에 잡힌 그는 멸종 위기에 이른 재두루미를 떠올리게 했다. 유키즈리는 폭설로부터 나무를 보호하기 위해 우산살 모양의 줄을 묶는 작업이다. 조명을 단 유키즈리는 그 지방의 대표적인 풍물이 되었다. '나'가 처음 유키즈리를 본 것은 삼십대 후반의 일이다. 10년 동안 사귄 애인 Y와 헤어진 후, '나'는 직장을 그만두고 도쿄의 우에노 공원으로 여행을 떠났다. 거기서 마주한 것이 "무언가를 위험에서부터 가뿐히 들어 올려주는 유키즈리"(p. 204)의 삼각형이다. '나'에게도 '나'만을 감싸주는 삼각형이 있었으면 했다. 그 후 유키즈리에 관심을 갖게 되었는데, 한 잡지의 특집을 계기로 '나'와 하야시의 두번째 만남이 성사되었다.

'나'는 하야시에게서 "살갑게 길을 안내해주는" "반짝이는 하나의 유키즈리"(p. 209)의 이미지를 발견한다. '유키즈리의 삼각형'은 선의(善意)의 도상이다. 하야시는 스스로를 "나무들에게로, 망명"한 자라고 명명한다. 고로 하야시에게는 "나무가, 나의, 유키즈리"(p. 216)이다. 나무가 하야시를 들어 올리듯, 하야시가 나무를 들어 올릴 터. '모리 하야시(森林)'의 한자 이름에 숨어 있는 무성한 숲의 상형(象形)이 보여주듯이 말이다. '나'는 하야시에게서 편안함을 느낀다. 그러나 삼각형의 안정감은 권태이기도 하다. '나'는 그와의 관계가 깊어지지 않는 데 실망했고 때문에 둘 사이는 소원해졌다. 그런데 대지진과 쓰나미소식이 전해진다. '나'는 해일이 덮친 센다이 해안으로 달려간다. '나'의 세번째 일본행은 미로를 통한 순례이기도 하다. 거기서 '나'가 찾는 그 무엇이 있을 것이라고 믿기 때문이다. "언제 어디서 어떤 크기로 그려도 똑같은 삼각형의 진리. 그것이 나폴레옹의 정리였다. 삼각형은 그 안에 뭔가 변치 않는 어떤 것을 품고 있었다. 변치 않는 어떤 것, 지금의 내게 가장 절실한 무엇이었다"(p. 210).

먼 하늘의 희미한 별빛 말고는 어둠 속에 보이는 빛이라고는 아무것도 없었다. 내비도 티브이 모니터도 시디도 모조리 꺼버렸다. 오로지 나 혼자서 미로와 대결할 요량이었다. 몇 시간째 끝나지 않고 있는 이 구불구불한 산길 대 자동차 안의 한 사람. 돌이켜보면 나 자신은 언제나 그렇듯 미로에 갇힌 인간이었다. 〔……〕 불빛은 점차 여러 개의 삼각형 모양으로 변해갔다. 〔……〕 결국 나는 그것을 다시 만나기 위해 미로를 돌고 돌아 여기까지 왔는지도 알 수 없었다. 그것을 되찾기 위해 나는 내 발길을 가두고 있는 울타리를 부수고 나를 붙잡는 것들을 뿌리치고 뛰쳐나와야만 되는 것일까. 그런 생각이 들자 정수리에서부터 발끝까지 외로움이 내리 꽂히는 듯했다. 내가 전에 있던 곳에서는 만날 수 없다는 말일까. 유키즈리를, 나폴레옹의 삼각형을.

(「삼각형」, pp. 219~21)

소라 껍질이 만든 나선형이 미로를 가시화한다면, 나무의 지붕 격인 유키즈리의 삼각형은 안정과 균형을 시각화한다. 어쨌든 미로의 저 건너편에는 각종 훼손과 훼절로부터 우리를 지켜주는 안정된 무엇이 있을 것이다. 그 믿음이 저 혼돈스러운 미로를 건너가게 한다.

「압록」은 수수께끼(무지)와 두려움의 감각을 부서진 교각의 형상과 연결 짓는다. '나'는 강 한가운데 토막 난 채 서 있는 교각을 보면서 "삼촌의 빠진 송곳니 자리"(p. 169)를 떠올린다. 지금 '나'는 낯선 조선족에게 북한에 있는 삼촌의 메시지가 있다는 정보만 갖고 중국을 찾아온 상태다. 암 투병 중인 아버지를 생각해서 내린 결정이었다. 아버지가 월북한 삼촌을 만난 것은 3년 전 이산가족 상봉을 통해서였다. 60년 만에 재회한 형제는 일흔이 넘은 노인들이 되었다. 이산가족 상봉 당시 찍은 사진을 보면, 유독 삼촌의 송곳니 빠진 자리가 도드라져 보였다. 과거 상주에서 서울로 유학 온 아버지와 삼촌은 서울에서 피난 나올 때 헤어졌다. 삼촌이 '마르크스 독서 모임'에 빠져 월북을 감행한 것이다. 아버지는 동생을 챙기지 못했다는 죄의식 때문에 부모 앞에 나설 수가 없어 상주가 아닌 서천에 정착했다.

'나'는 초조한 기다림 끝에 드디어 삼촌이 보냈다는 조선족 남자 두 명을 만났다. '나'의 불안과 달리 삼촌은 아버지를 위해 약재를 전해주려고 했다. 질 좋은 '잎차와 열매'를 구해다가 전해달라는 삼촌의 간곡한 부탁이 있었다는 것. 조선족 남자는 삼촌에게 신세진 것이 많다면서 '나'에게 자신의 집에서 하루 묵고 가라고 권유한다. 그들을 따라 나설 것인가, 그냥 되돌아갈 것인가. 타인의 호의 앞에서 망설이게 되는 '나'는 심한 무력감을 느낀다. 끊어진 다리처럼, 빠진 송곳니처럼 '나'는 무력하다. 이 도상―기호가 드러내는 지점은 외부적인 요인들이 빚어낸 거대한 환영의 효과다. 때로 우리는 세계의 공백을 두려움과 섣부른 상상으로 채우기도 한다.

우리가 사전의 요목들을 짚어가면서 배운바, 몸이 받아들인 감각은 이성의 언어로 곧바로 통역할 수 없다. "앞뒤가 잘려나간 문장"(p. 166)처럼 미완의 문장일 경우는 더욱 그러하다. 녹슨 교각의 요철 단면은 아직 끝나지 않은 문장의 한 구절처럼, 미완인 채로 서 있는 도상—기호다. 어쩌면 그 공동(空洞)의 이미지는 삼촌에게서 온 공허가 아니라, 나의 내부에서 풀려나온, 그러니까 40년간 품어온 근본 정서로서 '나'의 존재론적 무력감일지도 모른다. 깨진 교각이 불러낸 폐허라는 도상은 역사성을 가진 기념비에 가깝다. 그러나 박찬순의 도상—기호는 역으로 섣부른 판단과 예측을 중지시킨다. 집대성의 기획에서 출발하되, 전체성의 미혹을 경계할 것. 이것이 '회의주의자의 사전'이 존재해야 하는 두번째 이유다.

길을 잃었다는 생각(「소라고둥」)과 그 길의 끝에 안정된 삼각형이 있을 것이라는 믿음(「삼각형」), 그럼에도 불구하고 근원적인 공동, 공백이 여전할 것이라는 실패의 앎(「압록」)이 미로를 관통해가는 회의주의자의 근원적인 감정을 만들어낸다. 저들은 길을 잃음으로써 저들이 목적하는 길에 진입하고, 안정적인 삼각형을 놓침으로써 그것을 계속된 목적으로 설정하며, 단절된 다리 앞에서 자신의 공백을 목격한다. 그리고 그것을 도상—기호로 등재한다.

4. 이미지-기호 : 유비 너머에 있는 것

박찬순이 제작한 기호 사전의 세번째 기술법은 이미지-기호들이다. 여기서도 중요한 것은 이미지가 얼마나 현실을 적실하게 드러내느냐가 아니라 현실과 이미지 사이의 위반과 낙차가 어떻게 드러나느냐에 있다. 현실과 이상의 상위(相違), 의도와 결과의 도착, 관계의 착란 등이 두드러지는 곳에 이미지—기호가 닻을 내린다. 물론 구체적이고 개별적인 이미지 간의 연계는 유비 함수를 거치면서 생성된다. 가령 표제작인 「무당벌레는 꼭대기에서 난다」(이하 「무당벌레」)의 경우 무당벌레의 생태적 조건과 빌딩숲 외벽에 매달린 아이들의 이미지는 유비 구조 안에 들어 있다. 하지만 그것이 표현하는 술어적인 역량, 이미지와 실제 사이에 드러난 순수한 차이는 그 단순한 유비가 산출한 것이 아니다. 그것은 개별적인 존재자가 과거와 현재를 교차하면서 남긴 흔적이다. 요컨대 기호가 지닌 순수의 형이상학이, 개별적인 사물의 차원으로 내려오는 것이다. 이 시점에서 이미지—기호가 탄생한다.

회의주의자가 사전 편찬을 기획하는 세번째 목표를 여기서 찾을 수 있겠다. 사전적 지식의 색인을 세목화하여 현실에서 실천할 수 있는 계기를 만들기 위해서다. 세번째 기호의 카테고리는 개별 이미지가 어떤 방식으로 의미 발생의 구조를 만드는가를 보여준다. 이미지─기호 계열에 속하는 소설에는 구체적인 '이것'(사물,대상)이 제시되고, 사물들 간의 유연한 연계와 중 층적인 교차가 이루어진다. 그로 인해 다양한 개별적 명명들이 술어로 번역된다.

「책 만드는 여자」(이하 「책」)가 만든 이질적인 사물들의 계열 화된 이미지를 살펴보자. 책과 총, 책과 옥수수의 이상한(?) 유비 말이다. 한국에서 출판사의 편집자였던 '나'는 회사의 경 영난으로 인해 직장을 잃고 아이오와로 피신해 왔다. 출판업에 몰두하느라 남편에게 일방적으로 이혼까지 당했음에도 불구하 고, 결국 출판사는 문을 닫았다. 해직과 이혼은 '나'에게 우울증 과 대인기피증을 함께 안겨주었다. 그러니 문학의 도시 아이오 와는 궁지에 몰린 사십대 '책쟁이'의 최후 선택지였던 셈이다. 이곳에서 '나'는, "아시아 어느 나라"에서 망명한 중년 시인을 만난다. 그는 독재 정권에 저항하는 시를 썼다가 열 번이 넘게 투옥된 작가다. 눈치 빠른 독자라면 알아차렸을 텐데, 저 망명 작가는 다른 소설에서도 자주 모습을 드러내는 생의 의미를 '선 사'하는 구원자다. 패배자와 구원자는 이렇게 만난다.

"더 이상 책을 만들지 못한다고 야속해하지 말아요. 지금 만 들고 있잖아요. 우리 생의 책. 사람은 누구나 자기 생의 책을 만 들어가고 있다고 믿어요." (「책」, p. 155)

"생의 책"이라는 시인의 말, 옥수수 밭에서 나누는 그와의 섹스는 '나'의 삶에 생기를 불어넣어주었다. '미래의 책'이라는 주제로 세미나가 열린 날, 둘은 섹스를 나누고 함께 세미나장으로 이동했다. 그런데 같은 시각 같은 장소에서 베스트셀러 작가가 살해당하는 사건이 발생한다. 레지던스로 와 있던 시인은 용의자로 지목되어 수감된다. 그가 억울한 누명을 쓴 것인지, '나'를 알리바이로 이용(워싱턴과 아이오와는 한 시간의 시차가 난다)한 것인지는 알 수 없다. 어쨌든 '나'는 증언대에 서야 한다. 아이오와가 도피행이었다는 것, 불법 영업 행위(하숙집)를 한다는 것, 망명 작가와의 내연 관계를 공개해야 한다는 점 등등. 그런 처지 때문에 이 증언은 대단히 곤혹스럽다. 게다가 증언이란 자기 내면을 직시해야 하는 일이다. 하여 ('나'만의) 법정에서 '나'의 고해성사가 시작된다. '나'는 가족을 위해 밥상을 차린 적이 없으며, 일을 핑계로 남편이 원하던 아이를 낳지 않았다. 거기에 대학 시절에 몰래 낳았던 딸아이를 돌본 적도 없다. 책 만드는 일의 고매함이 '나'의 존재적 고매함을 대체해줄 것이라고 믿었다. 하지만 그 실상은 자기합리화와 무책임한 방기의 악순환이었음을. "미궁과 같은 세상"에서 "단 한 줄의 문장도 몸으로 옮기지 못한"(p. 160) 죄.

차가운 권총이 겨냥한 것은 타락한 베스트셀러 작가만이 아니다. 그 총은 '나'를 향해 있었다. '나'의 삶은 갈기갈기 찢겼다. "대걸레가 된 브리태니커"(p. 160)처럼. 고매한 지식이 도구에 불과한 것이라면 그것의 존재 의의가 어디에 있겠느냐는 통렬한 비판의 결과다. 저 찢김은 이 시대 종이책의 운명(존재 변환된 책)인 것만이 아니라 낭만적 지식인의 지적 허영이 떠안은 책임이기도 하다. 한 권의 책 속에 담긴 수많은 문장들이 일제히 '나'를 향해 총구를 겨눈다. 번역되지 않은 채 알알이 달려드는, 수많은 문자의 육탄전("글의 육체", p. 147)이다. 거대한 총성과 함께 발사되는 옥수수 알갱이들. 이때 세계는 한 권의 책이자 한 자루의 거대한 옥수수다. 그 장면은 이렇다.

　매서운 바람결에 섬광과 같은 어떤 암시가 머리에 와서 꽂힌다. 가을 평원의 고요를 깨트린 그 한 방의 총성은 단지 망명 작가만을 노린 것이 아니라는. 지금 이 순간 내가 알아낼 수 있는 것은 오직 그것뿐이다. 법정에서 공공연히 옥수수 유죄론이 나오고 같은 시각 같은 장소에서 도저히 불가능한 두 가지 사건이 일어나는 이 미궁과 같은 세상에서. 갑자기 대궁에 불쑥 튀어나온 옥수수자루가 눈앞에 클로즈업된다. 무언가를 숨기고 있는 듯한 자루, 자루들.
　그때 탕! 소리와 함께 뾰족한 무엇이 내 가슴을 관통하고 지나간다. 그 충격에 나는 몸을 가누지 못하고 휘청거린다. 실제 상황인지 환상인지 분간이 되지 않는다. 그것은 방탄유리도 뚫는다는 콜트 45만큼이나 강력하다.
　책 만드는 여자는 한동안 비틀거리다 이윽고 밭고랑에 천, 천,

히, 쓰러진다. 가슴에 손을 대보자 뚫린 구멍으로 끈적거리는
피가 흘러내린다.(「책」, pp. 160~61)

환상인지 현실인지 구분이 되지 않는 총소리가 들린다. "탕!
소리와 함께 뾰족한 무엇이 내 가슴을 관통하고 지나간다. 그
충격에 나는 몸을 가누지 못하고 휘청거린다"(p. 160). 옥수수
밭 한가운데서 '나'를 향해 총구를 겨눈 거대한 책-권총의 이미
지를 목격하고 '나'는 정신을 잃는다. 가슴을 관통하는 충격 속
에서 비로소 '나'는 혼자가 된다. 자기가 만들었던 책들이 '나'
를 향해 방아쇠를 당긴다는 저 환상적인 장면을 떠받치는 것은
총알과 글자와 옥수수 알 들을 관통하는 유비 구조이지만, 그
유비는 불가능한 기호들로 이루어져 있다. '나'는 그것이 실제
상황인지 환상인지 모른다. 어쨌든 그것은 유비의 연계를 타고,
어떻게든 '나'에게로 넘어올 것이다.
「여섯 개의 물방울」(이하 「물방울」)은 진짜 소방관의 탄생에
대해 이야기한다. 한 여인의 목숨을 구한 소방관이 그녀와 가까
워지고 결혼에 이른다. 동남소방서 이준영 소방관은 불의 혓바
닥과 싸운 대가로 아름다운 아내를 얻었다. 그런데…… 물론
그것이 다는 아니다. 준영이 아내를 처음 본 것은 그녀가 J와
동반 자살을 시도한 현장에서였다. 간호사였던 그녀는 레지던
트 4년차인 J와 연인 관계였으나 부모의 극심한 반대를 견디지
못하고 동반 자살을 하기로 했다. 남자친구 J를 따라 목숨을 끊

으려는 순간, 죽어가는 J가 그녀에게 애완견('메리')을 어머니에게 부탁하고 오라는 유언을 남긴다. 그 짧은 사이에 어머니의 신고를 받고 출동한 119 대원 준영이 그녀를 구출했다. 준영은 애인에게 죽음을 지연시킬 시간적 여유를 준 J야말로 "여섯 개의 물방울"과 같은 존재일 거라고 생각한다. 그것은 사람에게 가장 이로운 역할을 하는 육각수를 뜻한다. 물방울의 개수가 소방관의 직급을 지시하긴 하지만, 준영에게 그것은 급수 이상의 의미를 갖는다. 최고 소방관이 되는 것은 가장 좋은 사람이 되는 일일 터. 두어 달 후, 여자의 어머니가 그녀와 준영의 만남을 주선했다. 이들은 빠르게 가까워졌고 결혼에 이른다.

죽은 연인 J에 대한 죄의식을 품은 아내처럼, 준영 역시 초등학교 6년간 짝꿍이었던 어린 시절 첫사랑 채영에 대한 죄책감을 안고 있다. 어린 시절 쥐불놀이를 하던 준영은 불씨를 더 키워볼 생각으로 석유를 더 부었는데, 그것이 큰불로 번져서 옆에 서 있던 채영의 얼굴에 심한 화상을 남기게 되었다. 그는 깊은 죄의식을 느꼈다. 준영이 화염을 헤치고 구조 작업을 수행하는 순간에 채영을 떠올리는 이유 역시 어린 시절의 실수를 만회할 의도에서였다. 결혼한 지 50일밖에 지나지 않은 단란한 부부. 그런데 퇴근한 그를 보고 아내가 소리친다. "종민 씨, 종민 씨. 자기야, 나 있지, 벌써 5개월째래. 우리 아기 이름 뭐라고 지을까"(p. 277). '종민'은 바로 죽은 'J'의 이름이다. 저 마지막 반전은 주소지를 잘못 찾은 이름(준영-종민)을 통해, 아내의 사랑이 남편에게 귀속된 것이 아니라는 사실을 보여준다. 누구도 사랑을 소유할 수 없으며 누구의 상처도 손쉽게 치유되지 않는다. 준영은, J가 그녀에게 했듯이, 아내에게 시간적 여유를 주고 그녀를 기다려주어야 한다는 사실을 안다. 그러나 그는 끝내, 자신이 없다.

그제야 그는 알게 되었다. 자신이 그토록 믿는 '말미'라는 말에 덜미를 잡혔다는 것을. 그래, J가 그랬듯 나도 아내에게 말미, 말미를 줘야지. 하지만 그는 자신이 그럴 만큼 관대한 인간은 못 된다는 것을 알아차렸다. 〔……〕 그는 홀연 의문이 일었다. 혹시 결혼하고 나서 동남 소방서의 약골대원이 '허니문 사나이'가 된 것도 바로 이 힘 때문이었을까. 어쨌든 그것은 자신의 힘이 아니었다. 누군가가 와서 그를 휘어잡고 대신 힘을 쓰는 게 분명했다. 그게 자신을 사랑하는 불의 혀인지 아니면 누구인지 그는 도무지 알 길이 없었다. (「물방울」, pp. 277~78)

그렇다면 저 물방울은 타자를 구원하는 영웅의 이미지인가, 아니면 오해와 오인 속에서 흘려야 할 눈물의 이미지인가? 아내의 말은 의도하지 않은 방향으로 옮겨 붙은 '불의 혀'와 같다. 유비를 타고 분명 이미지는 건너왔으나 그것의 의미는 착란과 오인 속에서만 보존된다.

위험 직업군이라고 말한다면 소방관(파이어파이터)에 버금가는 직종이 로프공이다. 「무당벌레」는 고층 빌딩의 외벽 타기 청소부 김우용이 아슬아슬한 안전판 위에서 두려움을 견디는 장면을 스케치한다. "나무로 된 직사각형"(p. 9) 판이 스물아홉 살 '나'가 의지해야 할 유일한 안전지대다. 직각의 외벽은, 취업을 오래 준비했으나 불러주는 데가 없었던 '나'가 유일하게 의지한 장소다. 고층 건물의 외벽에 붙어서 두려움과 공포를 느낄 때마다 '나'는 마음을 안심시켜주는 기억 하나를 불러낸다. 어릴 적 할머니와 살던 시골의 숲 속 장면이다. 무당벌레를 잡으러 풀숲을 뛰어다니는 '나'의 모습이 보인다. 할머니는 '나'가 잡아온 무당벌레를 보고 "내 새끼 용이처럼 앙증맞"(p. 11)다고 행복해하셨다.

'나'와 함께 외벽을 타는 동료로는 두 명의 형들이 있다. 경력 6년차인 건이 형은 자타가 인정한 베스트 로프공이다. 그는 홀로된 어머니의 재혼으로 의붓아버지와 이복동생들과 부대끼며 고달픈 유년 시절을 견뎌야 했다. 그런가 하면, 함께 일하던 형들은 '나'에게 이렇게 말한다. "옘병, 누군 안 떨리는 줄 알아? 어차피 내팽겨진 몸, 해야 된다면 그냥 하는 거야. 우라질 새끼"(p. 14). "인생은 어차피 외줄 타는 기라"(p. 22). 그리고 내게는 의식을 놓치고 병원 중환자실에 누운 어머니가 있다. "나를 낳고 난 다음부터는 화장품 외판원에서 야쿠르트 아줌마로, 슈퍼마켓 캐셔로, 끝내는 아파트 계단 청소부로 옮겨 오게 된 어느 여인의 삶"(p. 21). 그리고 결국 병실을 지키는 신세.

어머니의 인생 유전은 우용이 이해할 수 있는 대상이 아니다. 어머니가 쓰러진 그날, '나'는 선언했다. 이제부터 새로운 삶을 시작하겠노라고. 과거의 '나'를 포기하고 새롭게 태어나겠노라고.

나는 할머니의 어여쁜 무당벌레. 그 색깔도 무늬도 화려하고 영특한 생명의 존재양식. 〔……〕 나는 지금까지 나를 받쳐주었던 그 지극한 잎새의 존재를 잊고 지냈다. 그리하여 내 삶은 오로지 서러움으로만 가득 찼었다. 하지만 이제 나는 빌딩 꼭대기에 당당하게 올라 줄 타고 날아다니며 나의 일을 한다. 나는 꼭대기에서 날아다니는 무당벌레 과다. (「무당벌레」, p. 26)

서러움을 벗고 당당해지려는 의지. 고된 노동이 일종의 제의적인 의미를 갖게 되는 순간이다. '나'는 빌딩을 목욕시키고 건물에 세례를 주는 멋진 직업을 가졌다. 물론 힘든 현실을 위무하는 방편일 테지만, 그것은 자존감의 확인이기도 하다. 제 삶의 의미를 다른 것과의 비교를 통해서가 아니라 '나'의 내부와 견주어서 확인받겠다는 정립의 의지. "날개딱지를 활짝 펴고 자랑스럽게 포르르 날아가는 모습"으로. 저 아름다운 등딱지를 가진 벌레의 이름은 무당이기도 하다. "우리나라에서는 화려한 등딱지가 무당의 옷을 연상시킨다고 해서 무당벌레가 되었다" (p. 29). 그렇다면 저 벌레는 가장 화려하면서도 천하고, 가장 높은 곳에서 있으면서도 가장 영락한 신세인 '나'의 처지를 보여준다.

　박찬순의 이미지—기호는 유비를 타고 출현했음에도 이런 오인을 품고 있다. 「책」이 책, 총, 옥수수가 삼중으로 연결되는 연쇄적인 이미지-기호를 구성한다면, 「물방울」은 서로 다른 물방울들의 교차된 결합을 보여준다. 여섯 개의 물방울은 커플 관계의 세 가지 변주를 보여주는 인물 관계도를 상징하다. ①어린 준영과 첫사랑 채영, ②종민(J)과 여자친구, ③성인 준영과 그의 아내. 각 커플은 서로에게 불씨를 옮겼으나 결국은 어긋나버린, 깨진 어긋남의 연쇄들이다. 「무당벌레」는 세 단계의 은유 구조를 거쳐서 기호를 완성한다. 첫번째 단계는 숲—무당벌레—할머니—우용으로 이어지는 수직적 관계다. 두번째 단계는 어머니—우용—건이 형—창이 형 계열의 수평적 관계다. 세번째 단계에서 고층 빌딩의 가장 높은 꼭대기에 오른 로프공은 날개를 펼친 무당벌레와 겹쳐진다.

　수평을 이루는 현실적 조건은 개선될 기미가 보이지 않는다. 저 수평선은 끝없이 펼쳐진 끝도 없는 트랙 같다. 그 좁은 구획 안에서도 삶의 기술은 있다. 기타를 잘 치는 건이 형은 기타 줄을 튕기듯이 몸으로 연주를 한다고 생각하라고 말했다. 온몸에 로프를 감고 외벽에 튕기면서 곡조를 완성하는 것. 그 노래는 실은 쿠바의 살사가 오래전에 수행했던 역할과 동일하다. 두번째 수직적 지평이 있다. 단 한 번의 추락으로 목숨을 내놓아야 하는 위험한 망루 위에서, 유일하게 안정감과 쾌적함을 느끼게 해주는 할머니의 안식, 숲 속의 초록이 주는 안정감을 가리키는 계열이다. 그것은 정신적인 초월을 가능하게 하는 종교적이고 정서적인 수직 관계를 설정한다. 세번째 단계는 서로 상반되는 둘 사이의 교차다. "자연의 아이"로 태어난 우용은 고층 빌딩의 꼭대기 끝에서 '무당벌레과'로 화한다. 누군가가 허락한 길이나 누군가가 알려준 길로 가는 게 아니다. 스스로의 의지로 내린 결단이다. 그러고 나서 세번째, 비행이 있다. 좌우로 펼쳤다가 위에서 아래로 오르내리기. 저 십(十)자형 교차 운동을 통해서 이 세계는 거대한 무덤의 표지를 입는다.

5. 회의주의자의 서재

박찬순이 기획한 기호론의 세 가지 층위를 보았다. '회의주의자의 사전'이라고 이름 붙일 만한 이 책은 세계를 담아내는 데 실패하지만, 그 실패의 방법만이 세계를 담아낼 수 있다는 역설적인 믿음으로 충만하다. 회의주의자는 체계화의 기획이 실패할 것을 아는(체계화를 믿지 않는) 자, 그럼에도 불구하고 다른 방법으로는 세상을 포착할 방법이 없다는 사실을 알고 있는(그 실패를 믿고 있는) 자다. 그런 점에서 회의주의자는 예언자이되, 실패를 예견한 예언자다. 그런 낙차와 지연과 어긋남이 구성하는 우주에 우리가 살고 있기 때문이다. 낙차와 지연과 어긋남이 이 책의 제1법칙이자, 우주의 제1원리다.

박찬순의 기호는 현실 세계를 정확하게 재현하려고 고안된 도구가 아니다. 우리는 그런 재현이 기호의 기호만을 재현한다는 것을 이미 안다. 그것은 세계를 재현하는 게 아니라, 기호에 담겨 있다고 믿는 우리의 믿음을 재현한다. 고층 건물에 매달린 로프공 혹은 무당벌레는 신분 상승의 욕망을 성취하지 못한다(「무당벌레」). 불길에 뛰어든 소방관이 불나방처럼 사랑으로 불타는 것도 아니다(「물방울」). 그 점에서 기호들은 하나같이 무력하지만, 적어도 회의주의가 품을 수 있는 가능성으로 충만하다. 회의주의자의 기호는 '높은 자는 성공한 자다', 혹은 '사랑의 불길로 우리는 자신을 태운다'와 같은 관념에서 벗어나 있다. 요컨대 망가진 기호 외에는 삶을 포착할 방법이 없다. 저 텅 빈 기호가 우리 삶을 주조하고, 내 현재와 과거를 아슬아슬하게 이어줄 뿐이다. 하여, 회의주의자는 근본적으로 삶의 '실체'를 믿지 않는다는 점에서는 사실주의자이기도 하다. 존재 안에 거하는 텅 빈 '무(無)'야말로 우리를 구성하는 구성적 실체이기 때문에. 이 서재에서 이 책을 읽는다는 건 바로 그런 발견들로 이루어진 회의주의자의 사전을 읽는 일이다.

작가의 말

  첫 소설집을 낼 때는 두려움 가운데서도 작은 설렘이 있었다. 문학이라는 바다의 가장자리에서 찰랑거리는 물에 첫발을 담그는 듯한 느낌. 아마도 무지해서였으리라. 두번째는 나도 모르게 깊은 바다에 풍덩 발을 내딛는 것 같은 공포에 시달렸다. 자기 갱신의 흔적이 없는 글이란 동어반복에 지나지 않을 것이라는 강박감에서였다. 그런 가운데서도 나는 또다시 끄적이고 있었다. 머릿속에서 술술 풀려나올 때는 드물었고 아무리 머리를 쥐어짜도 물꼬가 터지지 않아 자판만 노려볼 때가 더 많았다. 출구는 보이지 않고 내 자신이 우리 속을 맴도는 짐승처럼 여겨졌다. 아이오와 국제창작 프로그램(IWP)에서 만난 베네수엘라 작가의 말이 떠올랐다.

  각국의 작가들이 돌아가며 자신의 창작론을 밝히는 시간에 그는 기발한 창작론을 고백했다.

"내 머릿속에는 미친 여자가 들어앉아 계속 떠들어대는 통에, 받아쓰지 않고는 배길 수가 없었다."

참석했던 작가들과 교수, 학생들은 박장대소했다.

"하지만 계속 받아 적어야만 미친 여자가 쉬지 않고 작동을 하더라."

그렇다면 나는 머릿속에 미친 여자가 들어와 사는 축복조차 받지 못한 것일까. 그러자 도둑처럼 제 발이 저려왔다. 내게는 원죄가 있었다. 입으로는 그를(글을) 좋아한다, 사랑한다 떠벌리면서 실컷 한눈만 팔았던 나쁜 애인이었다. 늦게 돌아온 내게 그는 좀체 마음을 열지 않는 듯했다.

글이 써지지 않아 잔뜩 주눅이 들어 있을 때, 무심코 바라본 우리 아파트 창밖으로 무슨 줄 하나가 어른거렸다. 고개를 빼고 올려다보았다. 맨 꼭대기에 외줄에 매달려 유리창을 닦고 있는 남자가 보였다. 유난히 앳되어 보이는 외벽 청소부였다. 그의 몸놀림은 많은 이야기를 속삭였다. 며칠 뒤에는 엘리베이터 안이 술렁거렸다. 계단에서 신주를 닦던 청소부 아주머니가 뇌일혈로 쓰러졌다는 소식 때문이었다. 계단코에 박힌 그 놋쇠 막대를 닦을 때마다 그녀의 몸뻬는 파도처럼 일렁거리곤 했다.

그 뒤로 어디서나 이웃의 목소리가 들려오는 듯했다. 아무 도움도 되지 않는 내게 찾아와 고민을 털어놓던 젊은이들의 이야기가 새롭게 들려왔다. 시화공단에서 땀 흘리던 가무잡잡한 어느 나라 청년의 목소리도. 생의 가장 빛나는 시기에 혹독한 경쟁에 내몰렸거나 가혹한 삶의 조건에서 신음하는 이들이었다. 쿠바의 카사 델라 뮤지카에서 만난 독일 청년과 단둥의 교자점에서 만두를 먹던 사내의 근심도 우리 젊은이들의 그것과 크게 다르지 않았다. 조금만 떨어져서 바라보면 모두가 자연의 아이들, 등딱지가 영롱한 무당벌레처럼 아름다운 생명의 존재 양식들이었다.

천진한 이들의 모습을 은근슬쩍 에둘러 그릴 수 있었으면 하는 은밀한 바람을 갖고 있었다. 이라크 시인 나시르처럼. 아이오와에서 짓궂게도 누군가가 내 신상을 궁금해하기에 나는 고개를 저으며 말했다.

"국적도, 피부색도, 나이도, 각자 믿는 신도 모조리 다 잊고 우리 그저 친구로 지내자."

그 말을 들은 나시르가 심각한 얼굴로 말했다.

"다 잊어버려도 반드시 잊어서는 안 될 게 있다."

모든 시선이 그의 입에 집중되었다. 때가 때이니 만큼 혹시 이라크 전쟁에 대한 이야기라도 나오려나, 잔뜩 긴장한 표정들이었다. 한참 뜸을 들이던 그가 털북숭이 자기 팔을 가리키며 입을 열었다.

"우리가 원숭이의 후예라는 것 말이야."

모두들 폭소를 터뜨리며 거들었다. '맞다, 맞아.' '아냐. 당신은 진화가 덜 돼서 그래.'

매년 가을이면 들려오는 세계 작가들의 시와 소설 낭독 소리를 '평원에 쏟아지는 단비 같은 축복'이라 부르던 아이오와의 농부와 독자 들. 그들 모두 남루한 생의 덤불 속에 숨어 있는 눈부신 조각을 찾아내고 그 너머 깊고 먼 어떤 곳에 도달할 수 있는, 언어에 대한 절절한 그리움을 간직한 사람들이었다. 이 책은 그들에게서 옮아온 그 그리움의 힘으로 쓸 수 있었다. 살며, 사랑하고, 실수하고, 실패하고, 승리하는 내 이웃들의 이야기. 아니 실수하고 실패하고도 승리하는 삶의 전사들의 이야기를.

　　부족한 글에 해설을 맡아준 평론가 양윤의 선생님, 편집자 최지인 선생님과 문학과지성사에 고마운 마음을 전한다.

2013년 가을
강바람 부는 덕소에서
박찬순

수록 작품 발표 지면

무당벌레는 꼭대기에서 난다 　『문학과사회』 2010년 겨울호

루소와의 산책 　『한국문학』 2013년 봄호

살사를 추는 밤 　『문학바탕』 2012년 가을호

소라고둥 공화국 　〈문장 웹진〉 2010년 11월호

책 만드는 여자 　『한국소설』 2013년 10월호

압록 교자점 　『현대문학』 2010년 8월호

나폴레옹의 삼각형 　『문학나무』 2013년 여름호

아직은 도슭이 필요해 　『21세기문학』 2011년 봄호

여섯 개의 물방울 　『한국문학』 2011년 가을호

문학과지성 시인선 585

없음의 대명사

오은 시집

문학과지성사

문학과지성사에서 펴낸 오은의 시집

유에서 유(2016)

문학과지성 시인선 585
없음의 대명사

초판 1쇄 발행 2023년 5월 5일
초판 7쇄 발행 2024년 3월 18일

지은이 오은
펴낸이 이광호
주간 이근혜
편집 김필균 이주이 허단 방원경 윤소진 유하은
마케팅 이가은 최지애 허황 남미리 맹정현
제작 강병석
펴낸곳 ㈜문학과지성사
등록번호 제1993-000098호
주소 04034 서울 마포구 잔다리로7길 18(서교동 377-20)
전화 02)338-7224
팩스 02)323-4180(편집) 02)338-7221(영업)
대표메일 moonji@moonji.com
저작권 문의 copyright@moonji.com
홈페이지 www.moonji.com

ⓒ 오은, 2023. Printed in Seoul, Korea

ISBN 978-89-320-4152-0 03810

문학과지성 시인선 585

없음의 대명사

오은

없음의 대명사

차례

시인의 말

해설

1부
범람하는 명랑

그곳

"아빠, 나 왔어!" 봉안당에 들어설 때면 최대한 명랑하게 인사한다. 그날 밤 꿈에 아빠가 나왔다. "은아, 오늘은 아빠가 왔다." 최대한이 터질 때 비어져 나오는 것이 있었다. 가마득한 그날을 향해 전속력으로 범람하는 명랑.

그곳

그곳이라고 불리던 장소가 있었다. 누군가는 거기라고
했다가 혼쭐나기도 했다. 그러다가 진짜 거기로 가면 어
쩌려고 그래? 뼈 있는 농담이 들리기도 했다. 그곳에서
어떤 일이 있었더라? 우리는 만났지, 인사했지, 함께 있
었지. 어떤 날에는 죽기 살기로 싸우기도 했지. 죽자 사자
매달리기도 했지. 죽네 사네 울부짖었을 때, 삶보다 죽음
이 앞에 있다는 사실에 눈물이 났다.

그곳에서는 그런 일이 있었다.

너나없이 그곳을 찾던 때가 있었다. 만날 때마다 너와
나는 선명해졌다. 다름 아닌 다르다는 사실이. 같은 취향
을 발견하고 환호하던 때가 있었다. 하루가 멀다 하고 우
리는 가까워졌다. 어쩜 잠버릇까지 일치하는지 몰라, 네
가 말했을 때 너도 나도 흠칫 놀라고 말았지. 우리 사이
에는 고작 그것만 남아 있었다. 내 앞에 네가 있다는 사
실에 현기증이 났다. 내남없이 갔어도 내가 남이 되어 돌
아왔다.

여기저기서 그곳을 찾는 사람들이 있었다. 이곳저곳 기웃거리고 이리저리 돌아다녔다. 이래저래 고민이 많아져도 이냥저냥 살아갔다. 체면은 삶 앞에서 이만저만하게 구겨지기 일쑤였다. 이러저러한 사연은 이럭저럭 자취를 감추었다. 이러쿵저러쿵 뒷말만 많았다. 이심전심은 없고 돌부리 같은 감정만 웅긋중긋 솟아올랐다. 삶의 곁가지에 올레줄레 매달린 건 애지중지하는 미련이었다.

아무도 그곳을 부르지 않아서
그곳에서는 어떤 일도 일어나지 않았다.

그곳

거울이 말한다.
보이는 것을 다 믿지는 마라.

형광등이 말한다.
말귀가 어두울수록 글눈이 밝은 법이다.

두루마리 화장지가 말한다.
술술 풀릴 때를 조심하라.

수도꼭지가 말한다.
물 쓰듯 쓰다가 물 건너간다.

치약이 말한다.
끝날 때까지 끝난 것이 아니다.

변기가 말한다.
끝났다고 생각한 지점에서, 다시 시작하라.

그것들

유리잔에 물을 콸콸 들이부었다.

유리잔이 유리병인 것처럼. 빗줄기를 튕겨내는 유리창인 것처럼.

물 아래나 물 옆에 있어. 물 위에 있을 가능성은 없나요? 물 위는 밝잖아. 드러웠겠지. 탐내듯 넘실대다 제풀에 드러났겠지. 물 옆은 추상적인데요? 좌우가 아니야. 고개를 돌리다가 "유레카!" 외치면서 끄덕일 수 있는 게 아니라고. 낚시가 아니니까. 차라리 실험이지. 비집는, 파고드는, 집요하게 물고 늘어지는. 훈련에 가까운 것 같은데요? 실제로 해봐야 아는 거니까. 한 번에 성공하는 법이 없으니까. 반복하지 않으면 다다를 수 없으니까. 물 옆으로요? 물 옆에는 없다는 희망적인 사실에.

유리잔에 든 물이 찰랑였다.

없어서 낙담하지만 없기에 망정이지. 무엇인지 모르니까. 하나인지 둘인지도, 고체인지 액체인지도, 형태가 있는지 냄새가 나는지도, 눈빛에 반응하는지 콧바람에 휘청이는지도 알 수 없으니까.

유리잔에 담긴 물을 일제히 쏘아보고 있었다. 그것이
과녁이라도 되는 것처럼. 중앙을 향해 전력 질주라도 할
것처럼. 세차게 들이받기라도 할 것처럼. 산소 원자가 놀
라 나동그라지기라도 할 것처럼. 수소 원자가 유리 바깥
으로 맥없이 튕겨 나갈 것처럼. 견고하고 안정된 구조가
삽시간에 해체될 것처럼. 규칙이 깨지는 순간, 해저에서
은상어 떼가 수면 밖으로 솟구칠 것처럼. 연상은 물 퍼붓
듯 이어지고 직유는 물 쓰듯 거침없다. 미간에 물결 같은
주름이 생겼다.

물 아래는 고요했다.
잠잠해질 작정으로 구조를 닫아걸고 있었다.

그런데 물에 위아래가 있나요? 용왕이 살던 때부터 있
었지. 해저 바로 위에서, 바다의 밑바닥에서. 아래에서부
터 위가 발생하지. 물거품이 모이면 그것을 소라고둥에
담아 수면 위로 올려 보내지. 그때부터 음악이 된 물이

남실대기 시작했지.

유리잔에 들이치는 입자가 있었다. 유리를 뚫고 번쩍
솟구치는 것이 있었다. 의욕이 넘치고 있었다.

그것들

열면 그것들이 있었다. 보란 듯이. 잊어도 있겠다는 듯이, 있어서 잊지 못할 거라는 듯이. 그러나 잊으려고 열었다. 있으면 생각나니까, 나타나니까, 나를 옥죄니까. 잊지 못하니까.

있지 않을 거야, 있지 않을지도 몰라, 있지 않으면 얼마나 좋을까. 그것들은 있었다. 잊지 못할 거야, 영영 잊지 못할지도 모르지, 잊을 수만 있다면 얼마나 좋겠어. 어김없이 있었다.

그것들은 바깥에 있었다. 안에서는 모르는 곳에. 안은 안온해서, 평이해서, 비슷해서 알 수 없었다. 속사정은 여간해선 바깥출입을 하지 않는다. 몸을 웅크려 농밀해지기만 한다.

평생 있을 것이다. 그것들을 열 마음과 여는 손만 있다면. 없어도 계속 생각날 것이다. 머릿속에 나타날 것이다. 가슴을 옥죌 것이다. 없음은 있었음을 끊임없이 두드릴 것이다.

닫으면 그것들이 사라졌다. 감쪽같이. 눈에 보이지 않는다고 해서 없는 것은 아니야. 눈을 감기가 미안했다. 보이지 않는 것과 보지 않는 것 사이에 그것들이. 계속 생

각나면 계속 생겨나는 그것들이. 열어도 닫아도. 열지 않
아도. 닫지 못해서.

있다.

그것들

주사위에 있었다
전화기에 있었다
주사기에 있었다

주사위에 있었다 점으로 있었다 던져야 앞으로 갈 수
있었다 같이 갈 수도 있었지만 확률이 낮았다 따로 가다
가 우연히 만나기도 했다 괌에서 서울에서 무인도에서
코펜하겐에서 웃으며 인사했지만 제 갈 길을 갈 때면 두
배로 멀어지는 느낌이었다
다음에 어디서 또 만나게 될까

전화기에 있었다 십진법으로 있었다 조합할 때마다 가
닿는 곳이 달라졌다 잊은 줄 알았는데 퍼뜩 떠오를 때가
있었다 눈빛이, 얼굴이, 목소리가…… 언제든 꺼내 볼 수
있는 가능성이 있었다 언젠가 만날 수 있다는 믿음이 있
었다 너를 표상하는 열한 자리가 있었다
우리에게 다음이 있을까

주사기에 있었다 눈금으로 있었다 용량으로 있었다 누

르는 마음과 피하려는 마음이 부딪혔다 살갗과 마찰하는
순간, 마찰이 빚어지기도 했다 만남에 지친 사람과 그것
을 두려워하게 된 사람이 있었다 눈금을 속이는 사람과
용량을 감당하지 못하는 사람이 있었다

　다음에는 아프지 않을 수 있을까

　주사위를 던졌다 점들이 공중에 떠올랐다 1이 나오면
혼자, 2가 나오면 함께, 3이나 5가 나오면 삼삼오오, 4가
나오면 끼리끼리, 6이 나오면

　전화를 할 수 없었다 너에게 닿으려면 6이 필요했다
다른 경로로 갈 수 없었다 2와 4를 연속해서 누르거나
3을 두 번 눌러도 소용없었다 소용에 닿으려고

　주사기를 찔렀다 설렘도, 망설임도 없었다 앞으로 갈
의욕도 너를 만날 생각도 없었다 0에 가까워지는 눈금과
스며드는 액체와 사라지는 용량이 있었다 소용이 다하고
있었다

　주사위에, 전화기에, 주사기에 있었다
　다음이 다다음이 될 때까지도

그것들

주머니는 감싸준다
실수할 때마다 주머니를 찾았다

아침에 나갈 때면
꼭 동전 몇 닢을 챙겨 주머니에 넣고 다녔다
카드만 쓰지 않아?
친구가 물었다

들킨 듯 고개를 끄덕이며
주머니 속으로 말을 삼켰다
고개를 끄덕일 때는 소리가 나지 않지만

짤랑짤랑 소리가 얼마나 안심되는 줄 아니
머릿속에 서릿발이 서고
가슴속에 빗발이 칠 때마다
나는 필사적으로 동전들을 만지작거렸다

구리, 니켈, 아연, 알루미늄……
원소가 빛발이 되어 주머니 속에서 반짝였다

나갈 때
주머니는 하고 싶은 말들로 두둑했지만
돌아올 때
주머니는 상처투성이일 적이 많았다

속엣말이 불거지지 않게 손을 깊숙이 찔러 넣었다

매일 밤
상처를 입고 옷을 벗었다
매일 아침
상처 입은 옷을 입었다

온기를 내뿜으며
괜찮을 거야, 괜찮을 거야
동전들이 속삭이고 있었다
그것들을 감싸 쥔 손에 땀이 가득 맺혔다

짤랑짤랑
아침은 매일 찾아온다

그것들

그것으로 시작한다

그것을
꺾는다
구부린다
잡아당긴다
부러뜨린다

그것을 해치우겠다는 말이다

그것을
부순다
으깬다
잔간다
공이질한다

그것을 양산하겠다는 말이다

그것은 지루할 것이다 그것을 다루는 나조차 이렇게

하품 나는 것을 보면
  그것은 조용하다 내 속이 이렇게 끓고 있는 것을 알지
못한다 내 눈이 희번덕희번덕하는데 안중에도 없다는 듯
  그것은 화를 내지 않는다 내가 제풀에 지쳐 그만두길
바란다 화내지 않는 방식으로 상대를 화나게 한다

  그것을 해치우면서 그것을 양산하는 게 가능할까

  그것은 해치워지면서
  데이터가 된다
  그것은 양산되면서
  프로토콜이 된다

  그것이 조각날수록
  그것들은 뭉치게 된다

  죽을힘을 다해
  살길을 찾는 것처럼

처음으로 돌아간다

그것으로 시작한다
그것들로 인해 좌절한다

그것들

된소리는 소리가 이미 됐다는 소리야
무슨 소리야 완성이 됐다고?

된 사람처럼 모질고 우악스럽다고
다 된 밥에 재 뿌리겠다고 작정한 소리라고

꼴통을 봐
쓰레기를 봐
빨갱이를 봐

화낼 준비를 하는 사람
이미 화풀이를 하고 있는 사람
편견을 갖게 되면 발음할 때
없던 화도 만들어지게 돼 있어

겉이 아니라 꼴이
낯이 아니라 낯짝이
눈이 아니라 눈깔이
코가 아니라 코빼기가

귀가 아니라 귀때기가
배가 아니라 배때기가
간이 아니라 간땡이가
몸이 아니라 몸뚱이가
철이 아니라 철딱서니가

되었다

삐끼를 봐
뺑땅을 봐
따까리를 봐

된소리가 두 번이면
화는 화딱지가 된다

올라갈 수 없어 눈을 아래로 까는 사람
내려가기 싫어 눈을 째리는 사람

얼싸절싸

용기를 낼 때
아무것도 아닌 것은 아무것이 되고

까짓것
포기를 해버릴 때
별것은 별것 아닌 것이 되고

도망가야 할 때조차 토껴야 만족하는 사람
기막힐 때조차 기똥차야 직성이 풀리는 사람
속을 터놓는 대신 속俗으로 기어들어 가는 사람

이유보다 까닭이 더 선명하게 들리잖아
훼방보다 깽판이 더 실감 나잖아

된 일을 한바탕한 듯 부대끼기 시작한다

우리가 된 소리가
된소리가 된 우리가

그것

이름이 들렸다
분명 내 이름인데,
내 이름은 흔하지 않은데,
선뜻 고개를 돌릴 수 없었다

마스크를 낀 사람들이 거기 있었다
입매가 사라지니 눈매가 매서워졌다
표정을 알 수 없어서
서로가 서로를 경계했다

귀를 더듬으니 마스크가 사라지고 없었다
코와 입을 가린 채,
사람들이 일제히 나를 쏘아보고 있었다
나는 벌거벗은 사람이 되어 있었다

이름이 들렸다
어느새 흔해빠진 것이 된 내 이름이
마스크 사이를 비집고 사방에서 흘러나왔다
선뜻 고개를 들 수 없었다

거리를 걷다 옷깃이 스칠 때
불꽃이 일거나 냉기가 돌았다
사람들이 모일 때 퍼지는 것이 있었다
사람들이 퍼질 때 모이는 것이 있었다

아무도 그것의 이름을 말하지 않았다

흔한 이름을 가진 사람 둘이
이름 모를 장소에서 만났다
눈빛으로 인사하고
고개를 끄덕인 뒤 곧장 헤어졌다

하루치 안녕이었다

그것

　처음에는 움직였다 고체인데 속에는 액체가 흐르고 있다고 했다 몸의 어느 부분에서는 기체가 만들어진다고 했다 그 기체를 내뱉는 동안 살이 붙는다고 했다 나가면서 들어온다고 했다 고체는 커지고 액체는 늘어난다고 했다 감싸 안을수록 눈에서 빛이 난다고 했다 편이 된다고 했다 한번 먹은 마음을 뱉어내지 않는다고 했다

　움직임은 재빨라지지 않는다고 했다 한 공간에만 머물러서 그렇다고 했다 고체는 가만있을 때 더 커질 수 있다고 했다 액체는 어떤 상황에서든 잘 돈다고 했다 기체는 자면서도 이동한다고 했다 액체와 기체가 결국 고체가 된다고 했다 응고와 승화가 반복되면서 가치가 커진다고 했다 한번 먹은 마음을 소화시키지 않는다고 했다

　상처는 무조건 감싸야 한다고 했다 허물도 감싸줘야 한다고 했다 단, 헤어질 때만은 감싸고돌면 안 된다고 했다 눈빛도 마주치면 안 된다고 했다 붙였던 정을 순식간에 떼야 한다고 했다 그래도 내일은 온다고 했다 그래야 내일이 온다고 했다 움직일 때보다 움직이지 않을 때 더 사랑받는다고 했다 처음보다 나중에, 통짜보다 부위가

　가치를 살려주는 일이라고 했다 부위별로 다 쓸모가

있다고 했다 부위별로 다 다른 차를 타고 이동한다고 했
다 다시는 만나지 않는다고 했다 고체와 액체와 기체가
전국 방방곡곡으로 퍼진다고 했다 가치가 높다면 외국에
갈 수도 있다고 했다 산은 산이요, 물은 물이라고 했다
어차피 땅으로 갈 운명이라고도 했다

공중으로 어떤 것이 치밀어 오르기 시작했다 바닥으로
어떤 것이 소리 없이 떨어졌다 감싸 쥐지도 않았는데 맺
히는 순간이 있었다
플라스마plasma라고 했다

그것

불을 켜는 사람이 있었다
밤인데도
불을 밝히는 사람이 있었다
밤이니까

숨는 사람과 숨기는 사람 사이에서
불은 도드라졌다

밤일수록
눈에 불을 켜고
가슴에 불을 밝히고
꺼져가는 불을 살려야 한다

불씨들을 두드리는 손바닥이 있었다
나타나는 사람이 있었다

달구어진 손으로
나부끼는 나를 움키는 일
부리나케

나를 들키고 마는 일

불 보듯 빤해지는 일
빤빤해지는 일

그것

그는 넉넉함을 사랑하는 사람이었다
넉넉한 밥상과 술상에서
넉넉한 마음이 비롯된다고 믿었다
그의 마음을 거친 무수한 잔칫상은
무수한 입을 즐겁게 했다

넉넉함이 과해서
넉넉함을 소화하기에
사람의 위胃는 그리 크지 않아서
나머지를 만들어냈다

나머지를 거들떠보는 사람이 없어서
나머지는 비닐봉지로 들어갔다
나머지가 자꾸 남아서
금방이라도 터질 것 같았다

비닐봉지에 담겨
덤프트럭에 실려
나머지가 도착한 곳에는

그것이 무리를 지어 살고 있었다

별빛만 넉넉하게 쏟아지는 곳에서
그것을 그것이 먹었다
굶주린 상태에서
빨간 눈을 하고
아플 내일은 모르고
슬플 내일은 차마 알지 못해서

그것 옆에서 그것이 잠들었다
소화되지 않은 그것이
그것의 배 속에 있었다

그의 손은 늘 넉넉하고
그의 배는 줄곧 불렀지만
그의 가슴은 점점 가난해졌다

그는 그것이 되었다
그것이 되어서,

그것으로 취급받아서
그는 아팠던가
그는 슬펐던가

그는 그것을 생각하지 않았다
모자라지 않아서
굶주리지 않아서
그는 거대한 나머지가 되었다

그것

온다 간다 말없이 와서
오도 가도 못하게 발목을 붙드는,
손을 뻗으니 온데간데없는

그것

아침에 떠오르는 것이 있었다
마시는 것이기도 하고
먹는 것이기도 하고
누군가에게는 들이붓는 것이었다

어젯밤 잠들지 못하게 했던 것이
오늘 아침
모자란 잠을 채워주듯 콸콸 쏟아졌다

떠올랐던 것이 쏟아질 때
승강기 안에 있었다
떠오르는 일은 내 몸 바깥의 소관
쏟아지는 일은 내 몸 안의 소란

목적지에 도착하니 일이 산더미였다
산더미를 파헤쳐
서류 한 뭉치를 찾아냈다

어젯밤까지 나를 사로잡던 것

사로잡히지 않으려고
이왕이면 제정신으로 사로잡히려고
나는 산더미 꼭대기에서 웅덩이로 뛰어들었다

산더미와 웅덩이 사이에서
승강기가 수십 차례 상하 운동을 하는 사이

식는 것이었다
식어버리는 것이었다
식은 것을 되돌릴 수 있었지만
굳이 그렇게 하지는 않았다

아침에 떠오르는 것이
거기 있었다

오늘 밤이 벌써부터 식고 있다

그것

우리 사이에는 테이블이 있다. 커피를 시키니 네가 핀
잔한다. 아까는 차 마시자며. 그러는 너는 왜 커피를 시켰
는데? 되물으니 씩 웃는다. 술 마셨니? 반응이 심상찮아
물었더니 고개를 까딱인다. 대낮에? 응, 대낮부터. 차 마
시자고 했을 때 이미 술 마시고 있었던 거야? 너는 대꾸
없이 커피를 홀짝인다. 커피에 브랜디를 한 방울 떨어뜨
리듯 조심스럽게. 마시면서 마시는 이야기를 한다. 브랜
디가 커피를 파고들 듯 자연스럽게. 차 마시듯 평화롭게,
커피 마시듯 태연하게, 술 마시듯 거침없이. 평화로움과
태연함과 거침없음이 한데 오른 테이블이 미세하게 진동
한다. 금방이라도 무릎을 굽힐 것 같다.

너는 흡수가 빠르구나. 네 얼굴에는 붉음과 불콰함과
불쾌함이 한데 모여 있다. 우리 사이에는 아직 테이블이
있다. 그 위에 올려둔 것이 삽시간에 바닥나고 있다.

그것

흙에 있었다 나무에 있었다 둥지에 있었다
알은 없었다

봉우리에 있었다 우리에 있었다 봉오리에 있었다
오리는 없었다

흙에 있었다 모래에 있었다 먼지에 있었다
바위는 없었다

역사에 있었다 시대에 있었다 시간에 있었다
순간은 없었다

흙에 있었다 줄기에 있었다 꽃에 있었다
벌은 없었다

피어 있었다 오르고 있었다 피어오르고 있었다
뿌리는 없었다

흙에 있었다 거기 선명하게 보이는 흙에 있었다 저기

겨우 보이는 흙에 있었다
  여기 흙은 없었다

  우주에 있었다 지구에 있었다 대한민국에 있었다
  집은 없었다

  흙에 있었다 아침의 흙에 있었다 저녁의 흙에 있었다
  밤의 흙은 없었다

  말에 있었다 글에 있었다 한 마디와 한 문장에 있었다
  의중은 없었다

  흙에 있었다 흑黑에 있었다 적赤에 있었다
  백白은 없었다

  그들에게 있었다 우리에게 있었다 네게도 있었다
  나는 없었다

  흙에 있었다 흙에 발을 심고 자라기를 기다렸다 흙을

온몸에 바른 채 태양을 마주 보고 누웠다

흙이 있었다

그것

무엇이 있다
이름이 생각나지 않는다

이름이 있는 채로
무엇이 있다
이름을 모르는 채로
내가 있다

나는 골똘해지고
무엇도 덩달아 골똘하다

수수께끼를 내지도 않았는데
수수께끼를 풀고 있는 사람이 있다

며칠 후
이름을 떠올린 채
허무해지는 내가 있다

그때 무엇은 호명되지 못했는데

길 위에서 버스 안에서 회전문 밖에서
생각 끝에

이름이 있는 채로
무엇이 있다

그것

그것참 맑구나 그것참 예쁘구나 그것참 근사하구
나…… 이런 말을 들을 때마다 나는 그것과 멀어졌다 맑
은 것 예쁜 것 근사한 것…… 그것은 다 달랐다 그때그때
달랐다 세상은 넓고 변수는 많았다 맑으면서 예쁜 것, 맑
고 예쁘고 근사한 것, 맑지만 근사하지는 않은 것……

눈을 감으면 머릿속이 분주했다
어떤 결심이라도 선 것처럼

꿈속에서는 걷지 않았다 달리지도 않았다 그것은 미
끄러지는 것에 가까웠다 땅을 내리누르는 것이 아닌 지
면 위를 스치고 지나가는 것 같았다 그것참 멋지구나 그
것참 이상하구나 그것참 특별하구나…… 나는 꿈속에서
그것을 하고 있었다 나를 향해 미끄러지고 있었다

눈을 뜨면 머릿속이 새하얬다
어떤 공모라도 한 것처럼

두근거렸다 맑고 예쁘고 근사한 것들이 말풍선이 되어

눈앞에 떠올랐다 보이지 않아도 들리지 않아도 그것은 있었다 만질 수 없어도 분명 거기 있었다 손가락으로 찔러도 말풍선은 터지지 않았다 말들이 엉겨 이야기가 되고 있었다 멋지고 이상하고 특별한 이야기가, 그때그때 달라지지만 마지막에는 어김없이 여기로 돌아오는 이야기가

그것참 신기하구나 그것참 다행이구나 그것참 부드럽구나…… 나는 이불 속으로, 꿈속으로 미끄러져 들어갔다 여름밤에 내리던 것이 겨울밤에 쌓이고 있었다

그것

아무것도 안 해도
늘어나는 것이 있었다

백 미터 달리기를 할 때면
심장이 뛰었다
살아 있다는 확신이
어느 날
살려고 애쓰는 감각이 되어 있었다

반환점이 없는데
자꾸 돌아가는 것 같았다

식물원에 박물관에 놀이동산에
첫걸음을 했을 때가 있었다
식물의 이름을 몰라도
역사의 흐름을 몰라도
놀이와 게임의 차이를 몰라도
웃음이 절로 났다

기쁨은 기꺼움이
기꺼움은 다시 메스꺼움이 되었다
결승점처럼 확고하게

학교에 가던 발이
회사 밖을 서성이고 있었다
병원에서는 아무리 걸어도 자국이 남지 않았다
장례식장에서는 발가락을 잔뜩 오므렸다
골목에서조차 그림자에 걸리는 일이 잦았다

난생처음 가는 곳이 줄어들지 않았다
백 미터 안 곳곳에 요철이 있어서
픽픽 헛웃음이 나왔다

아무것도 안 해도
늘어나는 것이 발목을 잡았다
넘어지지 않기 위해서

흘러내린 표정을 다시 세웠다

눈썹과 입꼬리를 추켜올리고
양 볼에 바람을 불어 넣었다

백 미터의 끝이 보이지 않아서
오래달리기를 하는 중이었다

웃으면서 발을 거는 사람이 있었다
사사건건 걸고넘어지는 사람이 있었다
어떤 사건은 미결 상태로 남을 것이다

선을 긋지 않으면
하늘에서 번개 같은 빗금이 쏟아졌다

몸을 사리고
마음을 가리고
가까스로
체면을 차리고 있었다

그것

'좋이'라고 발음할 때마다 이상해

종이처럼 매끄럽지도
좋아처럼 흔쾌하지도
족히처럼 효과음을 내는 것도 아니지

ㅎ이 웃음을 대신한 것처럼
어떤 웃음은 비웃음을 동반하는 것처럼
보이는데도 들리지는 않지

어쩌면 그것은 조이joy일지도

그것

그것이 왔는데
이미 왔다고 하는데
나는 그것을 기다린다
격하게, 열렬하게

그것을 본 사람들은
그것이 틀림없다고 환호한다
누군가는 지난번의 그것과 다르다고 이야기한다

그것을 듣기만 한 사람은
과연 누구의 말을 믿어야 할지

말이 쌓일수록
밝았다가 어두워지고
화려했다가 누추해지고
몸집이 커졌다가 금세 쪼그라들기도 하는

그것은 가고
그것은 오고

한 번도 마주치지 않은 채
그것은 또 한 번 대체되고

주머니 속에서 풀린 털실이
지구를 한 바퀴 휘감고 돌아오는 시간

그것이 왔는데도
꿋꿋이
그것을 기다리는 사람이 있어

그것이 온다

그것

중요한 순간,
중요한 단어가 떠오르지 않았다
빨랫줄에 널려 있던 빨래가 날아간다

바로 그런 점에서

사람들의 이목을 분산시키려고
시원하게 재채기한다
빨래집게의 손아귀가 자유로워진다

바로 그런 선에서

무슨 말을 하려고 했는데,
그 말이 재채기에 실려 날아갔어요
날아가던 빨래가 나뭇가지에 걸린다

바로 그런 면에서

열리고 닫히고

다물고 벌리고

점 찍고 선 넘고 면을 이루어도

빨래는 마를 의지가 없고
단어는 돌아올 여지餘地가 없고

내 땅이 아니어서 산뜻 그것을 치지도 못한다

그것

왔다,고 생각했다
왔다 다음에 쉼표를 찍지 않으면
숨넘어갈 것 같았다

부끄러운 페이지처럼
픽 들썩 화들짝 헐레벌떡
거꾸러지다 떠들리고 놀라다 날뛸 것 같았다

오기 전으로는 돌아갈 수 없었다
'이미'라는 말이 먼저 당도해 있었다

아르키메데스의 법칙이나
피타고라스의 정리,
근의 공식처럼
외울 수도 없었다

법칙은 불시에 위반되었고
정리는 내용증명을 요구했으며
공식은 케케묵어 상황에 대입할 수 없었다

사랑은 안간힘을 다한 헛발질이었다

모닥불이 꺼진 뒤에야
모닥모닥 쌓인 말들이 들렸다
그 말들에 짓눌려
힘없이 사그라진 불씨가 보였다

잿더미 전으로는 돌아갈 수 없었다
'끝내'라는 말이 사방에 고여 있었다

갔다,고 말했다
갔다 다음에 쉼표를 찍지 않으면
숨 막힐 것 같았다

도저히 혼자 힘으로는 페이지를 넘길 수 없었다

그것

그것에 대해 말하기 위해 그것을 떠올려야 했다 그것
이전의 것 그것이 아직 그것이 아닐 때 그것으로 여겨지
던 것 그것의 이름이 지어지는 데 결정적인 역할을 한 것
그것과 가장 가까웠던 것 그것이 등장하자마자 퇴장할
수밖에 없었던 것 그것은 자라나며 무성해지고 그것과
멀어지며 동떨어진다 직전까지의 과거를 지우고 온전히
그것으로만 기억되려고 한다

별빛이 생기자 별이 사라졌다
산새가 울자 산이 꺼졌다
바닷물이 차오르자 바다가 말라버렸다

발음하는 순간,
제 뜻을 잊어버린 단어처럼

이것

여기에 있었다고 했다
바로 여기에
잠시 어디 다녀온 사이
사라졌다고 했다
화장실이었나
다용도실이었나
한눈을 잠깐 팔았다고 했다
어떤 볼일로
화장실에 갔을까
어떤 용도로
다용도실에 갔을까
분명 여기에 있었는데
이것이
다름 아닌 이것이
이것이 있어서
얼마나 든든했는데
오죽 행복했는데
오죽하면 아무한테도 보여주지 않았는데
여기에 없으므로

이제 이것이 아닌 것
모르는 것은 아니므로
그저 어떤 것은 아닌 것
잃어버린 이것을 되찾을 수 있을까
다시 돌아왔을 때 그것은 여전히 이것일까
한눈을 잠깐 판 사이
이것은 이것이기를 지속하지 않았다
이것은 이것이기를 포기하고 말았다
화장실에 다시 가보고
다용도실을 샅샅이 뒤져보아도
이것은 나타나지 않는다
이것이 어떻게 그럴 수가 있는지
이것을 어떻게 하면 좋을지
여기에 있었을 때에도
여기에 없을 때조차

이것밖에 되지 않았던 것
이것밖에는 될 수 없었던 것

2부
무표정도 표정

그들

자주 화가 났다
배가 고파서 배가 불러서
수시로 화를 냈다
그들 중 하나가 말했다
뭐 더 없어?
덜 부른 자가 사람을 불렀다
부름받은 자가 머리를 조아렸다
없습니다 그러나 필요하시다면,
쉼표 뒤에 말이 이어지지 않았다
틈을 준 것이다
부른 사람은 어떤 것을 원했는데
때마침
그 어떤 것의 이름이 생각나지 않았다
때맞춰
틈을 비집고
그를 대신해 그들이 화를 냈다
누가 시키지도 않았는데
누가 부탁하지도 않았는데
필요하다는 이유로 화를 내고

부름받았다는 이유로 그것을 들었다
먹는 입과 말하는 입은 따로 있었다
먹지 않아도 말하고
먹으면서도 말하고
먹고 나서도 말하는 입이 있었다
따로 있지만 함께했다
고픔과 부름을 담당하는 배는 함께 있었다
사촌이 땅을 사지 않아도
배 아픔은 수시로 찾아왔다
남은 늘 잘되는 것 같으므로
남의 떡이 더 커 보이므로
그것은 그들과는 동떨어진 것처럼 보였다
함께했지만 따로 있었다
배 속에 틈이 있어서
배가 아직 덜 불러서 사람을 불렀다
배를 불리면 당장은 누그러질 수 있으니까
배가 부르면 당분간은 너그러워질 수 있으니까
화를 낼 때마다
자주 배가 고팠다 배가 불렀다

배가 고파서

배가 불러서

제때 화도 날 수 있는 것이다

그 틈에 허기와 포만감이 동시에 몰려왔다

말하지 못한 어떤 것처럼

어떤 것이 지녔을 분명한 이름처럼

어디론가 향하고 있는데

화에 걸려 자꾸 넘어졌다

대화가 이어지지 않았다

말이 될 타이밍을 놓쳐

목구멍에 잡생각이 우거지고 있다

그들

150번하고 160번하고 같은 곳으로 가나요? 네. 그런데 이 버스는 140번인데요? 네. 기사의 목소리는 시원하고 승객의 목소리는 우렁차다. 몰랐던 것과 알고 있는 것을 하나씩 주고받은 낮, 버스 안은 각자의 일로 피로하고 각자의 사연으로 법석인다. 내릴 때가 되면 각자의 감정으로 괴롭다. 환승을 한다고 해도 갈 곳이 달라지는 것은 아니다. 그런데 170번 버스는 없어졌어요. 기사의 말을 뒤로하고 내린다. 갈 곳이 생각나지 않는다. 정류장에는 140번 버스를 기다리는 사람들이 있다. 뒤늦게 혹은 때마침 떠오른 기억이 있다. 나는 오지 않을 170번 버스를 기다리고 있다. 아직 오지 않아서. 영영 오지 않을 거여서. 그런데? 그런데도. 바로 그런 점에서.

그들

사람처럼 말하네 꼭 사람 같네
그건 욕이었다

사람만큼 아름답네 사람이라고 해도 믿겠네
그건 신기루였다

사람인 줄 알았네 10년 감수했네
그건 진심이었다

사람이어서 다행이고
사람이 아니어서 더 다행한

첫차는 어제 치 피곤을 싣고 들어오고
막차는 오늘 치 피곤을 나르듯 떠난다

그들

토론을 하던 날이었다. "날씨부터 시작할까요?" 그가 물었고 "진부하지 않아요?" 그가 대답했다. "기후 얘기를 해보죠." 내가 말했나? 심드렁한 톤만은 생생하다. 옹니처럼 숨겼지만 의도는 뻐드렁니같이 불거지고 말았다.

"큰따옴표를 쓰는 순간 너는 의지하게 되는 거라고." 권위에 호소하지 말라고 그는 덧붙였다. "그 사람과 너는 엄연히 다른 사람이잖아." 서로 다른 두 사람이 같은 생각을 한다는 것은 부끄러운 일일까? 권위에 호소해서 내가 힘을 얻었던가?

찬성하고 반대하는 문제는 결국 이기고 지는 싸움이 되었다. 날씨는 눈에 보이지만 기후는 온몸으로 흡수하는 것이었다. 뜨거움과 축축함이 결합해 무더위가 되는 것처럼. 푸른 하늘 아래서 우리는 땀을 흘린다. 같은 하늘 아래서 양 볼이 빨개지기도 한다. 오늘을 살면서 내일을, 다음 계절을, 내친김에 10년 후를 기대한다.

"큰따옴표 뒤에 숨는 거지. 보이지 않는 것에." 그가 말했다. "아니지, 큰따옴표 사이에 숨는 거지." 그가 토를 달았다. 보이지 않아서 우스운 것이 있었다. 보이지 않으니까 무서운 것이 있었다. 서로 다른 두 사람이 같은 생

각을 하고 있었다. 그들에게는 묵언도 실언이었다. 그들
은 확실히 힘을 얻었다.

　"그럴 때 꼭 입을 다물더라?" 그럴 때가 있었다. 아무
말도 하고 싶지 않을 때가. 무슨 말을 해도 통하지 않을
것 같은 때가. 어떤 말로도 나를 드러낼 수 없을 때가. 표
정으로 감정을 표현할 수 있다는 게 얼마나 다행인가. 나
는 무표정을 지었다. 없음을 드러냈다.

　"큰따옴표 안에서 또 따옴표를 만드네." 그는 간파한
다. "두 번 숨네." 그는 쐐기를 박는다. 숨죽인 채 잠자코
있었다. 마음속으로 한 말이었는데. 그럴 때 작은따옴표
는 꼭 구름으로 만든 우산 같았다. 우산 속에서 소낙비가
쏟아지고 있었다.

그들

화장실은 만원이었다
조마조마한 마음
아슬아슬한 고비
위태위태한 순간으로 꽉 차 있었다

마려움은 가려움과 비슷한 구석이 있다
해소될 때까지
사람을 만원 상태로 몰아붙인다

내 몸 편히 누일 곳 없음을 새삼 실감하게 한다

타일은 차갑고 빽빽하다
몸속 뜨거움이 야속할 정도로

몸에도 낮이 있다는 듯
어린이 전용 소변기 앞에는
아무도 서지 않는다

조금 전까지 지하철 임산부석에 앉아 있었던 사람도

꼿꼿하게 서 있다

버젓함과 의젓함은 이렇게나 다르다

감정이 만원일 때는
참지 못해 화내고
참을 수 없어 울어버리지만

볼일이 끝나지 않아

의지와는 상관없이
직전이 무기한 유예되고 있다

그들

난 날은 같은데 간 날은 다른
사람 둘

남은 자는 먼저 간 자를 생각한다
왜 이렇게 빨리 떠났느냐고
저세상을 향해 울부짖는다

난 날은 다른데 간 날은 같은
사람 둘

먼저 난 자는
한창때인데 왜 따라왔느냐고
나중에 난 자에게 역정을 낸다

난 날과 간 날이 같은
사람 하나

남은 자는
박수하다가 기도하다가

축하하다가 애도하다가

생일이 기일일 때
나고 간 것은 다름 아닌 너인데
눈물 나고 맛 간 것은 왜 나인지
도무지 모르겠다며

남은 자의 몸은
이기기를 포기한다

주저 없이 주저앉는다

그들

　그는 꼭두새벽에 글을 썼다 꼭두새벽까지 잠을 자지
않은 것이 아니다 꼭두새벽에 눈을 떴으니까 눈이 절로
뜨여버렸으니까

　눈을 뜰 때는 머리가 아팠다
　머리를 썼다는 말이다
　눈이 뜨일 때는 코가 움찔했다
　낌새를 맡았다는 얘기다

　그는 한번 뜨인 눈을 다시 감지 않았다 평소였다면 가
차 없이 베개에 얼굴을 파묻었을 것이다 다음 날 그는 자
문한다 내가 왜 그랬지?

　아니다
　질문은 바뀌어야 한다
　내가 왜 그렇게 하지 않았지?

　무엇을 보았으니까 어떤 것을 들어버렸으니까 일어나
라고, 잠들면 안 된다고 누가 그랬으니까 그는 머뭇거린

다 잠깐, '누가'라고?

누가, 누가, 누가…… 누가? 누가는 누가累加되다가 어느새 누累가 되었다 '누가'가 맞아? 그는 한번 뜨인 눈을 다시 감지 못했다

꼭두였을 것이다 곡두였을지도 모른다 하지만 눈을 감았다 떴는데도 그대로 있었다 곡두였다면 모른 척 눈감아주었을 텐데

출현한 것이 현현하고 있었다 꼭두새벽에 나타난 것이 아침이 밝을 때까지 점점 명백해졌다 눈 뜬 채 꼭 곡曲을 부르겠다는 듯이

꼭두? 꼭두각시의 그 꼭두? 조종당하는 꼭두각시가 아닌, 조종하는 꼭두각시다 놀림당하는 꼭두각시가 아닌, 놀음하는 꼭두각시다

창문에 있었다 눈을 뜨이게 만든 것이, 코를 움찔하게 만든 것이 쇼윈도에 나란히 서서 보란 듯이 포즈를 잡는 꼭두사람들……

사람이라고 불러도 될까? 사람이라면 믿어도 될까? 사람이라서 인기척한 걸까? 사람이라도 흔들리지 않을 수 있을까?

그들일까? 차라리 그것들에 가까울까? 머리가 아팠다 코가 움찔했다 눈을 뜨면서 눈이 뜨이고 있었다 보는 일 은 아직 끝장을 보지 않았다

명백한 것이 증식해 명명백백해지고 있었다
꼭두머리에서부터 뭔가 단단히 잘못되었다

그들

난생처음 보는 사람들이 손을 내민다

누구시죠?
여기는 대체 뭐 하는 곳이죠?
무엇보다
왜 저한테 그렇게들 환하게 웃어주시는 거죠?

악수인 걸 알면서도 손이 그리로 갔다
허수인 걸 알면서도 손을 덥석 잡았다

식은땀이 맺히고 있었다

그들

그가 왔고 잠시 후 그가 왔다 안경을 낀 그가 헛기침을
하자 렌즈를 낀 그가 기다렸다는 듯 입장했다 쌍꺼풀이
없는 그와 쌍꺼풀이 있는 그가 동시에 왔다 자연스럽게
그들이 되었다 그들에는 그가 여럿이었다 그들은 몸을
앞으로 기울이고 이야기하기 시작했다 내가 보든 안 보
든 아무도 신경 쓰지 않았다 그들은 그룹이었다 어떤 목
적이 있는 것처럼 보였다 사무적인 이야기가 흐르는 게
분명했다 쌍꺼풀이 있는 그가 지긋하게 눈을 감았다 렌
즈를 낀 그가 지긋하다는 듯 고개를 절레절레 흔들었다
그들은 그룹이었다 그루브는 없었다 리듬은 만나고 헤어
지며 인사를 나눌 때만 아주 잠깐 있었다 일주일에 한 번
모여 네 명의 그는 그들이 되었다 그들이 아닌 나는 따뜻
한 아메리카노 한 잔, 아이스 아메리카노 한 잔, 카푸치
노 한 잔, 얼그레이 한 잔을 준비한다 이처럼 그들은 한
결같이 입맛이 다르다 취미도, 성적 취향도, 정치적 입장
도 다를지 모른다 네 명의 그가 그들로 있는 시간은 고
작 30분, 사이좋을 시간도 미래를 설계할 시간도 없다 쌍
꺼풀이 있어 부럽다는 얘기도, 시력이 나빠 렌즈를 낄 수
없다는 얘기도 할 겨를이 없다 그들은 다음 주 목요일 저

녁 7시에 여기서 또 모일 것이다 가장 먼저 오는 그가 네 명 몫의 음료를 주문하고 계산할 것이다 내가 머그잔을 세 개, 유리잔을 하나 꺼내는 동안 먼저 온 그는 그들이 될 준비를 할 것이다 그로 와서 그로 돌아갈 생각에 뿌듯할지도 모른다 그들로 있는 시간은 역시나 30분이면 충분할 것이다 그들은 패턴을 아주 중시한다 그들 중에는 여름에도 겨울에도 아이스 아메리카노를 마시는 사람과 겨울에도 여름에도 따뜻한 아메리카노를 마시는 사람이 있다 쌍꺼풀이 없던 그가 쌍꺼풀이 생긴 채 돌아가지도 않는다 헛기침이 재채기로 연결되는 경우도 없다 화장실에 간다는 핑계로 대화 도중 자리를 뜨는 사람도 없다 30분이면 따뜻한 아메리카노는 식고 아이스 아메리카노의 얼음은 녹는다 그들에게 딱 필요한 시간이다 그들이 동시에 일어나 유리문을 열고 나간다 아주 얇고 날카로운 투명 책받침 같은 것이 그들을 통과하고 있다 그가 된 그들은 아무 관심이 없다

그

그는 먹는 방식으로 감정을 소화消化한다

고독은 씹는다
분노는 삼킨다
슬픔은 삭인다

기쁨은 마신다
희망은 들이마신다

사랑은 빨아들인다

뼈를 깎는 고통을
다시 뼈와 살로 만든다

살맛이 난다

먹으면서도 온통 먹을 생각뿐이다
감정의 소화消火 때문에 늘 헛헛하다

달아도 써도 삼킨다
달콤하면서 쌉싸래해도
절대 뱉지는 않는다

그는 감정에 사로잡혀 있다

그

우연찮게 그 길을 지나치게 되었다
우연찮다는 것은
꼭 우연한 것은 아니라는 말이다
의도한 것도 아니라는 말이다

길 한복판에 그가 서 있었다
필연적인 자세로
반드시의 직립으로
그렇게 될 수밖에 없었다는 눈빛으로

사람들은 길가로만 걸었다
자신이 있을 곳은 귀퉁이라는 듯이
언저리에서 맴돌다 사라지겠다는 듯이
하나같이 표정이 없었다

무표정도 표정이다
침묵이 말이듯이
어느 때는 가장 강력한 말이 되기도 하듯이
끈질기게 묵묵했다

묵묵하게 뚜벅뚜벅 걸어가고 있었다

보도블록이 가지런히 놓여 있었다
그림자 하나도 빠질 수 없을 만큼 틈이 없었다
견고했다
블록을 들어내면 암호가 있을 것 같았다
해독될 수 없는 암호
마침 아무도 신경을 기울이지 않는 암호
마침내 해독되지 않는 암호

때마침 칼바람이 불어왔다
길 한복판에서는 공사가 한창이었다
거기에 그가 서 있었다
예외처럼
맥없이 풀려버린 암호처럼

종이 인형처럼
나풀거리며
비틀거리며

입체가 되지 않기로 결심한 평면처럼
고개를 수그려
맨홀 안을 들여다보고 있었다

금방이라도 맨홀에 빨려 들어갈 듯
지나칠 정도로 위태로웠다

그러나 나는 길로 나아갔다
길 한복판으로
공사 현장으로
전속력으로
흔들리는 사람이 여기에도 있다고
리듬을 잃어버린 사람에게도 구두는 필요하다고

함구한 채로 포효했다

지나칠 수도 있었지만
붙들어 맨 풍경이 있었다

지나치되

지나치지만은 않아서 기억이 되었다

그

    이사하는 날, 그가 가장 먼저 한 일은 창문의 개수를 세어보는 것이었다 집을 보러 왔을 때는 분명 세 개였는데, 이사하고 보니 두 개로 줄어 있었다 집주인에게 따졌더니 원래부터 두 개였다고 했다 누가 마술이라도 부린걸까 아니 이것은 요술에 가깝지 않은가 처음에 집을 보러 왔을 때, 창문이 세 개라는 점이 마음에 들었다 건물이 낡았고 교통이 불편하고 언덕을 한참 올라와야 하지만 창문이 세 개여서 계약서에 흔쾌히 사인할 수 있었다 세 개의 창문을 통해 들이치는 햇살은 얼마나 풍성하고 따뜻할까 때마침 세 개의 창문으로 동시에 햇살이 쏟아졌다 마음에 들었던 것이 마음을 사로잡는 것이 되었다

    세번째 창문이 있던 벽에는 시계가 걸려 있었다 전에 살던 사람이 놓고 간 것이라고 했다 시곗바늘은 움직이지 않았다 11시 20분에서 꿈쩍도 안 했다 창문이 있던 자리에 멈춰버린 시계가 있다니! 계약서를 검토하며 집주인이 말했다 작은 집이라 창문 두 개로도 충분해요 이 작은 집에서 창문이 세 개라는 점만 마음에 들었단 말이에요! 소리친다면 창문에 집착하는 사람처럼 보일지도 모른다 창문으로 다닐 것 아니잖아요? 빈정거림도 감수해

야 할 것이다 멀쩡한 창문을 없애고 벽을 다시 바를 만한 시간이 아니잖아요? 상식적인 대꾸도 이어질 것이다 그는 세 개의 창문에 집착하는 몰상식한 사람이 되기 직전이었다

창문이 세 개라는 점은 이 집의 유일한 미덕이었다 창문이 숨어 있을지도 모른다는 생각에 그는 재빠르게 시계 뒤를 살폈다 건전지만 새로 넣으면 작동할 거예요 집주인이 하품을 하며 말했다 시계는 저도 있어요 창문이 없잖아요! 창문을 요구하는 그와 잔금을 촉구하는 집주인이 있었다 둘 다 말하지 않으면서 청구하고 있었다 여전히 11시 20분이었다 창문이 두 개인 집에서는 살 수 없을 것 같았다 11시 20분을 가리키는 시계처럼 창문은 계속해서 두 개일 것이다 건전지를 새로 넣어도 창문이 생겨나지는 않을 것이다 창문에 집착하던 사람이었어요 어디든 변덕이 죽 끓듯 하는 사람 있잖아요 집주인은 다음 세입자에게 이죽거릴 것이다 어디든 집이 있지만 창문이 세 개인 집은 어딘가에만 있다 이사하는 날은 이사하던 날이 될 수 없었다

그런데 세 개의 창문으로 동시에 햇살이 쏟아지는 게

가능할까 그는 이삿짐처럼 부려진 자세로 집을 올려다보
았다 창밖에서도 11시 20분이 반복되고 있었다

그

첫 만남에서 그는 자신이 서울 태생이라고 밝혔다. 말했다기보다는 밝혔다는 느낌을 받았다. 서울 사람이라고 넌지시 고백한다기보다 의기양양하게 드러내는 것에 가까웠다. 사건의 전모를 까발리는 것처럼, 서울에서 난 것이 발단이고 서울에서 자란 것이 전개인 것처럼. 절정과 결말도 서울에서 일어날 게 분명하다는 듯. 틀릴 일이 없다는 듯. 서울깍쟁이의 화법이 있다면 물 흐르듯, 딱 부러지듯 구사할 것처럼. 기실 그는 이미 구사하고 있는지도 몰랐다. 태생지를 밝히는 것은 까다로운 사람의 반열에 들게 하지 않는가. 그의 선전포고는 쓸데없는 오해를 불식시키기 위한 으름장 같았다. 누구를 위한 전쟁인지, 누구를 향한 위협인지 알 수 없었다. 나는 머릿속으로 까다로워지고 있었다. 보이지 않는 계산이 시작되었다.

술잔이 예닐곱 순배쯤 오가자 그는 자신이 서울 태생이라고 거듭 말했다. 이번에는 밝혔다기보다는 말했다는 기분이 들었다. 그것은 사실이라기보다는 생각이나 느낌 같았다. 조목조목 알려준다기보다 듣는 이가 눈치껏 알아주기를 바라는 것처럼. 원래는 몰랐던 사실을 문득 깨

닫기라도 한 것처럼. 원래는 몰랐지만 원래부터 분명 서
울 사람이었다는 사실을 주장하듯. 서울까투리의 표정
이 있다면 감추지 않겠다는 듯, 집요하게 노골적으로 폭
로할 것처럼. 기실 그는 벌써 폭로하고 있는지도 몰랐다.
태생지를 말하는 것은 자신 있는 사람의 대오隊伍로 걸어
들어가겠다는 의지 아닌가. 그의 동어반복은 오해를 부
추기기 위한 거드름 같았다. 누구를 위한 서울인지, 누구
를 향한 거만함인지 알 수 없었다. 술잔에 비친 나의 눈
빛이 잠시 흔들렸다.

　술이 얼큰하게 취하자 그는 서울이 싫다고 했다. 서울
에서 나고 자랐지만 아직도 이곳이 어색하다고 했다. 자
동차의 경적과 네온사인에 길들 수 없다고 했다. 서울 어
디에도 깃들 형편이 안 된다고 했다. 높은 건물을 보면
아직도 숨이 턱 막힌다고 했다. 자신이 서울에서 나고 자
란 낙오자 같다고 했다. 그의 입에서 흘러나오는 문장이
밝히는 심경인지 말하는 심경인지는 더 이상 중요하지
않았다. 그가 울기 시작했기 때문이다. 선전포고는 사실
상 종전 선언이 되었다. 서울까투리는 진작 날아갔다. 대

오는 이미 흐트러졌다. 서울 태생이 아닌 나는 그저 멀뚱하게 앉아 있을 수밖에 없었다. 그 앞에서 눈알을 굴리고 머리를 굴린 스스로가 부끄러웠다. 그가 급기야 서울을 토했다. 서울을 게워냈다. 서울 길바닥에 술 취한 서울이 뿌려지고 있었다.

그는 난 집으로 돌아가고 나는 살 집으로 향했다. 서울은 오밤중에도 길을 만들어내고 있었다. 절정 없이 결말로 분연히 치닫는 중이었다.

그

　그의 이름은 김성진이다 누구나 휴대전화를 뒤져보면 한 명쯤 발견할 수 있을 것이다 성이 김이 아니라면 확률은 높아지겠지 그는 이룰 성에 참 진을 쓴다 아마도 성진의 대부분은 참을 이루기 위해 힘쓰고 있을 것이다 이룬 것은 없지만 김성진은 오늘 친구들을 만난다 벚꽃 피고 첫 점심 약속이다

　만나는 친구 한 명의 성은 성이다 성이 성이다 다른 한 명은 진이다 모임의 이름은 자연스럽게 김성진이 되었다 그는 자신이 친구들을 품고 있을지도 모른다고 생각했다 자만이다 그런 말을 꺼냈다가는 우정에 금이 갈지도 모른다 착각이다 애초에 이들 셋 사이에 우정이 있는지 모를 일이다

　김성진 모임의 구성원들이 모였다 을지로입구역 6번 출구였다

　이쪽에 맛집이 많다는 소식을 들었어
　어디서?
　블로그에서
　그게 들은 거냐? 본 거지

먹고 이야기하자

뭐 먹을까?

먹고 이야기하자

뭐 먹을지를?

아니, 뭐 먹지?

근데 여기 명동인데?

을지로 아니고?

을지로 입구가 명동인가 보지

그래서 맛집이 많나 보다

그럼 을지로가 명동보다 큰 거야?

골목이 더 많네

이러다 점심 먹겠어?

그나저나 점심 먹고 우리 뭐 해?

    그의 이름은 김성진이다 참을 이뤄야 하는데 골목 어
귀에서 점점 진실과 멀어지고 있었다 모임의 이름 또한
김성진이다 김이 새고 성이 나고 진이 빠지고 있었다 있
지도 않은 그들의 우정에 금이 가고 있었다

그

그는 맞춤법에 약했다 첫 직장에 입사할 때까지 '이래라저래라'가 '일해라 절해라'인 줄 알았다 한번은 사내 메신저를 통해 동료에게 메시지를 보낸 적이 있었다 '김 과장님은 나한테 맨날 일해라 절해라 하신다. 알아서 잘하고 있는데.' 동료는 한동안 답신을 하지 않았다 메신저에서도 존칭과 경어를 쓰는 게 딱딱해 보였을지도 모른다 그는 농담할 줄도, 침묵을 참을 줄도 몰랐다 동료는 한참 뒤에 '이래라저래라?'라고 메시지를 보내왔다 그는 인터넷 검색을 했고 한동안 아무 말도, 아무 일도 할 수 없었다 창피한 나머지, 알아서 잘 못하고 있었다 26년 동안 뿌리 깊게 믿고 있던 어떤 체계가 흔들리는 것 같았다 다시는 저 표현을 쓸 수 없을 것 같았다

때마침 김 과장이 사무실로 들어왔다 그는 자리에서 벌떡 일어나 고개를 폭 수그려 인사했다 김 과장은 당황한 기색이었다 동료 역시 그를 이상하게 쳐다보았다 농담할 줄도, 침묵을 참을 줄도 몰랐던 그는 임기응변에도 젬병이었다 머리를 긁적이며 자리에 앉았다 의자가 깊디깊었다 황급히 메신저 창을 닫는데 거래처에서 전화가 걸려왔다 "네, 차질 없이 발주發注하겠습니다." 수화기

를 붙잡고 연신 고개를 숙여댔다 누구에게 보이지도 않고 누가 알아주지도 않는 일이었다 그가 가장 공들여 하는 일이었다 '무슨 일이야?'라고 묻는 이도 '우리가 하는 건 발주가 아니라 수주受注야'라고 일갈하는 이도 없었다 '일해라 절해라' 말고는 일절 다른 생각이 나지 않았다 열심히 일하다가 상사가 지나가면 자리에서 일어나 깍듯하게 절하라는 거 아니었어? 그는 그런 줄 알았다 매일 일하고 절했다

    퇴근 무렵, 김 과장이 회식하자고 했다 "내일 쉬는 날이지? 오랜만에 부어라 마셔라 어때?" 호탕한 그의 말에 모두가 얼어붙었다 회식하기 싫어서였다 "이렇게 갑자기요? 데이트 있어요"라고 당당하게 말하는 이도 "내일 건강검진 예약을 해두어서요"라고 완곡하게 거절하는 이도 있었다 사무실에 있는 모든 이들은 회식하느니 일하고 절하는 게 낫다고 생각하고 있었다 그는 김 과장의 말이 '일해라 절해라'에 사로잡힌 자신을 놀리는 것 같았다 일해라 절해라 부어라 마셔라…… 발주하는 사람은 갑이고 수주하는 사람은 을인가? 그는 평생 을의 신세에서 벗어날 수 없을 것 같았다 일하고 절하고 붓고 마시다

95

보면 회사의 숙주宿主가 될 수도 있을 것이다

　누가 뭐라고 하지도 않았는데 목구멍이 붓고 있었다
누구에게 보이지도 않고 누가 알아주지도 않는 일이었다
그는 그것을 잘하고 싶었다

그

그는 웃음의 대명사로 불렸다 잘 웃어서였을까, 잘 웃
겨서였을까 어느 순간, 그는 웃음과 한 몸이 된 것처럼
보였다 서글서글한 얼굴의 모공에서는 웃음이 흘러나올
만반의 준비가 되어 있었다 흘러나올 때는 차라리 다행
이었다 한번 터져 나온 웃음은 삽시간에 좌중을 압도해
버렸다 영문도 모른 채 함께 웃다 보면 때가 아니었다 장
소가 빗나갔다 경우에 맞지 않았다 장례식장이 일순 축
제 현장이 되는 일도 있었다 그는 웃음의 대명사로 입장
했지만, 번번이 민폐의 대명사로 퇴장했다

　사람은 명사다 너는 대명사다
　당연한 얘기를 하는 사람들이 있었다
　그는 피식 웃고 말았다

큰 명사가 아니라 그저 대신하는 명사인데도, 사람들
은 그를 질투하고 질타했다 물불 가리지 않고 웃는다는
이유로, 똥오줌 못 가리고 웃는다는 이유로 그는 고유명
사가 되었다 아무 데서나 물색없이 웃는 이를 발견하면
사람들은 즉각 그를 소환했다 평소와 같이 그가 웃을 때

면 이런 말이 날아들었다 좋아? 살 만해? 만족스러워?
그가 웃길 때면 이런 말이 메다꽂혔다 우스워? 웃음이
냐? 만족스러워? 평소와 다르게 물속에서도 만족은 녹
지 않았다 불 속에서도 만족은 타지 않았다 오줌 앞에서
도 똥 앞에서도 만족은 냄새를 풍기지 않았다

    사람은 고유명사로 태어나 보통명사로 살아간다
    제 이름을 대신하는 명사로 분扮해야 한다
    그는 자신에게 분해서 허허 웃어버렸다

    그의 이름은 눈치 없이 실실 웃는 이를 가리키는 보통
명사가 되었다 햇반처럼, 대일밴드처럼, 초코파이처럼
도처에서 발견할 수 있었다 마음만 먹으면 수중에 넣을
수 있었다 서울처럼, 지프처럼, 스크루지처럼 친하지 않
아도 친근하게 들렸다 갈 수 없어도, 가지거나 만나지 못
해도 섭섭지 않았다 그저 떠올릴 수 있다는 것만으로도
안도되었다 명사는 대체되지 않았기에 그의 이름은 하염
없이 낡아만 갔다 그는 보통명사에서 추상명사가 되었다
사랑처럼 흔하고 희망처럼 귀하지만 삶처럼 끝끝내 막연

했다 없음의 대명사처럼

　물불 가리지 않았기에 그는 죽음 앞에서도 웃을 수 있
었다
　똥오줌을 못 가렸기에 아기처럼 자연히 의연했다

　그의 얼굴에서 웃음기가 사라졌던 순간이 딱 한 번 있
었다 그때 그는 웃음을 이해했다고 믿었다 웃느라 한 말
에 감히 초상이 나고 있는 줄도 모르고

그

그가 전화를 걸었을 때
그는 전화를 받지 못했다

한낮의 실패가
누군가에게는 한낱 실패일지도 모른다

언젠가부터 통화 연결음은 컬러링이라고 불렸다
발신인의 조바심은 무채색인데도

연결될 때까지 소리는 한 방향인데도
길 끝은 보이지 않다가 어느 순간 끊겨버리는데도

툭,

통화는 시도로 끝났고
그는 뭔가가 사라졌다는 느낌을 지울 수 없었다

닿기도 전에 가뭇없어지는 신기루처럼

연결음이 여음餘音으로 이어졌다
실패는 반복된다는 듯

한밤중
그가 전화를 걸었을 때
그는 전화를 받지 못했다

한번 사라진 것이
다시 나타날 수도 있었는데

정확히 그 이유로
수신인의 자존심을 지켜냈다

툭,

사라진 것이
사라진 채로 있었다

무채색이 무색할 정도로

그

살코기를 먹어야 한다

걷다가 문득 고기를 떠올렸다 고기 생각이 난 것인지, 고기 생각을 한 것인지 명확하지 않았다 고기 생각만 분명했다 그것은 불판 위에 있다가 전골냄비 안에 들어가 있다가 어느새 갖은 양념에 버무려진 채 접시 위에 올라와 있었다 비곗살이 떠오르기도 했지만 곧바로 도리머리를 쳤다 살코기가 좋다 순살이 당긴다

몸이 허한지 자문할 때조차, 그는 걷는 일을 그만두지 않았다 걸음을 멈추면 생각이 사라질지도 모른다 고기에 다가가듯 잰걸음을 치니 허기를 참을 수가 없었다 고기를 시키고 기다리는 시간처럼 입속에 침이 고였다 은색 쟁반에 담긴 고기가 테이블에 놓일 때 불판에서 피어오르는 연기처럼 어지러웠다 반찬이 하나둘 놓이기 시작하면 임박했다는 것이다 은색 집게를 들어 고기를 뒤집는 상상을 하니 팔뚝에 소름이 돋았다

고기 생각은 걷잡을 수 없이 커졌다 1인분이 2인분이 되고 자정을 기점으로 오늘이 어제가 되듯 자연스러웠다 육즙이 진한 꽃등심, 담백하고 부드러운 안심, 씹을수

록 고소한 목심, 독특한 풍미가 혀를 휘감는 채끝살, 조직
적으로 연한 우둔살, 육즙과 골즙이 어우러지는 갈빗살,
씹는 맛이 가장 좋다는 치마살, 쫀득쫀득한 갈비덧살, 감
칠맛이 일품인 제비추리, 자면서도 아롱거리는 아롱사
태······

　정육正肉과 정육精肉이 다른 것처럼, 고기는 점점 선명
해졌다 부위별로 특화된 조리법이 있는 것처럼, 식욕은
갈수록 명백해졌다 살코기는 막연하지만 정육正肉은 뾰
족하지 냉장고에서 꺼낸 고깃덩이를 도마 위에 떡하니
놓듯 걸음에 힘이 들어갔다 그가 그것을 쫓아가는 것이
아니라 그것이 그를 쫓아오고 있는 것 같았다 고체와 액
체와 기체로 이루어진 어떤 것이, 생각만으로도 배부르
면서 배고픈

　그는 심호흡을 하고 고깃집에 들어갔다 몇 분이세요?
점원이 웃으면서 물었다 혼자입니다 점원이 위아래를 훑
어보았다 한 명이라고요? 한 명, 두 분, 세 분······ 혼자는
분이라는 단위를 얻기엔 과분한 모양이었다 혼자여도 괜
찮아 혼자여서 편해 하지만 고기는 먹을 수 없지 뼈와 힘
줄, 기름기를 죄다 잃은 살코기처럼 혼잣말을 했다 혼자

라서 외로워 혼자니까 배고프지 점원의 눈빛은 정육正肉
처럼 정확했다

　정육正肉을 먹어야 한다

　임박한 것들이 있었다 들이닥치는 것과 밀려가는 것
사이에서, 그는 서 있었다 저울 위에 있는 고깃덩이에서
핏물이 뚝뚝 떨어지고 있었다

우리

　고래보다는 돌고래. 네가 말했고 나는 돌핀을 떠올렸다. 그럼 고래는 핀인가? 입을 다물고 있어서 말은 아직 속사정이었다. 사전을 펼쳐 너는 기역과 디귿을 오갔다. 자유자재로 플립 턴을 하는 수영 선수처럼, 물 위로 솟구치길 두려워하지 않는 돌고래처럼,

　이상해. 고래'는 동물인데 돌고래'는 구들장 밑으로 난 길이야. 네가 말했고 나는 돌 밑에서 웅성대는 물소리를 들었다. 그 길은 바다와 연결되어 있지 않을까? 입을 다물고 있어서 바다는 아직 잠잠했다. 올려다보면 높이지만 들여다보면 깊이인 것처럼,

　고래와 돌고래와 방고래가 한곳에 있었다.

　거품과 물줄이
　불길과 연기가
　흘러 나가고 새어 나가고 있었다.

　소문처럼 비밀인 듯
　고래들이 싸울 때 어떤 등도 터지지 않았다.

우리

시외버스 좌석 번호는 1번이었다 천일고속 금호고속
동양고속 중앙고속을 통틀어 1번은 처음이었다 *1번 좌
석의 좋은 점이 뭘까?* 속으로 물었는데 겉으로 불거지는
것이 있었다 가장 먼저 내릴 수 있잖아 작지만 또렷한 말
소리였다 *가장 먼저 내리면 뭐가 좋지?* 재빨리 화장실에
갈 수 있잖아 없던 요의尿意도 생기게 하는 말이었다

고속도로에 진입하자 버스는 거침없이 달리기 시작했
다 *어디 가?* 나한테 하는 말처럼 가깝게 들렸다 기사가
묻고 있다고 확신하지 않을 도리가 없었다 단양이요 *담
양? 대나무의 고장 말고요* 단양에는 뭐가 있는데? 속으
로 말하는데도 말문이 턱 막혔다 *충주댐이었나? 이끼터
널이었나?* 우리는 지금 함께 가고 있잖아요

한배도 아니고 한 버스를 탔다고 해서 우리가 될 수 있
을까 감히 공동체 의식을 품어도 되는 것일까 종착지에
닿으면 뿔뿔이 흩어질 텐데 얼굴도, 운수 회사 이름도, 차
량 번호도 기억하지 못할 텐데 배 지나간 자리처럼 말끔
할 텐데 아주 잠깐 쓸쓸할 여유도 없을 텐데 1번 좌석이
1번 타석처럼 느껴졌다 *치지 않으면 맞을 것이다*

비가 오는데? 그가 말했다 혼잣말일까 통화 중일까 뒤

통수는 묵묵부답이었다 하늘엔 구름 한 점 없었다 안전
띠를 풀고 당장 그의 얼굴을 보고 싶었다 버스 안에서 우
산이 없어 걱정하는 표정을 그는 짓고 있을까 천둥이 치
는데? 그가 말했다 *허언일까 실언일까* 나는 앉은자리에
서 속수무책으로 두들겨 맞고 있었다

　화장실에 가고 싶은데…… 좀 쉬었다 갈까? 휴게소에
들어서며 그가 말했다 *무슨 말을 못 해, 아니 무슨 생각
을 못 해* 우회하지 않으면 후회할지도 모르지 1번 좌석의
이점을 활용할 기회인데도 나는 머뭇거리고 있었다 다녀
오고 나면 자리를 빼앗기기라도 할 것처럼, 버스가 배로
변하기라도 할 것처럼, 천둥을 동반한 폭우가 쏟아지기
라도 할 것처럼

　천일고속 금호고속 동양고속 중앙고속이 휴게소에 한
데 모여 있었다 요의가 사라지자 멀리 담양 톨게이트가
보였다 이끼를 비집고 솟아난 대나무처럼 고고했다 *1번
좌석의 좋은 점이 뭘까?* 버스에 오르자마자 앉을 수 있
잖아 1번 좌석이 1번 입석처럼 느껴졌다 천둥이 *치지 않
으면 비를 맞을 것이다*

　여기가 어디지? 우산을 편 그가 묻고 우산을 쓴 그가
답했다 일단 우회전

우리

한낮에 기우는 사람들이 있었다. 그때만큼은 사이가 좋았다. "'사이좋다'라고 붙여 쓰는 이유가 뭔 줄 알아? 사이가 좋으니까." 실없는 농담에도 실실 웃음이 났다. "실이 두 개나 있네?" 듣고 바로 이해하지 못해도 넘어갈 수 있었다. 아까는 배고프다는 핑계로, 지금은 배부르다는 이유로.

벤치에 나란히 앉아 2시 방향으로 비스듬하게 늘어졌다. "나는 전생에 눈썹달이었나 봐. 이 시간만 되면 나른해져. 찬물도, 커피도, 냉커피도 소용없어." "아이스커피?" "응, 냉커피." 삐죽 튀어나올 수도 있는 말은 굳이 덧대지 않았다. 얼음만 있으면 되니까. 차가우면 그걸로 족하니까.

눈을 감았다 뜨면 아지랑이가 피어오를 것 같았다. "실은 나도 그래." 하품하다 말고 눈썹을 치켜들었다. "실을 또 찾네?" "괜찮아. 눈썹은 두 개니까." 독백이 모인다고 해서 대화가 되는 것은 아니다. 날이 밝다고 다 한낮인 것은 아니므로. 각자의 말만 한다고 섭섭하지도 않다. 어디 말할 데가 없는 것은 마찬가지이므로.

공원에 사람이 많았다. 혼자가 아니어서 다행이었다.

햇살이 푸지면 나를 조금 덜 미워하게 된다. 행이 많아서 복권을 사야겠다고 생각하다 잠이 들었다. 그때만큼은 시간과 사이가 좋았다. 사이가 두 개나 있었다.

우리

뭐 하지? 백주에 만나니 어색하네. 백주라니, 책에서
튀어나온 단어 같잖아. 낮에 뜬 별처럼 부자연스러웠다.
어디에 박힐지 골몰하는 눈치였다. 훤한 대낮이라고 말
하면 빤하다고 할 거면서. 둘 다 낮달처럼 스스러웠다.

근처 식당에 들어갔다. 여기가 그렇게 맛있대. 그런데
왜 사람이 없어? 지금 오후 2시야. 점심시간이 지났다고.
정신 차려! 점심시간이 지난 다음에야 우리는 만난 것이
다. 안쪽 테이블에서 한숨 돌리려다가 당황한 식당 직원
이 보였다. 사장님!

사장님이라고 부르면 다들 좋아해. 사장이면 사장이라
서, 사장이 아니어도 언젠간 사장이 되고 싶을 거잖아. 덕
담 같은 거지. 실은 내 꿈도 사장이야. 사장이 되려면 유
명한 데를 많이 다녀야 해. 백주부터? 그럼, 낮에 맛있는
집이 밤에도 맛있으니까.

'문전성시'라는 이름의 가게가 있었대. 음식이 맛있어
서 이름처럼 북적였대. 역시 이름을 잘 지어야 해. 대체

무엇을 넣길래 이렇게 맛있을까 궁금한 사람이 거기에 취직한 거야. 문전성시에? 응. 비법을 캐내려고? 응. 비법은 글쎄, 넣는 게 아니라 빼는 거였대. 밤에 뜬 해처럼 양 볼이 붉었다.

식당에는 사장 다섯 명과 우리 둘이 있었다. 이제 잔을 채워야지. 넘치면 일을 그르친다고! 넘기는 일을 가르친다고? 정신 차려! 이제 잔을 비워야지. 남기면 슬프다고! 남김없이 술을 푸자고? 정신 차려! 사장은 가만있고 우리끼리만 웃었다. 이 집 배추가 맛있네? 백주가?

3시부터 브레이크 타임이에요. 가장 어려 보이는 사장이 와서 조심스럽게 말했다. 브레이크를 거시네? 그 브레이크가 이 브레이크가 아닌 거 아시잖아요. 사장이 눈으로 말했다. 알 만한 사람이 실제로 아는 경우는 별로 없다. 이제 잔을 내려놓아야지. 정신 차려! 우리는 사장 다섯 명을 남겨두고 밖으로 나왔다. 역시 비법은 넣는 게 아니라 빼는 거였다. 손님도 예외는 아니었다.

시간이 구름처럼 흘러갔다. 저 표현을 가리켜 빤하다
고 지적할 정신도 없었다. 걷다가 비행기구름을 보고 아
이처럼 손뼉을 쳤다. 채우면서 비워지는 게 있었다. 밑 빠
진 독이었다. 모래시계였다. 시간 앞에서는 밤낮없이 어
색했다.

이제 뭐 하지?
백주 대로에 발작 같은 발자국이 찍히고 있었다. 문전
성시를 이루고 있었다.

우리

절대 얼지 마
등굣길의 엄마는
늘 빙판길 위에 서 있었다

눈길은 따뜻했지만
애가 타고 있어
그 누구의 심장도 녹일 수 없을 것 같았다

불타는 열정이 있는지 없는지
나는 얼굴만 보고도 알 수 있다
교단의 선생님은
얼굴에 화산재가 따닥따닥 붙어 있었다

내가 이 자리에 선 지
자그마치 20년이란 말이다!

휴화산임을 단번에 알 수 있었다

아이들은

자기만 볼 수 있는 노트에
자기만 알아볼 수 있는 글씨로
낙서를 했다

한 시간에 50분 정도는
물에 물을 탈 줄 알았다
시간을 쪼개 틈을 탈 줄 알았다

20년 뒤에 네가 어디 있을 것 같니?
휴화산은 쉴 줄을 몰랐다

절대 울지 마
하굣길의 엄마는
늘 황무지 위에 서 있었다

엄마와 나 사이로
승용차 한 대가 잽싸게 지나갔다

우리는 망연히 사라지는 차를 바라보았다

아이가 타고 있어요

난데없이 애가 타고 있다

우리

괄호를 열고
비밀을 적고
괄호를 닫고

비밀은 잠재적으로 봉인되었다

정작 우리는
괄호 밖에 서 있었다

비밀스럽지만 비밀하지는 않은

들키기는 싫지만
인정은 받고 싶은

괄호는 안을 껴안고
괄호는 바깥에 등을 돌리고
어떻게든 맞붙어 원이 되려고 하고

괄호 안에 있는 것들은

숨이 턱턱 막히고

괄호 밖 그림자는
서성이다가
꿈틀대다가
출렁대다가

꾸역꾸역 괄호 안으로 스며들고

우리는
스스로 비밀이 되었지만
서로를 숨겨주기에는
너무 가까이 있었다

우리

내 말이!

너는 남의 말을 네 말로 가로채는 사람
인용하는 문장에 없는 것이 있었다

따옴표

형이상을 반죽하고
형이하를 분쇄해서
너는 쿠키를 구웠다

한입으로 털어놓고
한입에 털어 넣었다

그리고 마침표

말이 계속되었다는 말이다
먹고 먹히는 일이 막힘없이 진행되었다는 말이다

마침내 네 말이 끝났을 때

사람들은 있는 힘껏 손뼉을 쳤다
식사가 만족스러웠다는 듯
덩달아 영혼까지 풍요로워졌다는 듯

볼우물에 홍조가 고인 이도 있었다

네가 놔두고 간 것이 있었다

속귀

연단에서 내려온 네가 휘청거렸다
혹시라도 귓돌을 밟을까 봐 조심스럽게 입을 열었다
우리가……

내 말이!
우리 앞을 가로막았다

우리

도화지 위에 얼굴을 그렸다

너는 그림이 무섭다고 한다
눈이 없잖아

하나만 그려야 하면 눈
눈 다음에는 입
입 다음에는 코

내가 보고 맡고 먹는 일을 떠올릴 때
너는 구별하고 호흡하고 연설하는 일을 상상했다

얼굴은 윤곽이기도 하잖아?

입만 살았네
코를 씰룩이며 네가

도화지 위에는
겁에 질린 얼굴이

눈 밖에 나서

눈에 차지 않아서

차마 눈 뜨고는 볼 수 없었다

우리

눈에 밟힌다는 말을 했을 때
네가 떠올린 건 태양이었다
두 눈이 똥그래졌다

눈에 밟힌다는 말을 들었을 때
내가 떠올린 건 구둣발이었다
두 눈을 질끈 감았다

태양을 향해
구두를 신고 걸어갔다

위로 아래로
부신 눈들이 있었다

한 치 앞
세 치 혀

치 위에도 치가 있어서

눈에 밟히듯

눈을 밝히듯

윙크처럼 찡긋찡긋 찍히던 발자국

너

1월이면 너는 바다에 갔다. 겨울 바다네? 내가 물으면 너는 고개를 가로저었다. 1월 바다야. 1월은 겨울이잖아? 내가 다시 물으면 너는 입을 다물었다. 앙다문 입술 안에서는 파도가 치고 있을 것 같았다.

왜 하필 1월이야? 나는 포기하지 않았다. 네가 입을 열고 파도를 보여주기를 바랐다. 우르르 몰려갔다가 스르르 밀려오는 것처럼, 네가 물거품을 일으킬 줄 알았다.

물거품이 된다는 건 좀 무섭지 않아? 내 마음을 읽은 네가 놀리듯 물었다. 바위에 부딪힌 파도가 무수한 물방울이 되어 사방으로 튀는 장면이 떠올랐다. 입술이 바싹바싹 말랐다. 입속만 소란스러웠다.

1월은 한 해의 시작이니까, 결심하기 좋은 달이니까, 새해에 바다에 가고 일출을 보고 가슴을 펼치고 소리를 지르는 것은 이상한 일이 아니니까. 물거품이든 물방울이든, 물의 낌새를 보여달라고!

왜 하필 바다야? 나는 전술을 바꾸었다. 네가 입을 열고 처음을 이야기해주길 바랐다. 가장 추운 달에 품는 가장 따뜻한 계획에 대해서, 달성되지 않을 목표와 성사될 수 없는 일에 대해서.

달성되지 않을 거야, 성사될 수 없을 거야. 속과는 달리, 나는 표정表情하고 있었다. 너는 그 표정을 간파하고 있었다. 1월은 시작도 되기 전에 싱거워졌다. 2월 29일이 생일인 사람처럼 못내 억울했다.

바다에서는 파도를 마주할 수 있으니까, 일렁이니까, 수평선에서 떠오르는 해를 바라보면 뭐라도 될 것 같으니까, 겨울 바다, 아니 1월 바다는 될 것 같은 무엇이니까. 1월의 너를 알려달라고!

바다에 가면 너는 항상 1월이었다. 한 살 더 먹었으니 철 좀 들라고 윽박지르는 사람도, 겨울 바다에 혼자 간 너를 가리켜 청승맞다고 놀리는 사람도 없었다. 1월과 바다와 다름없는 네가 있었다.

1월의 바다와 네가 있었다. 너의 1월이 아니어도, 너의 바다가 아니어도 너는 좋았다. 흘러도, 흐르지 않아도 좋았다. 파도가 영영 치지 않는다 해도 너는 좋았다. 1월이었고 바다에 있었다.

같이 가자. 안 돼. 같이 가면 내가 가는 게 아니잖아.

응? 우리가 가는 게 되니까. 너는 제야의 종처럼 굳건했다. 꿈쩍하지 않았다. 1월에 가까워지고 있었다.

나는 제야의 종소리가 되고 싶었다. 울려 퍼지고 싶었다. 너를 울리고 우리가 되어 함께 물결처럼 퍼지고 싶었다. 너는 너의 바다를 보고 나는 나의 바다를 보면 되잖아. 바다는 깊고 아득했다.

순간이 느슨해지고 있었다. 공간이 분산되고 있었다. 1월이 바다 쪽으로 어찌어찌 흘러가는 중이었다.

너

너 어디야?
눈앞에 있어도 너는 나를 찾았다

반걸음 뒤에

나 여기 있어
고작 반걸음인데도 한걸음에 달려갈 수 없었다

반걸음 사이

우리는 서로를 애타게 찾았지만
아무리 타도 닿지 않는 것이 있었다

그때는 그것을 닿지 않는 것이라고 오해했으나

반걸음 아래

등잔 밑처럼 비밀한 이야기가 있었다
아무도 들추어보지 않은 실마리가 있었다

등이 켜지지 않아 통째로 비밀했다

그때는 그것을 신비라고 여겼으나

반걸음만 더

한 걸음과 두 반걸음은 달라서
함께 걷는 일은 겯는 일이었다
어긋나서야 겨우 완성될 수 있었던 바구니 같았다

그때는 그것을 구심점이라고 믿었으나

반걸음 앞에

네가 있었다
내가 너라고 부르는 사람이
눈앞에 있어서 늘 등 뒤를 바라보게 하는

그때는 그것을 동경으로 받아들였으나

반걸음으로

나는 걷는다
또각또각 또박또박

반걸음만큼

나는 엄연히 다른 사람이 되었다
반걸음을 움직였다
반걸음이나

너

고유명사로 태어났지만, 너는 대명사로 불리는 일이
많았다. 너희라고 선을 긋는 사람, 우리라고 뭉치는 사람,
자네라고 끌어당기는 사람도 원래는 모두 고유명사였다.
네 안에서 명사를 버리려고 애쓰면 애쓸수록 너는 점점
고유해졌다.

태어날 때 너는 형용사에 가까운 사람이었다. 빛나고
귀여운 사람. 멋지고 아름다운 사람. 유연하고 발랄한 사
람. 사람들은 너를 보면 기분이 좋다고 했다. 없던 기운이
생긴다고 했다. 너의 성질은 물과 같았고 잠잠한 상태보
다는 넘실대는 상태에 가까웠다.

어린 시절에는 수사와 친했다. 첫번째로 하겠다고 손
을 드는 일이 많았다. 하나, 둘, 셋을 외치고 골목을 달음
박질하는 일도 잦았다. 친구들이 늘어날 때마다 대명사
를 사용하는 빈도도 늘었다. 무수한 너, 그중 네가 가장
좋아하는 너는 곧바로 네 단짝이 되었다.

단짝과 함께 있으니 너는 동사가 되었다. 상태에서 벗
어나 움직이기로 마음먹었다. 여기에서 저기로, 저기에
서 또 다른 저기가 된 거기로. 동사가 되고 나니 명령하
는 일이 늘어났다. 가만있어. 아프면 안 돼! 좀 웃어. 울지

마. 사랑해?

　너는 조사를 탐했고 네 단짝은 관형사에 집중했다. 네가 너밖에 없다고 고백할 때 네 단짝은 그 말을 한 사람의 의미로 받아들였다. 그때까지는 좋았다. 그뿐이었다. 관형사에는 원래 조사가 붙지 않아. 차갑게 돌아선 네 단짝은 단박에 그 사람이 되었다.

　그때부터 너는 부사에 탐닉하기 시작했다. 너를 부풀리고 쪼그라뜨리는 데 많은 에너지를 쏟았다. 너무 힘들고 매우 아프고 굉장히 배고플 때가 많았다. 네 의견이 분명해지면서 정작 너는 희미해졌다. 마침내 부끄러웠다.

　감탄사가 되었을 때 너는 깨달았다.

　아, 이 문장이 아니었구나!

너

너는 번호표를 뽑고 의자에 앉는다 표에는 327이라고 적혀 있다 326명이 이미 여기를 다녀갔거나 아직 여기에 있다는 말이다 의자는 나란히 늘어서 있고 사람들은 그 위에 나란히 앉아 있다 나란히 아무 말도 하지 않는다 표에 번호를 매긴 최초의 사람을 떠올린다 표에 번호를 매겨 순서를 만들고 순서대로 볼일을 볼 수 있게 만든 사람 너와 나를 구별하고 누군가에게 생각지도 못한 이득을 가져다주는 사람 토요일 밤마다 인생 역전을 꿈꾸게 한 사람

화장실에 가던 중, 너는 바닥에 떨어져 있는 번호표를 발견한다 번호표에는 214라고 적혀 있다 그 번호는 한 시간 전에는 효력이 있었을 것이다 지금은 지나간 번호다, 되돌아갈 수 없는 숫자다 화장실에 다녀오니 그사이 일곱 명이 일을 보고 갔다 어쩌면 한두 명은 졸거나 딴생각하다 타이밍을 놓쳤을지도 모른다 여기서 한번 지나간 숫자는 결코 되돌아오지 않는다 사정해도 별도리가 없다 저도 급해요 오랫동안 기다렸단 말이에요 지금은 제 차례라고요!

다음 번호를 알리는 소리가 들릴 때마다 사람들의 고

개가 일제히 들린다 아직 한참 남았는데도, 화장실에 몇 번을 더 다녀와도 되는데도, 반사적으로 앞을 바라본다 혹시나 하는 마음은 사그라지지 않는다 214도 그랬을 것이다 326과 328도 마찬가지일 것이다 숫자와는 달리, 볼일은 보기 전에도 볼일이고 보고 나서도 볼일이다 딩동 소리가 나고 볼일을 본 사람의 자리와 볼일을 볼 사람의 자리가 바뀐다 딩동설처럼, 우리는 앞사람을 집요하게 흉내 내고 있다

뚫어져라 쳐다보면 문이 열릴 것처럼, 절실하게 바라보면 순서가 앞당겨지기라도 할 것처럼

나란히 앉아 번호가 되어가고 있다 번호에 가까워지고 있다

너는 오늘 327번이었다

나

혼자 있고 싶을 때는
화장실에 갔다

혼자는
혼자라서 외로운 것이었다가
사람들 앞에서는
왠지 부끄러운 것이었다가

혼자여도 괜찮은 것이
마침내
혼자여서 편한 것이 되었다

화장실 거울은 잘 닦여 있었다
손때가 묻는 것도 아닌데
쳐다보기가 쉽지 않았다

거울을 보고 활짝 웃었다
아무도 보지 않는데도
입꼬리가 잘 올라가지 않았다

못 볼 것을 본 것처럼
볼꼴이 사나운 것처럼

웃음이 터져 나왔다
차마 웃지 못할 이야기처럼
웃다가 그만 우스꽝스러워지는 표정처럼
웃기는 세상의
제일가는 코미디언처럼

혼자인데
화장실인데

내 앞에서도
노력하지 않으면 웃을 수 없었다

전방위의 슬픔, 전속력의 명랑

오연경
(문학평론가)

그거 알아?

'그'라는 지시대명사는 앞에서 이미 이야기했거나 듣는 이가 생각하고 있는 대상을 가리킬 때 쓰인다. '그것'이라고 지시했을 때 타인이 나와 동일한 대상을 떠올릴 거라는 기대는 과거의 경험이나 현재의 맥락을 공유하고 있다는 믿음에 근거한다. 그러니까 다짜고짜 '그것'에 대한 이야기를 꺼내는 것은 듣는 이를 이야기의 당사자로 호출하는 일이다. 오은의 이번 시집은 무수한 '그것'과 '그것들'과 '그'와 '그들'에 대한 이야기를 펼쳐놓고 거기에 독자를 연루시킨다. 시인은 우리가 '그것'에 대해 이미 알고 있다고 가정한다. 우리는 다 아는데 모르는 척하는 처지가 되어, 아니 실은 뭐가 뭔지 모르면서 알아야 하는 형편이 되어 그의 이야기 속으로 입장한다. 그거 알아? "수수께끼를 내지도 않았는데/수수께끼를 풀고 있는 사람"(「그것」, p. 44)처럼 우리는 골똘해진다. '그것'에 대해 시인이 풀어놓은 말들을 힌트 삼아 삶의 곳곳을 뒤지다 보면 모르는 채로 알고 있던 무언가가 하나둘 떠오른다. 그렇게 바야흐로 떠올린 그것이 바로 우리가 이미 알고 있었던 그것, 벌써부터 생각하고 있었던 그것이 된다. 오은은 '그것'이라는 텅 빈 대명사 하나를 던져놓고 신나게 변죽을 울려 우리로 하여금 꽉 찬 의미를 낚아 올리게 한다. 이 마술 앞에서 어리둥절해질 때쯤 그가 우리를 다름 아닌 '그곳'에 데려다 놓았다는 것을 눈치챌 수 있다.

그곳이라고 불리던 장소가 있었다. 누군가는 거기라고 했다가 혼쭐나기도 했다. 그러다가 진짜 거기로 가면 어쩌려고 그래? 뼈 있는 농담이 들리기도 했다. 그곳에서 어떤 일이 있었더라? 우리는 만났지, 인사했지, 함께 있었지. 어떤 날에는 죽기 살기로 싸우기도 했지. 죽자 사자 매달리기도 했지. 죽네 사네 울부짖었을 때, 삶보다 죽음이 앞에 있다는 사실에 눈물이 났다.

그곳에서는 그런 일이 있었다.

너나없이 그곳을 찾던 때가 있었다. 만날 때마다 너와 나는 선명해졌다. 다름 아닌 다르다는 사실이. 같은 취향을 발견하고 환호하던 때가 있었다. 하루가 멀다 하고 우리는 가까워졌다. 어쩜 잠버릇까지 일치하는지 몰라, 네가 말했을 때 너도 나도 흠칫 놀라고 말았지. 우리 사이에는 고작 그것만 남아 있었다. 내 앞에 네가 있다는 사실에 현기증이 났다. 내남없이 갔어도 내가 남이 되어 돌아왔다.

여기저기서 그곳을 찾는 사람들이 있었다. 이곳저곳 기웃거리고 이리저리 돌아다녔다. 이래저래 고민이 많아져도 이냥저냥 살아갔다. 체면은 삶 앞에서 이만저만하게 구겨지기 일쑤였다. 이러저러한 사연은 이럭저럭 자취를 감추었다. 이러쿵저러쿵 뒷말만 많았다. 이심전심은 없고 돌부리 같은 감정만 웅긋중긋 솟아올랐다. 삶의 곁가지에 올레줄레 매달린 건 애지중지하는 미련이었다.

아무도 그곳을 부르지 않아서
그곳에서는 어떤 일도 일어나지 않았다.

— 「그곳」(p. 10) 전문

"그곳이라고 불리던 장소"는 어딘지 특정할 수 없는 곳이다. 시에서 그곳 자체는 묘사되거나 설명되지 않는다. 다만 그곳에 대해 나누었던 말들, 그곳에서 있었던 일에 대한 회고, 그곳을 찾던 사람들의 만남과 헤어짐, 그리고 그곳에서 겪었던 감정이 제시될 뿐이다. '그곳'이 지시하는 장소는 여전히 모호한 추상성으로 남아 있지만, 그곳에서 있었던 "그런 일"은 관용구의 리드미컬한 변주에 힘입어 구체적으로 살아난다. '죽다'와 '살다', '너'와 '나', '이'와 '저'를 변주하며 말맛에 감정을 실어 '눈물'과 '현기증'과 '미련'을 뽑아내는 솜씨는 역시 오은임을 알게 한다. 그런데 감탄할 새도 없이 뒤통수를 때리는 것은 저 화려한 말들의 변주 뒤에서 치고 올라오는 지긋한 통증이다. 살려고 싸웠는데 죽음을 맛보았던, 너와 가까워지려다 내가 남이 되었던, 사람들과 부대끼며 구겨지고 상처받았던 사연으로 말하자면 우리는 저마다 할 이야기가 많다. 오은은 "이냥저냥" "웅긋중긋" "울레줄레" 같은 감각적 어휘를 적재적소에 배치하여 그것들이 자석처럼 우리 자신의 이야기를 끌어오게 한다. '아무도 부르지 않으면 어떤 일도 일어나지 않는' 그곳은 말들로 지어진 장소, 말하는 이와 듣는 이가 자기 삶으로부터 불러내 함께 짓는 시의 집이다.

그걸 말로 해야

오은은 왜 대명사를 제목으로 삼아 시를 쓰기로 작정한 것일까? 명사가 사물을 대신하는 이름이라면, 대명사는 그 사물의 이름을 대신하는 이름이다. 사물로부터 두 단계 떨어져 있는 대명사는 사물에 대한 직접적 지칭 없이 오로지 다른 언어와의 관계 속에서만 작동하는 독특한 지위를 지닌다. 이는 문법적으로 보면 소통의 효율을 위한 것이지만, 그러한 효율을 가능하게 하는 것은 언어의 자기 지시적 속성이다. 오은은 누구보다도 언어의 물성 및 자기 지시성에 관심을 가지고 자신만의 고유한 시작법을 만들어왔다. 그런 시인에게 대명사는 말이 말을 가리키는 세계, 말들에 대한 말이 숲을 이루는 왕국의 입구로 삼기에 맞춤한 것이다. 무엇을 지시하는지 알 수 없는 대명사가 제목의 자리에 놓일 때 우리는 어떤 구체적인 대상도 떠올리지 않은 채 말과 말이 모여 특별한 이야기가 되어가는 현장을 목격하게 된다.

꿈속에서는 걷지 않았다 달리지도 않았다 그것은 미끄러지는 것에 가까웠다 땅을 내리누르는 것이 아닌 지면 위를 스치고 지나가는 것 같았다 그것참 멋지구나 그것참 이상하구나 그것참 특별하구나…… 나는 꿈속에서 그것을 하고 있었다 나를 향해 미끄러지고 있었다

눈을 뜨면 머릿속이 새하얬다
어떤 공모라도 한 것처럼

두근거렸다 맑고 예쁘고 근사한 것들이 말풍선이 되어
눈앞에 떠올랐다 보이지 않아도 들리지 않아도 그것은 있
었다 만질 수 없어도 분명 거기 있었다 손가락으로 찔러도
말풍선은 터지지 않았다 말들이 엉겨 이야기가 되고 있었
다 멋지고 이상하고 특별한 이야기가, 그때그때 달라지지
만 마지막에는 어김없이 여기로 돌아오는 이야기가

— 「그것」(p. 46) 부분

"그것참 맑구나 그것참 예쁘구나 그것참 근사하구
나……"라는 말은 대상을 향한 감탄이다. 그런 말은 그
때그때 달라지는 대상을 "땅을 내리누르는 것"처럼 고
정시키는 말이어서 발화하자마자 그것과 멀어질 수밖에
없지만, 이러한 말의 용법 덕분에 우리는 걷거나 달릴
수 있다. 이와 달리 꿈속에서는 "지면 위를 스치고 지나
가는 것"같이 미끄러진다. "그것참 멋지구나 그것참 이
상하구나 그것참 특별하구나……"라는 말은 대상에 닿
을 듯 스치며 "나를 향해 미끄러지"는 일에 대한 감탄이
다. 이것은 일상과는 다른 말의 용법, "맑고 예쁘고 근사
한 것들"을 "말풍선"에 넣어 바로 그 말풍선들을 가지고
노는 일이다. 말풍선은 사물이 아니라서 "보이지 않"고
"들리지 않"지만 만화 속 인물의 머리 위를 떠다니는 것
처럼 "눈앞에 떠"오른다. 시인은 "만질 수 없어도 분명
거기 있었"던 말들을 모아 그 "말들이 엉겨 이야기가 되"

는 것을 지켜본다. 그것은 말들이 만들어낸 꿈속의 이야기이지만 "마지막에는 어김없이 여기로 돌아오는 이야기"이다. 왜냐하면 말풍선의 꼭지는 언제나 먹고 말하는 입, 고픔과 부름과 아픔을 오가는 우리의 삶을 향하고 있기 때문이다.

말이 존재이고 말풍선이 존재의 집인 이 세계는 두근거리는 언어의 꿈이자 "멋지고 이상하고 특별한" 시의 꿈이다. "나는 꿈속에서 그것을 하고 있었다"라는 문장은 저 말들의 세계로 입사하는 시인의 작업을 집약해준다. 이는 의미가 비어 있는 기표를 따라 미끄러지는 일, 지시 대상이 없는 '그것'들을 수집하여 꿈속에 풀어놓는 일을 가리킨다. 그리고 보면 오은의 시에는 투명한 말풍선에 들어 있는 것처럼 '말해진 말들'이 자주 출현한다. 갑자기 대화가 끼어들거나 예전에 들었던 말이 튀어나오고, 말의 꼬투리를 잡고 말에 대한 말들이 이어지기도 하고, 어떤 행동이 일어나면 동시에 그 행동에 대한 말들이 쏟아진다. 오은은 큰따옴표로 묶을 수 있는 누군가의 말이나 주고받은 대화를 수집하는 데 그치지 않고 일상적으로 쓰이는 모든 말과 문장에 작은따옴표를 씌워 하나하나 고유한 수집품으로 만든다. 그러나 수집의 열정만으로 시의 꿈이 이루어지는 것은 아닐 터, 오은에게는 어떤 특별한 비법이 있는 것일까?

유리잔에 물을 콸콸 들이부었다.

유리잔이 유리병인 것처럼. 빗줄기를 튕겨내는 유리창
인 것처럼.

물 아래나 물 옆에 있어. 물 위에 있을 가능성은 없나
요? 물 위는 밝잖아. 드러웠겠지. 탐내듯 넘실대다 제풀에
드러났겠지. 물 옆은 추상적인데요? 좌우가 아니야. 고개
를 돌리다가 "유레카!" 외치면서 끄덕일 수 있는 게 아니
라고. 낚시가 아니니까. 차라리 실험이지. 비집는, 파고드
는, 집요하게 물고 늘어지는. 훈련에 가까운 것 같은데요?
실제로 해봐야 아는 거니까. 한 번에 성공하는 법이 없으
니까. 반복하지 않으면 다다를 수 없으니까. 물 옆으로요?
물 옆에는 없다는 희망적인 사실에.

유리잔에 든 물이 찰랑였다.

없어서 낙담하지만 없기에 망정이지. 무엇인지 모르니
까. 하나인지 둘인지도, 고체인지 액체인지도, 형태가 있는
지 냄새가 나는지도, 눈빛에 반응하는지 콧바람에 휘청이
는지도 알 수 없으니까.

유리잔에 담긴 물을 일제히 쏘아보고 있었다. 그것이 과
녁이라도 되는 것처럼. 중앙을 향해 전력 질주라도 할 것

처럼. 세차게 들이받기라도 할 것처럼. 산소 원자가 놀라 나동그라지기라도 할 것처럼. 수소 원자가 유리 바깥으로 맥없이 튕겨 나갈 것처럼. 견고하고 안정된 구조가 삽시간에 해체될 것처럼. 규칙이 깨지는 순간, 해저에서 은상어 떼가 수면 밖으로 솟구칠 것처럼. 연상은 물 퍼붓듯 이어지고 직유는 물 쓰듯 거침없다. 미간에 물결 같은 주름이 생겼다.

—「그것들」(p. 13) 부분

이 시는 말이 말을 만나 새롭게 남실대며 솟구쳐 세상에 없는 리듬이 되는 과정을 보여준다. 처음에는 수집한 것들을 유리잔에 "콸콸 들이"붓는 것으로 시작한다. 이제부터 관심을 가져야 하는 것은 말의 드러난 윗면이 아니라 아랫면이나 옆면이다. 말의 밑바닥에 잠재된 의미역을 염두에 두고 말과 말을 옆으로 이어 문장을 만드는 일을 현대 언어학에서는 '계열체'와 '통합체'라는 개념으로 설명한다. 하지만 시인은 이러한 추상적인 개념과 규칙에 대해 말하려는 것이 아니다. 오히려 그는 개념이 튕겨 나가고 "규칙이 깨지는 순간"을 향해 모든 힘을 집중시킨다. 이것은 "비집는, 파고드는, 집요하게 물고 늘어지는" 실험이나 훈련, 성공보다 실패가 더 많은 반복된 시도에 가깝다. 이 어려운 작업을 계속할 수 있는 것은 아이러니하게도 "물 옆에는 없다는 희망적인 사실" 덕분이다. 정해진 것은 없고 "무엇인지 모르"는 채 "실제로 해봐야" 안다는 것은 이 일의 어려움이자 즐거움이다. 낙담과 희망을 오가는 집요한 시도가 "견고하고 안정된 구조"를 해체하는 순간 말들이 수면 위로 솟구치면서 연상과 직유가 거침없이 쏟아진다. 그렇게 해서 시인은 마침내 "유리를 뚫고 번쩍 솟구치는 것" "음악이 된 물", 즉 시의 꿈에 다다른다.

그러니까 비법은 없다. 어떤 지침도 규칙도 소용없고 우연에 기댈 수도 없고 이전의 성공이 다음의 성공을 보장하지도 않는다. 이 시의 마지막 문장, "의욕이 넘치고 있었다"에서 보듯 중요한 것은 끝까지 가는 태도이다. 마치 '오리-토끼' 그림에서 오리와 토끼를 동시에 보려는 불가능한 시도처럼 오은은 말의 의미를 사용하는 동시에 그것의 발음과 모양을 느끼려 하고, 말의 물성에 집중하는 동시에 그것의 내용과 뜻에 천착하려 한다. 가령 "산새가 울자 산이 꺼졌다"(「그것」, p. 58)라는 문장을 쓰면서 그는 산새의 울음소리가 산 전체를 집어삼켰다는 의미와 '산새'라는 합성어의 결정적 요소인 '산'이 그 말의 탄생과 함께 퇴장했다는 의미를 동시에 전달하고자 한다. 이러한 의욕은 말 자체에 대한 관심에서 비롯된 것이지만 그 의욕을 넘치도록 차오르게 하는 것이 말에 대한 애정만은 아니다.

그도 그럴 것이

말을 향한 오은의 의욕은 사람에 대한 깊은 연민에서 나온다. 그는 우리 모두를 상실한 사람으로 바라본다. 상실은 의지와 상관없이 당하는 것이어서 상실한 사람은 상처받은 사람이다. 결백하거나 약한 사람이라서 상처받는 것이 아니라 사람과 사람 사이의 사람이어서 상처를 주고받는 것이다. 학교와 회사와 병원과 장례식장과 온갖 골목을 지나오는 동안 "아무것도 안 해도/늘어나는 것"(「그것」, p. 48), 발을 걸어 넘어뜨리고 표정을 뭉개고 망신을 주는 것이 있었다. 몸과 마음을 추스르며 살려고 애쓰느라 "무표정도 표정"이 되어 "마침내 해독되지 않는 암호"(「그」, p. 82)처럼 길 한복판에 위태롭게 서 있는 사람을 시인은 지나치지 못한다. 그들에게는 저마다 그럴 만한 사정이 있다. 그들은 "각자의 일로 피로하고 각자의 사연으로 법석"이고 "각자의 감정으로 괴롭다"(「그들」, p. 66). "그"와 "그들"과 "우리"라는 제목의 시에는 일상의 곳곳에서 마주쳤거나 목격했을 법한 평범한 사람들이 등장한다. 오은은 그들을 재현하는 것이 아니라 그들의 말을 전시한다. 그들의 말에는 마려움과 가려움 앞에 초조하고 화와 울음을 참지 못하며 버젓함과 의젓함을 이율배반적으로 구사하는(「그들」, p. 70) 나약하고 비겁한 인간이 숨어 있다.

사람은 명사다 너는 대명사다
당연한 얘기를 하는 사람들이 있었다
그는 피식 웃고 말았다

큰 명사가 아니라 그저 대신하는 명사인데도, 사람들은
그를 질투하고 질타했다 물불 가리지 않고 웃는다는 이유
로, 똥오줌 못 가리고 웃는다는 이유로 그는 고유명사가
되었다 아무 데서나 물색없이 웃는 이를 발견하면 사람들
은 즉각 그를 소환했다 평소와 같이 그가 웃을 때면 이런
말이 날아들었다 좋아? 살 만해? 만족스러워? 그가 웃길
때면 이런 말이 메다꽂혔다 우스워? 웃음이 나? 만족스러
워? 평소와 다르게 물속에서도 만족은 녹지 않았다 불 속
에서도 만족은 타지 않았다 오줌 앞에서도 똥 앞에서도 만
족은 냄새를 풍기지 않았다

사람은 고유명사로 태어나 보통명사로 살아간다
제 이름을 대신하는 명사로 분扮해야 한다
그는 자신에게 분해서 허허 웃어버렸다

그의 이름은 눈치 없이 실실 웃는 이를 가리키는 보통
명사가 되었다 햇반처럼, 대일밴드처럼, 초코파이처럼 도
처에서 발견할 수 있었다 마음만 먹으면 수중에 넣을 수
있었다 서울처럼, 지프처럼, 스크루지처럼 친하지 않아도

친근하게 들렸다 갈 수 없어도, 가지거나 만나지 못해도 섭섭지 않았다 그저 떠올릴 수 있다는 것만으로도 안도되었다 명사는 대체되지 않았기에 그의 이름은 하염없이 낡아만 갔다 그는 보통명사에서 추상명사가 되었다 사랑처럼 흔하고 희망처럼 귀하지만 삶처럼 끝끝내 막연했다 없음의 대명사처럼

— 「그」(p. 97) 부분

'그'는 잘 웃어서였는지 잘 웃겨서였는지 "웃음의 대명사"로 불렸다. 그러나 그의 웃음은 때가 아니거나 장소가 빗나가거나 경우에 맞지 않아서 그는 "민폐의 대명사"로 전락했다. "사람은 명사다 너는 대명사다"라는 문장은 이중의 의미를 노린 것이다. '사람'과 '너'라는 단어의 품사에 대한 진술로는 "당연한 얘기"지만, 다른 사람과 너의 존재론적 차이에 대한 진술이라면 이야기는 달라진다. "웃음의 대명사"인 그가 고유명사에서 보통명사로, 다시 보통명사에서 추상명사로, 그리고 끝내 "없음의 대명사"로 변모해가는 과정은 그를 규정하고 질타하고 소환하고 비아냥거리며 마음껏 사용하다 갖다 버린 사람들의 말을 통해 일어난 일이다. 그는 단지 잘 웃었을 뿐인데, 무시하는 말에도 "피식 웃고" 메다꽂는 말에도 "허허 웃어버렸"는데, 그의 존재는 "제 이름을 대신하는 명사로" 사람들 입에 오르내리다 말 그대로 웃음거리가

되어버렸다. 본래 이름은 그 사람을 대신하는 기표로 쓰이는 것인데, 이 시에서는 거꾸로 사람이 기표가 되어 어떤 속성을 대신하는 것으로 사용되고 있다. 사람들의 입방아 속에 부서지고 마모되어 사라져버린 존재의 고유함을 시인은 품사의 존재론으로 보여주고 있는 것이다.

오은은 주로 대화의 상황에서 사람들 간의 관계와 오가는 감정과 어긋난 욕망과 상처 입은 내면을 발견한다. 그의 시에서 종업원, 세입자, 말단 회사원, 공사장 인부, 낙오자 등 "평생 을의 신세에서 벗어날 수 없을 것 같"(「그」, p. 94)은 이들의 처지는 '말 못 함' 또는 '혼잣말'로 그려진다. 정확한 문법과 당당한 태도로 말하는 사람들 사이에서 빈정거림과 비난과 오해와 매도에 속수무책인 이들은 "어떤 말로도 나를 드러낼 수 없"고 "마음속으로 한 말"(「그들」, p. 68) 속에서도 소낙비를 맞는다. "농담할 줄도, 침묵을 참을 줄도" 모르는 그는 회사에서 맞춤법 실수로 웃음거리가 되고 "누구에게 보이지도 않고 누가 알아주지도 않는 일"(「그」, p. 94)을 잘하고 싶었던 그의 순정한 마음은 한순간에 날아간다. 사적으로 만난 우리 사이라면 상황이 다를까? 모임에 나가면 "뭐 먹을까?"를 중심으로 대화가 공회전하며 "김이 새고"(「그」, p. 92) "화에 걸려 자꾸 넘어"지느라 "대화가 이어지지 않"(「그들」, p. 63)고 실없는 농담을 주고받지만 "독백이 모인다고 해서 대화가 되는 것은 아니"(「우리」, p. 108)고

"백주에 만나니 어색"해서 억지로 던진 말들은 대화를 점점 더 "부자연"(「우리」, p. 110)스럽게 만든다.

우리는 매일 저 무성한 말들 속에서 얼마나 많은 감정을 "소화消化"하고 또 "소화消火"(「그」, p. 80)하며 살고 있는 것일까? 아니, 오은은 저 수많은 대화의 디테일한 맥락 속에 켜켜이 숨겨져 있는 미묘한 어감과 표정과 감정과 태도 들을 언제 다 포착하고 받아 적고 짐작하며 안쓰러워하고 있었던 것일까?

무엇을 보았으니까 어떤 것을 들어버렸으니까 일어나라고, 잠들면 안 된다고 누가 그랬으니까 그는 머뭇거린다 잠깐, '누가'라고?

누가, 누가, 누가…… 누가? 누가는 누가累加되다가 어느새 누累가 되었다 '누가'가 맞아? 그는 한번 뜨인 눈을 다시 감지 못했다

[……]

꼭두? 꼭두각시의 그 꼭두? 조종당하는 꼭두각시가 아닌, 조종하는 꼭두각시다 놀림당하는 꼭두각시가 아닌, 놀음하는 꼭두각시다

창문에 있었다 눈을 뜨이게 만든 것이, 코를 움찔하게 만든 것이 쇼윈도에 나란히 서서 보란 듯이 포즈를 잡는

꼭두사람들······

> 사람이라고 불러도 될까? 사람이라면 믿어도 될까? 사
> 람이라서 인기척한 걸까? 사람이라도 흔들리지 않을 수
> 있을까?
> 그들일까? 차라리 그것들에 가까울까? 머리가 아팠다
> 코가 움찔했다 눈을 뜨면서 눈이 뜨이고 있었다 보는 일은
> 아직 끝장을 보지 않았다
>
> ─「그들」(p. 74) 부분

화자는 꼭두새벽에 눈이 절로 뜨여서 글을 쓰다가 이
상황이 자기 의지에 의한 것이 아니라는 생각에 이른다.
의아함은 "누가?"라는 질문에 맺히고 질문은 "누가累加"
되고 "누累"가 되다가, 그것이 꼭두새벽에 "눈 뜬 채 꼭
곡曲을 부르겠다는 듯이" 현현한 "꼭두사람들"이라는 확
신에 이른다. 낮에 곳곳에서 조종당하고 놀림당하던 꼭
두각시가 글이 되겠다고, 목소리가 되겠다고 "조종하는
꼭두각시"로, "놀음하는 꼭두각시"로 나타난 것이다. 사
람이건 그들이건 그것들이건, 보이지 않고 들리지 않지
만 보는 일과 듣는 일을 끝장내지 못하게 하는 것이 있
다. 이 꼭두각시야말로 "없음의 대명사"(「그」, p. 97)이
지만 실은 "없음은 있었음을 끊임없이 두드릴 것"(「그
것들」, p. 16)이라고 알려주러 오는 '있음의 대명사'인 것

이다. 오은은 저 잊히지 않는 꼭두들의 꼭두각시가 되어 시를 쓴다.

이것은 말놀이가 아니다

오은은 "'잃었다'의 자리에는 '있었다'가 있었다"('시인의 말')라고 말한다. '잃었다'는 것은 무언가가 지금-여기에 없음을 의미하면서 언젠가 여기에 있었음을 전제한다. '없다'와 '있었다' 사이의 시차와 간극을 메우는 것이 우리의 슬픔이다. 더 이상 '이것'으로 가리킬 수 없는 대상을 다시 말 속으로 불러내기 위해 '그것'을 열렬히 호명한 이번 시집에 가득한 것은, 그러니까 슬픔이다. 시인의 대명사는 잃어버린 것을 '대신'하는 것이 아니라 '다시' 있게 한다. 시인과 독자는 '그것'을 매개로 마주 보고 말을 나누어서, 그 사이 입김으로 만들어진 공간에 지금-여기 없는 것들의 자리를 마련할 수 있었다.

분명 여기에 있었는데
이것이
다름 아닌 이것이
이것이 있어서
얼마나 든든했는데
오죽 행복했는데

오죽하면 아무한테도 보여주지 않았는데

여기에 없으므로

이제 이것이 아닌 것

모르는 것은 아니므로

그저 어떤 것은 아닌 것

잃어버린 이것을 되찾을 수 있을까

다시 돌아왔을 때 그것은 여전히 이것일까

한눈을 잠깐 판 사이

이것은 이것이기를 지속하지 않았다

이것은 이것이기를 포기하고 말았다

—「이것」 부분

　　이번 시집에서 "이것"이라는 제목을 지닌 유일한 시다. 지금-여기에 없는 것, 그래서 "이것"이라 부를 수 없는 것을 이 시는 집요하게 "이것"으로 호명한다. "이것이 있어서/얼마나 든든했는"지, "오죽 행복했는"지 추억을 되새기며 "이제 이것이 아닌 것"에 대한 그리움을 애써 눌러보지만 "이것이 어떻게 그럴 수가 있는지" 믿기지 않고 "이것을 어떻게 하면 좋을지" 상실감을 추스르기 힘겹다. 이것은 없는데 자꾸 이것이라고 가리키면 우리는 무엇을 보아야 할까? 이미 잃어버린 것을 가장 가까운 이쪽으로 끌어다 놓으려는 저 마음자리를 보아야 할 것이다. "한눈을 잠깐 판 사이" 이것이 사라졌다고,

보지 않아서 "이것이 이것이기를 포기"했다고 자책하는 마음의 무게를 보아야 할 것이다. 계속 "이것"이라 불러서 계속 "여기"로 생겨나게 하는 말의 힘을 보아야 할 것이다.

그러니까 이것은 말놀이가 아니다. 오은은 말놀이의 대명사이지만 말놀이라고 알려진 어떤 시작법의 기표가 아니다. 그는 말의 사태와 존재의 사태가 하나로 모아지는 매 순간의 삶을 살아내려 애쓴다. 그 순간은 우연도 작위도 아닌, 오직 말로 존재를 살고 존재로 말을 재는 집요한 삶의 의욕으로 성취하는 것이다.

> "아빠, 나 왔어!" 봉안당에 들어설 때면 최대한 명랑하게 인사한다. 그날 밤 꿈에 아빠가 나왔다. "은아, 오늘은 아빠가 왔다." 최대한이 터질 때 비어져 나오는 것이 있었다. 가마득한 그날을 향해 전속력으로 범람하는 명랑.
>
> — 「그곳」(p. 9) 전문

잃어버린 대상, 사랑하는 사람이 꿈속에서 나를 향해 미끄러져 온다. 현실에서 만든 말풍선이 꿈속의 말풍선을 불러낸 것이다. 슬픔으로 꽉 차 터질 것 같은 풍선이다. 이곳의 몸이 슬픔을 이기기를 포기할 때 꿈속에서 범람하는 것이 있다. "가마득한 그날", '있었다'의 그곳까지 흘러넘치는 것은 '잃었다'의 이곳에서 낼 수 있는 최대한의 안간힘, 전속력의 명랑이다. 오은의 시에 범람하는 명랑은 "내 앞에서도/노력하지 않으면 웃을 수 없"(「나」)는 현실에서 웃음으로 너의 울음에 닿아보려는 사랑의 몸짓이다. 오늘 밤 창가에 꼭두가 와서 "나 왔어!"라고 인사한다면 이제 우리 안의 명랑이 범람할 것이다. 산더미처럼 쌓인 고통과 웅덩이에서 차오르는 슬픔이 세상을 전방위로 에워싼다 해도. ▨